LA DISTANCE ENTRE NOUS

DU MÊME AUTEUR

Quand tu es parti, Belfond, 2000, et 10/18, 2003
La Maîtresse de mon amant, Belfond, 2003, et 10/18, 2005

MAGGIE O'FARRELL

LA DISTANCE ENTRE NOUS

*Traduit de l'anglais (Irlande)
par Michèle Valencia*

belfond
12, avenue d'Italie
75013 Paris

Titre original :
THE DISTANCE BETWEEN US
publié par Review, an imprint of Headline Book Publishing, Londres.

Tous les personnages de ce roman sont fictifs et toute ressemblance avec des personnes réelles, vivantes ou mortes, serait pure coïncidence.

Cet ouvrage a été traduit avec le concours de l'Ireland Literature Exchange (Translation Fund), Dublin, Irlande.
www.irelandliterature.com
info@irelandliterature.com

Si vous souhaitez recevoir notre catalogue et être tenu au courant de nos publications, vous pouvez consulter notre site Internet :
www.belfond.fr
ou envoyer vos nom et adresse, en citant ce livre,
aux Éditions Belfond,
12, avenue d'Italie, 75013 Paris.
Et, pour le Canada,
à Interforum Canada Inc.,
1050, bd René-Lévesque-Est,
Bureau 100,
Montréal, Québec, H2L 2L6.

ISBN 2-7144-4080-0
© Maggie O'Farrell 2004. Tous droits réservés.
© Belfond 2005 pour la traduction française.

Pour Will

« Je sais qu'une vie peut changer du jour au lendemain, même si, en général, on met beaucoup plus de temps à comprendre ce qui s'est passé, à sentir qu'on a pris une nouvelle direction. »

Jay MCINERNEY

« Je suis venu dans ces endroits… pour revendiquer une parenté avec eux, pour me laisser guider par eux. »

Geoff DYER

« Elle était mon homme lige, mon alter ego, mon double ; nous ne pouvions nous passer l'une de l'autre. »

Simone DE BEAUVOIR, à propos de sa sœur

PREMIÈRE PARTIE

Il se réveille, étalé sur le lit telle une étoile de mer, et son esprit carbure à toute vitesse. À l'autre bout de la pièce, le ventilateur s'oriente vers lui, puis, vexé, se détourne. Tout près, les pages d'un livre volettent, vacillent et se séparent. L'appartement baigne dans une lumière d'encre, des éclairs de néon cisaillent le plafond. Il est tard.

« Merde ! » lâche-t-il avec un mouvement brusque de la tête. Un morceau de chair molle s'étire et se déchire entre ses omoplates comme du papier mouillé. Jake jure, tend la main vers l'endroit douloureux, puis se lève, titubant, et, en chaussettes, glisse sur les lames de parquet pour aller dans la salle de bains.

Son reflet dans la glace lui cause un choc. Les draps froissés ont imprimé des marques rouges sur sa joue et sa tempe, donnant à sa peau un aspect singulier, enflammé. Ses cheveux se dressent sur sa tête comme si on l'avait électrocuté, et semblent avoir poussé. Comment s'est-il débrouillé pour s'endormir ? Il était en train de lire, le menton appuyé sur les mains, et la dernière chose qu'il se rappelle, c'est le personnage du livre descendant à l'aide d'une échelle de corde dans un puits désaffecté. Jake jette un coup d'œil à sa montre. Dix heures dix. Il est déjà en retard.

Un papillon de nuit bute contre son visage, puis ricoche sur le miroir. La poudre fine de ses ailes y laisse une marque bigarrée, son double en quelque sorte. Jake recule un instant, observe l'insecte, suit des yeux sa course, puis referme la main pour le saisir. Manqué. Sentant le danger, le papillon remonte en vrille vers la lumière, mais Jake vise de nouveau et, cette fois, l'attrape. Le corps délicat, déconcerté, se cogne contre la cage qui s'est refermée sur lui.

Du coude Jake pèse sur la poignée et pousse la fenêtre. Le rugissement de la rue, dix-neuf étages plus bas, monte vers lui. Jake se penche par-dessus le linge étendu, ouvre la main et relâche le papillon. Celui-ci tombe l'espace d'une seconde, pivote, désorienté, puis se reprend et, s'engouffrant dans le courant d'air chaud d'un climatiseur, gagne à tire-d'aile l'invisibilité.

Jake referme bruyamment la fenêtre, s'agite dans l'appartement, attrape portefeuille, clés, veste, enfile ses chaussures abandonnées sans soin près de la porte. L'ascenseur met une éternité à arriver et sa cage pue la sueur et le renfermé. Dans le hall, le gardien est assis sur un tabouret près de la porte. Au-dessus de lui pendent les décorations à franges rouges et dorées du nouvel an chinois – un enfant aux joues rebondies, aux cheveux noir de jais, chevauche un cochon rose.

« *Gung hei fat choi* », dit Jake en passant.

Le visage de l'homme se fend d'un sourire édenté. « *Gung hei fat choi*, Jik-ak ! » Il lui tape sur l'épaule et Jake ressent une brûlure cuisante comparable à un coup de soleil.

Sur la chaussée, les taxis fendent la lumière des flaques, et le passage d'un métro fait vibrer le trottoir. Jake lève la tête vers le haut des immeubles. L'année passe du bœuf au tigre. Quand il était petit, il l'imaginait en étrange créature mutante, surprise à minuit en pleine métamorphose.

Il s'éloigne de son immeuble et manque heurter une minuscule dame âgée qui pousse un chariot chargé de cartons pliés. Jake la contourne, se dirige vers le sud, passe devant les terrains de basket, un petit autel rouge aux bâtons d'encens consumés au bord du trottoir, des hommes assis dans un *yum chai*, les tuiles de mah-jong cliquetant sur les tables entre eux, des rangées serrées de motos drapées d'étoffes, des lacis d'échafaudages en bambou, des aquariums de restaurant dans lesquels des poissons condamnés tendent leurs ouïes pour chercher de l'oxygène dans l'eau trouble.

Mais Jake ne voit rien de tout cela. Il lève la tête vers les nuages de plus en plus sombres, fredonne pendant que les semelles fines de ses tennis avancent sur le trottoir. L'air est alourdi par une odeur d'encens, de pétards, et par les effluves salins, amniotiques du port.

Le bus n'arrive pas. Stella resserre son écharpe autour de sa gorge et se dresse sur la pointe des pieds pour scruter la circulation. Des voitures, encore des voitures, des motos, un cycliste par-ci, par-là, des voitures, toujours plus de voitures. Mais pas de bus. Elle lève la tête vers l'écran censé indiquer le temps d'attente. Il est vierge.

Stella sépare manche de manteau et gant afin de vérifier l'heure à sa montre. Aujourd'hui, elle travaille dans l'équipe de l'après-midi et, si le bus n'arrive pas bientôt, elle sera en retard. Elle hésite un instant : vaut-il mieux patienter pour prendre un bus qui finira bien par se montrer, ou aller à pied et n'avoir qu'un peu de retard ? Le métro serait une autre possibilité, mais il se trouve à dix minutes de là, et rien ne dit qu'il n'y aura pas de perturbations. Elle se décide pour la marche. C'est sans doute le moyen le plus rapide à présent.

Après avoir jeté un coup d'œil par-dessus son épaule pour vérifier qu'un bus n'arrive pas, Stella se met en route. La rue est froide, fait inhabituel à cette époque de l'année, le sol est dur, orné de gel qui craque sous les pieds. Les branches dénudées dessinent un motif erratique dans le ciel au gris incertain.

La voilà de retour à Londres pour travailler quelques semaines – pas davantage, espère-t-elle –, sur une émission de radio diffusée en fin de soirée. Elle a un appartement en ville, un studio à la lisière de Kennington, mais le loue le plus souvent pendant ses déplacements. Un mois à Paris, un boulot à Moscou, six mois à Helsinki. Elle n'est pas sûre de sa prochaine destination – Rome, peut-être, Madrid ou Copenhague. Stella n'aime pas rester longtemps au même endroit.

L'haleine blanche, le corps trop chaudement vêtu, elle se dirige vers le nord, vers la Tamise. Lorsqu'elle pose le pied sur Waterloo Bridge, la ville commence à se diviser en deux, et le fleuve s'élargit devant elle. Le pont a été entièrement construit par des femmes pendant la Seconde Guerre mondiale, a-t-elle lu quelque part. Aujourd'hui il est désert. Les voitures la dépassent en filant vers le nord, mais des deux côtés les trottoirs s'étirent, vides.

Au croisement, Jake saute sur la plate-forme arrière d'un tram cliquetant juste au moment où il s'ébranle. Le bas, mal éclairé, est bondé – des gens occupent les sièges et s'accrochent à la barre du plafond. Assis près de Jake, un vieil homme en gilet et pantalon défraîchi tient une cage sur ses genoux. De son perchoir oscillant, l'oiseau regarde Jake de côté avec ses petits yeux ronds et noirs. Les têtes de deux Occidentaux dépassent celles des Chinois.

Jake grimpe bruyamment les marches de bois, s'assied juste devant, sort la tête par la vitre pour avoir de l'air, et observe les immeubles de Wan Chai, agglutinés, gribouillés de néon, qui vont peu à peu se fondre dans le béton et les miroirs de l'immense centre commercial.

Les cheveux de Jake sont bruns et, pour peu qu'il reste au soleil, sa peau prend presque la nuance de celle de son ami Hing Tai, mais ses yeux ont la couleur de la mer. Il a un passeport britannique, une mère britannique et, quelque part, un père britannique. Mais Jake n'a jamais vu la Grande-Bretagne, ni son père, et n'est jamais allé en Europe.

Stella aperçoit une silhouette solitaire, loin, tout au bout du pont, qui vient vers elle. Un homme. Rapetissé par la distance. Elle pourrait lever la main et, du pouce et de l'index, l'encercler. Comme si une ficelle les tirait l'un vers l'autre, ils marchent sans relâche. Les contours de l'homme se précisent : grand, lourd, vêtu d'une veste verte.

Stella regarde en direction du fleuve, avec son énorme roue pailletée de lumières et sa rive sud occupée par un essaim de promeneurs pas plus grands que des insectes, puis reporte les yeux sur le pont, devant elle, et le choc est si énorme qu'elle en perd presque l'équilibre. Elle est obligée de se retenir au parapet pour ne pas tomber. Son cœur bute, trébuche, comme s'il ne savait pas s'il devait continuer de battre.

Stella fixe l'eau sinueuse, brune, puis l'homme. Il s'est encore rapproché, et elle se demande s'il va grandir au point de la dominer, immense et redoutable, tel un spectre du Brocken. Il la regarde bien en face à présent, les mains enfoncées dans les poches.

Elle n'arrive pas à le croire, vraiment pas. Il a la même peau boursouflée, d'un blanc rosé, la même tignasse de cheveux roux, et les yeux enfoncés dans son visage charnu.

Le temps paraît s'être ramassé sur lui-même en engloutissant les années. Stella sent déjà la peau molle, moite sous ses doigts, et l'odeur singulière de chien mouillé que dégagent ses cheveux. L'homme avance toujours. Elle pourrait maintenant le toucher. Un hurlement prend naissance au fond de sa gorge.

« Ça va, ma poupée ? »

Les doigts gantés de Stella se crispent sur le garde-fou. Il est écossais, elle le savait. Elle hoche la tête, les yeux tournés vers le fleuve dont la surface ondule, tels d'innombrables serpents au dos musclé.

« Vous êtes sûre que ça va ? » Il est juste en dehors de son champ de vision. Elle a le souffle coupé, et ses poumons ne parviennent pas à s'ouvrir pour laisser pénétrer l'oxygène. « On ne dirait pas. »

Stella hoche de nouveau la tête. Elle ne veut pas qu'il entende sa voix. Il faut qu'elle parte. Sans le regarder, elle commence à s'éloigner en prenant appui sur le garde-fou, mais est obligée de passer tout près de lui et sent même sur ses cheveux le souffle de l'homme lorsqu'il ajoute : « Bon, si vous êtes sûre », ce qui la fait trembler, se recroqueviller. « Alors, au revoir ! » dit-il.

Stella pivote pour le voir partir. La même démarche pesante, les pieds tournés en dehors, les épaules massives voûtées. À un moment, il se retourne. S'arrête une seconde. Puis reprend son chemin. « Alors, au revoir ! »

Dans un bruit de tonnerre, deux camions passent presque à la suite l'un de l'autre en fouettant l'air. Elle se met à courir maladroitement, son manteau voletant à la traîne, les immeubles de la ville oscillant devant elle. Une douleur aiguë, paralysante, s'est déclenchée dans sa poitrine, comme si une chose pourvue de dents et de griffes se débattait pour en sortir. Stella trébuche, paumes et genoux à la rencontre du trottoir, et, avant de se relever, elle regarde derrière elle.

Il a disparu. Surmonté de son dôme, le pont s'étire, incurvé et désert.

Elle se redresse avec peine. Une poussière granuleuse lui macule les mains. Ses cheveux mouillés de larmes lui collent au visage dans le vent cinglant de février. Elle regarde la rue des deux côtés sans savoir ce qu'elle cherche.

De l'autre côté de la rue, elle aperçoit le rectangle allumé indiquant un taxi libre. Elle fonce dans la circulation, un bras levé au-dessus de la tête. Une voiture fait hurler ses freins et se déporte pour l'éviter. « S'il te plaît, arrête-toi ! » marmonne Stella, les yeux fixés sur la lumière qui s'avance à toute vitesse. « S'il te plaît ! »

Le taxi ralentit et s'arrête. Stella se précipite vers lui, ouvre la portière et s'engouffre à l'intérieur.

Jake descend l'escalier lorsque le tramway effectue son double virage à l'arrêt « Central ». Il aime bien sentir le brusque va-et-vient du changement de direction sous ses pieds, il aime être debout au moment où il faut s'arc-bouter pour se préparer à ce mouvement contraire. Devant la structure lourde, aux contours irréguliers de la banque, il descend et se faufile sous la paroi de verre noir de l'immeuble où des escaliers mécaniques vides ronronnent, montent et descendent sans transporter personne.

Il grimpe la pente raide de Lan Kwai Fong en se frayant un passage dans une foule déjà dense. La rue pavée est bordée de bars et de clubs, tous fréquentés par des Occidentaux qui travaillent dans les cabinets d'affaires, les journaux, les écoles, les stations de radio, les entreprises d'informatique de l'île de Hong Kong, regagnent tous les soirs en ferry leurs appartements situés à Lamma ou à Lantau, et s'arrêtent en chemin pour siffler un peu d'alcool et retrouver leurs amis.

Jake ne vient jamais ici, mais Mel et sa bande aiment ce quartier.

Hong Kong évoque souvent à Jake une sorte de déversoir de l'Europe. Les gens qui y viennent ont quitté leur pays et leur famille pour une raison qu'ils tiennent généralement secrète. Ils en sont arrivés à des stades divers de séparation ou de fuite, à moins qu'ils ne soient à la recherche d'un élément insaisissable susceptible de parfaire leur personnalité. Du moins espèrent-ils que leur sentiment de manque ne les poursuivra pas de l'autre côté de l'océan. À condition de s'éloigner suffisamment, on peut réussir à se fuir soi-même.

Au sommet de la colline, Jake tourne à gauche pour entrer dans l'Iso-Bar. L'air y est glacial tant la climatisation est excessive, et des flopées de gens s'y pressent, un verre à la main. Jake les scrute pour repérer Mel. Soudain elle est juste devant lui. Sans même que leurs regards se soient croisés, elle lui laisse une empreinte de rouge à lèvres sur la joue et tourne la tête vers ses amis. « Je vous avais bien dit qu'il serait en retard. Je ne vous l'avais pas dit ? » Son visage danse devant lui dans la faible lumière. Ses cheveux fins, clairs, presque incolores, sont attachés en queue-de-cheval au sommet de sa tête. Elle a refermé les mains derrière le dos de Jake.

« Excuse-moi, je me suis endormi, hurle Jake pour se faire entendre par-dessus la musique. J'étais en train de lire, et tout à coup…

— Tu devais être fatigué. » Elle lui sourit.

« Oui. »

Il se libère de son étreinte pour saluer les autres. Ils lui font un signe de tête, lui sourient, lèvent leur verre, et Lucy, la meilleure amie de Mel, lui plante un baiser rapide et distrait sur la joue, avant de se retourner vers l'homme auquel elle est en train de parler. Quelqu'un donne à Jake un grand verre tout glissant de buée.

Mel se penche vers l'un de ses collègues et, les doigts agrippés au bras de Jake, lui dit très fort à cause du bruit : « Demain nous allons à Lantau voir le bouddha. Jake veut faire de la marche en montagne.

— Tu vas l'accompagner ? demande le collègue, amusé.

— Oui. » Mel hoche la tête et lance un coup d'œil à Jake. « S'il m'accepte. » Elle exerce une pression sur son bras. « Je me suis dit que je devais essayer.

— Mais tu as horreur de ça ! »

Nina pose le téléphone par terre à côté d'elle et compose l'indicatif de Londres, puis le numéro. Il y a un bref silence avant les vibrations étouffées d'une lointaine sonnerie.

Les sourcils froncés, elle patiente, tout en ouvrant l'un des sandwiches que Richard lui a préparés ce matin, afin d'en extraire les demi-lunes argentées de l'oignon. Il sait pourtant qu'elle ne mange pas d'oignon cru. Puis le halètement des ondes électroniques s'efface devant le message enregistré d'une boîte vocale : « Bonjour, vous avez composé le numéro de Stella Gilmore, au service production. Je suis soit à l'extérieur, soit dans un autre… »

Nina raccroche, rassemble les deux parties de son sandwich et en porte un coin à la bouche.

« Plus que douze minutes ! s'écrie Lucy en regardant sa montre. Et de poulets nous nous transformerons tous en cochons ! »

Mel se tourne vers Jake, une légère anxiété sur ses traits. « C'est vrai, Jake ?

— On passe du bœuf au tigre, murmure-t-il. Et ce n'est pas vraiment nous, mais...

— Si on allait dans ce bar, en bas de la rue ? propose Lucy. Celui où il y a le DJ. Venez, on y va ! »

Ils terminent leur verre et se dirigent vers la porte. Dehors, l'air est tiède et un mince voile de crachin leur mouille le visage. La rue est bondée, océan de têtes qui flottent et dansent comme des bouchons sur toute sa largeur. Jake doit se coller au mur pour laisser passer un groupe de gamins japonais. Lucy trébuche sur le rebord du trottoir et s'affaisse sur Jake. De l'autre côté Mel lui agrippe la main. Sur le trottoir d'en face, une bande de Britanniques chantent *Auld Lang Syne*.

Dans un bureau londonien un téléphone portable se met à sonner. Le bruit est étouffé, comme si l'appareil était enfoui sous un manteau, un dossier ou un sac. Plusieurs personnes installées dans des box pivotent, tendent l'oreille, l'air hésitant. Puis, comprenant que ce n'est pas leur appareil, elles se retournent.

La jeune fille qui partage le bureau de Stella retire le casque de ses oreilles et regarde l'autre poste de travail. La chaise est éloignée de l'ordinateur. À l'endroit où devrait se trouver Stella, on aperçoit les cheminées irrégulières et les toits de Regent's Street, noircis, luisants de pluie.

Devrait-elle répondre ? Stella oublie souvent son portable au boulot. Il a sonné plusieurs fois depuis une ou deux heures. Quelqu'un doit vouloir la joindre à tout prix. La sonnerie cesse aussi brusquement qu'elle a commencé. La jeune fille remet son casque. Elle préviendra à Stella à son arrivée.

Le bruit de la rue augmente comme si on avait monté le volume. Les gens s'appellent, rient, braillent. Devant

Jake un homme brandit un délicat petit dragon en papier, les dents découvertes, du feu s'échappant de ses narines. Jake se met à jouer des coudes à travers la cohue, Mel dans son sillage immédiat, Lucy derrière elle. Les autres se sont perdus dans l'agitation de la foule. De plus en plus de gens affluent pour se joindre à cette marée humaine. Jack reçoit des coups d'épaule, de coude, de hanche, de pied. Il tourne la tête pour scruter le haut de la rue. Y a-t-il moins de monde là-bas ? Non. Des têtes surgissent des voies adjacentes, et D'Aguilar Street est bloquée à mi-hauteur par un barrage de police. Il sent son cœur battre à coups redoublés, buter, et il serre les doigts de Mel.

Tout le monde tire et pousse. Jake avait oublié à quel point les gens sont égoïstes dans ce genre de situations. Trois hommes coiffés de chapeaux de fête rouges se forcent un passage, l'un d'eux lui marche sur le pied, lui écrase les orteils. De plus en plus de corps se déversent dans la rue comme de l'eau. Jake a soudain très chaud. Il se tourne d'un côté, puis de l'autre, sans savoir que faire, où aller. Mel lui dit quelque chose et, au moment où il se rapproche pour l'entendre, il trébuche et manque tomber. Il se rattrape à ce qu'il a sous la main – le manteau d'une femme qui se trouve à sa gauche – et se redresse. La femme lui lance un regard affolé, puis se détourne en silence quand Jake lui présente ses excuses. La foule pousse Jake encore plus fort, pèse sur sa cage thoracique.

« Je n'aime pas ça, dit Mel. Jake, je n'aime pas ça du tout.

— Je sais. Essayons… »

Ses mots lui sont ravis car plusieurs choses se passent en même temps, et très vite.

Derrière eux, un homme qui porte plusieurs bouteilles de bière fait un faux pas et s'écroule en avant.

Les bouteilles lui sautent des mains et tombent par terre. Le verre vole en éclats, la bière se répand sur les pavés, flaque mousseuse, sombre, glissante. Jake repousse le mur compact de corps, derrière lui, en entraînant Mel. Un soudain afflux désordonné déferle de la colline. Jake s'aperçoit que le type aux bouteilles de bière est submergé. Puis Lucy glisse, s'arrache à eux, disparaît, et la foule se referme sur elle.

Dans le jardin, Francesca se penche sur l'héliotrope qu'elle a acheté dans une pépinière à Arran. Elle vient de remarquer qu'il commence à noircir avec le gel. Francesca déteste le gel, encore plus que les pucerons aux pattes collantes qui pullulent sur ses roses en été, plus que les limaces à collerette orange qui avancent en esquintant ses capucines. Mais elle est incapable de tuer des limaces. Les empoisonner avec des produits chimiques ou les saupoudrer de sel lui semble bien trop cruel.

Elle frissonne et serre le gilet d'Archie autour d'elle. Le ciel d'Édimbourg pend, bas et lourd, tel le ventre d'une oie. Aujourd'hui, le froid a l'odeur métallique de la neige.

Son corps réagit avant son esprit aux trilles électroniques. Elle se redresse et se dirige vers la maison sans avoir eu le temps de comprendre de quoi il s'agissait. Le téléphone. Le nouveau téléphone que Stella lui a acheté.

Elle décroche, appuie sur une touche au hasard, mais le bruit ne cesse pas. Francesca soupire, attrape ses lunettes accrochées autour de son cou par une chaîne et observe mieux les touches. Il y en a une avec une minuscule image de téléphone dessus. C'est peut-être celle-là.

« Allô ? dit-elle avec hésitation, avec espoir.

— Tu ne sais toujours pas comment on décroche cet appareil ? »

C'est Nina, elle en est presque certaine. Elles ont la même voix au téléphone, et aucune de ses deux filles ne semble estimer nécessaire de se présenter. « Bien sûr que si », réplique Francesca pour gagner du temps. Si elle se trompait, ça la vexerait. « J'étais dans le jardin, voilà tout.

— Oh ! » Il y a un silence pendant lequel Francesca entend qu'on tire sur une cigarette. C'est donc Nina. « Comment vas-tu ?

— Bien. Je suis occupée. Ton père est parti à Munich.

— Pour quoi faire ?

— Je ne sais pas trop. Une conférence, je crois.

— Écoute, je ne peux pas non plus te parler maintenant, annonce Nina. J'ai un rendez-vous dans cinq minutes. Je me demandais seulement si tu avais eu Stella aujourd'hui.

— Stella ? » répète Francesca en réfléchissant. Stella est bien celle pour laquelle elle n'a pas besoin de se faire de souci. « Non.

— Quand est-ce que tu lui as parlé pour la dernière fois ?

— La semaine dernière, je crois. Ou il y a quinze jours peut-être.

— Pas aujourd'hui ?

— Non. Pourquoi ?

— Rien de spécial. Je n'arrive pas à la joindre, c'est tout. Je lui ai laissé plusieurs messages et elle ne m'a pas rappelée. » Nina tire une nouvelle bouffée. « Elle a disparu. »

Francesca se sent toujours légèrement exclue de la relation qu'entretiennent ses filles, une relation trop intime, trop elliptique pour qu'elle la comprenne. Il lui vient une idée rassurante. « Elle a peut-être pris sa journée, ou bien… »

Nina lui coupe la parole. « Elle m'en aurait parlé. »

Francesca ne sait que dire. Mais la tactique de la diversion a toujours bien marché avec Nina, aussi lui demande-t-elle : « Tu ne veux pas venir ce soir ? Il y aura peut-être un bon film à la télé. Je te ferai la cuisine.

— Bon, peut-être », concède Nina.

Mel hurle le nom de Lucy sans discontinuer et se débat pour échapper à la poigne de Jake. En effervescence, la foule braille, macère dans la transpiration et les relents tièdes de bière. Jake s'efforce de ne pas lâcher Mel tout en se frayant un passage pour chercher Lucy. Puis il y a de nouveau une énorme poussée, et il sent le sol se dérober sous ses pieds. Une marée humaine les sépare de Lucy et les entraîne vers la vitrine d'un bar où des gens dansent sur une musique qu'ils sont les seuls à entendre. Jake est plaqué contre les aspérités froides d'un mur. Mel lui a été arrachée. Il se débat, joue des coudes dans la chair qui l'entoure, essaie de dégager un peu d'espace pour parvenir à respirer, donne des coups de pied dans le mur. Ses poumons comprimés, privés d'air, le brûlent.

« Mel ! hurle-t-il. Melanie ! » Mais, dans le tumulte, il n'entend même pas sa propre voix. Un blond barbu le pousse dans le dos et une jeune Philippine s'accroche à la manche de sa veste avec des sanglots saccadés. « Mel ! » répète-t-il en tâchant de se retourner.

La foule pousse maintenant dans une nouvelle direction, vers le bas de la rue, et l'entraîne. Jake sent quelque chose de mou et d'élastique sous ses chaussures. Un corps ? Un sursaut d'affolement lui étreint la poitrine, et il s'efforce de regarder par terre, mais il est coincé entre une adolescente aux cheveux teints au henné en train de s'époumoner et une femme aux yeux écarquillés. Jake voit ses pupilles se dilater, sa tête ballotter sur son cou, sa mâchoire se relâcher.

Il agite les jambes et, suffoquant, se penche en arrière pour reprendre haleine. La bruine lui effleure le visage. Très haut au-dessus de sa tête, le ciel forme une coupole noire insondable, impassible, semée d'éclats argentés. Il entend le fluet hululement d'une sirène au loin. Il entend tout près les cris déchirants de l'adolescente, qui se perdent dans un gémissement ; les mots métalliques et confus d'une voix, quelque part, dans des haut-parleurs, qui leur demande en deux langues de cesser de pousser, de garder leur calme ; différents flots de musique en provenance des bars environnants ; le lointain crépitement des feux d'artifice tirés sur le port ; le martèlement de son sang à ses oreilles ; le terrible silence de la femme aux yeux écarquillés.

À quatre heures et demie, la jeune fille qui partage le bureau de Stella commence à s'énerver. Toutes deux doivent choisir un invité pour l'émission de la semaine prochaine ; l'une d'elles est censée avoir lu un livre, tout au moins partiellement, et rédigé les questions que posera James ; les attachés de presse n'arrêtent pas de téléphoner pour décrocher une apparition de leurs clients ; et Maxine n'a pas le temps de mettre en forme l'interview de cette semaine puisqu'elle répond au téléphone. Bon Dieu, où est donc passée Stella ?

Le téléphone du service production sonne. Elle décroche brusquement. « Allô ! Émission de James Karl...

— Maxine, dit une voix calme mais désinvolte. Désolée, c'est...

— Nina. » Maxine l'interrompt, encore plus agacée à présent. La sœur de Stella. Pas de danger qu'elle ne reconnaisse pas sa voix. Nina téléphone vingt fois par jour, et le plus souvent pour ne rien dire. Maxine et une de ses collègues en plaisantent et affirment qu'elle est incapable de se préparer une tasse de thé sans demander d'abord l'autorisation à Stella. « Elle n'est pas là, lâche Maxine.

— Je l'avais compris, rétorque Nina. Savez-vous où elle se trouve ?

— J'aimerais bien le savoir. Elle était censée arriver à une heure, mais elle n'est pas venue.

— Où était-elle ce matin ?

— Je n'en sais rien.

— Avait-elle un rendez-vous à l'extérieur ?

— Aucune idée.

— À quelle heure est-elle partie hier soir ? »

Maxine soupire. Subir un interrogatoire en règle de la sœur timbrée de Stella est bien la dernière chose dont elle a besoin en ce moment. « Nina, je suis vraiment débordée ici et...

— À quelle heure est-elle partie ? répète Nina.

— Pour l'amour du ciel ! marmonne Maxine. Je n'en sais rien... Minuit et demi. Une heure, peut-être. De toute façon, pas avant la fin de l'émission. »

Maxine entend le bruit d'un briquet qu'on allume.

« Puis-je prendre un message ? » demande-t-elle en tripotant un stylo. Il faut qu'elle se remette à cette interview – James sera furieux si le texte n'est pas prêt à cinq heures. Derrière la cloison de verre, quelqu'un lui demande d'un signe si elle veut boire un café. Maxine accepte et lève le pouce pour indiquer que tout va bien.

« Non, ce n'est pas la peine, répond Nina avant de raccrocher.

— Et au revoir, c'est pas la peine non plus ? » grommelle Maxine dans son box vide.

Il est de nouveau pris dans un mouvement de foule qui l'emporte cette fois vers le haut de la colline. On le presse tellement qu'il n'arrive plus à respirer. Devant lui la scène se désagrège, devient floue, et une douleur irradie dans son épaule jusqu'au bas de son dos. Il ne faut surtout pas tomber, ne cesse-t-il de se répéter, l'important est de rester debout, de ne pas s'écrouler. Sa cage thoracique craque et peine, il a l'impression de ne plus recevoir d'oxygène, ses membres, gagnés de fourmillements, s'engourdissent. Jake en est sûr, sa dernière heure est arrivée, rien ni personne ne saurait résister à cette situation. Son esprit est d'un calme plat, aussi lourd que du plomb fondu.

Soudain, il est propulsé contre le dos d'un homme qui pivote avec colère. « Hé là, dites donc ! » lâche-t-il avant de se retourner vers ses compagnons. Jake les dévisage. Ils sont en train de boire et de bavarder et, n'étant pas au courant des événements, fêtent avec un temps de retard l'entrée dans l'année du tigre.

L'homme qu'il a heurté est en train de dire : « Écoutez, qu'est-ce que vous feriez si un client vous emmenait dans un de ces endroits avec des têtes de cochon aplaties dans la vitrine ? »

À côté de lui, une femme glousse en renversant la gorge en arrière. « À Rome il faut vivre comme les Romains ! » s'exclame-t-elle, et ils se mettent tous à rire.

Jake sent que la pression cède autour de lui. Des corps s'éloignent. On dirait qu'une membrane a été percée : le flot humain commence à refluer. Ses jambes se tordent comme du plastique fondu, et les pavés avancent à sa rencontre. Il s'accroupit là, tousse, halète, tente d'aspirer de l'air dans ses poumons meurtris, conscient que des gens sont debout autour de lui et l'observent en murmurant. Soudain, tout semble très silencieux.

Jake lève la tête et regarde en bas de la rue.

En rentrant à la maison, derrière les Meadows, Nina s'arrête au cabinet de Richard, passe d'une démarche décidée devant une rangée de patients, devant la réceptionniste (qui ne lui adresse plus la parole depuis que, le jour de la fête annuelle du cabinet, Nina l'a traitée de grosse vache sans penser qu'elle l'entendrait), et arrive devant sa porte.

Richard est en train de ranger dans sa boîte un drôle d'appareil fait de tubes noir et acier. « Bonjour, ma jolie, dit-il en la voyant, avant de l'embrasser sur le front, ce que Nina déteste, mais elle n'a surtout pas envie d'une scène maintenant. Qu'est-ce que tu fais ici ?

— Je suis venue te voir. » Nina s'assied sur la table d'examen et croise les jambes.

« C'est gentil, dit-il, mais elle surprend le bref coup d'œil qu'il jette à la pendule.

— Je m'inquiète au sujet de Stella.

— Oh ? » Il rassemble des documents sur son bureau et regarde quelque chose sur l'écran de son ordinateur.

« Elle a disparu. »

Il est en train de prendre des notes sur une feuille. « Disparu ? répète-t-il, une astuce pour la rassurer en lui montrant qu'il l'écoute. Mais c'est une habitude chez elle. Ça fait partie intégrante de... de sa personnalité.

— Quoi donc ?

— S'évanouir dans la nature. » Richard lève les yeux. Nina le voit poser son stylo, le voit se rappeler qu'il faut y aller doucement dès qu'il s'agit de Stella. Au début de leur relation – il y a des années maintenant –, Nina lui avait lancé un ouvre-boîte à la tête quand il lui avait demandé si elle ne trouvait pas Stella un petit peu instable.

« Mais elle m'avertit toujours. Je... » Elle hausse les épaules d'un air inquiet. « J'ai le pressentiment qu'il est arrivé quelque chose. »

Richard s'approche d'elle. « Je suis sûr qu'elle va très bien. » Il lui caresse la joue. « Depuis quand est-ce que tu n'as plus de nouvelles ?

— Hier soir », répond Nina, puis elle regrette aussitôt de l'avoir dit. En voyant la bouche de Richard se crisper, elle lit le diagnostic – « hystérique » – qui lui vient à l'esprit. « Mais je lui ai laissé des tonnes de messages depuis.

— Elle va se manifester, promet-il d'une voix apaisante. Tu ne crois pas qu'elle est tout simplement occupée ? »

Nina garde le silence. Elle s'allonge sur la table d'examen et ses talons aiguilles déchirent le papier protecteur. La main de Richard se pose sur sa hanche. Elle sent sa chaleur à travers le fin tissu de sa jupe.

« Tu as peut-être besoin qu'on t'ausculte », dit-il tandis que ses doigts relèvent l'ourlet, le cal de son pouce butant sur ses bas.

Les yeux au plafond, Nina entend le bruissement du papier, l'aiguille de la pendule murale qui saute à la minute suivante, le souffle de Richard.

« Non, dit-elle en s'asseyant et en rabaissant sa jupe. Il faut que je trouve Stella. »

Jake est debout devant un comptoir en mélamine, la main droite agrippée à son bras gauche. Bien enracinée, la douleur intolérable qu'il ressent à l'épaule le vrille, et son bras pendille, tourné vers l'extérieur, comme s'il appartenait à quelqu'un d'autre. Du sang lui coule sur la joue. Il doit l'essuyer sans cesse avec sa manche bientôt tachée d'un motif tigré. Infirmières, aides-soignants et autres auxiliaires médicaux virevoltent autour de lui, affairés, électrisés.

Jake se penche une nouvelle fois sur le comptoir. « Melanie Harker, dit-il à l'hôtesse d'accueil. Elle est là ?

— Asseyez-vous, je vous prie, répond-elle sans le regarder. Le médecin va bientôt vous examiner.

— Je n'ai pas besoin de médecin. Je dois la retrouver. » La lumière blanche de la rampe fixée au plafond lui fait mal aux yeux. « Et Lucy Riddell ? Elle est là ? »

L'hôtesse le considère d'un air furieux. « S'il vous plaît, allez vous asseoir. »

S'il bouge la tête trop vite, les murs et les couloirs oscillent autour de lui. Pour ne pas perdre l'équilibre, il agrippe le rebord écaillé du comptoir. Sa main tremble autant que celle d'un vieillard. Il est encore frappé par la facilité avec laquelle ses poumons se gonflent et se dégonflent. Il n'en revient pas.

L'éclair blanc d'un médecin franchit la porte à double battant qui donne dans un couloir, sur le côté. Jake lui emboîte le pas en prenant appui sur le mur.

« Excusez-moi, excusez-moi. » Il avance dans le couloir en trébuchant, la main glissant sur la peinture luisante vert pâle.

Le médecin lui jette un bref regard en coin, mais ne ralentit pas l'allure.

« M'goi, m'goi. » Jake passe au cantonais : « *Gau meng ah*. J'essaie de retrouver Melanie Harker. Est-ce qu'elle est là ? »

Le médecin s'immobilise et le dévisage, attentif à présent, choqué, comme le sont toujours les gens en entendant un *gweilo* parler cantonais. « Melanie Harker, répète-t-il en continuant de le dévisager. Oui. Elle est ici. Je l'ai vue tout à l'heure. Elle est… » Il s'interrompt. « Vous êtes un parent ?

— Non… oui… » Jake tente de formuler une explication. Il emplit ses poumons, dont la capacité, à présent, est apparemment immense, avec la réserve d'air inépuisable qui les entoure. « Elle est ma… ma petite amie. Sa famille habite en Grande-Bretagne, réussit-il à dire. À Norfolk », ajoute-t-il sans savoir pourquoi.

Les yeux cernés par la fatigue, le médecin le scrute. « Vous a-t-on examiné ?

— Non, répond Jake en secouant la tête avec impatience. Mais je vais bien. J'ai seulement besoin de savoir…

— Vous n'avez pas l'air d'aller bien », rétorque le médecin. Il sort une mince lampe de sa poche et l'allume devant les yeux de Jake. Quand il lui touche le bras gauche, une douleur fulgurante lui descend tout le long, et Jake tressaille. « Il va falloir faire une radio. Il est cassé. Et vous êtes en état de choc. Vous allez rester ici ce soir. *Neihih ming m ming ah* ?

— *Ngor ming*. Mais quand est-ce que je pourrai… »

Le médecin lui coupe la parole. « L'état de Melanie Harker est critique. Elle est en réanimation. »

Jake contemple une lampe fixée au mur. Une mouche est piégée à l'intérieur et se cogne la tête contre le verre blanc opaque. Il a l'impression que le bruit de cette agitation lui résonne dans la tête. Il ouvre la bouche pour poser une question, mais ne sait plus laquelle.

« Je vais voir si vous pouvez lui rendre visite », dit le médecin d'un ton plus doux.

Stella est assise par terre, la tête appuyée contre la porte de l'appartement. Elle n'a pas ôté son manteau. Rien dans la pièce ne lui semble familier. Est-ce elle qui a acheté ce tableau accroché au mur, ce vase, ces livres ? Lui appartiennent-ils ? S'agit-il de sa vie ou de celle de quelqu'un d'autre ? Est-ce bien elle qui a passé tout un week-end à décaper et à cirer ce parquet, un masque sur le visage ? Pourquoi l'a-t-elle fait ? Dans quel but ?

Derrière les épaisses tiges vertes des amaryllis, Stella surprend son reflet dans le miroir. Son visage paraît exsangue, et ses traits sont saillants dès la racine des cheveux. Elle a les longues mains osseuses de son père, les yeux verts et les cheveux bruns de sa mère, et le visage d'une arrière-grand-tante d'Isernia, a-t-elle découvert récemment avec surprise en tombant chez ses grands-parents sur une ancienne photographie jaunie. Un méli-mélo, une collision de gènes.

Lorsque le téléphone sonne de nouveau, elle sursaute et se détourne de son reflet pour tirer sur les surpiqûres de ses gants. Il sonne quatre, cinq, six fois, puis le répondeur se déclenche, et elle entend la voix de sa sœur qui se dévide dans le silence.

Stella incline la tête et se bouche les oreilles.

Mel semble avoir perdu toute couleur. Sa peau est tellement pâle qu'elle se fond, comme un caméléon, dans les draps et les murs au blanc éblouissant. Des machines soupirent et éructent autour d'elle. Quelque part près du plafond un climatiseur ronronne.

« Mel ? » Jake referme les doigts sur les siens. Ils sont secs et froids, collection d'os épars. Un plastique gris lui enserre l'autre main, telle une mâchoire de crocodile. « Mel, c'est moi », murmure-t-il.

Ses yeux roulent sous ses paupières marbrées de violet, puis ses cils se séparent. Mel met un certain temps à fixer son regard sur lui. Sa bouche s'ouvre, mais aucun son n'en sort. Il la voit inspirer et déglutir. La moindre chose semble lui prendre très longtemps, exiger d'elle un gros effort. Il veut lui dire que ça ne fait rien, qu'elle n'a pas besoin de parler, mais elle lâche son nom dans un souffle, et sa main tressaute sous la sienne. Puis elle remue les lèvres, et il ne l'entend pas.

« Comment ? » Il se penche davantage. Elle ne sent pas comme d'habitude. Sous la forte odeur d'antiseptique de l'hôpital, il y a une note singulière, aigre, évoquant un objet laissé trop longtemps dans l'obscurité.

« Lucy, souffle Mel. Lucy. »

Jake détourne les yeux quand il répond : « Elle n'est pas là. » Il a toujours eu du mal à mentir, n'a jamais été très doué pour ça, craignant que la vérité, évidente, puisse se lire sur son visage comme si elle y était projetée. Lucy se trouve à la morgue, plusieurs étages au-dessous du lit de Mel. « On l'a emmenée dans un autre hôpital, s'empresse-t-il d'inventer. Le Queen Mary. À Happy Valley. »

Les yeux de Mel errent sur lui, sur son bras plâtré, en écharpe, sur les ecchymoses prononcées qui lui émaillent le visage. « Tu vas bien ? » Les mots sont hachés, séparés, comme s'ils ne formaient pas une même phrase.

« Très bien, répond-il en inclinant la tête. Ce n'est qu'une fracture. Et une épaule démise. Mais ça va. Et toi, comment te sens-tu ? »

Elle bouge la tête sur l'oreiller et soupire, couvrant de buée le masque à oxygène. Jake voit des larmes former des deltas aux coins de ses yeux. Elle remue les lèvres.

Il se penche, lui effleure la joue de ses lèvres et balaie de son front quelques cheveux humides. « Qu'est-ce que tu as dit ?

— J'ai peur », entend-il. Il est maintenant si près qu'il voit sa langue former les mots dans sa bouche. « Jake, je ne veux pas... » Ses yeux roulent avant de trouver les siens. « Je ne veux pas mourir...

— Il n'en est pas question, réplique-t-il avant de s'apercevoir qu'elle n'a pas terminé.

— ... sans t'avoir épousé. »

Penché au-dessus d'elle, dans ce service de réanimation, Jake cille. Il est sur le point de s'exclamer

« Quoi ? », mais il se reprend. Il a très bien entendu. Cette idée est tellement saugrenue que dans un recoin de son esprit il a envie de rire. Elle ne peut pas parler sérieusement. « Mel ! » commence-t-il sans savoir exactement ce qu'il veut dire, ce qu'il devrait dire. Que peut-on répondre à ce genre de propos ? À une fille qu'on connaît seulement depuis quatre mois ?

« Je ne veux pas… je ne supporte pas l'idée… » Sa voix monte comme une feuille soulevée par le vent. « … de mourir sans être… liée à toi. » Elle sanglote maintenant, et des gens accourent, des pieds se hâtent sur le carrelage. « Je ne peux pas supporter ça sans… »

Une infirmière rajuste le masque. Mel se débat, essaie de poursuivre, mais le médecin est là, tripote une machine, lui demande de ne pas parler et de se reposer.

« Peut-être… » Jake fait une nouvelle tentative, sans parvenir à mettre de l'ordre dans ses pensées. Il donnerait n'importe quoi pour pouvoir s'allonger une minute, fermer ses yeux agressés par la lumière, s'étirer dans des draps amidonnés, entendre une infirmière lui dire ce qu'il a à faire. « Peut-être vaut-il mieux attendre de voir comment tu te sens demain », dit-il. Il se rend compte de ce que ces mots ont de dérisoire et surprend son regard consterné.

« Elle ne passera pas la nuit », annonce en cantonais le médecin, à droite de Jake, d'une voix douce mais catégorique.

Jake se tourne vers lui. Il sent dans le bras et l'épaule une douleur lancinante, trépidante. Soudain, la température lui semble incroyablement élevée ici. Il regarde Mel. Ses yeux flamboient derrière le masque.

« Je suis navré », dit le médecin.

La peau hérissée de chair de poule, Stella frissonne et claque des dents. Le chauffage est éteint. Tout à l'heure, elle s'est penchée pour allumer la lumière. Au-dessus de sa tête, l'ampoule renvoie une lueur jaune. Stella n'a aucune idée de l'heure. L'immeuble et même toute la ville semblent avoir disparu, fondu autour d'elle, engloutis par la nuit. Le téléphone a sonné deux fois encore, puis s'est tu. Les voisins ont mis leur téléviseur très fort, mais l'ont arrêté. La boîte éclairée que constitue cette pièce semble errer, solitaire, dans l'espace obscur.

Stella ferme les yeux en forçant sur ses paupières. Il doit bien y avoir un moyen d'empêcher que cette histoire gouverne son existence. Combien de fois cela lui est-il arrivé ? Combien de fois l'a-t-elle reconnu sous les traits d'un étranger dans la rue, le train, un bar, un ascenseur, un magasin ? Ces visions lui gâchent la vie, semblables à des cratères d'effondrement, le sol s'érodant tout autour, devenant instable.

Stella se relève. Ce mouvement brusque lui brouille la vue, ses articulations lui font mal. Une petite créature ailée volette brièvement autour de sa tête, puis remonte en vrille vers la lumière. Stella l'observe un instant, et c'est alors qu'une idée lui traverse l'esprit. Elle paraît venir du dehors, telle la foudre qui frappe un paratonnerre, et, aussitôt qu'elle la formule, Stella prend sa décision.

Elle se lance dans l'action, jouet mécanique remonté à bloc, se déplace dans tout l'appartement pour rassembler vêtements, veste, carte routière, boussole, portefeuille, livres. Elle descend un sac de voyage du haut d'un placard et y fourre le tout, puis tire d'un coup sec la fermeture à glissière.

C'est Hing Tai qui lui a indiqué le prêtre. Il salue Jake en l'appelant Jik-ah, lui exprime sa sympathie pour ses problèmes. Une infirmière au visage grave, à la coiffe blanche et pointue juchée sur ses épais cheveux bruns permanentés, sert de témoin. Au moment où la première lueur de l'année du tigre se glisse dans la petite pièce, Jake pose une main sur celle de Mel et une autre sur le cuir noir d'un livre auquel il ne croit pas et dit oui, oui, oui, oui.

Lorsqu'elle ouvre la portière, il gèle. Il lui faut rester à l'arrêt plusieurs minutes, pendant que l'air chaud remonte du tableau de bord et que le givre étoilé fond sur le pare-brise.

Elle met les clés de l'appartement dans une enveloppe adressée à une amie. Une fois sortie des faubourgs de Londres, elle s'arrête devant une boîte aux lettres et glisse l'enveloppe dans la grosse fente rouge.

Le nombre de voitures qui circulent en pleine nuit la surprend. En apercevant un panneau indiquant ÉCOSSE/NORD, elle appuie sur l'accélérateur et sourit presque.

DEUXIÈME PARTIE

STELLA GLISSE UN COUTEAU DANS UNE ENVELOPPE FERMÉE. Le papier crème épais cède, se sépare, et ses bords s'effilochent comme de la ouate. Au moment où elle introduit un doigt à l'intérieur pour extraire la lettre, les murs tremblent.

Elle lève les yeux. Une paire de chaussures de marche soigneusement lacées descend l'escalier. Stella l'observe un instant, puis lâche sa lettre, se lève du fauteuil et se coule derrière une grande plante aux feuilles pointues, perchée sur son guéridon. Elle a déjà servi le petit déjeuner, nettoyé la cuisine, répondu à deux demandes de réservation, et n'a pas vraiment envie d'échanger des paroles oiseuses avec un client.

Celui de la chambre 4 traverse à grands pas la réception, vêtu d'une tenue d'expédition polaire, une paire de jumelles pendouillant sur sa poitrine. En arrivant devant la porte d'entrée, il tend la tête à la manière d'une tortue et lève une main ouverte pour vérifier le temps qu'il fait. De son autre main il se gratte une fesse, remarque Stella. Elle fronce le nez et laisse échapper un rire étouffé qui se répercute dans le hall désert comme une balle de ping-pong.

L'homme cesse de se gratter et se retourne. Stella retient sa respiration, cherche à la hâte comment expliquer d'une façon plausible ce qu'elle fait là, cachée derrière une plante en pot. Il ne la voit pas. Elle commence à avoir mal au cou à force de rester dans cette mauvaise position, mais ne peut se découvrir maintenant.

Quand elle entend claquer la porte d'entrée, Stella se redresse, étire tout son corps, tend les bras au-dessus de la tête, sent ses vertèbres bouger et craquer jusqu'en bas du dos. Elle se rassied dans le fauteuil, ramasse sa lettre, la défroisse sur le bureau, aplatit les boucles et les traits de plume maternels.

Sa mère a toujours écrit avec un stylo à plume. Stella sait où elle le range – dans le plus petit tiroir de son secrétaire, à droite –, et elle sait exactement quelle expression elle a eue en trempant le bec moulé, délicat dans le goulot humide de la bouteille d'encre. Elle se la représente avec autant de précision que si elle se voyait elle-même dans un miroir : avec un jet de bulles sa mère vide la poche d'air de la pipette en caoutchouc, aspire l'encre dans le stylo comme du sang dans une seringue. Francesca croise alors sûrement les chevilles sous sa chaise, pose une feuille de papier sur le sous-main placé juste au centre du secrétaire, devant la fenêtre en encorbellement, puis, après un geste évoquant un chef d'orchestre qui réduit les musiciens au silence, elle se penche sans doute en avant, appuie la plume sur la feuille vierge et commence ainsi : « Ma très chère Stella ».

Le regard de Stella glisse sur les pages : « ... ton père et moi », voit-elle. Puis : « ... en faisant notre possible pour comprendre pourquoi tu as fait ça. » Elle saute quelques lignes : « ... comment quelqu'un peut laisser tomber son travail, un très bon travail, à Londres... » Elle tourne la page : « ... une réaction vraiment curieuse... »

Stella lève la tête et regarde par la fenêtre. D'ici on aperçoit l'autre côté de la vallée – les arbres se balancent au vent le long du ruisseau qui se fraie un passage dans les marais et les tourbières, jusqu'aux maisons éparses du village. C'est une belle journée, des nuages filent dans le ciel. La surface réfléchissante du lac est plissée, agitée par le vent. Derrière l'hôtel, le terrain est plus rocailleux, plus sauvage, le sol grimpe en pente raide vers les montagnes, les rivières au cours rapide creusent leur chemin dans le roc. Stella ne regarde pas souvent par cette fenêtre.

Elle se retourne vers l'escalier au mur garni de peintures à l'huile sombres, brumeuses, dans des cadres dorés. Un homme aux favoris abondants lui jette un regard noir, un lièvre aux yeux clos pendu à son épaule, tête en bas. Un enfant qui louche, au sexe indéterminé, coiffé d'un béret écossais, a posé à côté d'une harpe. En haut des marches, la tête de cerf mangée aux mites est légèrement de travers, remarque Stella.

La lettre est toujours dans sa main. Elle se termine par : « Je te souhaite que tout aille pour le mieux, Affectueusement. » Puis les larges courbes de la signature maternelle. « Je te souhaite que tout aille pour le mieux, Affectueusement. »

Stella rapproche les pieds, et les boucles de ses sandales s'accrochent. Ses doigts sont glissés sous ses cuisses. Elle mâche la dernière bouchée grasse de saucisse et l'avale. Maintenant il n'y a plus que les fèves dans son assiette. Elle a mangé avec soin tout le reste et les a repoussées au bord en s'assurant que rien ne les touchait.

À l'angle de la table, sa grand-mère s'appuie sur ses coudes et dit quelque chose à propos de petites assiettes. En face, les yeux baissés, Nina répartit le contenu de son assiette en parts géométriques égales. Quand leur mère doit travailler en semaine, leur grand-mère – leur grand-mère écossaise, la mère de leur père – vient s'occuper d'elles. « Qui d'autre vous ferait la cuisine ? » demande-t-elle, question qui, Stella le sait, ne nécessite pas de réponse. Sous la table le chat se faufile, invisible, entre chevilles et pieds de chaise, sa fourrure leur effleurant les tibias.

Stella rassemble son couteau et sa fourchette dépareillés d'un geste le plus furtif et silencieux possible. La fourchette émet un infime cliquetis contre la porcelaine, mais il se peut que personne ne l'ait entendu, que personne ne s'en soit aperçu.

« Enfin, Archie, il y a sûrement des collègues qui peuvent t'aider avec… » Stella entend la voix de sa grand-mère se perdre dans le silence. Les yeux fixés sur les plis monotones de sa jupe d'écolière, elle sent bien que sa grand-mère, la dominant de toute sa hauteur, la regarde. Ou plus exactement regarde son assiette.

« Tu ne manges pas tes fèves, ma chérie ? » Mélodieuse, la voix de sa grand-mère affecte un ton détaché.

Le père de Stella fait pousser des fèves dans son coin de jardin, ce qui est mal vu par les autres résidents de l'immeuble, qui préfèrent roses et cyclamens. Stella adore les cueillir, démêler les longues cosses enflées de la guirlande des feuilles ; elle adore les ouvrir pour y trouver les rangées parfaites de fèves couchées dans la fourrure argentée. Mais, une fois bouillies par grand-mère Gilmore pendant vingt bonnes minutes et servies sur une assiette, elles sont métamorphosées : une peau fripée, durcie, s'accroche à deux moitiés jumelles qui crissent sous les dents. Le goût en est écœurant, la texture sèche. Elle n'arrive pas à les avaler, vraiment pas.

« J'en veux pas.

— Pardon ? réplique grand-mère Gilmore sans se départir d'une politesse exaspérante.

— Peut-être…, commence son père tout bas, mais Stella voit le geste immédiat de sa mère pour le réduire au silence.

— Allons ! » Grand-mère Gilmore se penche, attrape la fourchette de Stella et y pousse trois choses vertes. « Goûte au moins. Si ça se trouve, tu vas les aimer. »

Stella pince les lèvres et recule au fur et à mesure que la fourchette avance vers elle.

« Ouvre la bouche. »

L'odeur farineuse, une odeur de compost, lui monte aux narines. Elle secoue la tête.

« Stella, ouvre la bouche. »

Elle regarde fixement les trois fèves. Pourrait-elle les avaler ? Mais elle imagine la sensation glacée, compacte sur sa langue humide, chaude, et l'irritation de ses glandes salivaires qui s'activeront pour les digérer. Sa gorge se ferme et, en même temps, son estomac se soulève. Elle suffoque, tousse. Sa grand-mère doit avoir mis à profit le moment où elle a desserré les lèvres car du métal lui heurte les dents et sa bouche est pleine de trucs verts caoutchouteux.

Stella a un haut-le-cœur, sa bouche est inondée d'un liquide âcre, et les fèves jaillissent sur la nappe. Elle sanglote et se couvre le visage de ses mains, telle une herse de château fort.

« Bon, inutile de nous battre, dit sa grand-mère en reposant bruyamment la fourchette. Tu restes ici tant que tu n'auras pas tout mangé. » Elle replace dans l'assiette les fèves recrachées. « Et celles-là aussi. Tout. »

Stella entend son père marmonner quelque chose.

« Archie, il faut qu'elle apprenne », conseille sa grand-mère.

À travers ses doigts, Stella voit sa grand-mère débarrasser les assiettes, son père ajouter de l'eau dans le verre de Nina. Une fois la nuit tombée, leur mère reviendra du café en sentant le tabac, l'eau savonneuse et le café, et apportera un petit pot de *gelato di cioccolata* pour elle et de *gelato di fragola* pour Nina. Elle a chaud derrière le bouclier de ses mains, et ses bras lui font mal, mais elle ne veut pas les baisser. Un par un, tous se lèvent de table. Avant de partir, Nina lui jette un bref regard indéchiffrable.

Stella décolle les mains de son visage. La maison est tranquille autour d'elle. Elle aperçoit sa grand-mère assise dans le jardin, en train de lire un journal. Un poste de radio marche quelque part. Des pas se font entendre dans la pièce du dessus. Tout le monde semble très loin. Sur le rebord de la fenêtre le chat lui présente son dos tigré. Non, pas moyen. Un chat ne mange pas de fèves. Elle ne regarde pas son assiette. Pas question qu'elle les mange.

Puis, derrière elle, une porte s'ouvre tout doucement. Stella ne se retourne pas. Elle se demande si c'est grand-mère Gilmore. Revenue la sauver ? Ou revenue la gronder ? Mais c'est Nina, qui avance sur la pointe de ses pieds déchaussés. Stella la dévisage, les joues encore empesées de larmes séchées. Sa sœur met sur la bouche un doigt droit comme un I.

Nina se penche, tend la main et attrape la fourchette. Elle transperce les fèves une par une, en plein cœur, ouvre la bouche et les y engouffre. Quand la fourchette ressort, elle est vide, toute d'argent luisant. Nina mâche, vite, avec concentration, et avale. Une fois. Deux fois. Puis elle sourit, repose la fourchette et se sauve de la pièce.

Au commencement était Nina. Stella est sûre que c'est son visage qu'elle a vu en premier, ou du moins c'est son premier souvenir. Leur mère raconte que Nina est restée toute la journée agrippée aux barreaux du berceau de Stella.

Longtemps Stella a été incapable de se différencier de sa sœur. Elle pensait que Nina était elle, ou qu'elle était Nina, qu'elles ne formaient qu'un seul et même être. Des années durant elle a cru que le sang qui battait dans leurs veines était relié, d'une façon ou d'une autre, et que, si elle se coupait, elle verrait des gouttes cramoisies suinter d'une partie du corps de Nina.

Mais elle a gardé un souvenir précis du jour où Nina l'a soulevée devant le miroir de la chambre qu'elles ont partagée jusqu'au moment où Stella a quitté la maison – même si elle est la cadette, c'est elle qui est partie la première. Il faisait chaud. Elles étaient toutes les deux en short, on devait donc être en été. L'époque du festival, peut-être. Elle a l'impression qu'elle entendait au loin le ronronnement d'avions qui striaient le ciel au-dessus de la ville, et le doux murmure de la foule pendant un spectacle aux Meadows. Mais peut-être l'a-t-elle imaginé depuis.

Nina a glissé les mains sous ses aisselles et l'a attirée contre elle. Sa peau frottait contre celle de Stella dans une torsion douloureuse. Nina a dû fournir un gros effort pour la soulever du sol – déjà à l'époque Stella avait presque rattrapé sa taille.

Stella a vu la courbe d'un second front s'élever dans le carré argenté du miroir, et soudain deux visages sont apparus à la surface lisse de ce monde inversé. Ça lui a fait un choc. Ils étaient presque identiques, mais pas tout à fait. Celui de Nina était plus étroit, plus anguleux, ses cheveux légèrement plus roux dans la langue fourchue du soleil d'été qui se coulait à l'oblique par la haute fenêtre.

Il n'y a pas de ciel ici. Seulement des vapeurs blanc grisâtre, dépourvues de profondeur. Jake lève un instant la tête pour observer les zébrures noires qu'y découpent les oiseaux. Puis il pivote, les cheveux plaqués sur les yeux par le vent, et regarde en direction du village noyé de brume, qui paraît se dissoudre dans l'air. Ornés de cailloux brun foncé, regroupés pour lutter contre le vent, les bâtiments sont dominés par le moulin, haut cône dont l'immense voilure dessine un gigantesque X noir qui semble lui conseiller de partir.

Jake frissonne dans ses vêtements d'emprunt. Depuis son arrivée dans ce pays, il n'a pas réussi à se réchauffer.

Une vague agitée couleur de thé tourne et vire sur les galets marron. Un oiseau au bec recourbé file sur la plage, ailes repliées sous le corps. Un débris flotte sur la mer, malmené par une houle invisible. Jake scrute un horizon qu'il distingue à peine : ciel gris, mer grise. Cet endroit est pour lui le bout du monde.

Il enfonce les mains dans ses poches, fait demi-tour et remonte sur la plage, puis traverse les marais couverts de broussailles et de grands roseaux qui bougent. Lorsqu'il passe sous les ailes du moulin, elles vibrent au vent en émettant des notes aiguës de moustique.

Il saute par-dessus la clôture du jardin, se rappelle trop tard que l'herbe humide traverse toujours ses semelles. Pourquoi s'embêtent-ils donc avec des clôtures, qui en général sont faites pour interdire tout passage mais sont ici tellement basses qu'un enfant pourrait les franchir ? Il longe le côté de la maison, passe devant les arbres en espalier, avec leurs branches maintenues dans des cadres en fil de fer. Il est incapable de regarder ces arbres sans éprouver une sorte de douleur compatissante dans les épaules.

Lorsqu'il entre dans la cuisine, ses chaussures trempées font un bruit de succion. Il se penche, les retire d'un geste brusque et les lance près de l'énorme cuisinière bouillante, dans le coin. Comment appellent-ils cet engin déjà ? On dirait une machine à vapeur. Un mot curieux. Aga. Voilà. Aga.

Il ouvre le minuscule bac à glaçons du réfrigérateur et fourre des rectangles craquants et fumants dans un verre qu'il emplit d'eau. Il attrape un bol sur une étagère et y verse des céréales.

Pieds nus, il grimpe l'escalier, le plateau devant lui. Comme cette fichue infirmière, Florence Nightingale. Il devrait se procurer une lampe. Dans la chambre, la lumière semble diffusée par une fournaise derrière les rideaux à fleurs. Il dépose le plateau sur la table de chevet. L'édredon remonté jusqu'à l'oreiller couvre un corps en forme de chrysalide.

Lorsque Jake s'assied au bord du lit, son poids fait rebondir le matelas. Rien. Aucun mouvement. Aucun signe. Il se penche en avant et rabat l'édredon. « Hé ! murmure-t-il. Tu es réveillée ? »

Jointes comme si elle priait, ses mains sont glissées entre son visage et le coussin. Dort-elle encore ? Non. Ses yeux s'ouvrent lentement et elle le regarde.

« Je t'ai apporté le petit déjeuner. »

Il l'aide à se redresser, arrange les oreillers derrière elle, dépose le plateau sur ses genoux.

« Tu es tellement gentil avec moi. » Elle lui sourit, des taches de couleur sur les pommettes. À cause de la chaleur de la pièce ? Ou de la fièvre ? Il devrait peut-être s'en assurer. « Je ne sais pas ce que je ferais sans toi. »

Elle pose un instant sa main sur la sienne, puis Jake se lève, s'approche de la fenêtre, tire les rideaux et regarde dehors.

« Jake, tu as encore mis des glaçons dans l'eau ? » Sa voix est basse, taquine.

Il se retourne. « Oh ! C'est possible. »

Elle secoue la tête. « Ce n'est pas la peine maintenant que nous sommes dans un endroit au climat normal. »

— Excuse-moi. » Il croise les bras. « La force de l'habitude. »

Mel remue les céréales, puis en porte une cuillerée minuscule à sa bouche.

« Est-ce que tu as bien dormi ? lui demande-t-il.

— Pas vraiment. » Elle fait la grimace. « Mais ça va. »

Pour sa part, il ne dit pas qu'il reste éveillé presque toute la nuit à l'écouter respirer dans son sommeil, chaque expiration s'accompagnant d'un infime sifflement strident. Voilà ta femme, entend-il dans un coin de son esprit, elle est ta femme. Il se retourne vers la fenêtre, en agrippe le rebord, laisse son regard se perdre sur la rangée de cottages, sur les arbres courbés par le vent, la route sinueuse mouillée, la mer ridée, la boue de l'estuaire plat, comme s'il ne les avait encore jamais vus. Que fait-il dans ce pays ? Comment s'est-il retrouvé ici ? Entre eux la glace se ratatine dans le verre.

Jake connaît l'histoire par cœur et, quand il était petit, il se la racontait parfois à rebours, en commençant par sa propre existence pour remonter le temps, comme un généalogiste.

Caroline, sa mère, décida de quitter la Grande-Bretagne et de rejoindre le flot de ceux qui changeaient de vie et prenaient la route de l'Orient. Londres était gris, mouillé, froid, et, quand l'homme qui partageait son lit lui énuméra les charmes de l'Inde, sa chambre aux murs balafrés d'humidité et son chauffage au gaz capricieux ne lui parurent pas capables de soutenir la comparaison. Ses parents ne lui avaient pas adressé la parole depuis plusieurs mois, néanmoins elle téléphona à son frère pour lui annoncer son projet. Il répondit que, si elle partait, la famille la considérerait comme morte. Après avoir raccroché, elle appela l'homme pour lui confirmer que oui, elle venait, qu'il lui garde donc une place.

Jake est sidéré par l'âge qu'elle avait – elle était beaucoup plus jeune qu'il ne l'est à présent – quand, plantant là toute sa vie, elle s'en alla en camping-car avec trois hommes et une autre femme. Ils traversèrent l'Europe, la France, la Turquie, l'Iran, et arrivèrent en Afghanistan. À Hérat ils lâchèrent l'autre femme et un homme, et furent rejoints par un Allemand, un chat et un perroquet. À Kaboul ils lâchèrent Caroline. « Une question d'incompatibilité », répondait-elle avec un soupir quand Jake lui en demandait la raison. Elle continua toute seule en stop jusqu'au Pakistan.

À Islamabad elle était assise au bord de la route avec son paquetage et « le régime de bananes le plus gros que tu aies jamais vu ». Un type en moto s'arrêta et lui proposa de la prendre. « Il avait des cheveux bruns attachés en catogan, lui racontait Caroline en souriant et en laissant ses doigts errer dans les cheveux de Jake, de jolis yeux bleus – exactement comme les tiens – et une belle voix grave. Avec un accent écossais. C'est l'accent qui a été le facteur décisif. »

Il s'appelait Tom, ça, au moins, elle pouvait le lui dire, mais elle ignorait son nom de famille. « On ne pose pas ce genre de questions. » Pendant qu'ils fonçaient en pétaradant à travers le Pakistan, puis parcouraient l'Inde, d'Amritsar à Dharmsala, il évoqua la communauté qu'il avait créée quelque part dans les Highlands, près d'Aviemore, à un endroit qui s'appelait Kildoune. « Apparemment, elle avait bien fonctionné, pas comme tant d'autres. Il l'aimait tant qu'il en parlait tout le temps. »

Ils se séparèrent à Dehli après avoir passé trois semaines ensemble. « Tom voulait aller dans un ashram, pas moi. J'avais l'intention de pousser jusqu'au Népal. » Deux jours après lui avoir dit au revoir et l'avoir vu englouti par la foule grouillante d'une rue de Dehli, elle s'aperçut qu'elle était enceinte. Arrivée à ce passage de son histoire, elle prenait l'air coupable et chantonnait : « Une fois arrivée à Katmandou, je savais que je t'attendais. »

Mais elle se retrouva à Hong Kong, un endroit où elle n'avait jamais pensé atterrir, enceinte de sept mois, avec six dollars américains pliés dans sa poche arrière. Elle se dit qu'elle allait rester trois mois – le temps d'accoucher et de gagner un peu d'argent pour acheter un billet et repartir, s'imaginant déjà en train de parcourir le monde, le bébé sur la hanche.

Bientôt elle trouva un boulot d'enseignante d'anglais et un logement : un deux-pièces au dix-neuvième étage d'un immeuble, dans le quartier chaud de Wan Chai. « Dix-neuf, c'était aussi mon âge, un signe que je devais y emménager », disait-elle. Les cheveux nattés, son unique paire de chaussures aux pieds, elle prenait l'escalier mécanique jusqu'à Mid-Levels pour apprendre l'anglais aux enfants bien nourris d'expatriés. Ce qui lui donna l'occasion de s'apercevoir qu'elle était douée pour l'enseignement, qu'elle aimait ça. « Jusque-là, je n'avais été douée pour rien. »

Une fois le bébé né, elle l'appela Jake Kildoune, se fondant sur le seul élément concret qu'elle connaissait du père. Elle voulait lui donner un nom nouveau, qui lui appartiendrait en propre. Celui d'un lieu, se dit-elle, le relierait au monde et non aux gens, et le libérerait à jamais de toute emprise familiale étouffante.

Puis elle se persuada de rester quelques mois encore, de gagner un peu plus d'argent, de patienter au moins jusqu'au sevrage du bébé. Mme Yee, qui habitait à l'étage du dessous, s'occupait de Jake pendant la journée, un arrangement conclu, grâce à des gestes et à un manuel de phrases usuelles en cantonais et en anglais, dans le hall de l'immeuble en attendant l'ascenseur. Mme Yee avait un fils de l'âge de Jake, Hing Tai ; elle disait qu'un ou deux, ça ne faisait pas grande différence, et d'ailleurs la couleur des yeux et la peau blanche veloutée de ce bébé la fascinaient. En outre – ce qu'elle n'avait pas dit à Caroline –, elle plaignait cette pauvre *gweilo* solitaire avec ses longs vêtements flottants, ses longs cheveux flottants, et son minuscule bébé attaché dans le dos.

Rien n'incitait Caroline à regagner la Grande-Bretagne. Ses parents tinrent promesse. À ses aérogrammes, ses lettres, ses cartes, elle ne reçut jamais de réponse. Elle décida alors de rester encore un peu, puis un peu plus, le temps de faire des économies, et un beau jour, en se retournant, elle s'aperçut que Jake avait seize ans, et que, les pieds sur la table de la cuisine, il lisait un livre, la radio à fond, tout en fendant des graines rayées de tournesol et en les éparpillant par terre. Cinq ans plus tard, elle finirait par partir en Nouvelle-Zélande avec un homme qui avait davantage l'âge de son fils que le sien. Jake continuerait d'habiter l'appartement dans lequel il était né. Il mettrait plusieurs mois à s'habituer à cet espace.

Tout, dans le monde de Jake, avait deux noms, un anglais et un cantonais, même lui : pour sa mère et pour les Blancs qu'il connaissait, il était Jake, mais les Chinois l'appelaient Jik-ah. Mme Yee lui parlait toujours cantonais, sa mère anglais, si bien qu'il grandit en pensant qu'il était normal que le monde soit double.

Les Chinois de Hong Kong ont un mot pour qualifier celui qui s'est trop assimilé aux colonialistes à peau pâle : c'est une banane, crachent-ils, jaune à l'extérieur, blanc à l'intérieur. Jake n'a jamais très bien su si ça le concernait, lui qui était né et avait été élevé à Hong Kong, un enfant bilingue, éduqué dans l'école pour riches Européens où enseignait sa mère, mais qui redescendait tous les soirs la colline pour regagner son modeste immeuble. Ses camarades de classe l'appelaient le Chinetoque, se moquaient des bandes dessinées chinoises qu'ils trouvaient dans son sac, étiraient le coin de leurs yeux quand ils le voyaient arriver. Dans son enfance, Jake passait des heures à essayer d'imaginer quelque chose de blanc à l'extérieur et jaune à l'intérieur. Qu'est-ce qui était le contraire d'une banane ?

Il alla voir sa mère, qui, allongée sous le ventilateur du plafond, écrivait une lettre. « Qu'est-ce qui est blanc dehors et jaune dedans ? » lui demanda-t-il en agrippant le drap de ses doigts moites.

Elle leva les yeux en souriant, comme s'il s'agissait là d'une énigme ou d'une plaisanterie dont elle attendait la chute. Puis Jake vit son sourire se faner, tel un vêtement laissé trop longtemps au soleil. Elle réfléchit avec rapidité et concentration, en se mordant la lèvre. Ils restèrent ainsi un moment, elle muette, lui debout à côté du lit, en train d'attendre.

« Un œuf, dit-elle enfin. Un œuf dur. »

Il mangea des œufs durs au dîner pendant une semaine entière. Sa mère ne fit pas de commentaire. Tous les soirs elle lui demandait : « Qu'est-ce que tu as envie de manger, Jakey ? » et il répondait : « Un œuf dur. » « D'accord. » Dans la cuisine elle en faisait cuire deux dans une casserole d'eau. Ensuite elle les passait sous le robinet pour qu'il ne se brûle pas en épluchant le sien. Il en retirait toute la coquille, puis plaçait dans sa main la masse blanc grisâtre glissante, aussi dense et dure qu'un globe oculaire. Le jaune coagulé formait toujours un rond parfait, parfois encore chaud, encore liquide, cœur jaune moelleux.

Il lui arrive d'entendre des inconnus marmonner dans son dos « *gweilo* » – diable étranger, spectre ambulant. Selon son humeur, il peut se retourner et leur assener une réplique dans un excellent cantonais à l'intonation parfaite. D'autres fois il ne le fait pas.

Ils étaient en train de filmer une scène sur l'un des escaliers de pierre sinueux, cachés, qui grimpaient telles des colonnes vertébrales au centre des bâtiments. Une criminelle belle mais solitaire finissait par rencontrer son plus grand rival – un criminel beau mais solitaire. Jake parcourut le plateau des yeux. Tout était prêt : éclairage, caméras, équipe, maquillage, acteurs, script, réalisateur. La vedette approchait de sa cigarette la flamme jaune crépitante d'une allumette quand le bruit étouffé, singulier d'une voix électronique s'éleva quelque part derrière un mur, horripilant et continu.

Chen, le réalisateur, hurla : « Coupez ! », les acteurs s'éloignèrent avec impatience de leurs marques, l'équipe regarda le plafond incliné, les murs suintants, tendit l'oreille.

« D'où est-ce que ça vient ? » Chen arracha sa casquette. Tout le monde tourna la tête, dans un sens puis dans l'autre, pour essayer de repérer l'origine du bruit.

« Qu'est-ce que c'est ? » brailla Chen, avant de pivoter vers Jake, comme toujours dans les moments de crise.

Jake posa le clap. « Je vais voir. » Il franchit la porte coupe-feu et passa de la cage d'escalier sombre, chaude, couverte de graffitis, au couloir carrelé. L'éclairage fluorescent bourdonnait pendant qu'il avançait tête penchée sur le côté, oreille tendue. Il n'y avait aucun autre bruit – pas de téléviseurs, pas de radios, pas de halètements, de cris révélateurs de rapports sexuels, pas de conversations menées derrière l'alignement de portes fermées. Les mains parcourant les murs mouchetés, Jake collait l'oreille au béton comme un médecin ausculte le cœur. Une caméra de surveillance clignait de l'œil au plafond.

Le couloir formait un coude et Jake déboucha dans un cul-de-sac pourvu de deux ascenseurs. Les portes d'acier étaient fermées et, au-dessus, des chiffres rouges clignotants défilaient dans un carré noir. Le bruit était plus fort ici.

Jake se pencha vers une porte d'appartement. Le bruit diminua. Il s'approcha d'une autre : là, il était plus net, on percevait des mots distincts. Il écouta un instant. Une voix enregistrée parlait d'un chat qui allait se promener tout seul. Jake fronça les sourcils, puis sourit. Il reconnut une histoire que sa mère lui lisait. Qui pouvait bien écouter des histoires enfantines anglaises en plein milieu de l'après-midi ?

Il passa la main à travers la grille de sécurité de la porte, appuya sur la sonnette et attendit tout en se retournant et en voyant les chiffres de l'ascenseur trembloter et se stabiliser. Derrière lui la porte s'ouvrit dans un chuintement. Il se retourna et vit une jeune femme blanche qui tenait par la main un petit garçon chinois.

Tous deux le regardèrent, l'enfant avec des yeux écarquillés, la jeune femme louchant sous sa frange.

« Excusez-moi de vous déranger », commença Jake. Pourquoi le dévisageait-elle ainsi ? L'avait-il déjà croisée quelque part ? Non, il ne le croyait pas. « Je fais partie d'une équipe de cinéma, nous sommes en train de tourner dans la cage d'escalier, et nous nous demandions si vous ne pourriez pas éteindre votre magnétophone pendant une demi-heure environ. » Embarrassé, il haussa les épaules. « Peut-être un peu plus. Ça vous ennuierait ? »

Le regard de la jeune femme passait d'un côté de son visage à l'autre, comme si elle n'arrivait pas à décider sur lequel s'arrêter. « Mon magnétophone ?

— Oui, dit-il avec un signe de tête. Le bruit passe par le mur, vous comprenez.

— Oh ! » Elle repoussa ses cheveux en arrière. Jake fut surpris de voir une tache rouge monter de son encolure à ses joues. « C'est que... je donne un cours, expliqua-t-elle en désignant le petit garçon. Mais je n'en ai plus pour longtemps. Encore dix minutes.

— Dix minutes ? D'accord. Ça devrait aller. Désolé de vous avoir dérangée.

— Miss Mel ! souffla l'enfant en lui tirant sur le bras. Miss Mel !

— Tais-toi un instant, s'il te plaît, dit-elle en regardant toujours Jake.

— Sois sage avec ton professeur, dit Jake au petit Chinois en cantonais. Merci, ajouta-t-il à l'adresse de Mel. Au revoir. »

Tous deux le suivirent des yeux.

Ce jour-là, elle se rendit deux fois dans la cage d'escalier pour sortir des ordures. Le lendemain, pendant qu'ils filmaient dans le hall, elle passa quatre fois en une heure. Le surlendemain, elle téléphona à la maison de production et laissa deux messages très hésitants sur la boîte vocale de Jake – la standardiste le prévint en gloussant qu'elle avait demandé « le garçon aux yeux bleus ». Le quatrième jour, toute l'équipe le taquinait à propos de son admiratrice obstinée. « Regarde, voilà encore celle qui te court après, Jik-ah », braillait l'ingénieur du son quand il la voyait passer. Ce soir-là, une fois la journée de travail terminée, il l'attendit devant l'immeuble pour la dissuader de surgir ainsi sur le plateau. Il était également curieux de voir une femme manifester autant son désir et ne pas se laisser détourner de son but. Il l'emmena dans le tram vertigineux qui grimpait jusqu'au pic Victoria, d'où ils observèrent le Star Ferry qui piquetait de lumières l'eau noire du port.

Francesca plante des bulbes, la marque de ses genoux imprimée au bord de la pelouse humide. Le sol du nouveau jardin est épais et sombre. Il a plu pendant des semaines d'affilée, et la terre est détrempée entre ses doigts. Chacun de ses ongles est couronné de noir. Elle enfonce un enchevêtrement de racines dans le trou, puis tasse la terre tout autour. Il faut qu'elle se dépêche : sa mère sera là dans une demi-heure et, si elle la voit courbée à jardiner, elle poussera des cris d'orfraie pour plaindre la *poverina bambina*. Cela fait plus de quarante ans qu'elle se trouve dans ce pays, mais elle n'en maîtrise pas encore la langue. Francesca a toujours dû faire office de filtre linguistique entre ses parents et le monde – rédaction de lettres, appels téléphoniques, traduction de l'avis d'échéance du loyer, de la déclaration de revenus, des factures, des ordonnances.

Le renflement tendu de son ventre repose sur ses cuisses, les pieds du fœtus compriment ses poumons. Ce bébé est différent du premier. Il peut rester des heures durant d'une tranquillité absolue, presque inquiétante, sans bouger un seul membre, puis quelque chose le réveille – un bruit, un borborygme, l'écho vibrant d'une toux, Francesca ne sait jamais quoi au juste – et il se lance dans une agitation impétueuse, cyclothymique, avec galipettes, coups de poing et de pied, comme s'il était aux prises avec un assaillant invisible. Sa fille aînée lui était déjà familière avant la naissance, Francesca avait l'impression qu'elle la reconnaîtrait quand on la lui montrerait, toute sanguinolente, dégoulinante, fripée, mais cette fois, elle n'a aucune idée de ce qu'elle va mettre au monde. Son bébé peut avoir n'importe quel tempérament.

Nina se trouve quelque part derrière elle. Francesca entend son halètement et le raclement de ses petits pieds informes sur l'herbe. Une main chaude lui agrippe l'épaule et une mèche de cheveux, et Nina apparaît, empourprée, déterminée, tenant une poupée par un pied.

« Coucou ! » Francesca enlace sa fille d'un bras et plante un baiser dans les plis de son cou. Surprise, titubante, Nina recule, déséquilibrée par ce soudain témoignage d'affection. « Qu'est-ce que tu mijotes ? »

Nina fronce les sourcils. « Caca ! reproche-t-elle en montrant les mains de Francesca maculées par le jardinage.

— C'est seulement de la terre, regarde, c'est bon. » Elle essaie de mêler les doigts de Nina aux siens, ne voulant pas que sa fille devienne trop délicate, chichiteuse.

Nina retire aussitôt sa main. « Non, gémit-elle. Caca.

— Bon, d'accord, excuse-moi. » L'expression vexée, indignée sur le visage de sa fille lui donne envie de rire, mais elle se mord la lèvre. « Excuse-moi », répète-t-elle d'un ton plus sérieux.

Nina l'examine d'un air critique. Ses grands yeux verts parcourent son visage, ses cheveux, ses épaules et son cou, puis s'arrêtent sur le renflement qui apparaît sous sa chemise. Tendue, prête, Francesca patiente, n'osant plus respirer. Elle n'a pas encore parlé de sa grossesse à Nina : un ami d'Archie, psychologue pour enfants, lui a conseillé d'attendre qu'elle aborde elle-même le sujet. Va-t-elle en parler ? Oui, s'il te plaît.

Le regard de Nina monte jusqu'au visage de sa mère, puis revient sur son ventre. « C'est quoi, ça ? » demande Nina de sa voix flûtée.

La colonne vertébrale de Francesca se tend et s'allonge vers le soleil de printemps, comme si un fil invisible la tirait vers le haut. Depuis des mois elle prépare cette scène et, à présent, elle est si surexcitée que les mots jaillissent de sa bouche telles des bulles de champagne. Elle inspire par le nez, expire par la bouche, comme on le lui a appris pour se préparer à l'accouchement.

« C'est un bébé », dit-elle, prononçant là les premiers mots de son discours tout prêt. Elle tient absolument, plus qu'à n'importe quoi au monde, à ce que ces deux sœurs soient heureuses, s'aiment ; et elle sait que ce qu'elle va dire au cours des prochaines secondes marquera à jamais Nina et l'enfant à naître. « Pour Nina », ajoute-t-elle.

Nina se rapproche, une main agrippant sa mère. Francesca sent le bébé s'ébrouer, s'étirer, courber le dos comme s'il se réveillait d'un long sommeil.

« Pour Nina ?

— Oui. » Francesca déglutit avec nervosité. Elle porte le dos de la main à sa joue. La grossesse lui donne un sentiment de chaleur, de plénitude. « Pour toi. Le bébé sera ta sœur. Quand elle va naître, elle sera toute petite, pas plus grande que ça. » Francesca écarte les mains, comme un pêcheur évoquant une prise fantastique, et parle lentement tout en scrutant le visage de Nina. « Et nous allons devoir nous occuper d'elle, toi et moi, parce qu'elle ne saura rien faire toute seule. Ni manger, ni s'habiller…

— Une sœur, dit Nina, et Francesca se rend compte qu'elle n'avait encore jamais prononcé ce mot. Pour Nina. »

Francesca incline la tête, prend la main de sa fille entre les siennes et l'appuie sur le dôme dur, compact de son ventre. « Voyons si nous la sentons bouger. »

Elles attendent. Une tondeuse à gazon rugit et éructe dans le jardin voisin, derrière le mur. Le grelot de la camionnette qui vend des glaces tinte quelque part sur la route. Nina n'a pas l'air convaincue. Allons, juste une fois, adjure Francesca. Elle se représente le bébé tel qu'elle l'a vu sur l'écran gris, brouillé, lors de la première échographie, en train de flotter tête en bas, trapéziste en chute libre attendant le salut de la corde. Francesca surprend un mouvement brusque, une rotation – un serpent qui se débarrasse de sa vieille peau.

Le visage de Nina est tendu, incrédule, on dirait un voyageur à qui on vient d'affirmer que la Terre est plate, tout compte fait.

Stella est allongée sur le ventre, le menton posé sur les mains. Si elle plisse les yeux d'une certaine façon, le soleil transforme ses cils en prismes, et son champ de vision s'ourle de joyaux. Sa mère est assise sur une couverture avec Evie, au fond du jardin. Evie est l'amie de sa mère. Toutes deux bavardent à voix basse, rient, boivent du vin, et parfois Evie passe les doigts dans les cheveux de sa mère. Il suffit d'un seul mot d'Evie pour que sa mère s'esclaffe en renversant la tête en arrière ; son cou s'allonge alors et des larmes lui mouillent les joues.

Les cheveux d'Evie ont la couleur de l'or – « Ils sont teints, bien entendu », dit son père d'une manière qui, d'après Stella, montre bien qu'il n'aime pas beaucoup Evie. Ses ongles ressemblent à des pétales enrobés de sucre candi lilas, rose, blanc nacré, ou écarlate. Elle porte des cardigans en dentelle avec des boutons qui tirent sur sa poitrine, des tas de colliers cliquetants et des chaussures rouges à hauts talons qu'elle permet parfois à Stella d'essayer pour se trémousser dans la cuisine. « Cette enfant a su gagner mon cœur », déclare-t-elle alors. Stella se représente le cœur d'Evie en train de battre, aussi compact qu'une pelote à épingles, couvert d'un épais velours somptueux. Elle ne parvient pas à imaginer comment elle s'est débrouillée pour le gagner, ni ce qu'elle pourra en faire.

Evie a des mots à elle pour tout. Elle appelle sa mère « Cesca ». Pour Stella et Nina, c'est « chérie » ou « Franette n°1 » et « Franette n°2 ». Les cigarettes sont des « clopes », le vin un « godet ». Le père de Stella est qualifié de « Lui en personne ». Avec un L majuscule, bien sûr.

Elle est la marraine de Nina et, tous les ans, pour son anniversaire, lui offre un cadeau au papier pailleté entouré d'un ruban à frisettes, ce qui veut dire qu'il a été empaqueté dans un magasin, pas à la maison. À l'intérieur il y a une paire de chaussures, une barrette à cheveux ornée d'une plume, un collier ou un sac incrusté de perles de verre. Si c'est une robe, Stella finira par la porter au bout d'un an ou deux (Evie achète toujours des vêtements trop grands – « Je ne connais jamais la taille des enfants, chérie ! ») –, décolorée par les lavages, mais encore belle, encore désirable, encore émanant d'Evie.

Pour l'instant, Evie se penche contre Francesca sur la couverture pendant qu'elles observent Nina, vêtue d'un justaucorps dont les paillettes rappellent les écailles d'un poisson – un cadeau d'Evie que Stella attend avec impatience. Nina, à qui le professeur de danse a dit récemment qu'elle était désarticulée, s'exerce au grand écart, les jambes déployées sous son corps comme un appui de chaise longue. D'habitude, Francesca ne la laisse pas danser devant les visiteurs – « pas maintenant, Nina » –, mais pour une raison ou une autre Evie est une exception.

La voix d'Evie flotte à travers le jardin : « Chérie, tu as l'air de souffrir le martyre. Dis-moi, tu peux le faire dans l'autre sens ? »

Evie est anglaise, sa mère le lui a dit quand Stella a demandé pourquoi elle parlait d'une drôle de façon.

« Elle te ressemble à un point effarant, Cesca. »

« Effarant ». « Martyre ». « Effarant ». Stella aime bien les mots d'Evie. Elle aime la forme qu'ils font prendre à sa bouche, leur poids sur sa langue.

« Où est passée Franette n°2 ? s'écrie Evie. Est-ce qu'elle peut elle aussi nous faire une démonstration de contorsions ? »

Des graines tourbillonnent avec une lenteur de mite dans un air imprégné par l'odeur des cigarettes turques d'Evie. Stella prend conscience du sol sous elle, de sa dureté, de la manière dont il lui rentre dans le corps et la retient sur cette croûte de la terre.

« Non, s'empresse de répondre sa mère. Mais elle est douée pour des tas d'autres choses. N'est-ce pas, Stella ? »

Il y a un silence au cours duquel Stella sent qu'Evie se rend compte de sa maladresse.

« J'en suis persuadée. »

À l'autre bout du jardin, elle voit Evie passer sa cigarette dans son autre main et tendre le bras. « Stella chérie, viens faire un câlin à Evie. Je sais que tu es très douée pour ça. »

Jake avance péniblement sur la route, les deux bras chargés de sacs pesants. Annabel, la mère de Mel – une femme aux mêmes yeux gris et doux que sa fille – lui a demandé si ça ne le dérangeait pas d'aller au magasin, et Jake a sauté sur l'occasion. Le pire, dans la situation démente dans laquelle il s'est fourré, c'est qu'il n'a rien à faire. Aucun but dans la vie. Aucune idée précise de ce à quoi il devrait occuper son temps. Si ce n'est à être aux petits soins pour Mel.

Jake frissonne dans le pardessus que lui a prêté le père de Mel. C'est de la folie. Il faut qu'il fasse quelque chose. Ça ne peut pas continuer. Ici il est enterré vivant.

Le mot anglais *homesick* lui déplaît car, à son avis, il ne rend pas bien ce qu'on éprouve quand on a le mal du pays. Il préfère les longues voyelles mélancoliques du terme allemand *Heimweh*. Pour lui, il ne s'agit pas d'une simple nausée, non, il se sent abattu, écrasé, horrifié, malheureux, disloqué, désespéré. Ici il appartient à une espèce inadaptée : le soleil lui manque, l'air ne contient pas assez de gaz d'échappement, tout est trop éparpillé, étalé, et il comprend à peine ce que les gens lui disent. Jusqu'à présent il ignorait qu'il pensait autant en cantonais. Certes, il s'agit de sa première visite en Grande-Bretagne, mais il a l'impression d'être isolé, éloigné de Hong Kong et de tout ce qu'il connaît, aime, de tout ce qui constitue sa vie et son être.

À l'idée que ce pays est celui de sa mère – et de son père aussi, d'ailleurs –, que son passeport porte son sceau, il est troublé ; et pourtant il s'y sent totalement étranger. Le fait que tout le monde soit blanc ne cesse de le surprendre. Jamais encore il n'avait été entouré de tant de visages blêmes et il ne parvient pas à comprendre pourquoi personne ne le scrute, qu'on se contente d'un coup d'œil rapide quand il passe dans la rue, pourquoi les gens ne s'arrêtent pas, bouche bée, en le voyant, car il se fait l'effet d'un extraterrestre. Ce qui le choque surtout, c'est de se dire qu'il leur ressemble.

Il s'est aperçu qu'il ne pensait plus à l'appartement dans lequel il a passé toute sa vie, à la sensation du parquet tiède sous ses pieds, au cliquetis du climatiseur déglingué, au cadre en aluminium de la fenêtre qui ne ferme pas bien, au bourdonnement de l'appareil électrique antimoustique, à la tache décolorée au plafond, au-dessus de son lit, résultant d'une fuite de la douche dans l'appartement du dessus. Pourtant il se réveille parfois en se demandant pendant une fraction de seconde où il est.

Devant l'église, il s'arrête pour changer les sacs de main. Il a mal réparti ses achats, et l'un, plus lourd que l'autre, le déséquilibre. Une énorme voiture vert forêt le dépasse à toute vitesse en faisant gicler du gravier sur son pantalon. Dans le cimetière, un gros oiseau noir et blanc saute de pierre tombale en pierre tombale. Jake l'observe, ses provisions à ses pieds.

À un moment ou à un autre il faudra bien qu'il parle à Mel. Pourquoi pas maintenant ? Ça ne peut pas continuer. Il presse le bout des doigts sur ses tempes. Ce problème lui semble tellement inhabituel, inconcevable, qu'il ne peut se raccrocher à rien, ne peut se l'expliquer. Vaut-il mieux parler tout de suite à une Mel encore fragile, ou attendre qu'elle soit rétablie ? Jake n'en sait rien, il n'en a pas la moindre idée. Durant ses nuits de veille interminables, il tourne autour de cette question, pendant qu'une imprimante, dans un coin de son cerveau, inscrit toujours les mêmes mots : Je ne t'ai jamais aimée, je dois partir, je ne t'ai jamais aimée.

Jake a dix-sept ans et se promène dans un marché de Wan Chai quand Leah le repère. La pâleur de sa peau et sa haute taille attirent son regard qui passe par-dessus les lampes rouges basses, les rangées de caramboles, la foule grouillante aux cheveux noir de jais, les éventaires en bois où s'empilent carcasses suintantes et poissons éventrés pour se fixer sur lui.

Elle le voit acheter du tofu à un éventaire, un durion hérissé de redoutables piquants à un autre. Le Chinois qui l'accompagne ne cesse de bavarder en gesticulant. Le jeune Blanc ne répond pas grand-chose, remarque-t-elle, et se contente de hocher la tête. Il se déplace avec une sorte de grâce, d'élasticité, à longues foulées.

Quand elle les voit approcher, elle se lisse un sourcil, ajuste son chemisier, et avance dans l'allée en leur bloquant le passage. Ils s'immobilisent tous deux. Le Chinois reste sur ses gardes, mais son compagnon la dévisage en ayant l'air de se demander s'il la connaît. « Vous pourriez peut-être m'aider », leur dit-elle en anglais.

Ils échangent un coup d'œil. Le Blanc fait passer le tofu suintant dans son autre main. « Bien sûr », répond-il, les sourcils froncés.

Leah réprime un sourire. Elle adore les gamins de cet âge – encore imprégnés par l'éducation maternelle, frais, exempts de tout cynisme, de toute rouerie. Des mollusques privés de coquille. L'odeur opiacée, écœurante du durion monte vers elle par bouffées.

« Je voudrais acheter des fruits, dit-elle en désignant l'éventaire qui se trouve derrière eux. Mais j'ai des petits problèmes de langue. »

Elle espère qu'il demandera à son ami indigène de jouer l'interprète, et qu'elle pourra alors lui parler. Mais elle est étonnée de voir le jeune Blanc aux yeux bleus s'adresser au marchand édenté avec les inflexions hachées, heurtées, de la langue locale. L'ami ajoute quelques répliques monosyllabiques. Mangues, papayes et litchis sont enveloppés dans du papier journal.

Dehors, sur le trottoir, la lumière est blanche, étale, la chaleur presque audible – Leah imagine un sifflement comparable à celui de l'air qui s'échappe d'un pneu. Elle a les bras chargés de fruits dont elle n'a pas vraiment envie. La transpiration lui coule dans le dos, telle une colonie de fourmis. En face d'elle, le jeune homme s'apprête à partir, son ami restant un peu en retrait derrière lui.

Âgée de trente-trois ans, Leah produit des films à Los Angeles. Son curriculum vitæ inclut un succès relatif, trois flops, deux divorces. C'est pour travailler à une coproduction qu'elle compte passer plusieurs mois à Hong Kong. Ses sous-vêtements sont toujours coordonnés, ses lèvres luisantes de brillant, et chacun de ses doigts s'orne d'une bague. Elle aime ouvrir les bocaux de café instantané en perçant la feuille protectrice avec le manche d'une cuiller, et humer l'intérieur des poignets masculins. Faire les valises, assortir les couleurs, apaiser des actrices capricieuses, persuader des investisseurs – surtout les hommes – de signer de gros chèques comptent parmi ses talents. Elle aime la façon dont ses cheveux rebiquent sur son front, ne mange ni glucides, ni calmar ni sucre de synthèse, se fait manucurer une fois par semaine et teindre une fois par mois. Un jour elle a volé un disque de jazz à une amie qu'elle n'aimait pas.

« Vous devriez m'appeler, dit-elle en tendant sa carte de visite professionnelle. Venez donc nager dans la piscine de mon hôtel. »

Le gamin rougit furieusement en prenant la carte. D'un côté Leah est certaine qu'il appellera, d'un autre elle est certaine qu'il ne le fera pas.

Les médicaments de Mel sont alignés sur la table de la cuisine. Jake attrape les flacons un par un, fait tomber les pilules dans sa main. Il va lui parler. Tout de suite. Dès qu'elle aura avalé ses remèdes. Il ne peut plus différer ce moment. Alors qu'il se tourne pour sortir dans le couloir, les parents de Mel apparaissent sur le seuil. « Bonjour », dit Jake, dérouté, en se rendant compte qu'ils sont trop proches de lui, coincés entre la table et la porte.

« Jake. » Annabel s'approche encore, comme si elle voulait l'enlacer, bras tendus, mais, à la dernière minute, semble se raviser. Ses bras retombent le long de ses flancs, et elle s'arrête devant lui. « Andrew et moi voulions vous parler, commence-t-elle en prenant sa main entre les siennes.

— Bon », dit Jake en se forçant à leur sourire. Il sent les pilules qui se réchauffent dans son autre main.

« En privé.

— D'accord.

— Nous voudrions faire un cadeau à Melanie. » Annabel échange un regard satisfait avec son mari.

« Un cadeau ?

— Une surprise, dit Andrew.

— Un mariage », précise Annabel.

Jake en reste coi. Les pilules fondent dans sa paume. Les parents de Mel le regardent d'un air rayonnant, comme s'ils s'attendaient à le voir les serrer dans ses bras.

« Mais... » Il cherche une formulation qui soit à mi-chemin entre ce qu'on attend de lui et ce qu'il veut dire. Il finit par sortir : « Mais... nous sommes déjà mariés.

— Nous le savons, réplique Annabel en riant. Mais nous pensions que ce serait bien si... que vous pourriez avoir envie de le faire dans les règles. Maintenant que vous êtes de retour.

— Nous avons l'impression... » Andrew s'éclaircit la gorge. « ... que ce serait peut-être une chose que Melanie pourrait attendre avec impatience, ajoute-t-il en moulinant des bras. Un but à atteindre.

— Qui l'inciterait à guérir, explique Annabel en scrutant Jake. Elle n'est pas encore au courant.

— Nous nous demandions si vous n'aimeriez pas lui poser la question », suggère Andrew.

Un silence s'installe.

« Ou lui en parler », rectifie Annabel.

Le silence reprend. Jake les dévisage, interdit. Ils ont l'air d'attendre une réponse. Lui ont-ils posé une question ? Il ne s'en souvient pas.

« C'est un cadeau, s'empresse d'ajouter Annabel en lui agrippant le bras. De la part d'Andrew et de la mienne.

— Nous réglerions tous les frais. » Andrew se tourne vers lui. « Ne vous inquiétez pas pour ça. »

Jake se rend compte qu'il est bel et bien forcé de prendre la parole. « C'est très gentil à vous. » Sa voix lui paraît fluette et étrangère. « Je crois que... peut-être que je devrais... que nous devrions... » Il essaie de nouveau : « Je vais sans doute avoir besoin d'y réfléchir.

— Bien sûr, dit Andrew.

— Naturellement », reconnaît Annabel.

L'hôtel de Leah était le plus ancien et le plus célèbre de Hong Kong. Jake n'y était jamais entré. Bien entendu il l'avait vu de l'extérieur – difficile de manquer cette construction en pierre de taille, à l'audace coloniale, sur le front de mer, à Tsim Sha Tsui. Il avait entendu ses camarades de classe évoquer ses deux héliports sur le toit, les énormes assiettes de gâteaux servies avec le thé de l'après-midi, l'orchestre qui jouait dans le hall, les chocolats faits maison, le barman à qui Clark Gable en personne avait appris à préparer un certain cocktail.

Jake se cacha derrière un pilier dans le hall d'entrée et tripota avec nervosité les feuilles moites d'une plante en pot. C'était là un côté de la ville qu'il ne connaissait pas : sol en marbre, lustres, femmes blanches chapeautées prenant le thé dans des tasses en porcelaine, chasseurs en livrée qui vous ouvraient la porte. Un garçon de son âge en tenue de groom le dépassa en lui jetant un regard en coin soupçonneux.

« Avez-vous l'intention de rester planté là toute la journée, ou allez-vous vous asseoir pour boire un café ? »

Il se retourna. Leah était assise à une table, un mètre cinquante plus loin, une cigarette entre deux doigts, les jambes croisées, pendant qu'un serveur lui versait un liquide sombre. Elle désigna le fauteuil libre à côté d'elle.

Il lui parla de l'école qu'il avait fréquentée sur le pic Victoria, de Hing Tai, lui dit qu'il n'était jamais allé en Amérique, mais avait toujours eu envie de visiter New York. Elle répliqua que, à son avis, il aimerait New York parce que tout le monde l'aimait. En revanche, il fallait acquérir le goût de Los Angeles.

Il lui raconta que sa mère avait parcouru le monde et qu'il ne connaissait pas son père.

« Votre mère me paraît une dame très courageuse », remarqua-t-elle en inhalant la fumée.

Ils allèrent nager dans la piscine aménagée sur la terrasse. De là, on voyait le port, le pic Victoria, derrière Wan Chai, et de l'autre côté de la mer on apercevait les immenses montagnes surmontées de brume des nouveaux territoires. Jake fit la démonstration de son plongeon arrière, et elle, assise sur une chaise longue, le visage mangé par des lunettes noires, se mit à rire pour la première fois. Ses dents étaient petites et pointues. Il recommença à son intention et vit son image se réfracter et se déformer lorsqu'il remonta à la surface. Il ne pouvait pas regarder les cercles dessinés sur son deux-pièces, étirés en ovales sur sa poitrine.

Le temps qu'ils arrivent à la porte de sa chambre, il tremblait et se demandait s'il devait s'enfuir ou rester. Mais l'idée de prendre l'ascenseur avec un liftier qui lui demanderait : « Quel étage, monsieur ? » le terrifiait encore plus que ce qui l'attendait dans la chambre.

Leah le prit alors par le bras et le pilota. Lorsqu'elle s'appuya à la porte pour la fermer, elle attira Jake contre elle par le col de sa chemise. Elle avait un goût de café, de cigarettes et de tristesse. Jake avait déjà embrassé des filles, après l'école, dans l'obscurité haletante d'un cinéma, mais ça n'avait rien à voir. Le corps de Leah était musclé, fébrile, insistant sous le sien.

« Mon joli garçon anglais », souffla-t-elle en le poussant sur un fauteuil avant de lui déboutonner le pantalon et de pencher la tête sur lui.

Leah n'est pas un sujet que Jake aborde volontiers – à l'époque, seul Hing Tai était au courant. Au début, ce dernier refusa catégoriquement de le croire. Puis il partit d'un rire hystérique. Enfin il pressa Jake de questions pour savoir tout ce qu'ils avaient fait, jusque dans les moindres détails.

Cette relation dura pendant presque toute la dernière année de lycée de Jake – huit ou neuf mois. Il franchissait les grilles en courant, attrapait le Star Ferry de l'autre côté du port pour attendre Leah à son hôtel. Les chasseurs commençaient à le connaître et, s'ils lui témoignaient toujours une politesse obséquieuse, il était sûr qu'ils ricanaient derrière son dos. Mais il n'en avait cure. Trois fois plus vaste que l'appartement de sa mère, la suite de Leah avait des baies vitrées, un jacuzzi, un lit plus grand que tous ceux qu'il avait vus, et on pouvait s'y faire monter repas et boissons. Jake s'installait au bureau et, pendant que la lumière déclinait dans le bassin du port et que le néon s'allumait sur l'eau, il révisait ses examens. Lorsque Leah arrivait, elle lui retirait son uniforme de lycéen pièce par pièce.

« Tu sais, lui dit-elle un jour, après leurs troisièmes ébats de la soirée, les femmes atteignent l'apogée de leur sexualité à partir de la trentaine, et les hommes à dix-huit ans. Nous sommes donc parfaitement accordés. »

Il tut cette aventure à sa mère, et Caroline ne lui demanda pas où il allait tous les soirs. La seule fois où il réussit à choquer Leah, ce fut en mentionnant que sa mère avait quatre ans à peine de plus qu'elle.

« Bordel de merde ! » s'écria-t-elle en faisant tomber des cendres sur la poitrine nue de Jake.

Leah estimait qu'elle ne faisait rien de mal, mais n'en était pas fière pour autant. Dans son esprit, ce n'était pas une relation destinée à durer – un ou deux rendez-vous, tout au plus. Il y avait des années qu'elle n'avait pas couché avec un adolescent, et elle était curieuse. Mais elle l'aimait, lui enviait sa jeunesse. Son deuxième mari, le dernier homme avec lequel elle avait eu des rapports sexuels, était âgé de quarante-neuf ans. La beauté, la perfection des jeunes, la manière dont les muscles adhéraient aux os, dont la peau enveloppait parfaitement la charpente la fascinaient. Elle espérait que quelque chose déteindrait sur elle, s'y accrocherait, tel du pollen sur une manche.

« Je ne te prends pas pour toujours, juste pour maintenant », ne cessait-elle de répéter à Jake.

Elle se persuada qu'elle l'aidait. Les hommes avaient besoin qu'on fasse leur éducation, surtout les jeunes. Et il n'y avait pas que sur ce plan qu'elle se révélait bénéfique : elle l'obligeait à étudier, s'assurait qu'il préparait ses examens, le harcelait pour le faire réviser, relisait ses demandes d'inscription dans des universités anglaises et les lui rendait couvertes de son écriture ronde.

Après ses examens, elle lui procura un boulot d'été comme coursier d'un nouveau réalisateur de Hong Kong, Chen. Au moment où il connut ses résultats et apprit qu'il pouvait avoir une place pour étudier les langues à Londres, il avait déjà décidé que, tout compte fait, il ne voulait pas aller à l'université. Malgré les efforts de persuasion déployés à la fois par Caroline et par Leah, il refusa de quitter Hong Kong, et Chen.

À la fin de l'année, Leah retourna à Los Angeles. Malgré ses protestations, Jake l'accompagna à son avion. « Je déteste les adieux dans les aéroports », lâcha-t-elle. Elle s'éloigna et franchit la barrière sans se retourner.

Des années plus tard, lorsque cela ne l'affectera plus, il commencera à raconter toute l'histoire à Caroline, dans son jardin d'Auckland.

« Oui, j'étais au courant, admettra sa mère en agitant la main d'un geste désinvolte.

— Ah bon ? s'écriera-t-il, affolé. Qui te l'a dit ?

— J'ai mes espions, répondra Caroline avec un sourire. Nous nous sommes rencontrées, voilà.

— Leah et toi ?

— Mouais. Nous avons déjeuné ensemble un jour, expliquera sa mère tout en arpentant ses rangées de haricots enroulés autour de tuteurs en bambou entrecroisés. Elle m'a bien plu. »

Stella claque la porte de la caravane, et une averse de gouttes dégouline du toit sur ses cheveux et son visage. La caravane est installée derrière l'hôtel, dissimulée par des sapins, à la lisière de la forêt de Rothiemurchas. L'odeur des arbres est forte, âcre après l'orage, la terre douce, détrempée, moelleuse sous ses bottes. Elle noue autour de ses hanches, par les manches, un anorak trouvé à l'hôtel, et grimpe la montée sinueuse.

La route est déserte, sa ligne blanche discontinue virevolte devant Stella qui marche dessus, sent la surface granuleuse de la peinture à travers les semelles fines de ses bottes. Un soleil délavé lutte derrière les nuages. Une vache rousse aux cornes en croissant se gratte le menton contre un portail à cinq barreaux et s'immobilise pour la regarder passer de ses yeux marron attendrissants. Les pneus d'une voiture solitaire crissent sur le macadam. Stella cueille une grande fronde au bord de la route et la dépouille de ses graines qu'elle disperse dans une haie. Les conifères cèdent la place à des hêtres à la cime haute et agitée.

Au carrefour elle tourne et, en atteignant le sommet de la pente, voit soudain surgir devant elle le Loch Insh, un immense lac argenté qui comble la cuvette la plus basse de la vallée. Aujourd'hui il est d'huile et renvoie des images fragmentées des arbres, des montagnes et des maisons dispersées de Kincraig.

Stella suit la courbe de la route. Le lac disparaît un instant derrière une épaisse rangée de pins, mais il imprègne encore l'air d'une odeur humide, féconde. À l'église elle bifurque, passe devant les jeunes pousses qui sortent des souches mouillées, noircies des arbres morts, puis devant les galets de la rive. Le bateau de l'hôtel est attaché à un rocher. Elle défait le nœud et patauge dans l'eau, pendant que l'embarcation oscille avec espoir. Plaçant une main de chaque côté pour le stabiliser, elle grimpe dedans.

Stella force sur les rames, se penche en arrière pour lutter contre le poids de l'eau. L'avant de la barque fend la surface miroitante, les rames humides grincent dans les tolets. Vu de près, le lac est moins insondable – terrain lunaire rocailleux glissant sous le renflement du bateau. L'eau est limpide mais sombre ; la Spey traverse le lac comme un fil une perle, et l'a nettoyé de sa tourbe. Derrière Stella, la rivière se reforme sous le pont étroit menant à Kincraig, s'arrache à la large étreinte du lac.

Stella s'éloigne de la rive, utilise la rame droite tandis que la gauche reste en l'air, ruisselante. À mi-chemin des deux rives, elle soulève les rames, les pousse en avant pour se reposer et, glissant du banc, s'allonge au milieu des gilets de sauvetage et des bâches. Le paysage s'efface de sa vue, des nuages sont accrochés au-dessus de sa tête, séparés par des pans de ciel bleu. Elle écoute son pouls, de plus en plus lent, et le vrombissement des oiseaux qui survolent le lac.

Un craquement se fait entendre dans la poche de son jean. Stella en sort une lettre de sa sœur – oubliée, pas encore lue. Elle la tient devant elle un instant, scrute l'écriture familière. Mais les rames lui ont mouillé les mains, et l'encre se dissout, se brouille et imprime sur ses doigts un motif dont la signification s'est perdue.

Valeria et Domenico Iannelli, les parents de Francesca, étaient originaires d'une région montagneuse, boisée d'Italie. Si l'on considère que ce pays forme une jambe bottée, leur village se trouvait à l'endroit où la cheville est la plus fine, où l'os s'effile au-dessus des larges tendons du pied. Un ruisseau dévalait des hauteurs et, sur la place du village, là où les gens se réunissaient le soir pour la *passeggiata* et pour évoquer la journée écoulée, il passait sous un pont à deux arches s'y divisait, la moitié de ses eaux s'écoulant vers l'Adriatique, l'autre vers la mer Tyrrhénienne.

Cinquante ans plus tard, Valeria était encore capable de repérer quelqu'un de sa région, même de la deuxième génération, une aptitude qui ne laissait pas d'impressionner Stella. « Elle est d'Agnone, c'est sûr. Ou alors de Vastogirardi », murmurait-elle en voyant entrer quelqu'un dans le café. Par-dessus le comptoir, Stella dévisageait la dame d'un certain âge, portant foulard et cardigan, ressemblant à n'importe quelle autre femme de Musselburgh, puis reportait les yeux sur sa grand-mère qui se penchait en avant et accueillait la cliente dans un italien encourageant.

Valeria épousa Domenico dans l'église qui donnait sur la place où le ruisseau se divisait. Elle portait la robe de sa mère et les chaussures de sa cousine. Son père, qui possédait la pharmacie du village, ne sourit pas une seule fois durant toute la cérémonie. Il ne voulait pas que sa fille épouse un *contadino*, un homme dont la famille travaillait la terre depuis des générations. Ce Domenico avait trouvé du travail chez un *padrone* outre-mer, et allait disparaître dans un endroit appelé Édimbourg deux jours plus tard. Pourquoi une de ses filles voulait devenir une *vedova biancha*, une femme abandonnée par son mari parti servir des glaces à des impies, voilà qui le dépassait.

Après le départ de Domenico, Valeria, restée dans la maison de son père, essaya d'apprendre les dures consonnes anglaises dans un livre aux pages aussi fragiles que des peaux d'oignon, tout en tricotant châles, cardigans, chaussettes et gants. D'après ce qu'on disait, il faisait froid en Écosse, aussi froid qu'ici en plein hiver quand la neige s'amassait sur les montagnes, sauf que là-bas, c'était toute l'année.

« *How do you do ?* chantonnait-elle à la cheminée, à l'encadrement de la fenêtre, à la porte close. *My name is Valeria, Valeria Iannelli.* » Elle s'interrompait pour vérifier dans le livre, puis retournait à ses incantations – une maille à l'endroit, une maille à l'envers – pendant que le corps de son premier enfant se formait dans son ventre.

Tous les mois Domenico lui envoyait de l'argent, et elle le serrait dans le foulard en soie qu'il lui avait offert le jour où, sous la voûte d'oliviers de son frère, il lui avait demandé de l'épouser. Au début ses courriers furent décevants. Valeria attendait des lettres d'amour, en avait besoin. Elle voulait des pages d'adoration d'une passion couchée noir sur blanc, elle voulait des descriptions de ce qu'il voyait de sa fenêtre, de la ville pour laquelle elle s'achèterait un billet après avoir économisé la somme nécessaire, elle voulait lire qu'elle lui manquait, qu'il se languissait d'elle, qu'il rêvait de voir bientôt le visage de son fils.

Au lieu de quoi, Domenico lui disait qu'il travaillait dix-sept heures par jour, que le *padrone* se mettait souvent en colère contre lui et l'autre employé du café-glacier, que les clients étaient parfois grossiers et les traitaient de moricauds. Il avait presque économisé de quoi acheter leur propre café, il y ferait la cuisine et elle servirait – presque, presque. Le *padrone* avait accepté qu'il s'installe au bord de la mer, dans un endroit qui s'appelait Musselburgh. Quand ils auraient gagné assez d'argent, ils feraient venir ses jeunes frères, ses cousins, et tous ceux du village qui le souhaiteraient. « Le *campanilismo*, c'est la manière dont le monde entier semble fonctionner », écrivit-il à la fin d'une lettre.

Valeria attendit deux ans, trois ans. L'argent de son billet pesait dans la soie délicate du foulard noué. Quand elle descendit enfin la passerelle du bateau après des jours et des jours passés en mer, son fils sur la hanche, elle fut saisie d'une soudaine frayeur : elle passerait peut-être devant son mari sans le reconnaître et serait abandonnée dans ce pays d'étrangers, n'ayant nulle part où aller. Mais, en le voyant batailler sur le quai pour se frayer un chemin dans la foule houleuse, une main tendue, elle faillit se mettre à rire. Elle se rappelait ses traits avec autant de précision que s'il s'agissait des siens propres.

Stella n'a jamais réussi à fournir une réponse simple quand on lui demande d'où elle vient. Incapable de dire simplement « d'Édimbourg », ou « d'Écosse », elle se sent toujours obligée d'ajouter une restriction, un codicille : « mais ma mère est italienne », ou : « mais je suis à moitié italienne ».

Elle ignore quand elle a commencé à se sentir différente. Peut-être depuis toujours, peut-être est-ce là quelque chose qu'elle a assimilé avec les plats que sa mère leur préparait : *fagioli, tortellini, pollo al cacciatore, calzone*. Les autres s'appelaient Kirsty ou Claire, ne parlaient que l'anglais, mangeaient des bâtonnets de poisson, de la purée de pommes de terre, des haricots blancs à la sauce tomate. Quant à elle, son grand-père lui racontait qu'il y avait des loups dans les bois, autour de sa ferme, qu'ils devaient donner la moitié de toutes les récoltes au propriétaire, qu'ils étaient obligés de manger des marrons d'Inde quand la nourriture se faisait rare ; sa mère lui racontait qu'ils avaient vécu dans une seule pièce au-dessus du café, qu'ils avaient dû aller prendre des cours d'anglais, et que Domenico avait été envoyé en prison pendant la guerre en tant qu'« étranger ennemi ». Stella n'a jamais su où elle en était avec tout ça, elle qui dormait dans le lit superposé d'un appartement chauffé de Marchmont.

Bien sûr elle savait qu'elle avait quelque chose de pas tout à fait normal : son physique, sa peau mate, sa façon de parler ou de se comporter, les propos qu'elle tenait. Mais quand ses professeurs et les parents de ses amis lui demandaient d'un ton curieux, hautain : « Qu'est-ce que tu es ? », elle savait ce qu'ils attendaient et, docilement, répondait : « Je suis *Scottish-Italian* », italo-écossaise.

Stella a toujours trouvé que les deux mots n'allaient pas ensemble, les consonnes fricatives dures de *scottish* repoussant les voyelles douces de *italian*, tels deux aimants rapprochés. Mais c'était là une bonne expression, utile, et Nina et elle s'y accrochaient comme à une amulette ou à un mot de passe. Elle expliquait, ou du moins mettait un nom sur leur sentiment permanent de pas être tout à fait à leur place, pas tout à fait convaincantes, pas tout à fait comme tout le monde.

Stella posa le menton dans ses mains, les coudes sur le comptoir, et pensa aux devoirs qu'elle devait finir pour le lendemain. Le café était calme ce jour-là, le froid glacial et la neige fondue incitaient les gens à rester chez eux. Leur mère avait dit qu'il y aurait peut-être quelques clients après les courses de chevaux.

Près de la fenêtre, sourcils froncés, épaules voûtées, Nina préparait des frites. Elle avait horreur de cette tâche. Elle se plaignait que le couteau dérapait sur les patates pelées, n'aimait pas sentir des rognures sous ses ongles. Francesca lui avait rétorqué de ne pas faire l'idiote, et, d'ailleurs, elle pouvait changer de travail avec Stella si elle le souhaitait. Mais Nina aimait encore moins servir. « Je suis incapable d'être polie avec les gens. »

Assise sur un haut tabouret, Francesca vérifiait les comptes en déroulant les bandes de la caisse enregistreuse, un stylo coincé derrière l'oreille. Dans cinq minutes, dix peut-être, estima Stella, elle pourrait débarrasser la 6 – une famille avec trois gosses horriblement pleurnicheurs qui avaient répandu des miettes et du soda par terre. Ils allaient sans doute partir bientôt. Elle soupira et se mit à plier un torchon en éventail.

« Tu sais pas ? lança Nina.

— Quoi ?

— À cinq heures on aura gagné… » Nina s'interrompit et compta sur ses doigts. « Six livres chacune. »

Stella réfléchit. « Non, neuf, rectifia-t-elle.

— Six.

— Non, neuf. Parce qu'on aura travaillé…

— D'accord, d'accord, si tu le dis. » Nina appliqua son couteau sur une pomme de terre entière. « Neuf livres. » Elle sourit et trancha la pomme de terre en deux. « Ce qui veut dire que j'aurai assez d'argent pour me payer ce manteau.

— Quel manteau ?

— Enfin, tu sais bien, celui qu'on a vu il y a une éternité. En fausse fourrure.

— Où ça ?

— Chez…

La voix de Francesca leur parvint : « Stella, la 3, ma chérie. »

Stella reposa le torchon et contourna le comptoir en remontant son pantalon, rescapé d'un costume d'homme, en lourd et austère tissu gris. Elle l'avait acheté dans le magasin d'une association caritative. Le bas dépassait de ses chaussures et traînait par terre, mais elle aimait ce pantalon.

À mi-chemin du lino qui recouvrait le sol du café, elle s'arrêta. Ses mains se portèrent à son cou. Une sorte de crispation, de sensation d'écrasement l'envahit. Soudain elle n'arrivait plus à respirer, comme si son tablier était noué trop serré, comme si ses vêtements l'étouffaient. Autour d'elle le cliquetis de la vaisselle et des couverts lui fit l'effet d'un vacarme assourdissant.

Un homme était assis à la table installée à côté de la porte. Le regard de Stella n'eut pas besoin de s'attarder. Il était seul, grand, costaud, sa carcasse tassée dans le box, ses cheveux d'un roux flamboyant.

Elle pivota. Sa mère lui lança un regard interrogateur, mais sa sœur avait la tête baissée sur ses pommes de terre. Stella retourna au comptoir et y posa la main. Ses oreilles bourdonnaient, elle entendait le vacarme d'une chute d'eau et avait l'impression que, si elle ne prenait pas garde à l'endroit où elle posait le pied, elle pourrait tomber dans un immense précipice.

« Tu as pris la commande ? » lui demanda sa mère.

Stella regarda ses chaussures, puis l'ourlet de son pantalon qui avait traîné dans la boue de toutes les flaques d'Édimbourg. « Non.

— Pourquoi ? »

Stella passa derrière le comptoir. Elle voulait mettre quelque chose entre l'homme et elle, quelque chose de massif, qui couperait la vue. D'une main elle se tenait le coude. Sa peau était froide et glissante, tel du marbre.

« Que se passe-t-il ? » dit Francesca, intriguée.

Stella vit sa sœur lever la tête, la regarder, regarder l'homme, puis reporter les yeux sur elle.

Nina reposa bruyamment son couteau. « Je m'en occupe.

— Quoi ? » Leur mère était vraiment exaspérée à présent. « Enfin, Nina, j'ai besoin que tu prépares les frites. Si Stella sert, elle sert. Vous ne pouvez pas changer tout le temps, c'est beaucoup plus simple de... »

Mais Nina plongeait la main dans la poche du tablier de sa sœur et en sortait le bloc. Quand Stella leva les yeux, elle la vit avancer sur le lino vers l'homme roux.

S'il y a une chose que sait faire Irene Draper, c'est gérer un hôtel. Quand elle a découvert cet endroit, il y a vingt-cinq ans, il tombait presque en ruine, se délabrait par manque d'entretien. Son vieil occupant, dernier vestige d'une lignée de propriétaires fonciers, n'habitait que deux pièces au rez-de-chaussée, et le reste de la maison était fermé. L'escalier auquel elle s'attaqua avec ses belles chaussures de cuir était fendu et pourri, et des champignons poussaient entre les marches.

À l'étage, les pièces étaient humides, moisies, les moquettes gondolées, les lits détrempés, affaissés, le papier peint décollé du plâtre effrité. Il n'y avait pas l'électricité – des lampes à gaz rouillées lâchaient des taches brun orangé sur les murs. Dans une petite pièce d'angle, Irene trouva une baignoire remplie de vieux rideaux, semblait-il, et une chatte furieuse qui crachait pour protéger sa portée de chatons aux pattes roses. En bas, les pièces dans lesquelles vivait le vieil homme dégageaient des vapeurs de mammifère confiné dans un espace non aéré. Dans ce qui avait dû être autrefois une salle de bal, les racines de la haie luxuriante de lauriers surgissaient du parquet, apparaissaient à la lumière, épaisses, pâles, fibreuses et, d'une certaine manière, obscènes.

L'agent immobilier lui jeta un coup d'œil quand ils ressortirent à la lumière vive, crue, du dehors, et s'éclaircit la voix. « Des travaux seraient bien sûr nécessaires. »

Irene l'ignora, en partie parce que sa seule présence l'ennuyait, en partie parce qu'elle ne voulait pas montrer son enthousiasme. Elle avait du flair pour les bonnes affaires. Cet endroit sentait… bon, la pourriture, l'humidité, le lichen et la crasse… mais il offrait aussi d'énormes possibilités. Et Irene avait également du nez pour ça.

Toutes sortes de propres à rien et de gens indésirables logeaient dans les dépendances et le pavillon du gardien. Elle leur fit aussitôt délivrer un avis d'expulsion et était présente avec deux policiers de Kingussie lorsqu'ils partirent, le dernier jour du délai octroyé. Après avoir lancé leurs sacs à l'arrière d'une camionnette rouillée, ils s'éloignèrent en lui adressant un signe grossier et énergique, mais ça lui était bien égal. Elle n'était pas du genre à se laisser démonter. Pivotant vers le bâtiment, elle se retroussa tout de suite les manches.

Bien entendu, la suite des événements lui donna raison. Ces temps-ci l'hôtel, un château campagnard, remportait un franc succès. « Construit il y a deux siècles, ce manoir en pierre grise, à créneaux et à tourelles, est entouré par plusieurs hectares de bois et de parc », vantait la brochure. « Service et luxe incomparables. » Elle fit installer des douches hydromassantes dans les années 80, des bains à remous dans les années 90 – elle les essaya un jour où la suite nuptiale était libre, mais ne fut pas très impressionnée. Elle ne sait pas trop quelle sera sa prochaine innovation. C'est là le secret d'une bonne gestion hôtelière : améliorer, rénover, innover. Avoir toujours une longueur d'avance. Une idée lui viendra bien à l'esprit, aucun doute là-dessus.

Irene croise les jambes sous son bureau, savoure le frottement du nylon contre le nylon. Dans un ancien vestiaire, elle s'est aménagé un bureau avec vue sur la forêt. Tournant la tête, elle regarde par la fenêtre. Quelque chose bouge dans le vert printanier des arbres. Une silhouette avance sur le chemin. Stella.

Voilà aussi une décision dont Irene se félicite. Stella Gilmore est arrivée un beau matin de février, par une journée si froide que chaque feuille était enchâssée dans une gelée blanche cassante. Irene avait fait allumer des feux de cheminée dans les chambres et le chauffage marchait à fond, les radiateurs grondaient et frémissaient. Le coût était exorbitant. Et cette fille était soudain apparue à la réception pour demander du travail.

Février est la basse saison dans l'industrie hôtelière, et Irene n'embauche jamais personne à cette période. Mais, au moment de le dire, elle changea d'avis. En descendant son escalier rénové avec amour, elle perçut tout du premier coup d'œil : le manteau écarlate, les cheveux bruns coupés très court, le sac de voyage à ses pieds. Elle reconnut l'accent d'Édimbourg, vit les yeux légèrement écarquillés, les traits tirés, pâles, la voiture garée dehors, avec son moteur encore vrombissant d'avoir tourné longtemps.

Le temps que ses escarpins foulent le tapis du hall, Irene avait évalué la situation et déjà décidé de lui donner du travail. Cette fille serait un bon investissement à long terme. Pour peu qu'elle passe tout le printemps chez elle, Irene était sûre de rentrer dans ses frais malgré la faible activité du moment. La jeune fille lui expliqua qu'elle travaillait à la radio, ce qui n'avait pas grand rapport avec l'hôtellerie, mais qu'elle avait été serveuse dans son adolescence et avait vraiment besoin de trouver du travail.

Irene ne posa pas une seule question. Parfois, les gens devaient fuir leur vie, elle le savait fort bien. On récolte de tout dans l'hôtellerie, cette branche attire les fugitifs. La jeune femme devait fuir un mari, un amant, songea Irene. Quelque chose dans ce goût-là. Elle était du genre à susciter passion et sottises chez les hommes – avec ces yeux verts, cette bouche fermée, expressive, ce manteau. Mais Irene ne chercha pas à savoir. Elle était avisée et femme d'affaires avant tout. On ne renvoie pas une personne jeune et belle qui s'exprime bien et se présente à la réception en demandant du travail. Qu'importe ce qu'elle fuit ? Elle fera tourner le commerce.

Pendant qu'elle est assise à son bureau et voit la silhouette lontaine de son assistante avancer sur le chemin, elle se rappelle quelque chose, se lève, débloque et remonte la fenêtre. « Stella ! » appelle-t-elle.

Stella s'immobilise et se retourne. L'espace d'un instant elle ne parvient pas à détecter d'où vient la voix et scrute la façade du bâtiment. Irene agite son mouchoir. « Par ici ! Coucou !

— Oh ! » Stella s'abrite les yeux. « Bonjour.

— J'ai un message pour vous. » Irene regarde le petit papier sur lequel elle l'a noté. « Nina a appelé. »

Stella ne bouge pas. Irene attend de savoir qui est Nina, mais Stella garde le silence.

Irene s'obstine. « Il y a environ une demi-heure. Elle a dit qu'elle rappellerait. Ça semblait urgent. »

De très loin, de l'autre côté de la pelouse, au milieu des arbres, Stella incline la tête. « Bon, dit-elle.

— Vous pouvez utiliser le téléphone de mon bureau, propose aimablement Irene avant d'ajouter : Si vous avez besoin d'être seule.

— Euh… non, merci », répond Stella en secouant la tête.

Contrariée, irritée, Irene referme la fenêtre.

Francesca est debout, chez elle, au milieu de la pièce. Par la fenêtre de la façade, elle aperçoit la rue, pleine d'enfants – les garçons font des circuits en bicyclette, les filles patinent en roller ou se glissent tour à tour sous une grosse corde à sauter. Certains sont des voisins ou des gamins de l'école, elle les reconnaît ; quant aux autres, c'est la première fois qu'elle les voit.

Elle pivote et regarde par la porte de derrière, qu'elle laisse ouverte en été pour que la chaleur, l'air frais, chargé de pollen, pénètre dans la maison. Ses filles ont passé toute la matinée à se fabriquer un abri avec un drap et des coussins. Elles ont tendu une corde d'une clôture à l'autre et y ont suspendu le tissu en en fixant les coins au sol avec des pierres. Puis elles ont disparu dans leur grotte lumineuse avec des livres, des crayons de couleur, le chat, des puzzles, des cartons de lait. Une demi-heure plus tôt, le visage brillant d'épuisement et de plaisir, Nina est venue demander si elles pouvaient déjeuner là-dedans, et Francesca a répondu, oui, bien sûr, qu'est-ce que vous voulez manger ?

Francesca regarde la bande d'enfants du voisinage, puis le drap blanc gonflé qui abrite ses filles. Quelque chose s'est passé, elle le sent, même si elle ignore pourquoi les petites ne sont pas dans la rue comme d'habitude en train de jouer avec leurs camarades, et pourquoi elles s'isolent constamment toutes les deux. Parfois, quand elles quittent la maison ou traversent la cour de l'école, elle les observe : la main de Nina se referme sur le poignet de Stella comme un bracelet ou des menottes. Elle observe aussi les autres enfants au moment où toutes deux passent devant eux. Les groupes se resserrent. Les filles complotent, la main devant la bouche. Les garçons lancent un ballon dans leur direction, hasard calculé. Francesca a alors envie de tuer ces gosses, de hurler, de cogner ces têtes stupides, ignorantes, les unes contre les autres.

Plantée entre les deux fenêtres, Francesca se ronge l'ongle du pouce. C'est sa faute, elle en est consciente ; étant leur mère, elle est responsable de tout. Mais elle ne sait pas ce qu'elle a fait, ni comment elle s'est débrouillée pour en arriver à cet échec. D'une certaine manière, sans le vouloir, elle a créé deux chevilles carrées dans un monde plein de trous ronds.

S'approchant de la porte de derrière, elle scrute leur antre en s'interrogeant. Peut-être ferait-elle bien de leur apporter un verre de citronnade, de leur annoncer que le déjeuner ne va pas tarder. Mais elle continue à avancer, passe devant le réfrigérateur, traverse la cuisine et franchit la porte. Ses pieds nus ne font pas de bruit sur l'herbe. Les côtés de l'abri s'agitent dans l'air d'été, tirent sur les pierres. Francesca voit la fourrure du chat effleurer le coton tendu, puis la pointe d'un coude, près du sol, et une cheville, plus haut.

Elle sait qu'elle espionne, que ce n'est pas bien, mais, tout en traversant la pelouse, elle se persuade qu'elle n'a pas d'autre solution. Ne leur a-t-elle pas demandé, à chacune en particulier et à toutes les deux ensemble, si quelque chose clochait à l'école, si elles voulaient inviter des camarades pour jouer avec elles, organiser une fête pour leurs anniversaires, si elles avaient quelque chose à lui dire ? La réponse est toujours la même : non, et s'accompagne d'un regard échangé en douce.

Francesca s'accroupit à côté de la tente. Si elle se fait surprendre, elle dira qu'elle désherbait la pelouse. De l'autre côté du tissu, une de ses filles bouge, soupire. Stella ? Ou Nina ? Francesca ne saurait le dire. Les voix bourdonnent tout bas, comme des abeilles dans une ruche. Francesca se penche davantage.

« Il faut que tu essaies de ne plus y penser, dit une voix, celle de Nina, lui semble-t-il. Quand ça te vient à l'esprit, chasse-le. C'est ce que je fais. »

Le corps le plus proche bouge de nouveau, os et articulations saillent à travers la toile blanche. C'est Stella : Francesca reconnaît la longueur des membres.

« Mais je n'y arrive pas, murmure Stella, si bas que Francesca doit tendre l'oreille. Ça revient. »

Soudain Francesca a froid, comme si un nuage s'était interposé entre elle et le soleil. Elle se relève et s'éloigne en brossant sa robe avec des gestes brusques, rapides. Pour déjeuner elle va préparer une pizza. Voilà. Elles aiment ça, et cet après-midi elle les emmènera à la plage.

Dans la fraîcheur de la maison elle claque la porte, attrape la farine, se met à préparer la pâte.

Assise dans la salle de classe vide, Stella tambourine sur son pupitre avec son stylo encapuchonné. C'est le dernier jour pour remettre sa demande d'inscription à l'université. Elle y travaille depuis des semaines, a rempli le formulaire au crayon sans appuyer – ses résultats d'examen dans les différentes matières, ses activités de loisir, ses domaines d'intérêt, la liste des universités dans lesquelles elle a demandé son inscription –, a effacé certaines réponses, n'a cessé de les modifier jusqu'à en être satisfaite. Elle vient de passer cette heure de liberté à tout repasser à l'encre noire avec soin. Le formulaire est entièrement complété, à l'exception de la liste des universités choisies.

1. Édimbourg
2. St. Andrews
3. Glasgow
4. Aberdeen
5. Londres

Elle serre le stylo dans sa main, mordille une mèche de cheveux. Dehors, sur le terrain de sport, le prof d'éducation physique fait courir des jeunes élèves en file indienne autour d'un poteau de hockey. Tous les dix pas, ils doivent tomber au sol et faire des pompes. Stella frémit. Elle a hâte de quitter l'école.

« Ah ! tu es là. » Nina entre dans la salle et s'avance vers elle. « Je t'ai cherchée partout.

— Oh ! désolée, fait Stella en se redressant.

— Qu'est-ce que tu fais ? » Nina se hisse sur le pupitre voisin. « Tu n'es pas encore en train de t'embêter avec ce formulaire ?

— Ben si. »

Nina regarde par-dessus son épaule. « Je ne sais vraiment pas ce qui t'inquiète. On t'acceptera n'importe où.

— J'ai presque fini. » Stella scrute sa sœur, qui a l'air empourprée et un peu débraillée. « Où étais-tu ? »

Nina ôte des brins d'herbe de son pull tout en balançant les jambes. « En bas du pavillon.

— Toute seule ? »

Nina sourit d'un air suffisant. « Bien sûr que non. Où serait l'intérêt ?

— Je croyais que tu avais cours de biologie.

— Oui. » Elle hausse les épaules. « Impossible de se le farcir. »

Stella éloigne son stylo, puis le pointe sur sa sœur. « Nina ! souffle-t-elle.

— Quoi ?

— Ne le sèche plus.

— Entendu.

— Pas si sûr.

— Oh ! ne commence pas. » Nina glisse du pupitre. « Tu viens ?

— Il faut que je termine ça. » Stella regarde sa montre. « Je te retrouve à la grille dans cinq minutes.

— D'accord. » Nina se dirige vers la porte. « Mais dépêche-toi. Je voudrais aller en ville avant la fermeture des magasins. »

Stella attend qu'elle soit sortie, puis regarde son imprimé. En première position sur sa liste de vœux, Édimbourg, en deuxième, St. Andrews, en dernière, Londres. Il y a des années qu'elles ont prévu ça : Nina étudiera à l'École des beaux-arts d'Édimbourg, et elle à l'université d'Édimbourg. Elles habiteront à la maison, continueront à partager la même chambre et, le matin, se rendront ensemble à leurs cours. Une organisation parfaite.

Stella n'est jamais allée à Londres. Elle ne sait pas trop pourquoi elle l'a inscrit en dernière position. Arrive-t-il qu'on se retrouve inscrit à la dernière université choisie ? Stella en doute. Son professeur principal lui a dit que les quatrième et cinquième choix n'avaient aucune importance. Stella a vu Londres à la télévision et au cinéma : des places rigolotes avec des bâtiments en brique, des arbres, des grilles noires, un métro pavé de faïence, des marchés dans les rues, des musées, des pigeons. Elle sait que ça se trouve à plus de six cents kilomètres d'Édimbourg, qu'il faut quatre ou cinq heures pour y aller en train, que c'est immense et rempli de gens qui parlent d'une façon saccadée.

La salle de classe est glaciale, les radiateurs grondent. Les participes passés allemands s'étalent au tableau et des grains de poussière tourbillonnent au soleil froid d'hiver. Dehors, les petits apprennent à courir à reculons et le prof leur lance des ballons. Stella repousse ses cheveux en arrière et ferme les yeux.

Quand elle les rouvre, le soleil semble plus vif, les murs de la salle plus hauts. Elle retire le capuchon de son stylo et inscrit, en lettres noires bien nettes, « Londres » sur le mot « Édimbourg » tracé au crayon.

Mel emplit un verre d'eau au robinet de l'évier. Par la fenêtre elle aperçoit Jake dans le jardin, en train de regarder le bassin que son père et elle ont construit quand elle avait environ sept ans. Mel voit le chat traverser la pelouse, la queue en l'air. Il s'arrête tout près de Jake, regarde son dos, lève une patte, miaule avec espoir, mais elle sait que ses miaous ne sont pas aussi forts qu'il le croit. Jake ne les entend pas. Le chat attend, la queue en point d'interrogation. Miaule de nouveau. Puis, en dernier recours, s'approche un peu plus et frotte la tête contre le tibia de Jake.

Ce dernier sursaute et fait un bond de côté, arraché à ses rêveries. Homme et animal s'examinent un instant. Mel retient son souffle. Jake va-t-il le caresser ? Va-t-il être gentil avec lui ? Elle sait qu'il déteste la chienne, ne peut supporter de se trouver dans la même pièce qu'elle, mais éloignera-t-il le chat aussi ?

Elle le voit s'accroupir, effleurer le dos du chat, laisser filer sa queue entre ses doigts sans grande habileté. Il n'a jamais eu d'animal à la maison, elle le sait. « Je ne connais pas grand-chose aux autres espèces », lui a-t-il confié un jour. Le chat tourne autour de lui, surpris par ses attentions maladroites, toujours bonnes à prendre cependant.

Jake est différent des autres hommes qui sont passés dans la vie de Mel. Quelque chose en elle semble attirer ceux qui lui offrent des cadeaux luxueux mais la déshabillent avec impatience, qui règlent la note du restaurant mais conduisent trop vite pour rentrer. Jake n'a pas de voiture. Elle ne sait même pas s'il a son permis. Il serait sûrement perdu si elle lui demandait où on achète des bijoux, de la lingerie, ou des chocolats fins.

Mel sourit. Sa famille préférerait la voir avec un homme pourvu d'un beau manteau, d'un diplôme, d'une voiture bien chauffée, un homme capable de parler d'économie, de stations de ski, d'arbustes qui poussent à l'ombre, ou de choisir un vin pour le dîner. Non que ses parents ou ses frères aient jamais fait la moindre réflexion désagréable sur Jake. Mais elle a remarqué la façon dont ils le considèrent parfois – d'un regard en coin songeur, déconcerté.

Et puis il y a autre chose. Une solitude, voire une sorte de complétude, l'intrigue chez Jake. D'autres hommes auxquels elle a été liée, en fait tous les gens qu'elle a vraiment bien connus, étaient empêtrés, pris dans l'enchevêtrement d'autres vies – leur famille, leur anciennes maîtresses, leurs collègues, leurs amis. Le réseau tissé était infini. Mais Jake n'a pas de famille, du moins presque pas, et ne parle jamais de ses anciennes petites amies. Sa discrétion confine au secret, il est tellement fuyant qu'elle ne peut être certaine qu'il lui appartienne. Ce qui la rend d'autant plus curieuse, intriguée, déterminée à se l'attacher.

Sa propre vie lui donne parfois l'impression d'être trop lourde, trop peuplée. Elle adore sa famille, bien entendu, et tous ses amis – elle ne pourrait se passer d'eux. Mais elle est fascinée par la liberté, la légèreté de l'existence de Jake.

Elle pose les deux mains sur le rebord de l'évier. Ses jambes flageolent après tant de mois passés au lit. Il faudrait absolument qu'elle s'assoie, mais elle tient à rester où elle est pour observer le rapprochement qui s'opère entre son étrange mari et son chat.

« Qu'est-ce que je vais faire ? »

Du bout des doigts Jake écarta les lattes du store vénitien et regarda dehors. À la lumière crue du soleil il apercevait une femme dans l'immeuble d'en face, devant le miroir de la salle de bains, en train de se chercher des cheveux blancs. À l'étage du dessus, un vieil homme sortait son caniche par la fenêtre pour le faire pisser dans la jardinière.

« Hein ? brailla Hing Tai dans la cuisine.

— Je disais…, commença Jake d'une voix forte, puis il se fatigua de sa question. Aucune importance. »

Il laissa les lattes revenir en place et pivota au moment précis où Hing Tai sortait de la cuisine avec un wok fumant dans une main et agitait le riz d'un mouvement circulaire du poignet que Mme Yee leur avait appris à tous les deux bien des années plus tôt, les faisant s'exercer avec un torchon humide au lieu de riz.

« Qu'est-ce que tu disais ? Avec le ventilateur je n'entendais pas. »

Depuis quelque temps, Hing Tai habitait la partie continentale, à Kowloon, dans un minuscule appartement du quartier de Mong Kok. À l'horreur des quatre parents concernés, dès qu'il avait trouvé un emploi dans la grande station de radio, il avait quitté l'appartement familial et emménagé avec Mui, sa petite amie. Chaque fois que Mme Yee voyait Jake, elle insistait pour qu'il demande à Hing Tai de revenir à la maison, ou du moins d'épouser la jeune fille (même si elle n'aimait pas particulièrement Mui, qui ne correspondait pas à l'idée qu'elle se faisait d'une bonne épouse – elle avait en effet un diplôme de commerce, travaillait dans une maison de disques et parlait quatre langues). Jake essayait souvent d'éviter ce sujet, mais toujours en vain.

Il s'effondra dans un fauteuil. « Rien. Ça n'a pas d'importance.

— Quoi ? Dis-le-moi. Tu sais que j'ai horreur que tu fasses ça. »

Jake se gratta sous le menton. « Ce n'était rien.

— Jik-ah, si tu ne me le dis pas, je te donne un coup dans l'épaule », répliqua Hing Tai en continuant d'agiter vigoureusement le riz.

Jake se mit à rire malgré lui et jeta un coup d'œil à l'écharpe qui masquait son bras gauche. « Bon, dans ce cas, je viens de dire... non, en fait, je gémissais en me demandant ce que j'allais faire. »

Hing Tai le considéra un instant, la tête penchée sur le côté. « Bouge pas. Laisse-moi juste le temps de chercher la bouffe. Et la bière. Pour mener cette conversation, nous allons avoir besoin de provisions. »

Des bruits de vaisselle se firent entendre dans la cuisine. Jake prit bols et baguettes dans le placard et les posa sur la table. Il s'efforça d'ouvrir d'une seule main une bouteille de bière sortie du réfrigérateur en la coinçant entre ses jambes.

« Donne-moi ça, dit Hing Tai en s'asseyant et en tendant la main pour attraper bouteilles et décapsuleur. Bon, reprit-il une fois les bouteilles débouchées. Comment va-t-elle ?

— Elle... » Jake observa son ami pendant qu'il servait du riz dans les bols. « C'est pas terrible. Elle va s'en sortir, mais elle est très... abattue. Déprimée. Affolée. Ce qui, bien sûr, n'a..., commença Jake en haussant les épaules.

— ... rien de surprenant », termina Hing Tai à sa place.

Jake hocha la tête.

« Que disent les médecins ?

— Qu'elle a eu une veine incroyable. Ils parlent de miracle. Le fait qu'elle ait survécu est miraculeux. D'après eux, il faut qu'elle digère tout ça très lentement. L'histoire de Lucy a aggravé les choses. Bien entendu. Ils ne cessent de me répéter qu'il faut lui éviter tout bouleversement, toute surexcitation. Et... et même toute contrariété. Facile à dire, mais pas si facile à mettre en pratique quand tu t'occupes de quelqu'un qui a failli y passer et qui a vu sa meilleure amie se faire tuer.

— Hum. » Hing Tai leva ses baguettes et choisit les plus belles crevettes pour les faire tomber dans le bol de Jake.

« Et... » Jake s'interrompit, observa les baguettes rapides comme l'éclair et tenta de couvrir son bol avec sa main. « Arrête un peu, tu veux ? »

Hing Tai repoussa sa main. « *Eiyah*, pourquoi es-tu aussi entêté ? » demanda-t-il en prenant la voix de sa mère, ce qui les fit rire tous les deux. Puis il désigna son ami. « Il faut que tu reprennes des forces, mon vieux. Tu as une mine terrible. On dirait un fichu cadavre.

— Mais oui, c'est ça, rétorqua Jake avec un grand sourire. Joue au raciste, vas-y. Frappe un homme à terre.

— Ferme-la. Et dis-moi…

— Ferme-la et dis-moi ?

— Oh ! tais-toi donc ! Et dis-moi ce que tu étais sur le point d'ajouter.

— Quand ça ?

— À l'instant. Tu as commencé à dire "et"…

— Et ? » Jake réfléchit. « Et ? » Il portait une bouchée à ses lèvres quand il s'en souvint. « Ah oui ! » Il baissa la main, sa bonne humeur envolée aussi vite qu'elle était venue. « Elle… » Il soupira, hésitant à prononcer les mots inéluctables. « Elle veut rentrer à la maison.

— Dans son appartement ?

— Non… non… en…

— Angleterre ?

— Ouais. »

Hing Tai avala une gorgée de bière. Un silence s'installa. Jake balada la virgule rose d'une crevette dans son bol.

« Et elle veut que tu l'accompagnes », reprit enfin Hing Tai.

Jake inclina la tête sans lever les yeux. Au bout de son bras blessé, ses doigts sortaient du tissu blanc de l'écharpe, pâles, raides, crayeux. Il fit jouer les muscles de son avant-bras et fut presque étonné de voir ses phalanges se déplier. Son bras lui donnait l'impression de ne plus lui appartenir, d'être simplement un poids qu'il avait à porter en écharpe autour du cou.

« C'est une situation tellement démente, marmonna-t-il en examinant toujours sa main. Tous les jours un peu plus. Parfois je regarde Mel et je me demande qui elle est, ce que je fais avec elle. Puis tout me revient, ce qui est arrivé, ce que j'ai fait et...

— Jake, tu étais bien obligé, affirma Hing Tai d'un ton pressant, énergique, en abattant la main sur la table. Tu n'avais pas le choix. Tu as fait ce qu'aurait fait tout homme doté d'un minimum de conscience. Elle était en train de mourir. »

Peu convaincu, Jake leva les yeux sur son ami.

« Ne sois pas aussi dur avec toi-même, ajouta Hing Tai d'une voix plus douce.

— Mais elle s'accroche à son rêve de mariage d'amour, et cette pensée me donne envie de... Écoute, je l'aime bien. » Jake s'interrompit un instant pour réfléchir. « Je l'aimais bien. J'en suis sûr. Mais maintenant je ne sais plus ce que je ressens. Tout a été... balayé, comme qui dirait... tout est embrouillé. Et voilà qu'elle... qu'elle... » Sa main tourbillonna en l'air.

« Ce n'est pas la femme qui te convient.

— C'est vrai. » Jake s'affaissa sur sa chaise, soulagé que soit enfin exprimée la chose qui le rongeait en silence depuis des semaines. « Elle en est même très loin. J'ai l'impression que... qu'il n'y a pas d'issue, que je... »

Hing Tai l'interrompit. « Pour l'instant, peut-être. À l'évidence tu ne peux pas en discuter avec elle en ce moment. Mais elle va se rétablir. » Il serra l'épaule intacte de Jake et la secoua. « Bientôt elle ira mieux, et tu pourras alors régler le problème, revenir à la normale et laisser tout ça derrière toi. »

Jake observait ses doigts qui se pliaient et se dépliaient sans cesse, agrippaient du vide et le relâchaient. « Tu crois ?

— Bien sûr. » Hing Tai s'appuya à son dossier, ramassa ses baguettes et les mâchonna une minute d'un air songeur. « Quant à aller en Angleterre...

— Oh ! pour l'amour du ciel ! s'écria Jake en anglais avant de revenir au cantonais. Je suis bien obligé d'y aller. Je ne peux tout de même pas lui dire au revoir et la fourrer dans un avion.

— Hum. » Hing Tai secoua la tête. « Effectivement. Et ton boulot ?

— Ça serait faisable. Chen met au point un nouveau scénario, de sorte qu'il ne va pas se passer grand-chose au cours des prochains mois. En outre, il me doit près d'un an de congé.

— Bon, on dirait que tu as pris ta décision.

— Disons plutôt qu'on l'a prise à ma place. »

Hing Tai fit un geste impatient. « Bref, quoi qu'il en soit, tu es obligé d'y aller. Tout va bien se passer. Ce voyage te fera peut-être même plaisir. Tu découvriras ta patrie. »

Jake grogna. « Je n'ai jamais éprouvé de réelle curiosité pour ma "patrie", comme tu l'appelles.

— Cesse de gémir, répliqua Hing Tai en repoussant son bol. Tu la remets entre les mains de ses parents, tu attends qu'elle aille mieux, et puis tu t'en vas. *Momantai.* Ce sera formidable. J'ai toujours eu envie d'aller à Londres. Tu pourrais même faire un tour en Écosse. »

Jake leva la tête. « Pour voir le pays de mon père, après la mère patrie, c'est ça ?

— Exactement. » Hing Tai lui sourit.

« J'y avais pensé, reconnut Jake.

— Alors, vas-y. Ne me raconte pas que tu n'as jamais éprouvé de curiosité à cet égard. » Hing Tai consulta sa montre. « Il faut que je parte. Je vais au ciné avec Mui. À Yau Ma Tei. Tu veux venir ? »

Jake se gratta la tête et jeta lui aussi un coup d'œil à sa montre. « J'aimerais bien, mais je devrais plutôt retourner...

— Voir bobonne ? lança Hing Tai en minaudant.

— Va te faire foutre.

— Toi aussi, mon vieux. » Hing Tai se leva et s'étira avec indolence. « Est-ce que je ne t'ai pas toujours mis en garde contre les filles *gweilo* ? Elles ne causent que des ennuis, mon vieux, que des ennuis. »

Jake ouvre la porte sans bruit et se faufile dans le salon aussi discrètement que possible. La chaleur le frappe au visage comme une vague. Une chaleur sèche, usante, provenant de radiateurs, de fenêtres calfeutrées, de pièces mal aérées. Dans son panier, près du poêle à bois, la chienne, vigilante, lève la tête, dresse les oreilles, gronde sourdement. Elle n'a jamais aimé Jake. Il lui tire la langue. Horrible bête puante.

Il s'apprête à contourner le canapé, mais, voyant que Mel dort, recule.

« Jake ? » Juste au moment où il atteint la porte, il entend sa voix faible et rauque. « C'est toi ? »

Revenant sur ses pas, il s'assied à côté d'elle et constate, le cœur serré, que son teint est d'un blanc farineux, et ses yeux délicatement cernés de lilas. « Je croyais que tu dormais.

— Je dormais. » Elle bâille, et sa bouche s'ouvre si grande que Jake entrevoit le rouge humide de son gosier. « Mais je t'ai entendu entrer.

— Excuse-moi. Je ne voulais pas te réveiller.

— C'est pas grave. » Elle change de position. Telle une harpe, les ressorts du canapé lâchent tout bas un long son de corde pincée. « Ça me fait plaisir de te voir. » Elle lui tend une main ; Jake s'oblige à la prendre. Puis Mel se met à adresser des petits chuchotements aigus à la chienne qui répond par des coups de queue sur le côté de son panier.

« Écoute, il y a une chose dont je voulais te parler, commence Jake.

— Ah bon ? » Mel reprend son flot d'inepties discordantes, et la chienne gémit à présent sur un ton aussi aigu. Ce bruit écorche les oreilles de Jake.

« Mel ? » Il exerce une pression sur sa main. « En bavardant avec tes parents l'autre jour...

— Au sujet du mariage ?

— Oui, dit-il, surpris. Comment est-ce que...

— Ma mère n'a jamais su garder un secret. » Du creux de ses oreillers, Mel lui sourit. « Elle dit toujours la vérité, c'est pathologique chez elle. Je ne suis pas censée être au courant. Papa n'est pas censé savoir que je le suis. Tout est terriblement compliqué. » Avec précaution, elle pose son autre main sur les siennes. « Mais nous pouvons quand même en parler. Si tu veux.

— Le problème, c'est... », commence-t-il, puis une image lui traverse l'esprit, celle de Mel le lendemain de leur première relation sexuelle. Il l'avait emmenée manger des *dim sum* dans un petit restaurant, au coin de sa rue. Ils étaient assis l'un en face de l'autre, et la table était si petite que leurs genoux ne cessaient de se heurter et menaçaient de la renverser, ce qui les avait fait rire. Elle avait avoué qu'elle avait toujours eu peur d'entrer dans de tels endroits. « Peur de quoi ? » lui avait-il demandé. « Je n'en sais rien », avait-elle répondu, si bien qu'il lui avait recommandé de ne plus avoir peur. C'était exactement ce qu'il lui avait déjà dit la veille avant de l'embrasser. Tous deux s'étaient donc remis à rire, et elle avait posé ses baguettes, puis expliqué qu'avec lui elle n'avait pas peur. « Tant mieux », avait-il conclu.

« Le problème, c'est que je ne suis pas sûr...

— Tu n'es pas sûr de vouloir le faire. »

Jake la dévisage. Elle lui retourne calmement son regard, les deux mains autour des siennes. Son cœur semble se soulever en lui, telle une bulle d'air dans de l'eau. A-t-elle compris ? Malgré tout ce qui est arrivé, sait-elle ?

« Mel, je…

— Ça n'a pas d'importance, Jake.

— C'est vrai ? » Il se rend à peine compte de ce qu'il dit, de ce que ça implique.

« Je sais que ce n'est pas vraiment ton genre.

— Mon genre ? répète-t-il.

— L'église, un grand mariage, la robe blanche. » Elle repose la tête sur un côté, en souriant. « J'ai du mal à t'imaginer en jaquette. »

Jake ignore ce qu'est une jaquette, mais le devine aisément.

« Je ne sais pas ce que nous allons faire. » Elle se frotte la tempe d'un doigt replié et regarde par la fenêtre. « Je n'en ai pas parlé à maman, bien sûr. Ils essaient seulement d'être gentils. Ils pensent que ça me fera du bien. Que ce serait une chose à attendre avec impatience. Je ne sais pas ce que nous allons faire, répète-t-elle. Mais inutile de nous en inquiéter pour le moment. » Haussant un sourcil, elle souffle alors d'un ton de conspiratrice : « Peut-être que nous devrons finir par nous y résoudre. Juste pour leur faire plaisir. Tu sais comment sont les parents. Tu pourras le supporter ? »

La navette de l'aéroport part de Hennessey Road. D'un pas lourd, Jake quitte son appartement, la tête basse, comme pour se protéger du vent, le vieux sac à dos de sa mère passé autour de ses épaules, les deux valises de Mel agrippées dans sa main droite. Mel marche derrière lui et fait la conversation. Il sait maintenant que ses moments de silence la rendent nerveuse, loquace, l'incident à remplir les blancs. Dans son dos elle parle de circulation, dit qu'elle est contente de partir, qu'elle veut arriver en avance au comptoir d'enregistrement parce qu'elle tient à avoir un siège près du couloir, et est-il vraiment sûr qu'ils n'auraient pas mieux fait de prendre le train express au lieu du bus, la circulation l'inquiète, car bien qu'on soit en plein milieu de l'après-midi un flot de voitures arrive de Causeway Bay, et est-il...

Il ne peut pas la regarder pour l'instant, et tâche donc de rester juste devant elle. Son épaule lui fait mal à cause des sangles du sac à dos ; le plâtre lui couvre le bas d'un bras qui oscille, pâle et lourd, contre son flanc. Il n'a encore laissé personne gribouiller ni dessiner dessus. Sa perfection blanche, au son creux, lui semble étrangement satisfaisante. Il commence à oublier l'aspect du bras dissimulé dessous.

Mel s'assied sur une valise à l'arrêt du bus, le visage cireux, épuisée après l'effort que lui a coûté cette courte marche, enfermée à présent dans le mutisme, et lui jette de temps à autre un regard anxieux. Jake voit arriver la navette de loin.

Une fois qu'ils sont installés, le bus leur paraît avancer à une vitesse incroyable. Ils filent, laissent Wan Chai derrière eux, et, entre les immeubles, Jake aperçoit la pente des montagnes d'un côté et, de l'autre, dans le port, l'éclair d'une mer baignée de soleil. Le bus grimpe avec la route, s'élève au-dessus du sol, et les rues, dessous, semblent étroites, les gens écrasés par la perspective. Jake voit le reflet du bus sur les immeubles – une image fragmentée, déformée – et, oui, il entrevoit aussi, une fraction de seconde, son propre visage qui le scrute avant de disparaître.

Mel lui prend la main, l'enveloppe dans les siennes. Jake songe que, du temps où elle allait bien, il aimait la façon dont elle lui déboutonnait sa chemise, avec concentration, respect, comme un enfant qui défait un paquet, et qu'il doit vraiment lui reconnaître ça, c'est le moins qu'il puisse faire. Qui sait si les choses ne vont pas s'arranger. Peut-être va-t-il s'apercevoir qu'il peut l'aimer. Peut-être reviendra-t-il bientôt.

Au dernier arrêt avant le tunnel, une famille met une éternité à monter et, juste avant que les portes se ferment, une forme sombre entre dans le bus en voletant par saccades, semblant reliée à un fil. Elle s'élève vers le plafond, puis change de direction, fonce sur le pare-brise et s'écrase sur le verre. Jake la regarde, affolé. Les ailes sont palmées et le corps tassé, musclé. Une chauve-souris.

Un murmure horrifié parcourt le bus. Mel agrippe la main de Jake. La chauve-souris s'éloigne du pare-brise et, sonnée et désorientée, tombe vers le sol. Mais elle regagne bientôt de la hauteur en atteignant la première rangée de passagers et réussit à se maintenir au-dessus de leurs têtes. Mel pousse des hurlements stridents et se baisse, sa tête heurte l'épaule de Jake qui, pendant un moment, est tellement aveuglé par la douleur qu'il ne voit plus ce qui se passe.

Quand il rouvre les yeux, une jeune Chinoise en tailleur beige se dresse avec peine, les mains plaquées sur les côtés de la tête. Contrairement à beaucoup d'autres, elle ne hurle pas, mais lâche des petits gémissements étranglés. Son maquillage est barbouillé de larmes. Quelque chose se tord et se débat dans ses cheveux noirs soyeux. De ses pieds griffus la chauve-souris s'y accroche, au sommet de son crâne.

Jake se lève. « Ouvre la vitre », demande-t-il à Mel.

La jeune femme sanglote, des mèches en désordre collent à son visage humide. D'autres personnes ouvrent les vitres, l'air s'engouffre dans le bus. Tout le monde a les yeux fixés sur Jake. Mel lui tend un journal.

« Fais-la partir avec ça, Jake », dit-elle.

Il est obligé de sortir son bras de l'écharpe pour l'attraper. Il déplie le journal épais et l'approche de la tête de la jeune femme. Ce geste lui fait mal au bras, les doigts lui élancent. À travers les feuilles il sent les battements rapides, sauvages de ces ailes de cuir, et les griffes serrées qui éraflent le papier.

À ce moment précis, le bus entre dans le tunnel, et bruits et lumières sont aspirés. Le véhicule et ses passagers oscillants sont plongés dans une pénombre orangée livide. D'un seul geste, Jake referme le journal autour de la bête et serre. La chauve-souris gigote et s'échappe. La jeune femme sanglote sans bruit. Jake fait une nouvelle tentative et, cette fois, sentant dans ses mains le corps minuscule, raide d'affolement, il l'emprisonne dans les feuilles froissées. Lorsqu'il lève les bras, la douleur lui martèle l'épaule. De longues mèches de cheveux tombent du journal renflé, agité de convulsions. Quand il se retourne, un homme d'un certain âge lui désigne une vitre ouverte. Jake s'en approche et y lâche son paquet.

Le vent l'emporte avec avidité. Des feuilles se séparent et volettent dans le sillage du bus avant de retomber doucement sur le macadam gris. Jake voit une forme noire ailée s'élever, à battements précipités, vers le plafond du tunnel obscur.

Sa mère fait son yoga au fond de la pièce. La salutation au soleil. Ses mains sont largement écartées sur son tapis de sol, son corps s'élève, ses cheveux longs pendent, ses talons reposent à plat par terre. Parfois, Jake se glisse alors en travers de l'arche formée par son corps, ce qui la fait rire, si bien qu'elle s'écroule, mais aujourd'hui il n'en a pas envie.

Il donne des coups de talon contre les pieds de la chaise et, les coudes posés sur la table, éloigne le cylindre noir d'un crayon, puis le rapproche, et recommence. Dehors le soleil chauffe les bâtiments, la rue, les vitres, le toit des bus. Devant la fenêtre de la cuisine le thermomètre marquait 32 degrés quand il a regardé ce matin. « Il va faire chaud aujourd'hui », a dit sa mère quand il le lui a montré. Sa mère est pour lui tantôt Caroline, tantôt maman. Il l'a toujours appelée Caroline, mais prend soin de parler de « maman » à l'école pour que les autres ne se moquent pas de lui.

« Qu'est-ce que tu fabriques, Jakey ? » Debout sur un pied, Caroline lève les bras au-dessus de la tête, les mains pointées vers le plafond, telles des flèches. « Est-ce que tu dessines ? »

Jake serre le poing autour du crayon. S'il referme la main dessus, il disparaît. Personne ne se doutera qu'il était là. « Non, répond-il.

— Oh ! Tu écris une histoire ?

— Non. » Il sent que sa mère le regarde, mais continue de fixer les yeux droit devant lui.

Soudain, elle s'assied à la table en face de lui, écarte les tasses du thé matinal et la boîte de sucre. *Taikoo* est écrit sur la boîte. Jake aime bien ce mot.

« C'est une lettre que tu écris ? »

Il place le crayon de couleur en position d'écriture, comme Caroline le lui a appris, incliné, tenu entre le pouce et l'index, reposant sur le muscle de la main. Il incline la tête.

« À Hing Tai ? »

Il secoue la tête.

Perplexe, sa mère le regarde. « À qui alors ? » Elle tend la main et repousse les cheveux du front de son fils. « À qui est-ce que tu écris, mon chéri ?

— À mon père. » Les mots sortent tout seuls. « Mon père », ça ne fait jamais que deux petits mots. Jake jette un regard anxieux à sa mère. Va-t-elle être affectée ?

Elle se contente de le regarder en haussant les sourcils. Sa main tendue est figée sur les cheveux de Jake. Il la sent peser sur sa tête et a envie de s'y soustraire, mais n'ose pas. Puis elle bouge enfin et se met à lui caresser la frange. « Bon, formidable, Jake, dit-elle. Où en es-tu ? »

Jake baisse les yeux sur le rectangle de papier disposé devant lui. « Chèr » est écrit en grosses lettres noires. « Je ne sais pas comment l'appeler.

— Qu'est-ce que tu veux dire ? demande-t-elle d'un ton calme.

— Ben... » Il fait glisser la pointe de son ongle le long du crayon. Des minuscules rognures de cire noire qui évoquent des vers de terre frétillants tombent sur la feuille. « Est-ce que je dis "Tom" ou "papa" ?

— Hum. » Elle réfléchit en regardant par la fenêtre. « Je crois... que l'un ou l'autre conviendrait très bien, mon cœur. » Elle attrape le Taikoo et le tient devant elle à deux mains. « Je crois que ça dépend de... de la manière à laquelle tu penses à lui dans ta tête. Dans ta tête, il est "Tom" ou "papa" ?

— Je... » Jake fronce les sourcils. « Je ne sais pas. Je ne sais pas... Il est seulement... une personne. Une grande personne. Qui me ressemble. »

Sa mère acquiesce. « Oui, il te ressemblait... il te ressemble. Beaucoup. » Elle porte une mèche de cheveux à sa bouche. « Tout à fait pareil, en fait.

— Alors, je mets quoi ? » Son crayon est en l'air au-dessus de la page blanche.

« Peut-être... Peut-être que "Tom" est mieux. Qu'en penses-tu ?

— D'accord. » Il est déjà en train de former la barre du *t*.

Caroline s'assied à son côté, lui passe les couleurs dont il a besoin et l'aide à bien orthographier quand il le lui demande. « j'émerai te voir », écrit-il. Puis, sur une partie de la page, il fait un dessin de leur groupe d'immeubles. « nous habiton hongkong. viens vite. si tu veux. bisous. Jake ». En bas il se dessine à côté de Caroline. Il la représente dans son pantalon à pattes d'éléphant préféré, rose fuchsia, et se coiffe de son chapeau vert, non sans veiller à bien colorier ses cheveux, pour que Tom sache qu'il les a bruns comme lui.

« Jake, c'est superbe ! s'écrie Caroline quand il lui permet de saisir la feuille. Vraiment magnifique. J'adore cette lettre. Le seul problème, c'est que je ne sais pas exactement comment nous allons la poster, ajoute-t-elle d'un ton prudent tout en continuant d'examiner ses dessins.

— Moi, je sais. » Il va dans la cuisine et en revient avec la bouteille de sauce de soja qu'ils ont vidée la veille au dîner.

Sa mère le dévisage un instant, puis se met à rire et bat des mains. « Nous allons d'abord la laver, dit-elle. Il ne faudrait pas qu'un reste de sauce tache tes dessins. »

Ils prennent un bus qui grimpe, puis redescend la bosse que forme l'île de Hong Kong, emprunte des routes encaissées aux accotements de béton, bordées d'arbres embrasés de fleurs rouge sang, se dirige vers Aberdeen Harbour, la route s'enroulant sur elle-même au fur et à mesure que le port approche. Le temps est lourd et humide, des nuages flous gonflent dans le ciel. Caroline marchande le prix du passage, feint de s'en aller deux fois. Finalement l'homme crache dans l'eau et leur fait signe de monter.

D'une main, Jake attrape le rebord peint en vert du sampang, et de l'autre tient sa bouteille. Sa mère doit l'empêcher de la jeter alors qu'ils ne sont qu'à deux minutes du port.

« Attends, attends qu'on soit un peu plus loin », lui conseille-t-elle en lui posant une main sur l'épaule.

L'eau sombre, agitée, clapote sous le large fond du sampang. Le batelier est assis à la barre, le visage dissimulé par un chapeau triangulaire. D'ici, la ville paraît minuscule, collection de boîtes irrégulières, dressées vers le ciel, dominées par d'immenses sommets verts. Lorsqu'il estime qu'ils sont arrivés assez loin, Jake attrape la bouteille par le goulot, recule le bras et la lance vers l'horizon vide. Elle décrit un arc et disparaît un instant après avoir heurté la surface vitreuse de la mer. Puis Jake voit son bouchon rouge la percer de nouveau et pointer en l'air. À l'intérieur, le rouleau blanc de sa lettre, bien au sec, ne risque rien.

Mair ne s'était jamais remise du rationnement. Ces restrictions alimentaires imposées par le gouvernement la marquèrent de leur empreinte jusqu'à la fin de sa vie. Elle attrapait le poignet de ses arrière-petits-enfants lorsqu'ils beurraient leurs toasts. « Pas trop, fais attention », disait-elle, et elle mettait le beurrier en faïence hors de leur portée. Ses belles-filles gloussaient en se racontant qu'elle gardait des œufs pourris dans le placard de la cuisine.

Elle habitait dans une vallée, au sud du pays de Galles, une bourgade dont personne, de l'autre côté de la frontière, ne réussissait à prononcer le nom, tant la langue s'embrouillait et trébuchait sur les deux *l* et les deux *d*. Comme si le rationnement n'avait pas suffi, elle dut accueillir des enfants évacués de Swansea et de Cardiff, des garnements qu'elle devait héberger et nourrir, l'informa le gouvernement.

Ils arrivèrent crasseux – Mair n'avait jamais vu de gosses plus sales. Ils lui coupèrent le souffle, ces trois lutins morveux, à la figure maculée, plantés sur son seuil. Elle recula dans l'entrée et ordonna à ses fils qui étaient en train de dessiner des avions dans la cuisine : « Montez. Tous les deux. Immédiatement. »

Après avoir entendu la porte de la chambre se fermer, elle fit sortir les évacués au pas de course dans le jardin de derrière. Là, elle brûla leurs habits, le papier marron qu'ils portaient en guise de sous-vêtements, et les cheveux infestés de poux dont elle les avait débarrassés avec un rasoir à main. Une fois qu'ils eurent enfilé les pyjamas rapiécés de ses fils, elle les mit au lit dans le grenier, tête-bêche.

Parfois, quand elle ne parvenait pas à dormir – et elle avait souvent des problèmes de sommeil –, elle les entendait pleurer, plaintif filet de détresse filtrant par les solives du plafond, le plâtre, le papier peint posé par Huw un jour de printemps, plusieurs années plus tôt, avant cette guerre interminable. Mais à quoi pouvait-on s'attendre ? Ces enfants étaient impies. Le premier soir elle avait suggéré qu'ils auraient peut-être envie de réciter leurs prières et, à la façon dont ils l'avaient regardée, on aurait pu croire qu'elle avait deux têtes. Au bout d'une semaine elle les avait habitués à s'agenouiller devant leur lit et à bredouiller le Notre Père : « *Ein Tad, yr hwn wyt yn y nefoedd, sacteiddier dy envw, deled dy dernas...* » Après tout, c'était son devoir de chrétienne. De toute sa vie elle n'avait jamais manqué un office du dimanche à la chapelle.

À dix-huit ans, Mair avait épousé Huw, et la jalousie de ses amies provoquait encore en elle les élancements d'un plaisir secret. Contrairement à la plupart des hommes du coin, Huw ne travaillait pas au fond de la mine, mais dans ses bureaux. Tandis que ses amies s'acharnaient sur la poussière de charbon incrustée sur le corps de leur mari, elle servait le dîner dans de la vaisselle en vraie porcelaine à un mari qui changeait de chemise tous les jours.

Pour elle, cuisiner était magique, lui donnait une raison de vivre, la sortait du lit tous les matins. Cette alchimie ne manquait jamais de la ravir : un sac de farine, quelques œufs, une motte de beurre, une goutte de lait se transformaient en gâteau, en scones, en crêpes, en bien d'autres choses encore. Sa mère lui avait appris à préparer des meringues avec des blancs d'œufs visqueux dans un four qu'on venait d'éteindre. « Laisse-les jusqu'à ce que le dessus commence à peine à brunir, et alors, sors-les vite. Le plus vite possible », disait-elle en donnant à Mair la cuiller à lécher. Il en résultait des éponges dorées aussi légères que de l'air fouetté ; du pain levé au bicarbonate de soude, qu'on mangeait avec des spirales de beurre salé, des sablés, du cake, des chaussons aux pommes, des tartes à la confiture, des galettes d'avoine, du pudding à la mélasse, du gâteau à la graisse de bœuf cuit dans un torchon, du pudding couronné de meringue, et des gâteaux gallois ronds, piquetés de raisins, saupoudrés de sucre. « Un homme peut savoir ce que tu vaux d'après la consistance de tes gâteaux gallois », avait déclaré sa mère en malaxant des noisettes de beurre avec la farine qui tombait du tamis que Mair tenait au-dessus de la jatte.

Mair adorait manger – mais en secret seulement. Ce fut quand elle se maria et disposa de sa propre maison et d'une cuisine bien à elle qu'elle se mit à voir dans la nourriture un plaisir illicite auquel les femmes pouvaient se livrer en l'absence des hommes, léchant une cuiller, grignotant une friandise, volant une bouchée.

Ces moments dérobés, clandestins, étaient le seul plaisir qu'elle s'autorisait quand son mari était au travail et ses garçons au fond du jardin. Seule dans sa cuisine, elle pouvait alors s'emplir la bouche, la refermer sur la mollesse sucrée d'un flan à la marmelade d'oranges, sur la pâte fondante d'un chausson à la confiture. Elle avait des difficultés à manger en présence d'un tiers. Mair avait horreur d'être observée, et l'idée que quelqu'un puisse compter le nombre de crêpes qu'elle consommait ou entendre ses petits bruits étranglés de déglutition lui était odieuse. Le frisson de la transgression, du secret était préférable. Si elle était interrompue – par un voisin planté sur le seuil ou par un enfant dégringolant l'escalier –, elle cachait ce qu'elle était en train de manger derrière le premier bocal venu ou l'une de ses théières décoratives.

Les sandwiches entamés, couverts d'une moisissure verdâtre, fourrés dans un tiroir du buffet, sur lesquels il tombait parfois, rendaient Huw perplexe. Supposant que l'un des enfants en était responsable, il en parlait à sa femme, qui, avec une exclamation réprobatrice, les fourrait dans la gueule avide du poêle. Il la laissait régler le problème et parler à l'enfant concerné, la nourriture et sa consommation familiale étant de son ressort. Jamais il ne lui serait venu à l'esprit qu'il était à l'origine de cette paranoïa et de ce subterfuge. Pour ce qu'il en savait, sa femme, qui, même après deux enfants, entrait toujours dans les corsets qu'elle avait apportés en venant chez lui quand ils s'étaient mariés, ne s'intéressait pas à la nourriture. Elle ne mangeait presque rien.

Mais la guerre anéantit tout cela pour Mair. Au lieu des œufs au beau jaune orangé de la ferme située en haut de la route, le gouvernement lui donna des œufs en poudre qu'elle devait mélanger à de l'eau, des lamelles de beurre avec lesquelles elle était censée nourrir toute sa famille, un malheureux cornet de sucre pas plus gros que son doigt. Elle était une épouse, sa mission était de pourvoir aux besoins de la famille, de cuisiner, de nourrir – mais comment y parvenir avec ces saletés sèches, insipides ? En outre, avec le rationnement, elle n'avait plus de quoi grignoter en solitaire. D'ailleurs, même si elle avait pu mettre de côté tout un plateau de scones et une montagne de beurre, elle n'aurait pas pu les manger. La maison était pleine de ces horribles garnements qui traînaient toute la journée dans la cuisine et étaient dans ses jambes. Le but de sa vie ainsi que son unique plaisir lui furent ainsi retirés. Elle se sentit obligée de ranger les ustensiles de cuisine adorés qui lui venaient de sa mère. Pas question de les profaner avec ces cochonneries.

Même à la fin de sa vie, alors qu'elle ne quittait plus son fauteuil, pensionnaire d'une institution de vieillards à Swansea, près des quais, elle se rappelait la sensation de la cuiller de sa mère sur sa langue, le grain de ce bois détrempé, le goût de la pâte crue, le mélange collant, irrésistible des œufs, de la farine et de l'eau, le manche sec tenu fermement entre ses doigts. Sa mère lui avait donné ses ustensiles juste avant de mourir, presque comme si elle avait eu une prémonition, songeait Mair. « Faire la cuisine, c'est fini pour moi, *cariad* », avait-elle dit en les enveloppant de papier journal et en les nouant d'une ficelle – la jatte fêlée en porcelaine, la cuiller en bois, le fouet à manche de cuivre, la roulette de pâtissier en fer, la casserole au fond de cuivre pour faire bouillir le lait.

Dans son fauteuil d'où, en s'asseyant bien droite, elle pouvait voir les eaux gris-brun agitées du canal de Bristol, et les quais désertés par les bateaux, Mair demandait à son fils, lorsqu'il lui rendait visite : « Qu'est devenue la jatte de ma mère ? Qui a la jatte de ma mère ? » S'il éludait la question, elle se tournait vers sa belle-fille, qui gardait toujours son manteau, et insistait : « L'auriez-vous, par hasard ? Est-ce que vous vous en servez ? Oui ? »

Un jour, alors que le couple avait cessé depuis longtemps de répondre à cette question, Mair murmura : « C'est peut-être Caroline qui l'a. »

Étonné, son fils avait levé les yeux de la brochure publicitaire vantant la voiture qu'il espérait acheter. Imitant sa stupéfaction, sa femme le regarda bouche bée. Mair ne prononçait en effet jamais le nom de Caroline – si quelqu'un le laissait échapper, son visage devenait indéchiffrable, figé. Mais son fils eut la sagesse de sauter sur l'occasion. Il en avait assez d'entendre parler de cette jatte.

« Oui, oui, exact, confirma-t-il aussitôt et, dans son empressement, il froissa la brochure. C'est Caroline qui l'a. »

Mair se carra dans son fauteuil et songea à cette jatte très pratique pour mélanger les œufs à la farine grâce au plan incliné de son fond, et à Caroline, son plus jeune enfant, son péché, sa honte.

Le réveil égrène le temps. Deux heures du matin. Trois heures. Quatre heures. À quatre heures, Jake se lève tout doucement du lit pour ne pas réveiller Mel. Frissonnant de froid, il enfile un pull, sort de la chambre sur la pointe des pieds et referme la porte derrière lui.

Le rez-de-chaussée est glacial, la lumière a un reflet bleu. La chienne grogne et gémit sur sa couche en osier dans la buanderie. Jake vérifie que la porte qui les sépare est bien fermée, puis s'assied à la table et approche le téléphone. Il ne connaît pas bien les codes d'accès qu'il faut composer d'ici. Après deux vaines tentatives, il entend le déclic de la connexion, puis la pulsation miraculeuse d'une sonnerie. S'il te plaît, sois là, s'il te plaît, sois là.

« Oui, allô ? » La voix de sa mère, nette, légèrement distraite, lui parvient à l'oreille.

« C'est moi, dit-il selon son habitude. Salut.

— Jakey ! » Il perçoit le sourire dans son ton. « Je suis vraiment contente que tu appelles. J'ai pensé à toi toute la journée. Comment vas-tu ?

— Bien. Pas trop mal. »

Il y a un silence. Jake écoute le bruit de la distance, des satellites, de l'énorme houle de l'océan Pacifique.

« Et ton bras ? » On dirait qu'elle a changé de position et s'est rapprochée du micro. « Tu es toujours dans le plâtre ?

— Non. On me l'a enlevé la semaine dernière. Ça va maintenant. Mon bras est un peu raide, avec le froid qu'il fait ici, mais ça va. Il est presque redevenu comme avant.

— Et… » Il l'entend marquer une pause pour choisir ses mots. « Melanie ? Comment va-t-elle ?

— Hum, bon… les progrès sont lents. Elle va mieux. Mais elle a passé un plus sale moment que moi.

— Oui. » Sa mère inspire brusquement. « Je n'arrive pas à croire que tu étais là-bas. Quand Lionel a apporté les journaux ce matin-là, je…

— Caroline, c'est fini. Je vais bien, d'accord ?

— Je sais, je sais. » Son petit rire doit s'accompagner d'un frisson. « Je crois que j'ai envie de te voir, tout simplement. De poser les yeux sur toi. » Elle rit de nouveau, mais cette fois, c'est un vrai rire. « Ensuite je pourrai croire que tu vas bien. Ça relève de la névrose, je sais bien. »

Jake attrape un flacon de médicament sur la table et lit la posologie écrite en tout petit : « Deux fois par jour, aux repas, M. J. Kildoune. » Il le repose. « Et pour toi, comment ça se passe ?

— Nous allons tous très bien. Je travaille beaucoup. Contrairement à Lionel. Les chats vont bien aussi, mais, écoute, ce n'est pas de ça que je voudrais parler. Dis-moi plutôt l'impression que te fait le pays.
— C'est plus ou moins... » Il hésite. «... compliqué.
— Comment ça ?
— Compliqué, c'est tout. »

Il est conscient que sa mère se retient de dire certaines choses. Il pousse les flacons de médicaments en cercle, leur étiquette tournée vers l'intérieur.

« Ça doit être le milieu de la nuit là-bas, dit-elle.
— Oui.
— Tu n'arrives pas à dormir ?
— Non, pas vraiment. Je m'endors, mais je me réveille souvent. » Il jette un coup d'œil à la pendule accrochée au-dessus de la cuisinière. « Écoute, je devrais m'arrêter. J'utilise leur ligne de téléphone. » Jake prend une profonde inspiration. « Caroline, je pensais... » Il s'interrompt et se demande comment continuer.

« Oui ?
— Je pensais faire un voyage. En Écosse. Tant que je suis là, autant en profiter. Juste pour jeter un coup d'œil. »

Le silence de la distance se fait de nouveau retentissant, ponctué par la seule respiration de Caroline.

« Bon, eh bien, si tu crois que c'est ce que tu as envie de faire, Jake, dit-elle. Mais je ne sais pas... je ne sais pas ce que tu vas trouver là-bas. Tu comprends, je n'ai pas la moindre idée de ce qu'il... y a là-bas.
— Je ne le saurai pas si je ne tente pas le coup. Je me suis seulement dit que, dans la mesure où je n'étais pas loin, je serais fou de ne pas pousser jusqu'à l'endroit dont je porte le nom. Tu ne crois pas ?
— Mmm. » Elle est réticente. « Tu as peut-être raison. »

Il téléphone déjà depuis huit minutes. « Je dois vraiment arrêter.

— Jake, rappelle-moi bientôt, d'accord ? se hâte-t-elle de dire en essayant de caser le plus de mots possible avant la fin de la communication. Ou alors écris. Lionel peut maintenant recevoir des e-mails. Préviens-moi quand tu iras là-bas. Et dis-moi si tu as besoin de quoi que ce soit.

— Entendu.

— Qu'il s'agisse de n'importe quoi.

— D'accord.

— Tu me le promets ?

— Oui. »

Francesca et Stella sont toutes les deux surprises de se croiser dans la cuisine. Croyant que tout le monde était sorti, Francesca allait s'octroyer un bain coupable en plein après-midi – ce qui lui arrive parfois quand elle pense que personne n'est là. Debout près de la table, Stella mange un sandwich et, à la légère perplexité de Francesca, semble porter un imperméable en plastique écarlate qui balaie le sol. Telle une étole de fourrure, Max, le chat, est enroulé autour de ses épaules.

« Bonjour », commence aimablement Francesca en essayant de ne pas mentionner l'imperméable, ni même de le regarder. Nina est parfois difficile, mais Francesca croit savoir, et depuis toujours, où elle en est, qui elle est. En revanche, elle sent qu'elle a de moins en moins de prise sur Stella. Ses repliements dans de longues rêveries, la manière dont elle sursaute quand elle ne s'attend pas à vous voir... Francesca a souvent l'impression que beaucoup plus de choses qu'on ne le croit tournent dans sa tête.

Stella grommelle tout en mâchant. Max ronronne bruyamment et sort ses griffes.

« Je croyais que vous étiez parties faire une promenade, Nina et toi. » Francesca songe à la baignoire toute prête, pleine d'eau bouillante.

« On était parties, marmonne Stella.

— Ah !

— Mais je suis revenue.

— Je m'en aperçois. » Francesca se dirige vers le réfrigérateur, fait mine de l'ouvrir, puis se ravise. « Et pourquoi ? »

Stella murmure quelque chose d'inintelligible tout en caressant la queue tigrée de Max.

« Pardon ?

— Je disais que Nina voulait aller à la Camera Oscura. »

Francesca fronce les sourcils. « Mais… mais je croyais que tu adorais la Camera Oscura. » Quand elle était petite, Stella avait été fascinée par la ville piégée comme par magie dans ce vaste récipient en porcelaine. Francesca se sent sourire de nostalgie en repensant au petit être aux membres épais qui se penchait dans sa poussette pour mieux voir. La Stella en imper, âgée de douze ans, qui se trouve devant elle, est renfrognée. Francesca efface son sourire.

« Je sais. Mais j'avais pas envie.

— Pourquoi ? »

Stella hausse les épaules. « J'avais pas envie, c'est tout.

— Bon. » Francesca met les mains sur ses hanches, puis les retire. Elle ne voit pas quoi ajouter. « Quand est-ce que Nina va rentrer ?

— J'en sais rien », répond machinalement Stella.

Francesca enrage, se sent exclue par cette autonomie à deux, cette espèce de double singularité, le fait que ses filles agissent toujours d'un commun accord – et généralement contre elle. Elles ont pourtant transformé, voire façonné sa vie, lui ont permis de se trouver elle-même. Elles lui ont donné l'impression d'appartenir à ce pays avec lequel elle n'avait auparavant ressenti aucun lien. Mais elles la déroutent, la frustrent, la vident.

« Je vois. » Puis Francesca se rappelle quelque chose. « Stella, il faut que je te parle. »

Stella tourne la tête dans sa direction et cesse de mâcher. Son ton devient plus sérieux. « De quoi ?

— J'ai téléphoné à ton directeur l'autre jour et...

— Maman ! » Stella est déjà furieuse. C'est mauvais signe. « Pourquoi est-ce que tu fais tout le temps ça ? Merde, les parents des autres n'appellent pas tous les jours pour...

— Stella ! Ne sois pas grossière avec moi !

— Je serai grossière si ça me fait plaisir », rétorque Stella. Max couche les oreilles, saute à terre et arpente la cuisine, vexé, hérissé.

Francesca prend une profonde inspiration et commence à compter jusqu'à dix, mais n'arrive qu'à six. Elle s'était promis de ne plus chercher la confrontation avec Stella. « Il a suggéré, et j'étais d'accord avec lui, qu'il vaudrait mieux vous mettre dans des classes différentes quand vous entrerez dans le secondaire », continue-t-elle en réussissant à ne pas élever la voix.

Francesca attend en s'efforçant de ne pas se faire toute petite. Elle ne répétera pas ce que le directeur lui a réellement dit : que ses filles ne parlaient à personne, qu'elles n'avaient pas d'amies, que cet isolement extrême préoccupait les enseignants.

La cuisine est plongée dans le silence. Stella dévisage sa mère. Le silence se prolonge, rend Francesca nerveuse car elle ne prévoyait pas cette réaction. La colère, les larmes, une mine renfrognée ou une tempête, oui. Mais pas ça. Elles n'ont jamais supporté d'être séparées.

« Je... je me suis dit que ça pourrait être une bonne solution, bredouille Francesca. Pour... toutes les deux. Avant de changer d'école. Un nouveau départ. Pour toutes les deux. »

Toujours pas de réponse. Puis Stella pose son assiette, prend appui sur son autre pied et lève les yeux au plafond. « Tu veux dire..., commence-t-elle. Faire... redoubler Nina ?

— Non, non. Elle serait dans la même année que toi. Mais pas dans la même classe. »

Francesca attend en mordillant les petites peaux autour de son ongle de pouce. Stella semble envisager la question.

« Bon, t'auras qu'à lui annoncer, compte pas sur moi pour le faire », finit-elle par dire en lâchant son assiette dans l'évier.

Francesca est tellement soulagée d'avoir évité une scène que ses mots se précipitent : « Bien sûr, bien sûr que je lui en parlerai. Jamais je n'aurais imaginé t'en charger. Ton père et moi le lui annoncerons dès son retour, et nous pourrons alors tous nous réunir pour... »

Stella a quitté la pièce. Francesca s'affale sur une chaise. Max et elle se regardent. Elle est stupéfaite. Tout à fait stupéfaite. Elle s'attendait à une scène magistrale, une dispute spectaculaire, un torrent de larmes, un accès de rage. Peut-être pourrait-elle lui demander de se débarrasser de cet affreux imperméable, pense-t-elle, prise d'espoir.

Un vieil air de jazz passait, une chanteuse qui avait connu une mort tragique assurait qu'il n'y avait plus de soleil dans le ciel, et le swing nonchalant de sa voix s'étirait d'un mur moquetté du studio à l'autre. En construisant cet immeuble, avait-on un jour raconté à Stella, les architectes avaient eu peur que la circulation de Portland Place et de Regent's Street s'entende sur les ondes, si bien que tous les studios avaient été enfouis au cœur du bâtiment, dernière poupée russe emboîtée dans les plus grandes.

Carré dans son fauteuil, un pied sur la table, son casque autour du cou, James bavardait avec la présentatrice de la météo. Stella se pencha sur le micro qui la reliait au studio. « Deux minutes vingt-cinq, James. »

À travers la vitre, elle le vit se redresser et attraper son micro. « OK. Nous sommes prêts.

— La météo d'abord, et ensuite nous avons une série d'appels pour vous. » Stella gardait un ton uni, neutre. « Une femme veut vous parler des avantages de la boxe française. »

Elle le vit la chercher du regard. De l'autre côté il était plus difficile de voir à travers la vitre. « Dites-lui d'aller se faire foutre. »

Stella se mit à rire. « Vous pouvez le lui dire vous-même. Elle est sur la quatre. Une minute cinquante. Vous l'avez indignée en affirmant tout à l'heure que le sport n'était pas sain.

— Y a vraiment des malades ! l'entendit-elle marmonner.

— Une minute quarante. »

Stella reporta son attention sur la table de mixage. La porte s'ouvrit avec un chuintement et un technicien de production se pencha à l'intérieur. « Un appel pour vous, Stella.

— Quoi ? » Stella tourna brusquement la tête. « Pas maintenant.

— Ça semble urgent.

— Qui est à l'appareil ?

— Je n'en sais rien. »

Elle fit pivoter son fauteuil vers le téléphone et appuya sur le bouton qui clignotait. « Oui ?

— Stel, c'est moi. »

Stella leva les yeux au ciel. « Seigneur, Nina, je suis en plein milieu d'une émission. Je ne peux pas...

— Je sais. Je t'ai entendue.

— Alors pourquoi...

— Écoute, j'ai quitté Richard. »

Stella soupira et tapota son stylo sur le bureau. « Nina, serait-il possible...

— Je peux rester chez toi ?

— Euh...

— Je suis à l'aéroport, annonça Nina d'un ton menaçant. Je...

— Dis-moi, tu ne pourrais pas rappeler plus tard ? Je suis... j'ai déjà prévu quelque chose pour ce soir. » L'homme que Stella fréquentait avait promis de venir la chercher à son travail, de la raccompagner et de la violer. Ce que Stella attendait plutôt avec impatience.

Nina explosa. « Si tu ne veux pas que je vienne, je serai peut-être obligée de... »

Au-dessus de sa tête Stella vit la lumière de la diffusion en direct s'allumer. « Mais si, bien sûr que je veux que tu viennes », dit-elle d'un ton distrait. Dans le studio, la présentatrice de la météo lisait son texte. Stella jeta un coup d'œil sur les curseurs et, d'un doigt replié, en remonta un. « Bien sûr que tu peux venir. »

Nina renifla, un peu calmée. « Bon, alors à tout à l'heure. Il y a un vol qui arrive à minuit et quart. Je serai donc chez toi vers une heure.

— Impeccable.

— J'ai retenu celui-là parce que je savais que tu travaillais tard.

— Merci. »

Les crises conjugales de Nina se déroulaient toujours selon le même schéma. Richard commettait quelque incartade (en général obscure et souvent extrêmement anodine), ils se disputaient, Nina fichait le camp et, pendant plusieurs jours, se jetait corps et âme dans divers types de comportements extravagants – elle achetait des tas de vêtements coûteux, ou couchait avec quelqu'un, ou encore prenait un avion pour une destination lointaine. Stella ne savait pas au juste si Richard lui pardonnait, ou s'il ne connaissait jamais l'entière vérité. Les frasques de Nina semblaient faire partie intégrante de leur mariage.

Stella termina l'émission, ignora les digressions que James fit à l'antenne sur la productrice constamment pendue au téléphone, appela l'homme qu'elle devait voir pour annuler leur rendez-vous, sortit juste à temps pour attraper le dernier métro, s'arrêta dans un magasin d'alimentation turc ouvert vingt-quatre heures sur vingt-quatre et y acheta quelques provisions car Nina aurait faim après son vol. Pendant que les trois frères qui tenaient la boutique étaient assis à l'entrée sur des tabourets, elle choisit des olives luisantes, amères, un tube de houmous crémeux et un pita plat comme une semelle de chaussure.

Un message faisait rougeoyer son répondeur. « Stel, c'est Nina, je voulais seulement... » Suivait un intermède de parasites, puis de gloussements. « J'appelle du portable de Richard. Je lui ai téléphoné après t'avoir parlé, et il est venu me chercher à l'aéroport. Donc tout va bien. Nous sommes dans la voiture en ce moment... » D'autres petits rires, des bruissements et la voix tonnante de Richard en fond sonore. « ... de ne pas te voir. Salut. »

Stella attrapa un verre – l'un de ceux qu'elle adorait, grand, à pied épais – et le lança contre le mur.

Nina va à la garderie. On la fait asseoir en cercle avec les autres enfants, jambes croisées. Il faut qu'elle y parle anglais, lui a dit sa mère, parce que les autres ne comprennent pas l'italien. Parfois Nina l'oublie et demande du *latte* au lieu de lait. La maîtresse la dévisage en fronçant les sourcils. Là-bas on chantonne, on joue avec du sable et de l'eau, on fait des tours et des tours de tricycle sur les sentiers étroits, avec des gommettes, on fait des collages qui représentent des poissons, on découpe des images dans des magazines avec des ciseaux. Nina adore les ciseaux. Elle aime leur symétrie, la manière dont ils tranchent le grain du papier et dont les deux lames identiques fonctionnent l'une avec l'autre et l'une contre l'autre.

Nina descend le sentier en se faufilant entre les tricycles que les garçons ont abandonnés là. Elle porte son collant rouge et son kilt rouge, sa tenue préférée. C'est mamie Gilmore qui la lui a donnée, pas mamie Iannelli. Mamie Iannelli lui donne de drôles de choses – des biscuits enveloppés de fin papier gaufré et des jouets mécaniques en bois. Dans le creux de sa main elle abrite le bonhomme de neige qu'elle a fabriqué : un rouleau vide de papier hygiénique recouvert de coton doux et duveteux, coiffé d'un chapeau rouge assorti à son collant. Elle en a elle-même dessiné le visage.

Quand sa mère, qui l'attend devant le portail, l'aperçoit, elle agite une main levée bien haut. Stella frappe des talons contre sa poussette et hurle en montrant Nina : « Ça ! Ça ! »

Sa mère effleure le corps blanc moelleux du bonhomme de neige, complimente Nina, lui dit qu'elle est une petite fille astucieuse, mais Nina ne l'écoute pas. Elle regarde Stella. Ou plutôt ses cheveux. Au lieu d'être maintenus par une barrette sur le côté – comme ils le sont d'habitude, de même que les siens –, les cheveux de Stella sont coiffés en couettes hautes serrées par deux rubans verts. En velours vert. C'est la première fois que Nina les voit.

« ... une fois rentrées à la maison, nous allons le mettre sur le manteau de la cheminée, dit sa mère. Ce sera notre première décoration de Noël, et peut-être que nous aurons plus tard...

— Qu'est-ce qui est arrivé aux cheveux de Stella ? »

Nina voit sa mère baisser les yeux sur la tête de Stella, soigneusement divisée par une ligne blanche. Le visage de sa mère fond, s'adoucit en une expression qui ressemble à du ravissement. Ou à de la fierté.

« Ça lui va bien, hein ? » Sa mère rit en éloignant la poussette du portail et en lui faisant descendre le trottoir. « J'étais en train de la coiffer ce matin et, tout à coup, je me suis rendu compte qu'elle avait les cheveux assez longs pour des couettes. Tu ne trouves pas ça très joli ? »

Nina regarde sa sœur, qui suce une pomme de pin. Les couettes et les rubans se balancent au gré des oscillations de la poussette. « Tu me coifferas comme ça, moi aussi ? »

Mais sa mère secoue la tête. « Oh ! *piccola*, je ne peux pas. Les tiens sont trop courts. Vous n'avez pas du tout la même nature de cheveux, Stella et toi. Elle a les mêmes que moi. »

Nina réfléchit un instant, puis demande : « Et moi, j'ai pas les mêmes que toi ?

— Non, ma chérie. Les tiens ressemblent plus à ceux de ton père. Ou peut-être à ceux de ta grand-mère. Mamie Gilmore. »

Nina reprend le bonhomme de neige. Ceux de mamie Gilmore sont tellement blancs et fins qu'on voit son crâne luire à travers. Nina s'aperçoit que Stella a des cheveux bruns, épais et longs. Si elle dessinait Stella, il lui faudrait se servir du crayon noir pour la tête. Si elle se dessinait, en revanche, elle ne saurait pas quel crayon de couleur employer – le marron, le jaune ou le rouge ? Ou tous les trois ?

Elle voit sa mère se pencher et enrouler une couette de Stella autour d'un de ses doigts.

Francesca est en train de casser des œufs dans un saladier pour préparer une omelette et d'encastrer les demi-coquilles les unes dans les autres quand le téléphone sonne. Les deux filles jouent dans un coin. Une exclamation monosyllabique de Stella interrompt de temps à autre le bavardage incessant de Nina. Francesca va décrocher l'appareil dans le couloir.

C'est sa mère, pressée de lui raconter en détail une vexation imaginaire que lui aurait infligée l'une de ses nièces en lui envoyant une lettre dont la date est antérieure de quinze jours au cachet de la poste. Francesca l'écoute d'une oreille distraite pendant quelques minutes en ponctuant son discours par des « mmm » et des « oh ». Elle a l'impression d'être à la place de Stella, noyée sous le flot de paroles de Nina. Prenant une profonde inspiration, elle tente alors de décourager sa mère : « Je ne peux pas te parler maintenant. Les filles n'ont pas encore déjeuné. »

Sa mère la réprimande, lui reproche de ne pas lui avoir dit que les *bambine* avaient faim et raccroche. Francesca lève les yeux au ciel.

S'apprêtant à retourner dans la cuisine, elle s'arrête sur le seuil. Debout au milieu de la pièce, Nina a une lueur singulière dans les yeux. Le sol est parsemé de taches noires irrégulières, telles des ombres ou des flaques. Francesca s'immobilise. Nina a-t-elle renversé de l'eau ou du jus de fruits ? Sous le regard de Francesca, la signification de la scène se fait peu à peu jour. Des mèches de cheveux épais jonchent le lino. Des cheveux bruns, souples. Comme les siens. Francesca lève une main pour les toucher. Ils sont toujours attachés sur la nuque par une barrette en argent.

Puis une petite silhouette titubante contourne des éléments de cuisine. L'espace d'un instant Francesca ne la reconnaît pas – étrange homuncule aux petites touffes hérissées, coupées ras sur un crâne à la blancheur cireuse, les vêtements couverts de cheveux. Un nain poilu.

« Partis, annonce le nain. Les cheveux. Tous partis. »

Francesca regarde Nina qui serre une paire de ciseaux avec une expression calme, provocante, impénétrable. Stella se penche pour fourrager dans les mèches coupées. Elle considère un moment sa mère, avant de lui en présenter une pleine poignée. « Maman, cheveux ? » propose-t-elle avec sollicitude.

Francesca s'affaisse à genoux. Elle accepte une mèche coupée que lui tend Stella et l'étire entre ses doigts. Puis elle prend une profonde inspiration. « Nina… », commence-t-elle.

C'est de nouveau l'été. Les dernières semaines paresseuses du trimestre. Libérés, des grains de pollen pénètrent dans la salle de classe par la fenêtre ouverte. Ce jeudi après-midi, le cours de biologie dure deux heures, et le soleil, haut dans le ciel, se déverse à l'oblique à travers la vitre nue, tel du sirop chaud. Les élèves sont censés entamer le programme de l'année prochaine, mais personne, même parmi les professeurs, ne prend cette idée au sérieux. Mâchonnant l'extrémité effilée de son stylo à bille, Stella a décidé d'ignorer le port obligatoire de l'uniforme, et arbore une robe à fleurs achetée dans une friperie de Grassmarket, un épais collant en laine, et des bottes de l'armée à lourdes semelles. Elle crève de chaud, mais ne l'admettrait jamais.

S'arrachant au schéma du cœur humain dont elle colore les artères en rouge et les veines en bleu, elle parcourt la salle des yeux. Assise au premier rang, Louise regarde par la fenêtre, une main soutenant sa tête, l'autre effleurant timidement le paquet froissé de chips sous sa table. Felicity forme soigneusement des mots avec ses lèvres, sans bruit, pour raconter quelque chose à son amie Rebecca – et toutes deux sont pliées d'un rire muet, la main devant la bouche, penchées sur leur pupitre, ravies de transgresser un interdit. Assise devant la classe, Mlle Fowkes, leur professeur, ne cesse de retirer, puis de planter les épingles de son chignon, comme si elle ne parvenait pas à s'y prendre correctement, ou comme si elle voulait sentir entre ses doigts ce tortillon tiède de cheveux.

On frappe soudain à la porte. Intéressée, toute la classe change de position. Stella ôte son stylo de la bouche. Felicity et Rebecca se redressent, l'hilarité s'éteint dans leur gorge. Une distraction. Tous les élèves aiment les distractions.

« Entrez », dit Mlle Fowles. Rien ne se produit. « Entrez ! » répète-t-elle plus fort.

La porte s'entrebâille et Nina apparaît. Fermée par un bouton, sa jupe, fâcheusement, a une boutonnière un peu trop lâche. Stella la porte parfois, et s'aperçoit à présent qu'elle est trop longue pour Nina. Elle voit ses propres barrettes dans les cheveux de sa sœur. Les élèves qui connaissent leur lien de parenté se retournent maintenant. Veulent-ils évaluer leur ressemblance ? Leurs différences ? Étudier sa réaction ? Stella prend une expression de marbre.

« Oui ? s'enquiert Mlle Fowkes, et Stella tressaille légèrement.

— M. Allen se demandait si vous aviez une pipette.

— Oui, bien sûr, mais nous nous en servons en ce moment. »

Nina baisse les yeux, puis les reporte sur Mlle Fowkes. « Il se demandait si vous en aviez une dont vous ne vous serviez pas », marmonne-t-elle.

Avec un soupir théâtral, Mlle Fowkes se lève. « Je vais voir. » Puis, s'adressant à la classe, elle annonce : « Je dois m'absenter une minute. Je veux que vous continuiez à recopier le schéma dessiné au tableau. Et en revenant dans le couloir, je ne veux pas entendre le moindre bruit. Vous m'entendez ? Pas un mot. »

Elle sort à grands pas en laissant la porte ouverte, et un courant d'air frais s'engouffre dans la salle. Le silence se maintient un instant. Puis quelqu'un, au fond, un garçon, dit : « Un mot. » Pas très fort, mais assez pour que tout le monde l'entende. Des rires sous cape explosent autour de lui comme un feu d'artifice.

Abandonnée face à la classe, Nina glisse un pied sur le mollet de son autre jambe, porte les doigts à une barrette. Ses yeux parcourent la salle, puis croisent ceux de Stella. Les deux sœurs s'observent un instant. Nina détourne alors le regard. À l'intérieur de l'établissement scolaire, elles ne manifestent pas beaucoup leur relation privilégiée. Stella observe le schéma qu'elle a devant elle, considère ce cœur humain de guingois, ses cavités jumelles, les voies rouges et bleues qui le traversent, et comprend pour la première fois qu'il est toujours parcouru de deux forces opposées.

« Hé ! Comment tu t'appelles ? »

Brusque et insistante, la voix vient du fond. Stella se retourne. Stuart Robson se penche en avant pour mieux dévisager Nina. Stuart est l'un des garçons les plus agaçants de la classe. Il heurte Stella dans les couloirs, tire sur l'élastique de son soutien-gorge, fait des dessins obscènes sur son cahier de brouillon, lui crache des boulettes de papier dans ses cheveux. Un jour, il a écrit au feutre ANORMALE au dos de son manteau. Nina et elle ont dû frotter des heures pour le retirer.

« Laisse-la tranquille », lâche aussitôt Stella.

Stuart tourne les yeux vers elle, puis les reporte sur Nina. Un sourire lui retrousse les coins de la bouche. « Hé, dis donc, je t'ai posé une question, reprend-il.

— Laisse-la tranquille, Stuart. » Stella crispe les doigts autour de son stylo.

« T'es la sœur de Stella ? »

Nina ne répond pas et prend l'expression figée, impénétrable, qu'elles ont toutes les deux perfectionnée au fil des ans. Ses lèvres sont serrées. On ne se doute pas qu'elle fait un effort pour se maîtriser. Mais Stella remarque la veine violette qui bat sur sa tempe.

« Alors, t'es sa sœur ? » Stuart s'est levé et avance à pas nonchalants dans l'allée. Rien chez Nina ne trahit qu'elle s'en est aperçue. « Tu t'appellerais pas *Goulemore*, par hasard ? »

Une onde de rires parcourt la classe.

« C'est ça ? insiste Stuart. T'es un monstre ? Une goule ? » Il émet des petits sifflements effrayants comme un enfant à Halloween. Nina ne réagit toujours pas, donne l'impression de se concentrer sur ce qui se passe derrière les fenêtres, le visage détourné, les doigts entrelacés.

« Si t'es la sœur de Stella, sa sœur aînée, comment ça se fait que tu sois dans la même année qu'elle ? » demande Stuart en approchant son visage de celui de Nina.

Stella voit Nina déglutir.

Stuart se penche encore plus près. « Tout le monde dit que t'as la tremblote. »

Lèvres serrées, Nina semble apprécier la vue qu'elle aperçoit derrière la vitre. Stuart tend la main vers elle et ses doigts se referment sur une mèche de cheveux. Voyant la douleur assaillir ces traits qui lui sont aussi familiers que les siens, Stella se lève et longe à grands pas les pupitres la séparant de sa sœur. Ses poings sont serrés, la rage bouillonne en elle, véhiculée par chaque vaisseau de son système sanguin. Elle a l'impression qu'elle pourrait faire n'importe quoi à ce garçon qui brutalise sa sœur, qu'elle ne sera pas responsable des dommages qu'elle va lui infliger.

Elle l'attrape par son pull et le tire pour l'éloigner de Nina. À quinze ans, Stella est grande pour son âge, plus grande que Stuart.

« Lâche-la », siffle-t-elle entre ses dents serrées, avant de le cogner contre le mur. On entend un craquement sourd quand sa tête heurte les briques. « Si jamais tu recommences à lever la main sur elle… »

Stella s'interrompt, ravale ses mots. Stuart reste un instant figé, stupéfié par la violence de cette fille. Au moment précis où Nina avance une main vers elle – pour l'aider ou pour la retenir ? – Mlle Fowkes apparaît à la porte avec une pipette. « Que se passe-t-il ? s'écrie-t-elle. Retournez à vos places. »

Stuart et Stella ne bougent pas. Le sang bouillonne dans le corps de Stella, lui donne le vertige, sa tête palpite. Soudain, tout semble trop proche – les murs, les gens, les pupitres. Si elle continue à agripper Stuart, c'est presque pour garder l'équilibre à présent.

« Immédiatement ! » glapit Mlle Fowkes en tendant la pipette à Nina.

Stella détend ses doigts refermés sur la laine du pull de Stuart. Sa sœur écarte les lèvres, fait mine de parler, puis se retourne et s'en va.

Plus tard, Stella retrouve Nina à leur place habituelle à la cantine, tout au fond, près de la fenêtre, à une table près de laquelle on empile les chaises inutilisées.

Elle pose son plateau en face de celui de sa sœur. Nina se passe du marqueur fluo sur les ongles et boit de temps à autre une gorgée de jus de fruits à même la boîte. « Ça va ? demande-t-elle sans lever les yeux.

— Ouais. Et toi ?

— Mouais. »

Stella attrape sa fourchette, transperce la croûte de son pâté, la repose. Elle soupire. « Je déteste cette cantine. »

Nina se penche en avant et colore en jaune l'ongle du pouce de Stella. « Moi aussi. » Elle rebouche le marqueur jaune et décapuchonne le rose tout en regardant quelque chose par-dessus l'épaule de sa sœur.

Puis elle s'éclaircit la gorge. « Est-ce que tu as... je me demandais si... si tu avais vu le nouveau ? »

Quelque chose dans son ton – prudent, posé – oblige Stella à la regarder.

« Quel nouveau ?

— Il a une année d'avance sur nous.

— Non. Pourquoi ?

— Il est là-bas. » Nina le désigne de son feutre tout en lui maintenant le poignet. « Ne regarde pas tout de suite. » Elle jette un coup d'œil dans la salle. « C'est bon. Personne ne fait attention. »

Stella se retourne. Là, dans la file, se trouve un grand malabar aux cheveux roux. Elle revient face à la table, se force à regarder les terrains de sport, la ligne déchiquetée où les toits rencontrent le bleu aveuglant du ciel.

Nina l'observe et tient prisonnière sa main entre les siennes. Stella la retire et croise les bras.

« Il ne lui ressemble pas tant que ça, risque Nina. C'est-à-dire...

— Tais-toi.

— Il est assez beau garçon.

— Ferme-la. »

Nina rebouche tous ses marqueurs. L'odeur du pâté en croûte qu'elle a devant elle donne la nausée à Stella.

« C'est juste que... » Nina essaie de reprendre la main de sa sœur, mais en vain. « Je voulais seulement... te prévenir.

— Je sais.

— Je n'avais aucune intention de te bouleverser.

— Je ne suis pas bouleversée ! s'écrie Stella au bord des larmes. Je ne suis absolument pas bouleversée ! »

Nina aligne ses feutres, puis se met à les disposer en étoile. Stella a envie de partir, de s'enfuir. L'idée qu'il se trouve quelque part derrière elle lui est insupportable, mais elle ne peut pas non plus se retourner.

« Quand tu as l'impression de le voir, qu'est-ce que tu vois ? » murmure Nina en déplaçant ses feutres.

Horrifiée, Stella la dévisage.

« Qu'est-ce que tu vois, Stel ? »

Stella se lève d'un bond, traîne son sac derrière elle et traverse la cantine en courant pour gagner la porte.

La bibliothèque scolaire sentait l'encaustique et le papier humide. Les déshumidificateurs toussaient et bourdonnaient dans les coins, digéraient la chaleur moite, propice aux moisissures, de la saison des pluies. N'empêche qu'on trouvait quand même des ronds gris-blanc de moisi sur les pages des livres, et qu'on voyait ses doigts tachés de spores après une pause du déjeuner passée à lire. Les autres garçons jouaient au football dans la cour pendant la récréation. Jake aurait aimé se joindre à eux, mais tous parlaient d'équipes britanniques dont il n'avait jamais entendu parler. Un jour, il avait demandé à son voisin de pupitre comment il savait quelle équipe soutenir, et son cammarade l'avait regardé comme s'il lui demandait combien font deux et deux. Puis il s'était retourné pour répéter aux autres ce que Jake venait de lui dire, et ils avaient tous éclaté de rire. Jake s'était posé des questions pendant des semaines – pourquoi était-ce aussi évident pour eux d'opter pour une certaine équipe, et pourquoi était-ce risible de ne pas comprendre comment ils s'y prenaient ? – et, finalement, il avait décidé que le fait de ne pas avoir de père devait jouer un rôle là-dedans. Il était donc plus simple d'aller à la bibliothèque et de faire semblant de ne pas avoir envie de jouer au foot.

Planté devant la section de géographie, Jake levait les yeux sur une carte des îles Britanniques. Sa mère ne parlait jamais de l'endroit d'où elle venait. Il le lui avait demandé à plusieurs reprises, et elle prononçait le nom très vite, du coin des lèvres, avec un accent que Jake ne lui connaissait pas. Elle lui avait un jour appris une chanson galloise sur une rivière, et avait dessiné un arbre généalogique dans un cahier d'exercices. Mais quand il voulut le retrouver pour le mettre en lieu sûr, il s'aperçut que la page avait été arrachée.

Ses yeux erraient sur les deux îles irrégulières aux côtes déchiquetées, défoncées. L'Irlande avait une forme de chien, et on voyait bien la façon dont la Grande-Bretagne l'avait jadis englobée, avant que les plaques tectoniques se disloquent et la libèrent. Protubérant, le pays de Galles tirait pour s'arracher à l'Angleterre, comme s'il voulait suivre l'exemple de l'Irlande. Jake observa la ruée des routes et des voies ferrées convergeant vers le gros point rouge de Londres, tels des canaux à l'eau bondissante. Il vit que la Cornouailles donnait un coup de pied dans la mer, et que l'Écosse faisait paraître l'ensemble déséquilibré, le cou mince du nord de l'Angleterre semblant avoir peine à supporter le poids de cette tête.

« Est-ce que tu cherches quelque chose de particulier, Jake ? » La bibliothécaire, dont les lunettes pendaient au bout d'une chaîne sur sa poitrine, se tenait derrière lui.

« Non, merci. » Jake tripota le bord effrangé de sa chemise d'uniforme.

« Tu es sûr ?

— Hum. » Il s'empourpra. « Non... ou plutôt si... je me demandais où se trouvait Kildoune.

— Kildoune ? » La bibliothécaire le dévisagea. « Ce n'est pas...

— Mon nom vient de là. C'est un endroit en Écosse.

— Ah ! » Elle sourit. « Je suis écossaise. Sais-tu à côté de quelle ville ça se trouve ?

— Euh... » Jake essaie de se rappeler. « Avie... Avie-quelque chose. Je crois.

— Aviemore ? »

Jake s'empresse de le confirmer.

« Je connais ! Ma sœur habite là-bas. C'est très joli. Regarde. » La bibliothécaire tend le bras au-dessus de la tête de Jake. « C'est là. Tout là-haut. » Le bout de son doigt se pose en plein milieu de la zone la plus large de l'Écosse et cache presque tout le nom. Jake devine le A et le V, mais pas plus. Il fixe les yeux sur ce point, s'oblige à bien le repérer pour être capable de le retrouver une fois le doigt retiré.

La bibliothécaire s'éloigne. « Bon, voyons si nous pouvons trouver cet autre endroit dont tu parlais. Est-ce que tu t'es déjà servi d'un atlas ? »

Jake secoue la tête.

« C'est très facile. Je vais te montrer. » Elle descend un grand livre mince d'une étagère. *Atlas du monde*, est-il écrit en lettres d'un doré passé. « En fin de volume il y a la liste des localités du monde entier, par ordre alphabétique. » Jake est assis à côté d'elle, pétrifié, les poings serrés. Il a presque l'impression que ce livre va s'ouvrir sur une photo de son père.

« Allons dans les K. » Jake voit une page bourrée de minuscules mots noirs. « K-i-l, murmure-t-elle en suivant la colonne du doigt. K-i-l, il y en a beaucoup en Écosse. K-i-l-d... Kildare, Kilden, Kildepo Valley, Kildonan. Oh ! » Elle s'interrompt. « C'est drôle.

— Quoi ? » Il se penche en avant avec anxiété. « Qu'est-ce qui est drôle ?

— Ça n'y est pas. » Perplexe, elle se tourne pour le regarder. « Tu es sûr que tu ne t'es pas trompé ? »

Mair avait eu ses deux fils peu après son mariage, Alun quand elle avait dix-neuf ans, et Geraint trois ans plus tard. C'était suffisant, avait-elle décidé. La sueur, les glapissements et le sang de l'accouchement l'avaient horrifiée. Elle ne se reconnaissait plus elle-même. Qui beuglait donc ainsi ? avait-elle demandé à la sage-femme et, en apprenant que c'était elle, elle avait été dégoûtée, scandalisée. Mair n'avait accepté de toucher les bébés qu'une fois ceux-ci nettoyés et enveloppés d'un lange.

Quant au reste, à l'acte lui-même, elle n'avait jamais couru après. Il lui semblait trop indigne, trop bestial. Parfois, durant son accomplissement, elle devait lutter pour ne pas le voir de l'extérieur – une femme avec les genoux ramenés sous les aisselles, et un homme qui peinait et haletait en se frayant un chemin en elle. Après Geraint, l'endroit où on l'avait recousue la brûlait et lui élançait si elle restait debout trop longtemps dans la cuisine, le froid des dalles remontant le long de ses jambes. Quand Huw venait à elle le soir, sa chair était tellement à vif qu'elle était sûre de sentir la couture lâcher.

Un matin, après avoir rêvé qu'une énorme tache rouge s'écoulait de son corps, s'étalait sur les draps blancs, sur les fleurs du tapis, franchissait la porte, descendait l'escalier et sortait dans la rue, là où tous les voisins pouvaient la voir, elle attrapa le lourd traversin de plumes et le tourna de quarante-cinq degrés. Immédiatement elle se sentit mieux et passa la journée à nettoyer ses placards. Quand Huw grimpa l'escalier ce soir-là, il trouva le renflement pesant du traversin au milieu du lit, corps épais qui le séparait de la chair douce et tiède de sa femme.

Il y resterait tout le reste de leur vie conjugale. En de rares occasions, il réussit une incursion de l'autre côté du « mur », comme il l'appelait en lui-même. Lorsqu'il loua particulièrement une tarte aux reinettes grises, ou lorsqu'il rapporta à la maison une prime de Noël. Le reste du temps, le matelas épongeait une semence qui évoquait plutôt des larmes. Ou bien il lui arrivait de se soulager debout dans les cabinets, au fond du jardin, tout en observant entre deux planches disjointes sa femme en train d'étendre le linge, sa robe remontant sur ses jambes comme une vague sur la grève.

La dernière fois que Huw avait franchi le traversin était le soir du mariage d'Alun. Âgée de quarante et un ans, Mair était toujours mince dans un tailleur qu'elle avait confectionné pour l'événement, et dont les boutonnières étaient brodées avec du fil qu'elle n'avait pas hésité à aller chercher dans la ville voisine. En songeant à ses mollets qui dépassaient de l'ourlet, Huw risqua une main par-dessus la barrière gonflée de plumes. Puisqu'on ne la repoussait pas fermement, il risqua un poignet, puis un bras. Et enfin il passa la tête au-dessus du parapet.

Trois semaines plus tard, quand le mal habituel dans les reins ne se manifesta pas, Mair ne s'en soucia pas outre mesure. On ne pouvait pas tomber enceinte à quarante et un ans. Impossible. N'importe qui pouvait vous le dire. Et même trois mois plus tard, elle ne démordait pas de son point de vue, s'obstinait dans son refus. C'était invraisemblable, inouï. Personne en ville n'avait eu d'enfant après quarante ans. Ce genre de choses n'arrivait pas.

Ce fut Mme Williams, la voisine, qui la première y fit allusion. Peut-être avait-elle remarqué l'absence de serviettes hygiéniques sur la corde, ou deviné en observant Mair. Un jour, elle fit le tour par-derrière et entra dans la cuisine où Mair était assise à la table, immobile. Elle était en train de frotter le bois pour étaler de la pâte quand elle avait senti une accélération, une palpitation dans son bas-ventre.

Mme Williams posa un poing fermé sur la table. « Quand irez-vous voir le docteur ? »

Mair resta intraitable. « Qu'est-ce que j'irais faire chez le docteur ? »

Mme Williams soupira, s'assit et, lui couvrant la main de la sienne, suggéra : « Il paraît qu'il y a un homme à Maesteg qui peut vous donner quelque chose pour... » Elle donna un coup de tête sur le côté. « Vous savez bien.

— Quoi donc ?

— Vous savez bien, répéta-t-elle avant de se pencher en avant pour souffler : Pour le faire passer. »

Son expression était bienveillante, soucieuse. Mair retira sa main. « Je ne comprends pas ce que vous voulez dire, répliqua-t-elle lentement. Vous feriez mieux de sortir de chez moi. »

Elles ne s'adressèrent plus la parole, et pourtant elles restèrent encore voisines pendant trente ans.

Mair n'avait jamais eu honte jusqu'alors. Tout ce qu'elle avait fait, elle l'avait fait en estimant que c'était bien, bon et légitime. Et voilà soudain que, à quarante et un ans, cette mère de deux fils adultes, cette femme pieuse qui fréquentait l'église, se retrouvait avec un ventre rond, plein, farci de vie. Qu'allaient penser les gens ? L'idée que tous ceux qu'elle croisait dans la rue sauraient en la regardant qu'elle avait fait... ça... et récemment, encore, lui était insupportable.

Quand ce fut visible, elle se cantonna le plus souvent à la cuisine, au jardin de derrière, et, de temps à autre, elle s'autorisait à s'allonger dans le salon. Quiconque se présentait s'entendait dire à travers la boîte aux lettres qu'elle se sentait « souffrante » et ne pouvait pas recevoir. Quand l'infirmière lui présenta sa première fille tout emmitouflée, Mair lui demanda de l'emmener et se cacha le visage dans l'oreiller.

Caroline se montra contrariante dès le début. En la regardant, Mair repensait à la honte brûlante, aux doigts de Huw qui avaient franchi le traversin. La manière dont ce bébé l'observait était singulière, perturbante. Des yeux ronds comme des billes, des poings serrés. Mair avait la nette impression que l'enfant ne croyait pas un seul mot de ce qu'elle pouvait lui raconter. Huw la trouvait folle, mais bientôt elle eut l'impression que, même pour elle, ses mots sonnaient creux.

« Quelle belle journée », tentait-elle en installant le bébé dans sa petite chaise. Caroline la considérait d'un air sceptique en mâchonnant son anneau pour les dents. Mair se tournait vers la fenêtre et constatait que de soudaines gouttes de pluie tombaient sur son linge étendu.

Caroline la rendait perplexe, déclenchait sa fureur. C'était une enfant tellement agaçante, entêtée. Si Mair l'avertissait qu'il allait pleuvoir et qu'elle ferait bien de mettre ses bottes en caoutchouc pour aller à l'école, Caroline allait à la porte de derrière, ôtait les bottes qu'elle avait aux pieds, et enfilait ses chaussures en cuir. Si Mair faisait remarquer que Caroline devrait se couper les cheveux, Caroline passait des heures assise jambes croisées sur son lit à se les brosser pour qu'ils poussent plus vite.

Le tintamarre qu'elle produisait dans la maison vrillait les nerfs de Mair : crépitement aigu du transistor que Geraint lui avait offert pour son seizième anniversaire, bruit sourd des horribles sabots qu'elle portait sur les dalles de la cuisine, soupirs incessants, tintement des innombrables bracelets en argent qu'elle alignait jusqu'aux bras, bruissement de ses cheveux longs, désordonnés, en mouvement.

En outre, Caroline était difficile pour la nourriture – une chose impardonnable pour Mair. Elle trouvait ses pommes de terre trop cuites, ses carottes insipides, sa viande filandreuse, sa sauce trop grasse. Elle ne mangeait pas de desserts, n'était pas tentée par la crème aux groseilles, refusait le pain d'épice, les tartes à la confiture, les chaussons, le caramel fait à la maison. Elle s'affamait au point que ses os saillaient à travers ses vêtements. Ce fut à ce moment-là que Mair se mit à accumuler les œufs. Si Caroline ne les mangeait pas, elle attendrait que quelqu'un d'autre le fasse. Puis, un beau jour, Caroline rentra à la maison en annonçant qu'elle ne mangerait plus de viande. Mair lança sur elle un poêlon qui la manqua et érafla la porte du buffet.

Le gaspillage mettait Mair en rage. Que sa fille puisse jeter à la poubelle tout un repas, un repas excellent, la dépassait. « On voit bien que tu n'as pas connu la guerre, ma petite », lui disait-elle, et elle constatait qu'une Caroline aux joues creuses lui débitait la suite de son discours. « Tu resteras ici tant que tu n'auras pas fini ton assiette », s'écriait-elle, mais sa fille s'était déjà levée et avait franchi la porte, cheveux au vent. Huw gardait la tête baissée et se concentrait sur ce qu'il mangeait. Quand Caroline acceptait de porter de la nourriture à ses lèvres, c'était à la manière d'un prisonnier qui ne s'alimenterait que pour avoir la force de s'évader le lendemain.

À dix-huit ans, Caroline s'en va. Huw trouve son petit mot fourré dans le beurrier. Mair est inconsolable. Elle s'alite, allongée à côté du traversin, y verse des larmes et gémit sur sa Caro, son petit bébé. Au bout d'une semaine, Huw, complètement dépassé, incapable de s'en sortir seul dans la cuisine, appelle Geraint, qui, à son tour, appelle le médecin.

Quand Mair redescend l'escalier, elle est habillée, coiffée, elle s'est retroussé les manches, a noué son tablier, les pilules du médecin se dissolvent dans ses veines. Elle lit une fois le message, puis ouvre le poêle et l'y jette – il n'est pas allumé, si bien que Huw pourra le récupérer plus tard.

« Je ne prononcerai plus jamais son nom », décrète-t-elle.

Elle s'y tiendra, jusqu'au moment où, dans cette institution de vieillards, elle observe un bateau-citerne lointain qui se faufile sur les eaux huileuses du canal de Bristol avant de gagner la haute mer.

Jake ignore qu'il a hérité son insomnie de sa grand-mère, mais sait qu'il ne pourra retrouver le sommeil. Après son coup de fil à sa mère, il erre au rez-de-chaussée de la maison obscure, dans la cuisine, le couloir, le salon. Puis il recommence le même tour, pendant que le jardin à demi éclairé, aperçu sous différents angles, disparaît et réapparaît derrière les fenêtres.

Il se sent vaguement transgresseur, a l'impression de se livrer à quelque chose d'illicite, tel un cambrioleur ou un espion. Attrapant une pomme dans le compotier posé sur la table de la cuisine, il la mange tout en lisant les listes, notes et coupures de journaux épinglées sur un panneau du couloir, scrute toutes les photos alignées sur le rebord de la fenêtre dans le salon : Mel à l'école primaire, avec des trous à la place des dents de devant, Mel avec ses frères, le mariage de son frère aîné dans l'église du bas de la rue.

Jake s'éloigne alors bien vite et se retrouve devant une bibliothèque. Des biographies de gens dont il n'a jamais entendu parler – joueurs de cricket, hommes politiques –, quelques romans, beaucoup de livres de jardinage, quelques ouvrages de développement personnel, et trois atlas. Il replie les doigts sur la tranche supérieure du plus gros, le fait basculer vers lui et l'ouvre.

La succession des mots lui est à présent familière : « Kildare, Kilden, Kildepo Valley, Kildonan ». Juste à l'endroit où le nom devrait se trouver, coincé entre Kildonan en Nouvelle-Zélande et Kilembe en Ouganda, il n'y a rien. Rien du tout. Aucune mention de ce lieu censé lui avoir donné son nom.

Un jour, il a vu une comédie musicale américaine avec Gene Kelly et Cyd Charisse, dans laquelle il était question d'un village mythique des Highlands. Elle regorgeait de faux accents écossais, de perruques rousses et de numéros de danse extravagants. On ne pouvait voir ce village qu'à une certaine date, une fois tous les deux cents ans ou à peu près. Le reste du temps, il disparaissait sans laisser de traces. Parfois, il se dit que Kildoune est un peu comme ça. Une partie de lui-même insiste pour le vérifier quand même dans tous les atlas sur lesquels il peut mettre la main, au cas où ce serait le bon jour et où Kildoune serait indiqué, entre Kildonan et Kilembe.

Mais aujourd'hui n'est pas le bon jour.

Ouvrant le volume à la page de la carte des îles Britanniques, il repère Aviemore, presque à mi-chemin de la côte occidentale découpée, hachée, et de la côte orientale à la ligne nette. Il cherche où il se trouve en ce moment, revient sur Aviemore, puis considère l'enchevêtrement que forme Londres, et voit s'échapper de toute cette confusion une ligne noire bien distincte hérissée de hachures. Une voie ferrée. La ligne se dirige résolument vers le nord, traverse le centre de l'Angleterre, longe ensuite la côte, tourne à gauche en suivant l'estuaire du Forth pour atteindre Édimbourg, et continue à remonter.

Nina revint du lycée avec plus d'une heure de retard. À deux reprises, Francesca était entrée dans la chambre de ses filles pour exiger que Stella lui dise où elle était, mais celle-ci avait été obligée de répondre que, franchement, elle l'ignorait.

Allongée sur son lit, Stella lisait quand sa sœur fit irruption dans la chambre. Elle ne se retourna pas et entendit derrière elle Nina jeter son sac et son manteau par terre, puis sentit le lit trembler lorsque Nina y grimpa.

« Où est-ce que tu étais ? demanda Stella, les yeux fixés sur la tête de lit.

— J'ai fait un tour.

— T'as vu maman ? Elle est en pétard. »

Elles étaient allongées tête-bêche, à l'étroit comme des sardines dans leur boîte. Nina avait refermé la main sur le pied de sa sœur.

« Je lui avais pourtant dit que j'avais mon cours de musique.

— Sauf que c'était pas vrai. » Stella roula sur le dos, mais tout ce qu'elle aperçut du visage de Nina fut le dessous blanc de son menton.

« Je sais. » Nina ôta une barrette de ses cheveux avec une lenteur délibérée, puis la posa sur la table de chevet. « J'ai pris une décision, dit-elle avec un sourire dans la voix.

— Laquelle ? »

Nina pencha la tête en avant et son regard glissa le long de leurs deux corps alignés pour se poser sur sa sœur. « Une grande décision », précisa-t-elle, taquine, en haussant les sourcils.

Stella soupira. Nina pouvait passer toute une nuit à jouer à ce petit jeu. Elle tripotait la bague en argent qu'elle portait au majeur, ne cessait de la faire tourner, l'anneau glissant plus facilement quand elle avait froid.

« Tu ne veux pas savoir de quoi il s'agit ?

— Si, répliqua Stella avec impatience. Mais seulement si tu le dis tout de suite. »

Comme si elle était seule, Nina examina les ongles de sa main droite. Stella soupira et retomba sur le lit en se couvrant le visage de son livre.

« Tu connais Chris ? » fit aussitôt Nina.

Stella savait parfaitement de qui il s'agissait, mais, pour une raison qu'elle ne chercha pas à creuser, feignit de l'ignorer. « Chris Davis ?

— Non. Chris Caffrey.

— Celui qui a la veste bleue ?

— Non. » Nina effleura de ses ongles la plante des pieds de sa sœur. « Il a un manteau noir. Des cheveux blonds. »

Renfrognée, Stella scruta les blocs de texte imprimé en faisant semblant de lire. « Et alors ?

— Je viens de prendre un café avec lui. »

Cette fois Stella rabattit le livre sur son ventre. « Non, c'est pas possible ! C'est vrai ? Juste à l'instant ? Où ça ? Comment tu t'es débrouillée ? »

Nina haussa les épaules avec une superbe nonchalance. « Je l'ai attendu après les cours. Nous sommes allés nous promener aux Meadows. »

Stella était atterrée. « Tu parles sérieusement ?

— Ouais.

— Comment ça, tu es allée le trouver et tu lui as simplement demandé s'il n'aurait pas envie d'un café ?

— Plus ou moins, Stel. » Nina se pencha en avant, l'air impatiente de partager un secret. « Ça n'avait vraiment rien de sorcier. »

Stella considéra sa sœur d'un air ébahi. Le silence s'installa un instant. Puis elle se retourna sur le côté et enfouit son visage dans l'oreiller. Il sentait la lessive qu'utilisait leur mère, les plumes moisies, le shampooing. « Il n'est pas... disons...

— Le plus beau garçon du lycée ? » Nina rejeta la tête en arrière. « Je sais. C'est bien pourquoi j'ai pris cette décision. »

Stella soupira. « Quelle décision ?

— De le séduire. »

Elle adorait prononcer le mot « séduire », Stella le vit bien. La deuxième syllabe lui arrondissait joliment les lèvres.

« Il doit bien y avoir un moyen de mettre un terme à tout ce qu'on est forcées de supporter, poursuivit Nina, les poings serrés. Et je crois que c'en est un.

— Sans blague ? railla Stella. Baiser avec Chris Caffrey ? Ouais, t'as raison, ça va sûrement...

— J'en ai marre, Stel. » Ses yeux brillaient. « J'en ai marre de passer pour l'allumée du lycée. Pas toi ? »

Stella ne répondit pas.

« Pas toi ? insista Nina.

— Si, mais je ne crois pas que ce soit la bonne manière de procéder, marmonna Stella.

— Ben moi, si. Tiens, regarde un peu ça. » Nina lança quelque chose sur le lit.

Malgré elle, Stella jeta un coup d'œil sur le livre. *Guide pratique de la sexualité*. Du pouce, Stella le feuilleta : dessins sommaires d'un homme et d'une femme dans diverses positions, bras et jambes emmêlés, défilèrent. « Tu l'as acheté ?

— Non. » Nina eut un grand sourire. « Piqué.

— Nina...

— Arrête avec tes "Nina". Y a pas de problème. Je ne me fais jamais prendre.

— Ça finira par t'arriver.

— Non. Je suis trop douée. » Elle sourit de nouveau et donna une tape sur la jambe de Stella. « Ne fais pas ta bégueule. Allez, on le lit. » Elle s'allongea à plat ventre à côté de Stella et ouvrit le livre entre elles.

Stella posa le bout des doigts sur le grain lisse du papier. Neuf d'entre eux avaient presque les mêmes empreintes digitales, arrondis orientés vers le bord, tel du sable repoussé par les marées. Le quatrième doigt de sa main gauche imprimait des cercles concentriques. Le plus faible. Celui de l'alliance, avait fait remarquer Nina.

« "Sexe oral", lut Nina. Berk. » Elle tira la langue. « "Préliminaires". Commençons par ça. »

À peu près au moment où Caroline entre à l'école, Mair devient obsédée par la mort. Non pas la mort en général, mais la sienne uniquement. En ouvrant les yeux un matin, elle est persuadée qu'elle va mourir bientôt. Décidant alors de réveiller Huw, elle tend la main par-dessus le traversin et lui agrippe le bras.

« Huw ! Huw ! » Elle le secoue. « Huw, réveille-toi. »

Saisi, il ouvre les yeux et les fixe au plafond. « Que se passe-t-il, chérie ?

— Qu'est-ce qui va arriver à Caroline si je meurs ?

— Hein ?

— Si je meurs, répète-t-elle d'un ton insistant en se redressant. Qu'est-ce qui lui arrivera ? »

Huw referme les yeux. « Rendors-toi », lâche-t-il avant de se retourner.

Mais Mair en est incapable, clouée d'horreur à l'idée que sa petite dernière risque d'être orpheline, sans personne pour s'occuper d'elle, pour l'élever, et devienne alors une propre à rien, une vagabonde jetant l'opprobre sur leur nom. Aucune de ses belles-filles ne lui inspire confiance, pas plus que sa sœur, qui a épousé un homme d'une condition très inférieure à la sienne et habite à l'autre bout de la ville. Elle ne voit donc personne à qui demander ce service, personne qui pourrait la tranquilliser. Il n'y a pas une minute à perdre. Mair repousse brusquement les couvertures et sort du lit.

Quand Caroline revient de l'école, sa mère l'appelle au premier étage. Sur le seuil de la chambre parentale, elle s'immobilise. Un torchon est étalé sur le sol, chose en soi inhabituelle. Laisser traîner des torchons par terre est interdit. Des bijoux sont disposés dessus. Caroline lève les yeux sur sa mère, qui est plantée au milieu de la pièce, une main sur la gorge. Ses cheveux ont été libérés de leurs éternels bigoudis. Il ne peut y avoir que deux explications : soit quelqu'un est mort, soit il y a un événement à fêter.

« Qu'est-ce qui se passe, maman ? demande Caroline à la porte.

— Viens ici. » Sa mère lui fait signe d'approcher.

« Pourquoi ? demande-t-elle, déconcertée par les taches de couleur sur les pommettes de sa mère, par la vue de ces boucles serrées, régulières, qui lui enserrent la tête comme un bonnet de bain.

— Cette enfant est la croix que je dois porter ! déclare Mair au plafond. Qu'est-ce que j'ai fait pour mériter ça ? Cesse de poser des questions et obéis, reprend-elle à l'adresse de sa fille. Viens ici. »

Caroline traverse la pièce, son cartable sous le bras. Sa mère s'agenouille devant elle et l'attrape par les épaules.

« Bon, Caro, c'est très important. Tu m'écoutes ? »

Caroline hoche la tête et aimerait bien se dégager. Les doigts de sa mère lui meurtrissent la chair.

« Je veux que tu regardes les bijoux étalés sur ce torchon. Avec une extrême attention. »

Toutes deux considèrent la toile galloise à raies rouges et blanches. Une broche en forme de cygne, un collier de perles jaunissantes à fermoir en or, la bague de fiançailles de sa mère, avec son solitaire, œil de diamant, un bracelet en jais, une opale au bout d'une chaîne ternie, des boucles d'oreilles en perles bleues, à vis. Mair lui a dit qu'elles lui faisaient mal, Caroline s'en souvient.

« Tu as bien regardé ?

— Oui. » Une de ses chaussettes lui descend sur le mollet, mais elle n'ose pas se baisser pour la remonter.

« Tu as tout noté ?

— Oui.

— Oui qui ?

— Oui, maman.

— Si je meurs et que ton père se remarie, sa nouvelle femme essaiera de rafler mes bijoux », explique-t-elle en regardant Caroline, les mains toujours refermées sur ses épaules. Elle se penche encore. « Je veux qu'ils te reviennent. Tu m'entends ? Tous. Tout est à toi. Il ne faudra pas la laisser les prendre. Et tes tantes non plus. Tu comprends ? »

Caroline hoche la tête sans vraiment comprendre.

« Et le pot à lait en argent, en bas. Il devra aussi te revenir. Et la cuiller en bois que ton père m'a offerte. Ne laisse pas la nouvelle épouse la prendre. D'ailleurs... » Mair se redresse et rajuste son tablier. « ... nous allons les cacher. Voilà ce que nous allons faire. Toi et moi. Et tu n'en parleras à personne, hein ?

— Oui, maman. »

Quand Huw revient du travail, sa fille est assise à la table, ses livres de classe étalés devant elle. La cuisine est glaciale, et les lèvres de Caroline sont presque bleues.

« Qu'est-ce qui se passe, ma puce ? demande-t-il. Le poêle n'est pas allumé ? Où est ta mère ?

— En train de cacher ses bijoux pour que ta nouvelle femme ne les trouve pas. »

Caroline se rappelle avec précision le moment où elle s'est rendu compte que la vision du monde de sa mère était imparfaite. Après avoir observé une voisine qui poussait un landau vers le haut de la colline, elle s'était détournée de la fenêtre et avait demandé à Mair comment les bébés venaient au monde. Avec curiosité elle l'avait vue se lancer dans une phrase, puis se taire, se mettre à faire des croquis, puis les surcharger de gribouillis, rougir, hésiter, bégayer, et enfin marmonner quelque chose au sujet de la volonté divine, d'un papa et d'une maman.

« C'est une question d'amour, déclara sa mère comme si elle venait enfin de trouver quoi dire. Et ça n'arrive qu'une fois qu'on est marié. »

Caroline se rappelle qu'un jugement prit alors corps dans son esprit : c'est faux. Sans doute avait-il toujours été là, mais elle n'y avait jamais prêté attention. Sa mère avait tort. Sur tout.

C'était une mauvaise pensée, elle le savait, une pensée qu'il ne fallait pas formuler à voix haute. Mais elle comprit soudain que tout ce que sa mère disait n'était pas forcément vrai, à l'inverse de ce qu'elle avait cru jusque-là, et que Mair évoluait dans un petit monde étriqué que Caroline rejetait. Elle regardait quand sa mère lui montrait des photos de ses frères en robe de baptême amidonnée, écoutait quand elle lui annonçait que ses bébés porteraient un jour cette même robe et, dès neuf ans, savait pertinemment que ça n'arriverait jamais.

Lorsque Caroline s'en va, elle sort la boîte à bijoux de sa mère de sa cachette – derrière une plinthe disjointe du salon. Elle a l'intention d'emporter quelque chose, la broche représentant un cygne, peut-être, non pas pour la porter, mais parce qu'elle veut la garder en souvenir.

Toutefois, en soulevant le couvercle et en apercevant ces bijoux qu'elle n'avait pas vus depuis dix ans, elle n'en a pas le cœur. Impossible. Impossible de prendre ne serait-ce qu'un seul de ces objets que sa mère aime tant, dissimule et ne porte jamais. Elle referme le couvercle et repousse le coffret dans sa cachette. En quittant cette maison, elle n'emportera rien qui s'y rattache, partira les mains vides.

Caroline prend le bus pour Cardiff. Pendant tout le trajet, elle pleure à gros sanglots étranglés, bruyants, si bien que le chauffeur lui demande si ça va. Une fois arrivée, elle a cessé de pleurer, mais elle est terrifiée, convaincue que sa mère va apparaître à tout moment en s'écriant qu'elle a encore l'âge de recevoir une bonne fessée. Mais elle réussit à se faire emmener à Londres et se met en quête de King's Road. Tandis qu'elle arpente la rue, elle entre miraculeusement en conversation avec deux filles qui lui proposent de crécher chez elles. Sans être sûre d'avoir bien compris, elle acquiesce.

Commence alors l'apprentissage d'un nouvel accent : elle arrondit ses voyelles, raccourcit ses *r*, avale ses *t*. Elle ne veut pas venir d'un endroit particulier, refuse qu'il lui ait laissé sa marque. Une expression qui ne cesse de lui venir à l'esprit pendant les discussions qu'elles mènent dans leur pièce commune du sous-sol, c'est « enfant de la Création ». Si elle ne prononce pas ces mots devant ses amies, c'est parce qu'ils viennent d'une prière que sa mère avait encadrée sur le mur de la cuisine. Jamais elle n'aurait cru que des choses pareilles se seraient gravées en elle. Mais elle y repense tout en se familiarisant avec les rues de la ville, avec la topographie de sa nouvelle vie. « Efforcez-vous d'être heureux », voilà les derniers mots qu'elle a retenus.

Caroline aime se dire qu'elle a tout oublié, que tout a été rayé de son esprit – la chapelle, les prières, les repas redoutables, la ville aux rues escarpées, le passage d'une langue à l'autre, à table, dans les magasins, à l'école. Pourtant, dans des moments de douleur extrême ou d'amour intense, elle s'aperçoit que ce vocabulaire longtemps enfoui, celui de la langue maternelle, refait surface : *duw duw*, s'échappe de ses lèvres si elle se brûle la main à la flamme du gaz. *Cariad fach*, murmure-t-elle à son bébé en caressant la petite tête endormie.

Jake s'acharnait sur le morceau de bœuf qu'il avait dans son assiette et en porta une bouchée à ses lèvres. Mel reprit des pommes de terre, et son père remua le jus avec une cuiller à manche incurvé. Assise sur son arrière-train, la chienne levait un museau dégoulinant de bave figée vers les odeurs de table.

« ... et alors je lui ai dit que je gardais toujours mes tickets de caisse, toujours, racontait Annabel. Elle sait bien que je me fournis dans ce magasin depuis plus de vingt ans, je ne vois donc vraiment pas ce qu'il y a d'aussi scandaleux à rapporter un article. Enfin, je dois être une de ses plus fidèles clientes. » Elle secoua la tête. « Dire que c'est la seule fois où j'ai jeté le ticket de caisse. Et il a fallu que ça tombe ce jour-là.

— Tu es sûre que tu l'as jeté ? demanda Mel avec une infinie patience.

— En réalité, je ne sais plus ce que j'en ai fait. N'empêche que...

— Jake, dites-moi. » Andrew s'interposa dans la conversation et s'adressa à lui en levant son verre de vin. « Que comptez-vous faire, à présent, sur le plan professionnel ? »

La bouchée que Jake mâchait lui parut soudain glacée, congelée, et lui colla aux dents. « Pardon ? réussit-il à dire.

— Vous étiez dans le cinéma, à Hong Kong, n'est-ce pas ? »

Jake se cramponna à ses couverts. « C'est bien ça.

— Qu'est-ce que vous faisiez exactement ?

— J'ai commencé par monter des décors, mais maintenant je suis assistant réalisateur. »

Andrew le considérait d'un air cordial, mais stupéfait. « Et... et ça vous plaît ?

— Oui, répondit Jake en inclinant la tête. Beaucoup.

— Il adore son boulot, glissa Mel en lui posant une main sur la cuisse.

— Je n'y connais pas grand-chose », commença Andrew avec hésitation, et Jake s'aperçut qu'une toile très fine, presque invisible, se tissait autour de lui. Mel avait-elle branché Andrew sur ce sujet ? Ou devenait-il lui-même paranoïaque ? « Mais je sais qu'il se passe des tas de choses à Londres.

— Des tas de choses ?

— Des films. Des tournages. Soho est... Soho est... » Andrew s'enlisa, une main en l'air. Mel et Annabel se concentrèrent sur leur assiette et en découpèrent avec application le contenu sans regarder de son côté. « C'est ce qu'on pourrait appeler le... » Andrew jeta un coup d'œil vers les rideaux pour y chercher de l'inspiration. Jake le plaignait presque. « ... le centre nerveux de l'industrie cinématographique britannique, qui est... qui est l'une des plus anciennes... et des plus renommées au monde. » Andrew avala une gorgée de vin.

Jake sentit qu'il devait dire quelque chose en réponse à ce discours, et tout ce qui lui vint à l'esprit fut : « Exact. »

Andrew revint à la charge. « C'est pourquoi, si j'étais à votre place...

— Papa, fiche-lui la paix, dit gentiment Mel. » Jake fut surpris. Peut-être n'était-elle pas dans la combine après tout.

« Je ne dis pas ça pour l'embêter, ma chérie J'essaie seulement de l'aider. Peut-être préférerait-il... », dit-il en désignant Jake de son couteau. « ... se lancer dans un nouveau boulot plutôt que de traîner toute la journée dans la maison avec des femmes.

— Pose ton couteau, Andrew, lui intima sa femme.

— Il ne traîne pas. Il... »

Andrew s'adressa de nouveau à Jake. « Tout ce que je dis, Jake, c'est que je serai heureux de vous emmener à Londres quand vous voudrez si vous avez envie de laisser votre CV à quelques personnes. Vous comprenez. Question de contacts. »

Jake inclina la tête. « Merci. » Il vit Annabel et Andrew échanger un regard et se rendit compte que, si intrigue il y avait – et encore fallait-il employer ce mot en toute impartialité –, elle n'était qu'entre le mari et la femme.

« Et le moment venu... » Andrew baissa la voix et se pencha si près que Jake aperçut un morceau de pomme de terre sur sa langue. « ... je serais très heureux de vous aider, vous et cette jeune fille, en vous mettant le pied à l'étrier pour acheter un appartement à Londres. Je sais bien que c'est l'endroit que vous rêvez tous d'habiter, vous autres les jeunes. Bon. Vous n'aurez qu'à me faire signe.

— Qu'est-ce que tu radotes dans ta barbe, papa ? demanda Mel.

— Encore un peu de bœuf, Jake ? » Annabel poussa sous son nez un plat où se mêlaient de la graisse et du sang.

« Faites-moi signe, hein ? » Andrew cligna de l'œil et avala son vin d'un trait.

« D'ailleurs... » Jake s'éclaircit la gorge et reposa sa fourchette. « Je voulais justement vous prévenir. Je compte m'absenter un peu. Quelques jours. Une quinzaine, peut-être.

— Ah bon ? » Mel le considéra avec perplexité. « Pour aller où ?

— En Écosse.

— Tu ne m'avais pas prévenue.

— Bon, ce n'est qu'un vague projet pour l'instant. J'allais t'en parler, mais...

— Jake, je ne peux pas aller en Écosse. Je ne suis pas...

— Non, dit-il prudemment, conscient qu'Annabel et Andrew essayaient de ne pas écouter cet échange. Non. Je pensais y aller seul. »

Mel reposa ses couverts.

« Si tu es d'accord », se força-t-il à ajouter.

Mel le regarda avec une expression consternée. Elle était au bord des larmes, mais luttait pour ne pas le montrer. « Pourquoi l'Écosse ? demanda-t-elle en prenant un ton gai.

— J'ai toujours eu envie d'y aller. Et... je me suis dit que c'était l'occasion ou jamais. »

Annabel mit son grain de sel. « Vous avez raison, Jake. Il a raison, Melanie. » Elle posa une main sur le bras de sa fille. « C'est la première fois qu'il vient en Angleterre. Il faut qu'il en profite pour voir le pays. À quoi bon rester à la maison ?

— Il fait très froid dans le nord, dit Andrew. Vous jouez au golf ? Ils ont des terrains magnifiques, là-bas, magnifiques. »

Les traits de Mel se détendirent – légèrement. Elle leva sa serviette pour s'essuyer la bouche. « Bon, tant que tu n'y restes pas trop longtemps. » Et elle referma les doigts sur la nuque de Jake.

Francesca était la benjamine des cinq enfants, et ils habitaient tous, avec leurs parents, au-dessus du café, dans la rue principale de Musselburgh. Dans cette petite ville qui s'étirait sur la côte, non loin d'Édimbourg, il n'y avait qu'une autre famille italienne – les deux frères qui tenaient le salon de coiffure pour hommes. Domenico prenait le bus d'Édimbourg avec eux une fois par semaine pour se rendre à Leith, dans un foyer d'Italiens où on jouait à la *scoppa* et on buvait du vin. Le mercredi, après l'école, ses enfants devaient suivre des cours d'italien dont ils n'avaient pas vraiment besoin – leurs parents ne maîtrisèrent jamais bien l'anglais, de sorte qu'ils parlaient toujours italien à la maison. « Mes enfants sont italiens, ma famille est italienne, mes amis sont italiens, tous ceux qui travaillent ici sont italiens – pourquoi est-ce que j'éprouverais le besoin d'apprendre l'anglais ? » rétorquait sa mère chaque fois que Francesca, peu enthousiaste à l'idée de traduire une fois de plus un courrier de la municipalité, des impôts, ou de l'école, suppliait sa mère de s'y mettre.

Avant sa scolarisation, ses frères et sœurs essayèrent d'apprendre à Francesca des rudiments de cette langue parlée hors du café, mais elle ne retint rien et, le premier jour d'école, ne comprit pas un mot de ce qu'on lui dit et ne parvint pas à s'arrêter de pleurer. Ses camarades la traitaient de « sale petite Ritale », les gens se moquaient de son accent, de ses vêtements, du repas de midi que sa mère lui avait préparé. Un jour elle s'approcha d'une de ses sœurs dans la cour et, n'y pensant plus, lui parla dans la langue familiale. Sa sœur se retourna, le visage blême, terrorisée, et lui lança : « Ne me parle plus jamais italien ici. »

Un par un, ses frères et sœurs partirent. Son frère aîné épousa une Italienne et alla travailler dans l'affaire de sa belle-famille à Édimbourg, ses sœurs devinrent infirmières et étaient presque toutes les nuits de garde à l'hôpital. Son autre frère immigra en Amérique, se maria, divorça, se remaria, puis revint plus tard pour aider ses parents à tenir le café.

Francesca termina le lycée, songea un instant à s'inscrire à l'université, mais n'en trouva jamais le temps, travailla au café où elle piochait des boules de glace couleur pastel, et alla faire de longues promenades. Parfois, elle longeait la petite plage incurvée, ou le haut mur gris de l'école privée menant au champ de courses et entendait, répercuté par le sol, le bruit des sabots lorsque les chevaux prenaient le tournant. Parfois, elle marchait en décrivant des huit tout autour des trois ponts de la ville, traversait et retraversait la rivière, s'arrêtait sur le pont du milieu, en pierre, pour contempler l'eau brune au cours lent et observer les cygnes qui se rassemblaient dans les hautes herbes et essayaient vainement de lutter contre le courant.

Un sentiment de vague frayeur l'animait en permanence. Son monde s'était en quelque sorte rétréci autour d'elle. Elle ne connaissait plus rien ni personne, du moins en dehors de la sphère d'influence de ses parents. Comment décider ce qu'elle voulait faire si elle ignorait tout du monde extérieur ? Tantôt elle redoutait de devoir un jour quitter ses parents, et tantôt elle était terrifiée à l'idée qu'elle n'y parviendrait jamais. Elle avait peur que les passants se moquent d'elle en disant : « Voilà cette Italienne qui n'a jamais rien à faire. » Bientôt elle cessa de sortir du café.

Ce fut son oncle qui la sauva. Son père et lui étaient tassés dans un box. Francesca leur servit un café, puis retourna derrière le comptoir pour regarder par la grande vitre, transférant son poids d'un pied sur l'autre toutes les soixante secondes. Elle les comptait dans sa tête.

Son père et oncle Agostino murmuraient. Du coin de l'œil, elle vit son oncle la regarder, puis détourner les yeux. Il lui sembla saisir le mot *figlia*. Fille. Étaient-ils en train de parler d'elle ? Francesca essuya le comptoir d'aluminium déjà impeccable avec un chiffon brûlant. Une fois sec grâce à la chaleur dégagée, elle l'essuya de nouveau.

Elle aimait bien son oncle. Il tenait une épicerie fine à Leith avec sa femme qui n'avait jamais, selon l'expression de sa mère, « connu le bonheur d'avoir des enfants ». Mais elle n'aimait pas le voir parler d'elle. Elle passait le chiffon sous l'eau chaude pour la troisième fois quand son père l'appela. « Viens, dit-il avec un signe de la main. Assieds-toi là, à côté de moi. »

Francesca glissa sur la banquette en skaï. Les murs couverts de miroirs lui renvoyèrent une centaine de reflets fragmentés d'elle-même. Agostino se pencha par-dessus la table en mélamine et pinça la joue de sa nièce.

« Tu es tellement maigre, *cara mia*. Qu'est-ce que mon frère te donne à manger ? » Il porta sa tasse d'espresso à ses lèvres, et elle parut minuscule, comme une tasse de poupée, dans son énorme main. « Bon, Francesca. » Il lui prit la main. « Appollonia et moi nous demandions si tu pouvais nous rendre un service.

— *Sì, mio zio, senz'altro.*

— Écoute d'abord pour savoir de quoi il s'agit. Appollonia et moi nous ne sommes plus aussi jeunes que par le passé. Le magasin est grand. Nos jambes se fatiguent. Nous avons une fille qui nous aide de temps en temps. » Il secoua la tête et se mit à rire. « Une étudiante anglaise cinglée, mais ça ne suffit pas. J'ai posé la question à ton père, et il dit qu'il peut se passer de toi. Tu comprends, Appollonia et moi nous demandions si tu aurais envie de venir travailler chez nous pendant quelque temps. Tu peux habiter avec nous au-dessus de la boutique. Passer un moment en ville te plaira peut-être. Ça te fera un changement d'air. » Il exerça une pression sur sa main. « Nous serions très heureux de t'avoir. »

Francesca regarda son père, qui lui sourit et hocha la tête. Elle serra la main d'Agostino dans les siennes et prit une profonde inspiration, jusqu'au fond de ses poumons. « *Sì, sì, zio Agostino, grazie. Mille grazie.* »

Le premier jour, Appollonia la mit derrière le comptoir avec l'étudiante anglaise cinglée. Francesca n'avait jamais vu personne de ce genre : elle avait des faux cils, d'immenses demi-lunes d'ombre à paupières bleue, et une jupe qui lui couvrait à peine les fesses.

« Je m'appelle Evie. Tu as des cheveux fabuleux.

— Oh ! merci », répondit Francesca, décontenancée, en effleurant la natte épaisse qui lui pendait autour du cou comme un nœud coulant.

Une cliente se présenta pour acheter des tranches de *prosciutto*. Evie décrocha du plafond l'énorme jambon et l'abattit sur la machine. « T'as jamais essayé de les coiffer en arrière ? poursuivit-elle par-dessus son épaule.

— Pardon ?

— Tes cheveux.

— Hum, non, répondit Francesca en regardant ses mains.

— Tu devrais. » Dans son enthousiasme, Evie retira son pied de la pédale du coupe-jambon. La machine émit un vrombissement plaintif de décélération. « Ils seraient magnifiques en pain de sucre. »

Francesca la regarda d'un air perplexe. « En pain de sucre ? répéta-t-elle. Mes cheveux ?

— Je te le ferai. J'ai des bigoudis et de la laque.

— Hum...

— Tu ne sais pas ce que c'est, hein ?

— Un style de coiffure ?

— Seigneur ! soupira Evie, les mains sur les hanches, ne feignant même plus de servir la cliente. D'où est-ce que tu sors, ma petite ? D'un bunker ? Je crois...

— Excusez-moi. » D'un doigt replié, la cliente tambourina sur le comptoir.

Evie lui tomba sur le râble. « D'accord, d'accord. Je suis à vous dans une minute. » Puis elle poursuivit en s'adressant à Francesca : « Tu devrais vraiment venir dans ma piaule.

— Je... euh... je...

— Quoi ?

— Il faut que je demande à ma mère, marmonna Francesca.

— À ta mère ? » Evie était soufflée. « T'as quel âge ? Douze ans ? »

« Alors comme ça, mes chéries, un homme aurait fait son apparition dans le paysage. » Dans la cafétéria faiblement éclairée du grand magasin, Evie exhala un énorme panache de fumée.

Stella, qui était en train d'avaler une gorgée de chocolat, toussa et s'étrangla. Elle fut tout d'abord terrorisée, terrorisée que Nina puisse croire qu'elle l'avait trahie. Mais Nina, furieuse, abattit son poing sur le coin de la table. « Comment tu le sais ? Est-ce que maman... »

Evie lui coupa la parole. « Non, non, c'est pas ta mère. En fait, c'est ton père.

— Papa ? » Stella était surprise. « J'ignorais que vous vous adressiez même... c'est-à-dire... »

Evie la regarda et se mit à rire. « Tu as raison. Nous ne nous parlons jamais. En général. Mais hier il m'a appelée pour me dire qu'il avait vu l'une de vous deux se livrer à une étreinte passionnée. Le pauvre, il est dans tous ses états.

— Alors c'est pour ça que tu voulais nous voir ! lui reprocha Nina. Parce que papa te l'a demandé, parce que...

— Je voulais vous voir aujourd'hui parce que je voulais vous voir. » Evie croisa et décroisa les jambes d'une manière théâtrale. Sous sa jupe noire serrée en laine, elle portait des bottes à talons aiguilles étroitement lacées. Stella avait tellement envie d'avoir les mêmes qu'elle se sentait défaillir. Parviendrait-elle un jour à lui ressembler ? Elle avait l'impression qu'elle ne serait pas adulte avant une éternité et ignorait si elle pourrait patienter jusque-là. « Personne ne me demande de faire ceci ou cela, ma chérie, tu le sais bien. »

Stella promena une petite cuiller sur la surface de son chocolat. Elle avait envie d'étrangler Nina, qui essayait de pleurer. C'était son truc. Son moyen de se sortir de toutes les situations. Stella savait comment elle s'y prenait – elle le lui avait expliqué un jour : « Pense très fort à la fois où Max s'est fait écraser, très, très fort, jusqu'à ce que tu sentes les larmes monter. C'est facile. »

« Vous faites vraiment une sale tête ! » s'exclama Evie en se redressant et en agitant la main. Le serveur l'aperçut immédiatement. Evie avait toujours eu la façon. « On va manger des gâteaux et vous me direz tout sur vos amants. »

Elle insista pour qu'on leur apporte le chariot des desserts et voulut savoir le nom de chaque pâtisserie. Le serveur lui donna même une cuiller pour goûter la sauce des profiteroles, qu'elle déclina, la trouvant « beaucoup trop riche ». Choquées, trois dames de Morningside l'observaient de la table voisine. Après un examen minutieux, un éclair, une tranche de gâteau au chocolat et une religieuse leur furent servis d'un geste élégant.

« Religieuse, tu parles ! remarqua Evie d'une voix un peu trop forte en portant une bouchée à ses lèvres. Je parie que ces pauvres religieuses françaises ne mangeaient jamais des trucs pareils. Mmm, c'est divin, pas vrai ? » Elle reposa sa cuiller. « Bon. Alors, vos petits amis. Allez-y, racontez-moi tout.

— Je n'ai pas de... de petit ami, commença Stella, exaspérée. Tout ça n'a rien à voir avec moi. »

Les sourcils haussés, Evie la scruta. « Je vois. Et toi, Nina ? »

Les yeux immenses, brillants de larmes non versées, Nina glissa ses mains sous ses cuisses. « Je ne sais pas quoi dire, souffla-t-elle, soudain effarouchée, timide. Qu'est-ce que tu veux savoir ?

— Son nom, déjà. Ce serait un bon début.

— Chris.

— Le diminutif de Christopher ? » Evie considéra cet élément. « C'est un nom très bien, estima-t-elle. Quoi d'autre ?

— Bon, il a seize ans. Il serait dans la même année que moi si je n'avais pas... » Nina s'interrompit brusquement. Evie hocha la tête. « Euh... il collectionne les disques vinyle. Il veut prendre des cours de guitare. Il a les cheveux frisés... »

Evie l'interrompit. « Bruns ou blonds ?

— Blonds.

— Blonds ? Parfait. Les blonds sont plus sérieux, je trouve. Les bruns vous brisent le cœur. »

Stella la regarda en ayant envie de poser une question sans savoir comment la formuler.

« Il te plaît ? demanda Evie.

— Oui.

— Il te plaît vraiment ? »

Nina remua sur sa chaise. « Je crois.

— Bien. » Evie sourit et se tapota le coin des lèvres avec sa serviette pliée. « Et tu couches avec lui ? » s'enquit-elle sans changer de ton.

Soudain intéressée, Stella se tourna vers Nina. Allait-elle dire la vérité ? À savoir qu'elle avait tenté de le persuader, mais que, jusqu'ici, il avait refusé ? Allait-elle raconter à Evie qu'elle n'avait pas réussi à lui ôter son slip plus de deux fois et que son sexe s'était alors lamentablement ratatiné ? « Comme ça », lui avait-elle dit en lui faisant une démonstration avec le gland flasque qui pendait à la cordelière de sa robe de chambre.

Evie les observait par-dessus la table. « Mes chéries, il ne faut pas être gênées. Je ne suis pas votre mère, et je ne vais d'ailleurs pas lui en parler. »

Les deux sœurs gardaient le silence. Nina fixait les genoux de Stella.

« Stella, dis-le-moi, toi. » Evie en appelait à elle pour la première fois. « Tu dois bien être au courant.

— Euh... » Stella regarda Nina, puis Evie. « Ben...

— Non, on ne l'a pas fait, répondit Nina en serrant les dents. Je n'arrive pas à croire que tu puisses me soumettre à un tel interrogatoire. C'est inimaginable. Là, tu... tu empiètes vraiment sur ma... vie privée. » Les larmes coulaient à présent, parfaites, argentées, chacune chassant la précédente sur les joues de Nina. Seigneur, elle était vraiment douée. « Je n'arrive pas à croire que tu n'aies pas confiance en moi, hoqueta-t-elle tandis que Stella la considérait avec une admiration mêlée de dégoût. Je ne vais pas coucher avec lui, je te le promets, Evie, je te le promets.

— Ma chère petite, ne fais surtout pas de telles promesses, je t'en supplie. » Les larmes de Nina la laissaient complètement froide. Contrairement à Francesca. « Bon, écoute-moi bien. » Evie fourragea dans son sac. « Ce n'est pas exactement le conseil que ton père espérait que je te donne, mais crois-moi, c'est celui dont tu as besoin. » Elle poussa sur la table une petite boîte plate bleu et blanc. Stella l'examina. Rouge sang, les ongles d'Evie étaient limés en pointe. Sur la boîte on voyait un dessin sommaire d'un homme et d'une femme et, écrit en grosses lettres : DUREX. Stella reporta les yeux sur les dames de Morningside, puis sur le monument élevé à la mémoire de Walter Scott, qu'elle apercevait derrière la vitre. Quand elle les ramena sur la boîte, Nina avait posé la main dessus pour essayer de la dissimuler et de la faire glisser vers Evie.

« Non, non, non. » Evie secoua la tête. « Il faut que tu les prennes. Il le faut absolument.

— Mais...

— Nina, prends-les. » Evie repoussa énergiquement sa main. Stella vit que Nina feignait d'accepter à contrecœur. « Et, quoi que tu fasses, ne va pas raconter à ta folle de mère catholique que c'est moi qui te les ai donnés. Si elle les trouve, je n'y suis pour rien, c'est clair ? »

Nina acquiesça. Stella acquiesça.

« Tu sais comment on s'en sert ? »

Nina hocha de nouveau la tête.

« Assure-toi qu'il en a mis un avant de t'approcher. Tu as bien compris ? Avant de t'approcher de quelque manière que ce soit. »

Stella plaqua les mains sur son visage cuisant. « Evie ! supplia-t-elle.

— C'est important, ma chérie, lui expliqua Evie. C'est important que vous le sachiez toutes les deux : les spermatozoïdes sont des petites bêtes tenaces et sournoises.

— Oui, se força à dire Stella.

— Vous m'avez bien comprise ?

— Oui, répondirent-elles d'une seule voix.

— Magnifique. » Evie s'appuya à son dossier et écrasa sa cigarette. Nina attrapait déjà son manteau et son sac. « C'est le moment de faire les magasins, je pense, dit Evie. On y va ? »

La veille, pour la première fois, Archie a emmené Francesca faire une promenade au jardin botanique. Il observe Jinty, la chienne, qui se frotte le flanc le long du canapé, le museau contre le tissu rembourré. Sa mère prépare le thé dans la cuisine ; il entend le sifflement de plus en plus prononcé de la bouilloire, le cliquetis des tasses en porcelaine. Dehors, l'après-midi glisse tout doucement vers le soir.

Une fois tous les quinze jours, sa mère baigne la chienne dans le grand évier carré. Bien que Jinty supporte cet outrage, elle frissonne, éternue et laisse échapper un faible gémissement, une expression lugubre dans ses yeux marron. La mère d'Archie réplique d'un sévère « chut ! ». Une fois enveloppée d'une serviette et séchée devant le feu, la chienne fait toujours la même comédie : affolée, elle court dans toute la pièce, horrifiée par son absence d'odeur, et essaie désespérément de se raccrocher aux premiers effluves venus. Lanoline suintant du tapis, cire âcre du parquet, bouffée animale lâchée par le crin du canapé – c'est toujours mieux que rien.

Archie observe ses contorsions sur la peau de mouton jusqu'au moment où il n'y tient plus.

« Viens ici, Jint. » Il tend la main. « Viens ici. Ça ne t'avancera pas à grand-chose, tu sais. » La chienne trottine vers lui en agitant la queue et le regarde en quémandant son aide.

Archie lui pose la main entre les oreilles. Cela fait maintenant trois mois qu'il achète de gros morceaux de fromage à cette Italienne brune. Tous les midis, il est venu dans cette épicerie fine malgré les gloussements méprisants de la vendeuse blonde, et, chaque fois, il a essayé une nouvelle tactique. Le cinéma ? Un café ? Pourrait-il l'emmener prendre le thé ? Écouter un récital ? Les yeux baissés, Francesca secouait toujours la tête, et sa natte oscillait d'un côté à l'autre. Une exposition à la galerie d'art ? Une pièce de théâtre ? Une virée au bord de la mer ? Une soirée dansante ? Il était résolu à lui proposer un office religieux – même s'il était sûr qu'elle devait être catholique, alors que lui n'avait jamais mis les pieds dans une église catholique et ne saurait donc comment se comporter –, quand elle s'était penchée par-dessus le comptoir, les joues embrasées, et avait suggéré : « Une promenade, peut-être. »

Elle s'était présentée avec sa mère. Et sa tante. Cheveux sévèrement tirés en arrière, les deux vieilles portaient presque la même tenue, longue jupe noire, cardigan noir boutonné jusqu'au cou. Archie dut faire des efforts considérables pour ne pas montrer le choc que lui causait la vue de ces Baba Yaga. Minuscules toutes les deux, elles ne lui arrivaient même pas à la poitrine. Il fut obligé de plier les genoux pour leur serrer la main. Un grand parapluie fermé agrippé dans une main, la mère le regarda de haut en bas avec un dédain mal dissimulé. Elles ne parlaient ni l'une ni l'autre l'anglais et abreuvaient Francesca de ce qui lui parut être des recommandations – ou des critiques.

Francesca et lui avançaient en tête, tandis que les Baba Yaga, bras dessus, bras dessous, fermaient la marche. Apparemment ravies par les jardins, elles en montraient du doigt toutes les beautés avec force exclamations, et la signora Iannelli, la mère, s'arrêtait sans cesse pour sentir les fleurs. La roseraie les enchanta, de même que les talus de lavande, mais elles n'apprécièrent pas les serres. « *Troppo caldo* », estimèrent-elles en s'éventant, engoncées dans leur jupe en laine, leurs bas en laine, leur cardigan en laine. Entre deux braillements incompréhensibles poussés derrière lui, Archie questionnait Francesca et dut se retenir de rire quand elle lui apprit qu'elle était née en Écosse. Elle parlait à peine l'anglais, pensa-t-il, et avec un accent tellement fort qu'on avait l'impression que c'était de l'italien.

Il les invita toutes trois à prendre le thé, ce qui parut dégeler la tante, laquelle, pour une raison ou pour une autre, avait l'air très impressionnée par la théière. Francesca gardait les mains posées sur les genoux. Par-dessus les gâteaux, la signora Iannelli fusillait Archie du regard. Mais il n'allait pas renoncer aussi facilement. Fils unique, souffreteux, protégé par une mère veuve, il était rarement autorisé à sortir de la maison, à plus forte raison d'Édimbourg, et Francesca était donc pour lui une bouffée d'air venue d'ailleurs. Pendant qu'ils étaient attablés, il avait toutes les peines du monde à ne pas se pencher vers elle pour sentir ses cheveux, sa peau, se pénétrer de son caractère étranger, humer son odeur de contrées lointaines, évocatrice d'un monde différent.

Jinty s'éloigne, ses griffes cliquettent sur le parquet, et la mère d'Archie revient dans la pièce en disant que le laitier a laissé deux bouteilles au lieu d'une. Archie se demande un instant comment elle réagirait s'il lui amenait Francesca, une étrangère immigrée, catholique, une vendeuse peu instruite. Elle pleurerait dans son mouchoir, évoquerait les frais de sa scolarité, son père défunt, sa santé fragile quand il était petit.

Mais, comme Jinty, se sentir insipide, inodore, le gêne. En garçon bien élevé, en bon presbytérien d'Édimbourg, qui fait son travail et habite chez sa mère, il a l'impression de n'avoir aucune personnalité propre. Parfois, en revenant à la maison dans le brouillard du soir, Archie pense qu'il pourrait très facilement se perdre dans l'invisible, l'incorporel, tant il a l'impression de manquer de substance et de singularité. Il cherche quelque chose qui lui donnerait du relief, de l'odeur, du piquant, qui le singulariserait, de sorte que les gens ne diraient plus « Archie qui ? », mais « Archie, celui qui a épousé l'Italienne ».

Dans un sens, il s'amourache autant de toute sa famille que de Francesca elle-même. Il aime la façon dont Valeria porte des cuves d'eau ou des sacs de farine sur la tête, dont elle laisse couler le robinet de la cuisine parce qu'elle n'en revient toujours pas d'avoir l'eau courante. Il aime la façon dont cousins, cousines, sœurs, oncles, frères passent sans cesse au café. L'unité qu'il constitue avec sa mère lui a toujours paru trop petite, trop refermée sur elle-même. Les mets relevés qu'ils mangent, serrés autour de la table, lui plaisent. Ils évoquent pour lui des gouttes d'huile dans de l'eau : une présence distincte, dense, inchangée par les éléments étrangers qui l'entourent.

Archie suit des cours du soir pour apprendre l'italien. Ses efforts font sourire Francesca et grommeler Valeria. Cette dernière n'éprouve aucune sympathie pour lui. Elle ne veut pas que cet Écossais au teint laiteux criblé de taches de rousseur, qui s'obstine à massacrer sa langue, touche à sa benjamine, et ne cesse de répéter à Francesca qu'il lui faut un brave garçon – dans son esprit, un brave garçon italien, naturellement, sa fille le sait bien.

Mais Domenico s'interpose.

« Si c'est lui qu'elle aime, c'est lui qu'elle aime », dit-il un soir à sa femme alors qu'ils sont couchés.

Contrariée, Valeria pétrit son oreiller, mais se garde bien de discuter. Domenico s'empresserait de lui rappeler que son père ne voulait pas qu'ils se marient :

qu'on le lui rappelle maintenant augmenterait encore son irritation.

Nina parvint à dépuceler son petit ami – et à perdre sa virginité – par terre, dans la chambre de Chris, pendant que ses parents regardaient le journal télévisé et la météo. « Je me suis débarrassée de mon hymen ! souffla-t-elle à Stella à travers l'espace noir qui séparait leurs lits. Je l'ai senti partir. Ça a comme qui dirait tiré, puis claqué. »

Trois semaines plus tard, elle plaqua Chris et sortit avec un certain Pete Gilliland, un élève de terminale, qu'elle laissa tomber au bout d'une semaine pour Scott Miller, et passa ensuite à Angus McLaren, David Lochhead, Kevin Patterson et Patrick Caffrey (le frère aîné de Chris).

Stella voyait sa sœur rejeter son ancien personnage et se glisser dans une nouvelle peau. Nina avait eu raison. Au fur et à mesure que sa réputation s'ébruitait, tous les garçons voulaient l'avoir et cessèrent soudain de se moquer d'elle ou de l'appeler « Goulemore ».

Stella constatait que la vie scolaire de Nina en était facilitée, que la sexualité était une manière de vous faire accepter par certaines personnes. Surtout par les garçons. Elle s'apercevait aussi que d'autres – les filles – y trouvaient une raison supplémentaire de vous détester.

Jake prend le train à la gare d'Euston, enfumée, bondée à l'heure de pointe. Ayant voyagé en train de nuit à travers la Chine, la Mongolie et le Vietnam, étant habitué aux matelas nus et à un sol jonché d'épluchures de fruits, de coquilles de noix, de cafards et de crachats, il est surpris par le luxe du compartiment.

À plat ventre sur sa couchette, Jake regarde par la fenêtre. Un mur en brique noirci, un pan de ciel gris languissant, des rangées de maisons aux cheminées identiques, des autobus rouges, un terrain de sport, un immeuble, un énorme panneau publicitaire avec une femme photographiée tête rejetée en arrière, lèvres entrouvertes, l'arrière de maisons, tout défile à une vitesse vertigineuse – un enfant au piano, une femme qui ramasse son linge sur un étendoir, un homme devant une cuisinière, un couple enlacé, un homme avec un bébé sur les genoux. Il lui semble extraordinaire de remonter l'échine de l'île dont il a passé tant de temps à contempler la forme, perdu dans ses méditations.

La veille, après s'être couché, il a soudain senti Mel dans son dos. Le matelas rebondissait pendant que son corps se rapprochait du sien. Il sentait son halètement froid sur ses omoplates, les os ronds de ses genoux pousser dans le dos de ses cuisses. Tout en s'éclaircissant la gorge, il s'est avancé peu à peu vers le bord du lit. Mais elle l'a rattrapé d'un bras qu'elle a passé autour de lui.

Jake a regardé la main de Mel, au-dessus de lui, ses doigts courts, ses ongles légèrement carrés. Elle a commencé à lui caresser la poitrine à un rythme insistant, bien qu'irrégulier.

« Mel, a-t-il commencé.

— Chut, a-t-elle murmuré en lui mouillant l'oreille de sa langue, pendant que sa main descendait fourrager vers sa taille.

— Non. » Le mot a jailli, Jake s'est replié sur lui-même, redressé, éloigné d'elle, tout au bord du lit. « Non », a-t-il répété.

Mel a gardé le silence un instant. Il sentait son regard dans son dos. Puis elle s'est retournée très vite en tirant la couette.

Jake soupire, se lève, ouvre le robinet et s'asperge longuement le visage. Puis il se recouche et contemple le paysage virant au noir. Il ne parvient pas à dormir, son esprit a des ratés comme un moteur qui n'arrive pas à se mettre en marche. La veilleuse bleue bourdonne. Une femme tousse de l'autre côté de la cloison, un chef de train arpente le couloir en traînant les pieds, le wagon grogne et craque au-dessous de Jake, le ballotte dans la nuit, cliquette en passant dans des gares qu'il ne verra jamais.

Stella a débarrassé les restes du petit déjeuner, mis l'énorme lave-vaisselle en route, essuyé les tables et remarqué la tenue d'excursion d'un autre client avant de le voir disparaître dans la brume qui voile le Laire Ghru.

Derrière elle, dans la cuisine, Pearl décroche des marmites avec une énergie bruyante. Stella aime bien Pearl – à plus de cinquante ans, elle fait une garde de nuit dans une institution de vieillards avant de venir travailler le matin à l'hôtel. Elle dort l'après-midi, puis se lève pour préparer le dîner de ses enfants et petits-enfants, dont la plupart semblent habiter chez elle. Des années plus tôt, son mari a « fichu le camp sur la bicyclette municipale ». Quand Stella lui demande combien d'enfants elle a eus, Pearl répond : « Six ou sept, ma cocotte, six ou sept », puis part d'un tel éclat de rire qu'elle halète et doit recourir à son inhalateur.

Stella allonge les jambes sous le bureau. Dehors, le soleil brille sur les arbres ornés de bourgeons verts au bout de leurs branches. Des altostratus blancs se pourchassent dans un ciel bleu. À côté d'elle, le téléphone se réveille. Elle décroche. « Allô, réception, à votre service. »

Il y a un bref silence sur la ligne, puis : « Stella. »

Ce seul mot chasse l'impression de bien-être, de calme qu'elle ressentait. Il n'est pas suivi d'un point d'interrogation, c'est une simple énonciation catégorique.

Stella déglutit, serre le combiné sur son oreille. « Bonjour, parvient-elle à dire.

— Alors, tu vas finir par m'expliquer pourquoi tu m'évites ? » Le ton de Nina est glacial.

Stella passe les doigts dans le tortillon du cordon téléphonique. « Je ne t'évite pas. Je... »

Nina l'interrompt. « Stella, je t'ai laissé sept... non, huit messages le mois dernier. Je t'ai envoyé deux lettres et quatre cartes postales. Tu n'as répondu à rien de tout ça. Tu t'évanouis dans la nature pendant plusieurs semaines, et il a fallu que je demande à maman où tu étais passée. » Elle tire sur sa cigarette. « Qu'est-ce qui se passe, bordel ? »

Stella sent ses traits se contracter. « Rien. Il ne se passe rien. C'est seulement... que j'ai été occupée.

— Occupée ? lâche Nina. Ne me prends pas pour une conne. Tu arrives peut-être à refiler ce genre de salades à maman et à papa, mais pas à moi. Tu as tout plaqué à Londres, tu as filé et...

— Non, bredouille Stella. Je n'ai rien plaqué du tout, je...

— Si.

— Non.

— Stella. J'ai appelé ton boulot. On m'a dit que tu étais partie sans prévenir.

— Ah bon ? Tu as téléphoné ? » Stella décide que la meilleure tactique est l'attaque. « Je n'arrive pas à croire que tu fourres ton nez dans mes affaires comme ça ! Sache que mon contrat venait à expiration et...

— Maman m'a dit que tu étais dans la région de Kincraig. »

Elle a abattu son atout et toutes deux le savent. Muette, Stella enfonce ses ongles dans la chair douce de ses paumes. Elle ignore depuis quand elle n'a pas entendu Nina prononcer ce mot.

« Qu'est-ce que tu fabriques là-bas ? demande Nina, et, plus que tout, c'est la douceur de son ton qui affole Stella.

— Rien », murmure-t-elle.

Il y a un silence.

« Stel, je t'en prie, qu'est-ce qui s'est passé ? » Sa voix est plus basse. « Pourquoi es-tu allée là-bas ? S'il te plaît, dis-le-moi. »

Incapable de parler, Stella entend la respiration de sa sœur, mais pas la sienne. Elle retient sûrement son souffle. Nina, a-t-elle envie de dire, arrête. Je t'en prie, arrête.

« Stel, reprend calmement Nina, il faut que tu m'expliques ce qui se passe. Je suis dans tous mes états. Comment peux-tu faire une chose pareille ? Comment peux-tu aller là-bas sans... sans m'en parler ? Nous savons toutes les deux ce qui... » Elle s'interrompt, comme si quelqu'un venait de rentrer dans la pièce. Stella l'entend fourrager pour trouver ses cigarettes. « Écoute, je vais venir te voir. Je ferai la route ce week-end. Il me faudra à peine deux ou trois heures...

— Non, surtout pas ! lâche Stella. Je ne pense pas que... je suis vraiment occupée. Je n'ai pas beaucoup de temps libre. » Elle prend une profonde inspiration. « Je dois raccrocher maintenant, Nina. Désolée. Au revoir. »

Elle repose brusquement le combiné sur sa fourche et, d'un bond, se lève, traverse la cuisine et sort dans le couloir. L'image de Pearl en train de lever les yeux, surprise, s'imprime sur sa rétine. Le téléphone sonne de nouveau quand elle atteint l'escalier de service. Il sonne, sonne et sonne. De l'endroit où elle se trouve, la scène prend une immobilité de tableau vivant : Stella imagine le téléphone dans le hall désert, la bouffée de silence entre chaque sonnerie, les fleurs à côté de l'appareil, quelques pétales tombés sur le bureau, la chaise repoussée, vide, la pelouse et les arbres de l'autre côté de la porte ouverte.

Pearl finit par aller décrocher à la réception. « Bonjour... Oui... Non, elle n'est pas là pour l'instant... Non... Je regrette... Oui, c'est vrai, elle était là il y a une minute, mais elle a dû sortir... C'est ça... Bien sûr... entendu. Au revoir. »

Figée sur les marches étroites, Stella entend Pearl traverser la cuisine et sortir dans le couloir. « Stella ? appelle-t-elle.

— Ouais. » Piégée dans la petite cage d'escalier en bois, sa voix lui revient, trop fort, trop vite.

« C'était votre sœur.

— Oui.

— Elle demande que vous la rappeliez.

— D'accord. Merci, Pearl.

— Pas de quoi, ma cocotte. Vous allez faire les chambres maintenant ?

— Ouais.

— Bon. Alors à plus tard.

— C'est ça. »

Nina regarde vers l'autre lit et constate que sa sœur n'est plus là. Rabattues, les couvertures découvrent les entrailles du lit, luisant d'un reflet blanc. Nina se redresse. « Stella ? Stel ? »

Leur chambre est plongée dans la pénombre, les meubles tapis contre les murs. Leurs uniformes d'école sont posés sur des chaises, prêts pour le lendemain, flasques, poignets et ourlets traînant sur la moquette.

Quelque chose oblige Nina à lever les yeux, et son cœur bondit dans sa poitrine. Une silhouette pâle est suspendue au-dessus d'elle dans le noir. Nina doit la fixer plusieurs secondes avant de comprendre de quoi il s'agit. Immobile, sa sœur se tient en équilibre sur le bois de lit, ses pieds nus agrippant la traverse.

Nina arrache ses couvertures et se lève. L'obscurité ne lui fait pas peur. Rien ne lui fait plus peur. « Invincible », voilà le mot adéquat, lui a dit Stella. Elle l'a trouvé dans un livre. Nina avance dans la chambre sur la pointe des pieds.

Stella garde un équilibre parfait, telle une nageuse avant de plonger. Elle ne vacille pas, n'a même pas besoin de tendre les bras. Nina ignore comment elle s'y prend, comment elle réussit à tenir sur ce bois mince.

« Stel ? » souffle-t-elle.

Surtout ne pas la réveiller. Il ne faut jamais réveiller un somnambule. Stella baisse les yeux, semble regarder au loin. Nina sait où elle se trouve, imagine l'à-pic, l'eau qui tonne contre le roc. Elle n'aime pas voir Stella s'y rendre sans elle, n'aime pas penser à sa sœur toute seule là-bas.

« Hé ! » Elle avance la main, mêle lentement, prudemment, ses doigts à ceux de sa sœur. « C'est moi. Tu es en train de rêver. Viens. Recouche-toi. »

Stella se cramponne à sa main en plissant le front.

« Viens. » Nina la tire par le bras. « Au lit. Ce n'est qu'un rêve. »

Stella se laisse entraîner. Au moment où Nina lui remonte les couvertures, elle se met à trembler, prise de frissons, la mâchoire serrée.

« Tout va bien, Stel, murmure Nina en la bordant. Tout va bien. » Raide, le corps de Stella ne veut pas céder. Nina s'assied sur le matelas, lui caresse les cheveux pour lui dégager le visage, un geste coutumier de sa mère. « Tout va bien. » Mais sa sœur frissonne toujours. Nina se baisse pour déchiffrer ses traits endormis. Elle attrape le poignet de Stella et le serre très fort. « Il ne pourra plus t'attraper maintenant. »

Son rouge à lèvres vif fuit en petits ruisseaux autour de sa bouche. « Non, je regrette, je ne connais aucune ville de la région qui porte ce nom. » En finissant de parler, elle donne une petite tape énergique à la pile de prospectus posés sur le bureau, comme si elle voulait ponctuer son discours.

Jake se trouve dans une librairie d'Aviemore, le seul nom dont il soit sûr, le seul dont il dispose, le sac à dos de sa mère lâché à ses pieds. « Ça pourrait être un village. Un hameau... » Il fait un grand geste de la main. Ne sait-il pas s'y prendre ou cette femme tient-elle à se montrer particulièrement peu serviable ? « ... n'importe quoi. »

Elle plisse le visage, feint un bref instant de réfléchir, puis secoue la tête. « Je ne connais aucun endroit de ce nom. »

Jake se force à sourire, une manière de se retenir de l'attraper par-dessus le comptoir pour la secouer. « Bon. » Pas question de se laisser abattre, surtout pas. Il savait d'avance que ce serait difficile. Croyait-il vraiment qu'il lui suffirait de venir ici pour que tout se passe comme par magie ? « Je vais prendre ça, s'il vous plaît. » Il pose la carte sur le comptoir et lui tend un billet sorti au hasard de son portefeuille. Tout en grimaçant, elle lui rend deux billets différents et quelques pièces.

Dehors, il lutte pour déplier la carte dans le vent violent et cherche quelque chose qu'il pourrait reconnaître. Kildoune se trouve sûrement quelque part. Jake ne peut pas renoncer maintenant qu'il est tout près du but. L'endroit doit bien exister, Tom n'avait aucune raison de mentir à sa mère. Il ne s'agissait peut-être pas d'une ville, comme sa mère et lui l'avaient toujours cru, mais peut-être d'une montagne, d'une vallée, d'une rivière, n'importe quoi. Qui sait à quoi les gens donnent des noms par ici ?

Le vent est trop fort. La carte claque et cherche à lui échapper. L'air est raréfié et d'une pureté glacée. Jake doit chercher un hébergement. Mais tout d'abord il ferait bien de prendre un petit déjeuner. Il pourra alors déplier la carte sur la table et l'étudier avec soin – il va dénicher l'endroit, il en est sûr. Et que Mme la libraire aille se faire foutre.

Jake lève les yeux et remarque pour la première fois les pics qui découpent le ciel.

Les fenêtres sont fouettées par le mauvais temps. La pluie cingle le verre et s'y accroche désespérément tout en glissant, assaillie par les bourrasques. Le menton dans les mains, Stella est assise sur un tabouret, au comptoir du Buttercup, un salon de thé. Elle est venue en ville acheter la pâte feuilletée pour le bœuf Wellington de ce soir. En entrée le velouté au haddock de Pearl, le bœuf en plat principal, et pour terminer deux desserts au choix. Au moment où elle passait devant le salon de thé, Moira, la serveuse australienne, lui a demandé si ça ne la dérangeait pas de garder la boutique pendant dix minutes.

Les voitures sillonnent la ville, long ruban s'étirant dans la rue principale. Des gens vêtus d'imperméables se hâtent sur les trottoirs. Le salon de thé est loin d'être plein : deux dames emmitouflées de tweed, qui se font des confidences en mangeant un scone, une femme au regard vide, avec un bébé dans une chaise d'enfant couverte de petits lapins, et un jeune type. Des cheveux bruns sculptés en épis par la pluie, les épaules de sa veste assombries d'eau. Une assiette vide, parsemée de miettes, sur sa table. Un sac à dos antique et usé calé par terre à côté de lui. Loin de ressembler aux touristes que cette ville attire en général, il sort du lot. Ses vêtements sont inadaptés. Peu pratiques. Ni tweed, ni goretex, ni laine, ils sentent trop la grande ville. Pour Stella, il s'agit d'un citadin échoué ici par hasard.

Il trie des pièces de monnaie, les ramasse une par une et les examine comme si c'était la première fois qu'il les voyait. Sans doute un étranger. Américain ? Non, Stella ne le pense pas. Il a l'air européen. Français, peut-être. Pas facile à cerner. N'empêche qu'il a quelque chose qui lui plaît. Sa manière d'être assis. La chaise est plutôt chichiteuse, avec un siège capitonné à fleurs et un dossier droit, mais il s'y prélasse comme sur un lit – jambes écartées, étendues, un bras pendant avec souplesse le long de son flanc, les épaules ramenées en arrière. Sa posture est très... postcoïtale. Stella sourit. Ce n'est pas tous les jours qu'on peut profiter d'un tel spectacle, surtout par ici.

Pendant qu'elle l'étudie du haut de son tabouret, il lève brusquement la tête, comme s'il avait senti son regard. Ses yeux errent dans la salle avant de croiser les siens. Stella cille, ne bouge pas. Sourit-elle encore ? Sans en être sûre, elle a l'horrible impression qu'il reste une trace de son sourire sur ses traits. Tous deux se dévisagent une seconde. Puis il lâche ses pièces sur la table et se redresse sur sa chaise. « Pourrais-je avoir un autre thé, s'il vous plaît ? » demande-t-il.

Stella se laisse glisser de son tabouret. « Bien sûr. »

Elle regarde la machine Gaggia, qui soupire et frissonne à côté d'elle, telle une personne au bord des larmes. C'est plus ou moins la même que celle du café de ses grands-parents. Après avoir attrapé une tasse et un sachet de thé sur l'étagère, elle effleure les leviers puis en abaisse un. L'eau bouillante jaillit dans la tasse et lâche une bouffée de vapeur tout autour. Sa voix était étrange. Sans accent. Il est britannique, c'est certain. Sûrement pas écossais, mais pas vraiment anglais non plus.

Penchant un pot de lait, elle voit des rubans blancs se déployer dans le liquide sombre.

Une tasse fumante à la main, la serveuse s'avance entre les tables espacées du salon de thé. Le soleil se coule un bref instant dans la salle, les fenêtres s'éclairent. Jake jette un coup d'œil dans la rue. Un rayon soudain illumine immeubles mouillés et pare-brise des voitures. Ici, le temps paraît vraiment imprévisible. Il était dégagé, ensoleillé quand Jake est descendu du train, puis un orage a eu tôt fait de le tremper. Sa peau moite, glacée, colle à ses vêtements.

Il reporte son attention sur la table, sur les étranges pièces étalées devant lui, sur son assiette et sa tasse vides, sur le salon de thé, sur la jeune femme qui vient vers lui à travers la salle, son nom écrit sur la poitrine. KILDOUNE, lit-il sur le coton amidonné de sa robe, KILDOUNE.

Jake la scrute. Elle a des cheveux bruns soyeux, tombant à l'oblique sur ses joues, des yeux verts et une peau si délicate qu'il aperçoit le fil bleu d'une veine sur son cou. Ces couleurs lui assaillent l'esprit : le noir, le vert, le bleu, le blanc, le rouge de la bouche. Et son nom sur sa poitrine. Kildoune. En lettres cursives noires.

« Votre thé », lui dit-elle en déposant la tasse sur la table. En voulant pousser les pièces, il effleure du dos de la main la peau douce, à la pâleur de champignon, de l'intérieur de son bras, et ce contact produit une sorte de vibration bourdonnante, comme deux messages qui se télescopent sur un câble.

« Qu'est-ce que c'est ? » lâche Jake.

L'assiette vide dans une main, la serveuse le regarde, et un léger pli lui creuse le front. « Quoi ?
— Ça. » Il montre le mot écrit sur sa poitrine. « Ça, répète-t-il. Qu'est-ce que c'est ? »
Elle passe la main sur la broderie en relief. « Kildoune ? » Jake a envie de hurler, d'applaudir, de l'attraper par les épaules, d'embrasser la bouche qui vient de prononcer ce mot. « C'est un hôtel.
— Un hôtel ? Où ça ? »
Elle agite une main derrière elle. « Là-bas. Après Kincraig.
— Montrez-moi. » Il farfouille dans son sac et en sort le document établi par le service cartographique de l'État, mais la carte refuse de bien se comporter, de s'ouvrir correctement, de se lisser dans ses mains, et ses feuillets intérieurs pliés en origami résistent à toute séparation. Il est terrifié à l'idée que cette femme – apparemment la seule à savoir ce qu'est Kildoune et où ça se trouve – s'évanouisse dans la nature, et doit se retenir pour ne pas l'attraper par le bras et la menotter. « Montrez-moi où c'est exactement, insiste-t-il. Il faut que j'y aille. »
Elle le regarde en ayant l'air d'avoir affaire à un fou. Ce qui n'est pas très loin de la vérité en ce moment. Passant l'assiette dans son autre main, elle jette un coup d'œil par-dessus son épaule. « C'est plutôt... » Elle s'interrompt et laisse son regard errer sur le sac à dos en piteux état. «... rupin, termine-t-elle, hésitante.
— Non, non. » Jake aplatit la carte sur la table et sent des miettes dessous. « Je ne veux pas y séjourner, je veux seulement... » Voyant un léger affolement dans ses yeux, il ne termine pas sa phrase. Des yeux d'un vert soutenu, avec de longs cils recourbés. Inutile de tout lui raconter. Aie l'air normal, s'intime-t-il, respire un bon coup. « Je veux juste... visiter.

— Oh ! » Quand elle se penche sur la carte, Jake aperçoit dans son encolure le conseil du fabricant : « Ne pas approcher du feu. » Son regard descend ensuite le long des vertèbres qui disparaissent dans les plis blancs. « Bon… », dit-elle, un doigt voltigeant au-dessus de la carte.

À ce moment précis la clochette de la porte tinte. La première serveuse, une petite femme aux joues rougies, se hâte d'entrer. « Stella, vous êtes la meilleure ! s'exclame-t-elle. Merci beaucoup. Hou là là ! » Elle s'immobilise devant eux, et son regard passe de Stella à Jake pour revenir sur Stella. « Tout s'est bien passé ?

— Je montrais seulement où se trouve Kildoune à ce garçon, répond Stella en désignant Jake.

— Oh ! » L'Australienne pousse Stella de côté. « Je peux vous montrer », ajoute-t-elle, rayonnante, en approchant trop son visage.

Jake ne regarde pas ce qu'elle lui montre sur la carte, mais observe l'autre fille, Stella, qui traverse la salle pour se diriger vers le comptoir et s'éloigner de lui. Elle attrape un manteau et retourne vers la porte.

« Vous y travaillez, alors ? » lui demande-t-il lorsqu'elle passe près de lui, si près qu'il pourrait la toucher. Rien ne lui vient à l'esprit. Et pourtant il voudrait la retenir, la retarder, la garder avec lui ; il n'a pas envie qu'elle franchisse le seuil, qu'elle disparaisse, et qu'il ne puisse plus jamais la revoir.

Son regard vert limpide se pose sur lui. Lui sourit-elle ? Non.

« Oui, j'y travaille. » Puis elle se tourne vers l'Australienne, qui lui parle des horaires de bus et de la possibilité de faire du stop. « Il faut que je me dépêche, Moira, à bientôt. »

Avant de sortir, elle rabat sa capuche sur ses cheveux et se retourne, la main sur la poignée, lève les yeux et le fixe bien en face. Leurs regards se croisent durant une fraction de seconde. Puis elle referme la porte derrière elle, et son image est assombrie par la pluie et la buée accumulée sur les vitres.

Stella avait fabriqué une tente avec le drap, les couvertures et un arceau de leur jeu de croquet planté au milieu de son lit – celui du dessous, parce que Nina a toujours dormi dans celui du dessus – et elle s'y engouffra avec ravissement. L'endroit où elle était étendue, prostrée, toutes les nuits, devenait soudain un espace secret, pointu, aux murs en pente, et la lumière avait un reflet rouge à travers les couvertures au crochet.

Il était tôt. Trop tôt pour aller réveiller ses parents – le week-end, elles n'avaient pas le droit d'entrer dans leur chambre avant huit heures. Nina dormait encore.

Stella s'extirpa de son repaire, les pieds en premier, et arpenta la moquette tassée de la chambre en attrapant des brassées d'ours à l'expression éberluée et de poupées aux yeux cliquetant dans leur crâne en plastique vide. Elle les fourra dans la tente, puis les aligna en redressant ceux qui osaient s'affaisser sur leur voisin comme des ivrognes.

« C'est notre tente », leur annonça-t-elle, allongée à plat ventre. Ses jambes sortaient des couvertures, mais quelle importance ? La plus grande partie de son corps était dans ce nouvel espace privé. « Notre tente secrète. » Les jouets ne parurent pas impressionnés.

Au bout d'un moment, les redresser sans cesse l'ennuya, et son bras se fatiguait à force de tenir l'arceau de croquet. Elle sortit donc, les cheveux emmêlés, électriques, laissa la tente s'effondrer et redevenir simple matelas pourvu de draps et de couvertures, aux mystérieuses protubérances formées par les jouets. Stella discerna une jambe rembourrée et la main tendue d'une poupée. Rejetant la tête en arrière, elle regarda d'un air intrigué la bosse que formait le sommier de la couchette supérieure. Nina ne pouvait tout de même pas être encore en train de dormir ?

Stella leva la main, glissa les doigts entre les ressorts pour pousser sa sœur. Rien. Elle recommença. Toujours rien. S'allongeant alors sur le dos, elle monta les pieds et força sur les nœuds métalliques durs. Le corps de Nina se haussa et redescendit. Stella patienta, perplexe. Puis elle perçut un léger bruit de voix inintelligible.

Elle dégringola de son lit, grimpa l'échelle de bois, ce qui déplia les jambes tirebouchonnées de son pyjama, posa les coudes au bord du matelas et regarda sa sœur.

Nina était couchée sur le côté. Ses yeux roulaient sous ses paupières.

« Qu'est-ce que t'as dit ? » lui demanda Stella.

Ses paupières s'ouvrirent, puis se refermèrent.

« T'as dit quelque chose ? murmura Stella en respirant bruyamment. T'es réveillée ? Nina ? T'es réveillée ? J'ai fait une tente. Tu veux la voir ? Elle est vraiment bien. Y a assez de place pour nous deux. Presque. »

Nina marmonna.

« Quoi ? » Stella se pencha encore.

Nina ouvrit les yeux. « J'me sens pas bien », bredouilla-t-elle.

Stella poussa la porte de ses parents, l'entendit frotter contre la moquette. La chambre était silencieuse et imprégnée d'une chaleur confinée. Le soleil se glissait autour des rideaux. La moquette avait des fleurs sombres entrelacées, reliées, et Stella passa de l'une à l'autre pour arriver jusqu'à la forme allongée de son père. Il avait la moitié du visage enfouie dans l'oreiller et tendait un bras derrière lui pour effleurer la hanche arrondie de sa mère. De minuscules poils lui sortaient de la peau – des millions. Du poil au menton, petit patapon. Stella se pencha, fascinée.

« Papa ! souffla-t-elle. Papa !

— Retourne te coucher, Stella. » Sa voix était ferme, bien distincte. Presque comme s'il était réveillé. Mais ses yeux étaient fermés.

Stella fit demi-tour et marcha de nouveau sur les amas de pétales. Une fois dans sa chambre, elle approcha un tabouret du placard, y grimpa et attrapa leurs panoplies de docteur et d'infirmière. Elle passa sous son menton l'élastique du chapeau à croix rouge et monta à l'échelle des lits superposés.

« Bon, madame la malade, je vais être obligée de vous ausculter », dit-elle en s'agenouillant sur le matelas.

Apathique, inerte, Nina la vit s'introduire dans les oreilles les embouts du stéthoscope en plastique et poser la plaque sur sa chemise de nuit. Au début Stella n'entendit rien, puis les tubes véhiculèrent un martèlement lointain, irrégulier, aussi lent que l'horloge du salon de ses grands-parents. Elle retira le stéthoscope de ses oreilles.

« Et maintenant, on va vous prendre la température. »

Elle introduisit le thermomètre dans la bouche de sa sœur. Celle-ci avait les yeux fermés et sa tête glissait sur le côté. Peut-être qu'elle a envie d'être tranquille, songea Stella.

Elle passa un moment à sortir et à arranger les panoplies dans leur boîte, les jambes repliées sur celles de Nina. L'espace d'un instant elle écouta le bruit incessant de son propre cœur, puis déroula une bande Velpeau et l'enroula en obtenant un cylindre bien régulier. Nina exhala alors un étrange gargouillis. Stella fourra la bande dans la boîte qu'elle referma sèchement, et s'approcha de sa sœur.

Les yeux fermés, elle s'était rendormie. Le thermomètre en plastique à graduation rouge avait glissé de ses lèvres exsangues. Ses cheveux lui collaient au crâne comme des algues. Stella se pencha encore plus près et remarqua que ses yeux étaient en fait entrouverts et révulsés, si bien qu'on ne voyait que le blanc. Sa respiration était différente de celle que Stella percevait quand elle se réveillait la nuit – elle était bien trop précipitée et superficielle.

« Nina. » Elle lui toucha la main, une main moite et brûlante. « Nina ? » Elle lui agrippa le poignet et le secoua. Son bras retomba mollement et pendit au bord du lit.

Stella redescendit l'échelle, traversa la chambre, puis le couloir jusqu'à la porte de ses parents. Cette fois elle ne joua pas à la marelle sur les fleurs.

« Papa !

— Mmm.

— Papa !

— Stella, je t'ai dit…

— Papa, Nina ne va pas bien. » Stella ne se rendait pas compte qu'elle était effrayée avant d'entendre sa voix fluette et aiguë. Curieusement, elle fondit alors en larmes. « S'il te plaît, réveille-toi ! » gémit-elle.

Son père ouvrit soudain les yeux. Il considéra sa cadette pendant quelques secondes, puis fit basculer les jambes du lit et se rendit dans leur chambre, Stella sur ses talons.

« Elle… elle a dit qu'elle se sentait pas bien, expliqua Stella entre deux sanglots. Et alors elle s'est rendormie, et puis… »

Son père regarda Nina, lui posa une main sur le front. « Seigneur ! marmonna-t-il avant de hausser la voix. Francesca ! Francesca ! »

Dans le hall, Stella secoue la tête pour chasser les gouttelettes de ses cheveux et retire son imperméable. Elle se dit qu'elle ferait bien d'enfiler un uniforme sec avant d'épousseter les canards décoratifs et d'apporter la pâte à la cuisine, quand Mme Draper arrive, tout empressée, et s'arrête en la voyant plantée là, en train de dégouliner sur la carpette.

« Stella ! vous voici. Venez, je voudrais vous présenter quelqu'un. Un nouveau membre du personnel. Vous vous souvenez, je vous avais dit que nous avions besoin de faire faire des petits travaux d'extérieur – maintenance, peinture, ce genre de choses ? Quelqu'un qui vous aiderait en été quand il y aurait davantage de travail. Je suis sûre qu'un coup de main ne sera pas inutile… »

Dans le bureau de Mme Draper, un homme se tient devant la fenêtre et leur tourne le dos. Au moment où elles entrent, il pivote.

Stella ne s'était pas rendu compte qu'il était aussi grand. Il lui faut lever les yeux pour croiser son regard. Elle a toujours dans les mains son imperméable luisant de pluie.

« Rebonjour », dit-il en lui souriant.

TROISIÈME PARTIE

Stella se réveille en sursaut. Son cœur cogne avec insistance dans la grotte que forment ses côtes. Couchée à plat ventre, aveuglée, elle a la bouche et le nez enfoncés dans l'oreiller.

D'un seul mouvement, elle se retourne et se redresse. Il n'y a personne dans la caravane, l'air du petit matin est d'un froid polaire sur sa peau, et l'arbre tambourine sur le toit. Elle peut voir jusqu'à la porte. Rien. Tout va bien, se dit-elle, tout va bien. Mais son cœur continue de marteler.

Elle rêvait qu'elle était redevenue enfant et se tenait au bord d'un gouffre où une eau sombre, saumâtre, tonnait contre des rochers invisibles.

Se débattant avec les couvertures qui l'enserrent et l'entravent, elle se lève, s'approche du miroir. Le visage qui lui fait face est adulte. Résolument adulte. Stella le scrute. Peau marquée par les plis de la taie, lèvres pâles, pupilles dilatées, insondables. Tout va bien. La chose s'est passée il y a des années. Des années et des années. Mais parfois elle n'en a pas l'impression.

Stella se détourne de son reflet. Derrière les stores vénitiens, la lumière est d'un blanc terne. Il est tôt. Quand elle retourne dans la chambre, le froid de la moquette sous ses pieds nus lui arrache une grimace. Le réveil marque 6 h 45. Puisqu'elle ne se rendormira plus, elle passe son uniforme par la tête et enfile deux pulls par-dessus.

Le chien la rejoint au moment où elle se dirige vers les anciennes écuries pour y prendre du bois. Il surgit de sa niche, droit comme une flèche, agitant la queue, des jappements aigus s'échappant de son gosier. Stella lui lisse la fourrure, entre les oreilles, puis ils repartent ensemble, le chien collant sa truffe au sol.

En longeant l'ancienne porcherie rénovée, près des écuries, Stella est surprise, l'espace d'un instant, de voir les rideaux fermés. Elle fait passer son panier à bois dans son autre main.

« Nous l'avions oublié, celui-là, hein ? » dit-elle au chien.

L'animal s'immobilise, lève les yeux, attentif, les oreilles dressées, et cherche dans ses paroles des sons qu'il pourrait reconnaître.

Le premier matin, Jake éprouve une certaine réticence à entrer dans la cuisine. Mme Draper lui a demandé de venir prendre le petit déjeuner après neuf heures, une fois le plus gros de l'affluence passé. Mais il s'attarde dans le hall, les mains enfoncées dans les poches. Des rires, une exclamation, le son d'une radio et des bruits de vaisselle – le tout évoquant des gens habitués à travailler ensemble – lui parviennent de l'autre côté de la porte battante.

Celle-ci s'ouvre et il voit sortir la fille du café. Stella. Ses cheveux sont retenus par un large bandeau pour lui dégager le visage. Elle s'éloigne dans le long couloir étroit et entre dans une pièce tout au bout.

Hésitant, Jake attend au bas de l'escalier, se sentant un peu épuisé, un peu tendu. Il n'a pas fermé l'œil et a guetté le recul de la nuit sur le cadran numérique lumineux de sa montre en se répétant à l'infini : « Tu es à Kildoune, tu es à Kildoune. » Voilà qui lui semble extraordinaire. La proximité, le lien physique avec Tom sont écrasants, incroyables. Partout où il tourne le regard, il voit des objets – la rampe, l'interrupteur, le seuil en pierre, la cheminée – que la main de son père a pu effleurer.

Un chant rauque s'échappe de la cuisine, suivi par un choc de vaisselle et un juron. Il baisse les yeux : le motif floral compliqué de la moquette, aux tiges entrelacées, s'enroule autour de ses pieds, comme s'il voulait le faire tomber. Il relève la tête : l'escalier monte à l'étage supérieur en tournant, et Jake aperçoit seulement une paire d'andouillers fourchus accrochés juste au-dessus de lui.

« Voulez-vous prendre le petit déjeuner ? » demande une voix. Stella se tient devant les portes battantes, une pile d'assiettes sales dans les mains.

« Oui. » Jake s'approche d'elle. Il se sent sourire. Un sourire est-il déplacé ? Peut-être. Elle ne sourit pas du tout. « Ça serait formidable. » Il sort les mains de ses poches et désigne les assiettes. « Je peux vous donner un coup de main ? »

Stella secoue la tête, lui ouvre la porte avec son pied. « Je me débrouille. Entrez. »

Chaude, étroite, trop éclairée, la cuisine est noyée de vapeur et sent le café moulu. Il y a une petite femme trapue, aux multiples dents cassées, devant l'évier, et un homme en tenue blanche devant le fourneau, un long ustensile pointu dans une main. Une poêle grésille et crache sur la plaque chauffante, des tranches de bacon se racornissent dans la graisse.

Stella pose sa pile d'assiettes et feuillette un bloc. « Deux saucisses de chevreuil, dit-elle très vite en haussant la voix pour se faire entendre. Une avec champignons et œufs sur le plat, l'autre sans champignons, avec œufs brouillés, d'accord ? »

Le cuisinier acquiesce sans se retourner. « Entendu.

— Je vous présente Jake. Il aimerait prendre le petit déjeuner, annonce-t-elle.

— Entendu », répète le cuisinier.

La femme s'avance vers Jake en rabattant sur son épaule un torchon trempé. « Je m'appelle Peril.

— Pardon ? » Jake se penche sur le comptoir avec inquiétude. Elle ne peut tout de même pas s'appeler Peril !

« Peril », s'obstine-t-elle à répéter.

Devant le toaster, Stella jette un coup d'œil à Jake, puis à la femme. « Peurl, explique-t-elle en écrasant les voyelles. Peurl.

— Ah ! » Le mystère s'éclaircit. « Pearl.

— Ha ! Ha ! s'esclaffe Pearl. Peurl. Peril. Peurl. »

Ils se mettent tous les deux à rire. Même le cuisinier se retourne et découvre les dents.

« Pearl, pourriez-vous montrer à Jake où se trouvent la peinture, les échelles et tout le matériel ? demande Stella. Mme D. m'a dit qu'elle voulait lui faire repeindre les fenêtres aujourd'hui. »

Encore titubante de rire, Pearl s'engage dans un couloir. « Venez avec moi, mon p'tit gars. »

À midi, l'air est stagnant, humide, le ciel lourd d'une menace orageuse. Jake ôte son T-shirt et travaille en jean, une lampe à souder dans une main. Il est content d'avoir quelque chose à faire, une tâche précise à accomplir. Autrement, il serait probablement en train d'errer dans un état second. La peinture se boursoufle sous le jet rugissant de chaleur, se détache de l'encadrement des fenêtres et tombe par terre en grandes écailles. La sueur perle sur son front et lui démange le crâne lorsque Jake décape les traînées récalcitrantes avec un grattoir métallique.

La bâtisse a des pièces sombres, insondables de l'extérieur, on dirait qu'on regarde un lac. Jake la contourne, appuie l'échelle aux murs de pierre massifs, compte les fenêtres, calcule la quantité de peinture nécessaire, vérifie s'il y a de la rouille. Quand Mme Draper lui a demandé s'il avait déjà peint des fenêtres, il n'a pas précisé que sa seule expérience concernait des fenêtres de décors cinématographiques, des fenêtres qui ouvraient sur un faux paysage, sur des hallucinations numériques, sur rien. Mais il a pensé que ça n'avait pas grande importance – quelle différence pouvait-il y avoir ?

Pendant qu'il dirige le jet brûlant du chalumeau sur une fenêtre de la salle à manger, il aperçoit Stella à l'intérieur, l'ovale pâle de son visage se détachant derrière la vitre.

Bien sûr, Jake ne comptait pas vraiment tomber sur son père en venant ici. Il ne se le représentait pas en train d'attendre, bras ouverts, à la grille de cet endroit magique appelé Kildoune, prêt à lui faire une place dans sa vie. Mais une petite voix perturbatrice ne cessait de lui répéter que cette possibilité, pour infime qu'elle fût, n'en demeurait pas moins. Malgré ses efforts pour réfléchir avec logique, malgré la conviction qu'avoir déniché Kildoune ne signifiait pas avoir déniché son père... il était déçu.

Avant d'arriver ici, il ne se rendait pas compte qu'il tenait autant à le retrouver. Il s'était toujours dit que ça n'avait pas d'importance, que sa mère lui avait suffi, qu'elle avait comblé tous les manques qu'il avait pu éprouver. Mais ici, dans ce Kildoune peuplé d'étrangers dont il se sent très éloigné, il ne peut plus perpétuer ce mensonge. La maternité est une chose claire, bien balisée. Ces neuf mois que vous passez avec un autre être ensaché en vous constituent un contrat à vie, non écrit, impossible à résilier. La paternité est en revanche nébuleuse, indéfinie, parfois presque rien, simple cellule à flagelle précipitée dans le vide.

Jake ne sait pas ce qu'il espérait. Tout et rien. Sa vie durant, il a pensé à Kildoune, l'a imaginé, construit et déconstruit dans sa tête. Et pourtant il ne s'attendait pas à cette superbe bâtisse en pierre grise, à ce bosquet de sapins suintant d'humidité, à ce ciel encombré de nuages, à cette femme au long cou qui l'observe avec le regard grave, impénétrable d'un chat.

Stella sort par la grande porte de l'hôtel en tenant une assiette avec un sandwich. Elle doit se protéger les yeux contre la lumière aveuglante – le soleil a percé, brûlé les nuages. Une odeur douceâtre, saturée d'humidité, de fougère chaude et de tourbe, flotte dans l'air.

Stella regarde autour d'elle, puis aperçoit, au détour du gravier et de la pelouse, le triangle rectangle d'une échelle contre le bâtiment. Perché à l'hypoténuse, Jake, le nouveau, gratte énergiquement la peinture d'une fenêtre de l'étage, son T-shirt enroulé sur la tête, dans le style du film *Beau Geste*.

Une fois au bas de l'échelle, elle tend l'assiette et dit : « Je vous ai préparé un sandwich. Je vous le mets là.

— Non, attendez une seconde. J'arrive. » Il pose son grattoir et arrache le T-shirt de sa tête. L'échelle vibre et oscille lorsqu'il descend ses degrés. Stella avance la main pour la stabiliser. « Merci. » Arrivé au troisième barreau, il saute à terre. « Fantastique, dit-il en attrapant l'assiette. Je meurs de faim. »

Stella se force à détourner le regard au moment où il enfile son T-shirt. Autour d'elle, le sol est jonché de vrilles dures, sèches, de peinture. Elle attend qu'il prenne la parole. Ne voulait-il pas lui demander quelque chose ? Mais il garde le silence et se contente de lui sourire en portant le sandwich à sa bouche. Ce sourire est curieusement personnel : les commissures de ses lèvres se retroussent lentement, avec aisance, pendant qu'il effleure du regard son visage, ses cheveux, sa gorge.

« Comment vous en sortez-vous ? » demande-t-elle tout à coup.

Il hoche la tête, mâche, avale. « Pas trop mal. Certaines fenêtres sont dans un sale état, un peu pourries, mais Mme Draper dit qu'elle va faire venir un type adéquat pour les réparer.

— Un type adéquat ?

— Ouais. Pas comme moi.

— Pourquoi ? Vous n'êtes pas adéquat ? » lance-t-elle avant de le regretter aussitôt.

Il la dévisage, puis se remet à sourire. « Non, pas vraiment. Et vous ? »

Stella décide de ne pas relever. « D'où venez-vous ? demande-t-elle à la place.

— De Hong Kong. »

Elle éclate de rire. « De Hong Kong ?

— Qu'est-ce qu'il y a de drôle ?

— Je ne sais pas. » Elle réprime un nouveau rire. « C'est seulement que je ne m'y attendais pas.

— Pourquoi ? À quoi vous attendiez-vous ?

— Euh... Je ne sais pas au juste. À Londres, peut-être. »

Il secoue la tête et fait la grimace. « Sûrement pas. Je n'y ai passé en tout et pour tout qu'une quarantaine de minutes. Ça ne m'a pas vraiment plu. » Il la fixe de ses yeux bleus. « Et vous ?

— Et moi quoi ?

— Vous n'êtes pas d'ici non plus, hein ?

— Qu'est-ce qui vous permet de le dire ? »

Il hausse les épaules en fourrant le reste de son sandwich dans sa bouche. « Je le sais, c'est tout.

— Comment ? » insiste-t-elle, tout en se rendant compte qu'elle ferait mieux de mettre un terme à cette conversation et de s'en aller.

Il recule d'un pas et feint de la regarder de haut en bas. Elle sent une rougeur brûlante l'envahir sous ses vêtements. Il énumère en comptant sur ses doigts : « Votre coupe de cheveux, ces chaussures, votre accent...

— Mon accent ? raille Stella. Qu'est-ce que vous y connaissez, monsieur l'expatrié ?

— Pas grand-chose. Mais vous... » Il lui touche le milieu du thorax. « ... je vous comprends, ce qui est loin d'être le cas pour la plupart des gens du coin. » Il hausse de nouveau les épaules. « Pour moi, vous n'avez rien de l'Invernessshire. »

Stella lui lance un regard noir. D'une manière obscure, inexplicable, elle se sent furieuse. Elle est restée seule, tranquille pendant des mois, et voilà que ce type débarque et se met à lui poser des questions trop personnelles. Qu'est-ce que vous êtes venu faire ici ? a-t-elle envie de rétorquer.

« Alors, vous allez me dire d'où vous êtes ? À moins que ce soit un secret ?

— Oui, c'est un secret ! réplique-t-elle d'un ton brusque.

— D'accord. » Ça ne semble pas le perturber. « Comme vous voudrez. »

Stella pivote sur un talon, fait crisser le gravier et s'en va à grands pas.

« Hé ! appelle-t-il pendant que sa silhouette s'éloigne. Pouvez-vous au moins me dire une chose ?

— Quoi ? » Elle ne s'arrête pas, se contente de lancer ce mot par-dessus son épaule. Il l'a mise en colère, mais elle ne sait pas au juste pourquoi.

« Depuis combien de temps cet endroit est-il un hôtel ? »

En entendant cette question, elle s'immobilise et se tourne à demi, remarque-t-il. En plein soleil, son ombre est une forme noire à ses pieds, ramassée, prête à bondir. « Vingt-cinq ans, je crois. Dans ces eaux-là. »

Jake juxtapose cette information à sa propre vie, tels deux mètres à ruban déroulés côte à côte. Tom aurait donc eu quatre ans pour aller en Inde, rencontrer sa mère, le concevoir et... quoi d'autre ? Qu'aurait-il pu faire pendant cette période de vide ? Dieu seul le sait. Revenir ici dans sa communauté ? Ce bâtiment semble un lieu peu approprié à une communauté – trop vaste, trop grandiose. Son père est-il allé ailleurs ? A-t-il continué sa route ? Il n'est pas ici en ce moment, Jake en est sûr, mais à la pensée qu'il pourrait toujours se trouver dans la région, peut-être dans une autre communauté, ou en train de mener une vie pépère dans une petite maison accolée à sa voisine, il sent ses cheveux se hérisser sur sa nuque. Il se demande un instant quelle serait la réaction de Tom si, en tournant le coin d'une rue, il tombait sur une réplique plus jeune de lui-même, sur son double, en quelque sorte.

« Vingt-cinq ans ? répète-t-il.

— Ouais. » Stella s'est complètement tournée vers lui, entraînant avec elle son ombre. « Pourquoi posez-vous la question ? »

Il ne le lui dira pas. Pas question. « Pour rien, je... » Puis il change d'avis. « C'est-à-dire... » Il réfléchit. « Quelqu'un... que je connais aurait pu... habiter ici autrefois. Il y a longtemps. Un parent.

— Ah ! d'accord. » Stella hoche la tête. « Vous devriez en parler à Pearl. Elle sait tout.

— Très bien. » Jake agite la main en remontant sur son échelle. « Merci. »

Stella n'accompagne pas Nina et sa mère dans l'ambulance, mais observe les deux hommes qui attachent sa sœur sur le brancard roulant. La tête de Nina est tournée d'un côté, et ils lui ont fixé une sorte de masque en plastique sur le visage. L'élastique qui le maintient relève ses cheveux, qui forment un pic au sommet du crâne. Stella a envie de les remettre en place, persuadée que ça ne plairait pas à Nina.

Leur mère porte un pantalon sous sa chemise de nuit et a posé sur ses épaules un veston d'Archie. Ses pieds sont nus sur l'asphalte de la rue. Beaucoup de gens sont sortis de l'immeuble et des bâtiments voisins pour assister au départ de la petite Gilmore. Stella regrette qu'ils puissent voir sa mère dans cette tenue. Francesca monte dans l'ambulance la première et attend le brancard. Stella en est contente. Elle n'aimerait pas être toute seule dans cet espace sombre où pendent des fils, des sangles et des tubes. Puis les brancardiers claquent les portières.

Stella et son père suivent le gémissement fluet de l'ambulance. Elle s'assied toujours derrière son père, qui occupe le siège du conducteur. Il ne lui semble pas normal que la moitié du véhicule soit vide. Elle regarde les places inoccupées de sa mère et de Nina, et s'inquiète en songeant que, sans leur contrepoids, la voiture pourrait basculer.

À l'hôpital, sa mère, toujours pieds nus, en chemise de nuit, lui agrippe la main sans la regarder et lui répète sans cesse que tout va bien se passer. Stella est installée sur une chaise qui oscille quand elle bouge.

Son père disparaît le premier, puis sa mère, puis tous les deux ensemble. Une infirmière vient lui apporter un panier de jouets aux couleurs vives conçus pour des enfants beaucoup plus jeunes qu'elle. Stella se balance sur sa chaise, observe la manière dont la lumière d'une fenêtre, dans le couloir, forme une flaque sur le linoléum ciré, et compte le nombre de bruits qu'elle entend. En arrivant à quarante-deux, elle abandonne. Elle se rend alors compte qu'elle a très faim, mais ne sait pas à qui le dire. Après avoir retiré ses lacets, elle les noue bout à bout et, avec cette ficelle, joue à dessiner des silhouettes entre ses doigts, ce qu'elles font toujours, Nina et elle, quand elles s'ennuient. Mais il n'y a personne pour s'opposer à elle et pour mettre les doigts dans la belle symétrie des lignes entrecroisées. Elle a oublié ce qui vient après la troisième manipulation et, quand elle essaie de continuer, l'écheveau s'embrouille autour de ses mains, si bien que, finalement, elle lâche tout sur ses genoux.

Lorsque la lumière de la fenêtre du plafond tombe en lui effleurant presque la jambe, ses grands-parents arrivent. Stella est surprise de les voir. Sa grand-mère l'embrasse plusieurs fois sur le front et la presse sur sa blouse. Son grand-père disparaît, suivi par sa grand-mère, puis ils reviennent avec ses parents.

Tous quatre mènent une grande discussion dans le couloir au-dessus de la tête de Stella. Les adultes ne peuvent s'empêcher de la toucher – les cheveux, les épaules, les bras. Stella n'aime pas ça et a envie de se dégager. Mais, en regardant son père, elle s'aperçoit qu'il a le visage mouillé. Ses yeux sont voilés, les cils collés en petites pointes. Son père a pleuré. Stella en est horrifiée. Son père ne pleure jamais. Jamais. Les pères ne pleurent pas. Elle le sait parfaitement. Elle regarde sa mère et voit qu'elle aussi a les yeux rouges et serre des mouchoirs humides dans sa main.

Stella se met alors à pleurer, tout doucement au début, les larmes lui montent aux yeux et ruissellent sur son visage. Elle porte les lacets emmêlés à son visage et les renifle. Lorsqu'elle regarde de nouveau ses parents, l'affolement parcourt son corps comme un choc électrique. Tout en frissonnant, elle prend une profonde inspiration.

« Où est Nina ? rugit-elle. Où ça ? Où est Nina ? »

En quelques secondes à peine, lui semble-t-il, elle se retrouve dans le café, à Musselburgh, assise sur le comptoir, les jambes ballantes. Sa grand-mère lui fait manger de la glace avec une longue cuiller en argent, et lui parle dans un italien doux et apaisant. Malgré les fenêtres embuées, elle s'aperçoit qu'il pleut. Ses lacets, bizarrement, sont noués à ses chaussures, pas de la manière qu'elle aime, se chevauchant à l'oblique, mais dessinant des lignes droites. Son grand-père est au téléphone, dans un coin, une cigarette dans la main qui tient le combiné. Stella a envie de lui rappeler qu'elle est là, parce qu'il semble l'avoir oubliée, et de la cendre tombe en traînées sur son gilet.

« Où est Nina ? » demande-t-elle.

Sa grand-mère la considère de ses yeux marron. « Tu sais bien où elle est. Je te l'ai dit. Tu ne te rappelles pas ?

— *Dov'è Nina ?* » Stella tente sa chance en italien.

« Tu te rappelles l'hôpital », répond gentiment sa grand-mère avant d'ajouter des choses qu'elle n'arrive pas bien à comprendre. Stella voit ses lèvres s'agiter et entend le son de sa voix, mais ne parvient pas à reconstituer les mots.

« Où est Nina ? répète-t-elle. *Dov'è Nina ?* Où est Nina ? »

L'été de ses dix-neuf ans, Stella se mit à « disjoncter », selon l'expression de Nina. Après avoir terminé le lycée, elles avaient été séparées la plus grande partie de l'année. Stella était inscrite à l'université, à Londres, et Nina à l'École des beaux-arts d'Édimbourg, du moins, au début, car elle n'avait pas tenu la moitié d'un trimestre. Quand son directeur d'études l'avait informée qu'elle allait passer un mois à construire un métier sur lequel elle tisserait son tweed pendant tout le trimestre suivant, elle lui avait dit d'aller se faire foutre.

Elle resta plusieurs semaines à flemmarder dans sa chambre, à écouter de la musique, à s'épiler les sourcils, à se teindre les cheveux de différentes couleurs, et à écrire à Stella de longues lettres indignées, jusqu'au moment où Francesca la traîna dans une école de secrétariat. Armée d'un diplôme de dactylo avec mention « satisfaisant » (Nina ne l'avait obtenu qu'en soudoyant la fille assise à côté d'elle pour qu'elle tape son texte), elle décrocha une situation enviable au cabinet d'un généraliste. Jeune, ambitieux, le médecin fut choqué par son niveau de dactylo, mais décida de l'épouser de toute façon.

Stella abandonna sa nouvelle vie secrète à Londres pour retrouver une maison envahie de brochures de mariage, patrons de robes, plans de table, listes de mariage, échantillons de tissus de différentes couleurs et catalogues de traiteurs. Sa mère était tellement crispée que les tendons de son cou saillaient sous son menton. Son père se terrait dans son bureau toute la journée. À la place d'une sœur étudiante en arts, qui portait des robes éclaboussées de peinture, draguait, buvait trop de vodka et oubliait de prendre ses médicaments, elle découvrit quelqu'un qui se faisait manucurer, s'entretenait avec des agents immobiliers, discutait de tissus pour une robe de mariée, portait des jupes droites, des hauts talons et des foulards en soie noués autour du cou. Et, tous les soirs au dîner, un étranger en costard qui qualifiait sa sœur d'« alléchante tentatrice ».

Stella se rendit en ville, retira tout ce qu'elle avait sur son compte d'épargne, économies accumulées en travaillant comme serveuse chez ses grands-parents, descendit Princes Street, entra dans une agence de voyages et acheta une carte de circulation en chemin de fer dans toute l'Europe, un horaire des trains et un guide.

Au milieu de la matinée, pendant que Francesca et Nina étaient allées à un essayage chez la couturière, elle tira son sac de sous son lit et s'en alla. Son écriture était méconnaissable sur le petit mot griffonné à la hâte qu'elle laissa : *Partie en Europe, serai de retour pour le mariage*. Pendant qu'elle descendait Arden Street jusqu'à l'arrêt du bus, puis attendait sur le quai de Waverley le train qui l'emmènerait vers la liberté et la paix, elle ne pouvait s'empêcher de regarder par-dessus son épaule. Elle ne se détendit qu'une fois en route vers Calais, sur le ferry de nuit, environnée par des hommes ivres qui ronflaient, des enfants surexcités qui s'étaient gavés de biscuits truffés de colorants alimentaires, une odeur d'essence et de plats réchauffés, et tout un tas de gens pourvus d'un sac de couchage. Stella n'avait encore jamais posé le pied sur le continent.

Elle prit une série de trains pour sillonner la France, acheta un plateau de pêches blanches à Paris et les mangea une par une en filant à travers des champs de maïs et des vignes, fenêtres ouvertes pour permettre à l'air tiède et parfumé de pénétrer dans le wagon. Une fois arrivée dans le Sud, en pleine nuit, elle grimpa aussitôt dans un autre train qui portait sur le côté la mention : MARSEILLE → ROME.

Les muscles des bras endoloris à force de serrer son sac dans son sommeil, elle arriva de bon matin, descendit sur le quai d'un pas trébuchant, traversa la gare pour sortir au soleil. Sans être convaincue que ça marcherait, elle demanda son chemin dans la langue que sa mère lui avait apprise. Non seulement ces étrangers la comprenaient, mais ils lui répondaient. Il lui semblait incroyable, presque magique, qu'on ait utilisé ces mots, cette grammaire, ces tours de phrase dans le microcosme de sa famille.

C'est dans le vaste cirque hérissé de chicots du Colisée qu'elle mangea sa dernière pêche, un plan de la ville étalé sur ses genoux. Elle alla visiter la maison aux murs roses où mourut le célèbre jeune poète, monta et descendit l'escalier de la piazza di Spagna, se trempa les pieds dans une fontaine en forme de bateau. L'envie lui démangeait d'arrêter les passants, de leur prendre le bras et de scruter leurs traits. Partout où elle tournait le regard, elle voyait des gens qui avaient la même mâchoire, les mêmes pommettes, le même front qu'elle. Allons, mon visage ne vous dit rien ? voulait-elle leur demander. Enfin, je dois sûrement vous connaître.

Le besoin de tout voir la possédait. Elle s'enfonça dans le pays, prit d'autres trains, grimpa l'escalier en colimaçon d'un campanile dénudé, se rendit dans une ville qui avait été enfouie sous les cendres d'un volcan pendant des milliers d'années, nagea dans l'Adriatique bleue, mangea des *stracciatelle* dans des *gelaterie* carrelées, et ce goût si familier la faisait sourire.

Dans une ville que son grand-père évoquait lorsqu'il racontait comment il était venu en Écosse, elle prit un autocar qui, d'après ce que lui avait dit le vendeur de billets du kiosque, la conduirait dans la région de ses grands-parents. Atteindre leur village n'était pas facile. Personne n'allait jamais là-bas, lui expliqua le vendeur. Elle changea d'autocar à Agnone, puis dut faire du stop. Une famille lui proposa de l'emmener tout près de l'endroit où elle voulait aller. Stella s'installa à l'arrière, coincée entre les enfants, son sac sur les genoux. La voiture grimpait toujours plus haut, l'air se raréfiait, des pics se profilaient au-dessus d'eux.

La famille la lâcha au bord de la route, et elle emprunta le sentier que son grand-père avait pris soixante ans plus tôt dans la direction opposée. Au détour du dernier virage en épingle à cheveux, en apercevant le village devant elle, Stella se rendit compte qu'elle n'avait jamais vraiment cru que l'endroit dont ils lui avaient parlé était bien réel et avait continué d'exister sans eux.

Elle resta assise une heure sur le pont à deux arches qui enjambait la bifurcation de la rivière et éprouva un plaisir secret à acheter une boîte ronde de bonbons à l'anis chez le pharmacien. Déambulant dans les rues pavées désertes, elle regardait les tas de bois soigneusement empilé, les pots de géraniums, les poulets qui grattaient la terre, la fontaine au rebord usé. Elle détaillait les fenêtres aveugles des maisons abandonnées, en ruine, et se demandait laquelle avait été celle de Valeria. Un vieil homme qui descendait à pas lents de la colline la vit sur le seuil d'une bâtisse dont les pierres s'écroulaient et, en passant, murmura : « *Scozia*, ils sont tous allés en *Scozia*. » Stella songea à le rattraper pour lui demander s'il se rappelait Valeria et Domenico – il avait à peu près leur âge, il devait les avoir connus –, mais elle ne bougea pas, préférant garder l'anonymat et ne laisser aucune marque de son passage.

Sur la place, dans une cabine téléphonique, elle observa la manière dont la lumière se réfractait sur l'eau, se demanda où elle pourrait bien dormir cette nuit-là, remarqua à quel point les motos étaient bruyantes et réfléchit à ce qu'elle devrait acheter pour déjeuner.

Nina décrocha dès la deuxième sonnerie. « Tu cherches vraiment les ennuis, dit-elle.

— Je sais », répliqua Stella. D'un coup de pied elle se débarrassa de ses chaussures et se hissa sur le support métallique. Son corps était chaud jusqu'aux os dans ce pays, ses articulations souples, détendues. Ici elle aurait pu se sentir plus écossaise que jamais, et pourtant ses molécules mêmes réagissaient au climat, le reconnaissaient. Dans le café de Musselburgh, sa mère s'écria : « C'est elle ? C'est elle ? »

Stella raccrocha. Après avoir regardé une dernière fois l'eau des deux rivières, le reflet tour à tour fragmenté et reconstitué du soleil, la ligne floue des montagnes, elle sauta à terre et s'aperçut que quelqu'un avait volé ses chaussures en glissant la main sous la vitre. Pieds nus, elle déambula dans l'église où les fresques jetaient des lueurs dorées et bleues sur sa peau.

Sans lui en parler, on semblait avoir décidé que Stella resterait chez ses grands-parents tant que Nina serait hospitalisée. On lui attribua la pièce du fond et le lit que sa mère avait partagé avec ses sœurs. C'était un grand lit à la tête tellement bien cirée qu'elle vous renvoyait votre reflet assombri, flou, et au matelas très affaissé en son milieu. Si Nina y avait dormi avec elle, elles auraient roulé l'une contre l'autre pendant la nuit.

Stella passa plusieurs semaines dans ce que son père appela un « rêve éveillé ». Assise sur une chaise de cuisine, à côté de son grand-père qui faisait cuire des frites, des petits pois et du poisson pour les *Scozzesi*, elle avait les yeux dans le vide et les jambes ballantes au-dessus du linoléum. Elle ne pouvait pas parler, n'ouvrait pas la bouche, sauf pour poser des questions : « Où est Nina ? Quand est-ce qu'elle va revenir ? Elle va mourir ? Quand est-ce que je vais la voir ? » Sans elle, Stella ne savait pas comment se comporter, comment vivre, quoi dire, quoi faire de ses journées.

Son grand-père lui préparait son plat préféré – des *gnocchi*, ces vrilles de pommes de terre – et les lui faisait manger à la cuiller, comme si elle était un bébé. Les larmes roulaient dans la sauce tomate, et Domenico les mélangeait en les qualifiant d'assaisonnement. Sa mère venait la voir une fois par semaine, l'emmenait se promener sur les ponts de la ville en lui serrant la main trop fort et en pleurant dans son mouchoir.

Un jour, Valeria vint au café avec un tablier bleu marine, exactement comme les leurs, mais taillé pour un enfant, et le noua sur les vêtements de Stella. C'étaient les grandes vacances, lui expliqua-t-elle, le café était bondé et ils avaient besoin de son aide. Stella apportait des verres de citronnade aux clients et avait le droit de napper les sundaes de crème fouettée. Quand un client demandait quelque chose qui sortait de l'ordinaire, elle le traduisait pour que ses grands-parents comprennent. Juchée sur le comptoir, elle avertissait sa grand-mère que celui-ci avait terminé, celui-là mangeait encore, et qu'un troisième aurait peut-être envie d'un autre café. « Qu'est-ce qu'on ferait sans toi ? » s'écriait oncle Giancarlo plusieurs fois par jour. Si bien qu'elle ne pleurait que la nuit, quand la pièce semblait vide et grande autour d'elle.

Il lui semblait qu'elle se trouvait à Musselburgh depuis des mois, voire des années, lorsque Valeria l'emmena voir Nina à l'hôpital. Cette décision l'étonna. Cela faisait plusieurs semaines qu'elle demandait à la voir, et ses grands-parents refusaient toujours et lui suggéraient de lui écrire une lettre à la place. Stella ignorait pourquoi sa grand-mère avait soudain changé d'avis.

« Pourquoi on peut y aller maintenant ? » demanda-t-elle dans le bus.

Feignant de ne pas avoir entendu, Valeria tripotait les tickets, rangeait sa monnaie.

Stella insista. « Pourquoi j'ai le droit d'y aller maintenant alors que je pouvais pas avant ? »

Valeria soupira. « Parce que », répondit-elle, et Stella constata qu'elle tournait bien vite la tête et se mouchait.

Sa grand-mère lui tenait fermement la main pendant qu'elles enfilaient couloir après couloir, montaient des escaliers, longeaient un passage vitré. Elles passèrent devant des fauteuils roulants abandonnés, des portes fermées, des infirmières aux chaussures crissantes, des gens qui se promenaient en robe de chambre, des docteurs avec des stéthoscopes, un homme avec deux bouquets de fleurs orange, tête en bas, une femme sans cheveux. Avant qu'elles franchissent une lourde porte battante, sa grand-mère s'arrêta pour arranger le col de Stella.

« *Sei pronta* ? dit-elle en lui effleurant la joue. *Andiamo.* »

Elles se trouvaient dans un long couloir dont un côté était constitué de vitres et l'autre d'un mur peint en jaune verdâtre écœurant. Il n'y avait pas de bruit. Stella se rendit soudain compte qu'elle devait aller aux cabinets, mais l'expression de sa grand-mère lui fit comprendre que ce n'était pas le moment de le demander. Une fois presque arrivées au bout, elles s'immobilisèrent.

Valeria se baissa pour soulever Stella. De l'autre côté de la vitre, comme sur un écran de télévision, elle voyait ses parents, sa mère assise dans un fauteuil près d'un lit, son père debout à côté d'elle. Et sur le lit il y avait une forme squelettique aux yeux enfoncés, à la tête rasée, qui la regardait droit dans les yeux. Stella vit qu'elle portait une chemise de nuit à fleurs semblable à la sienne.

« Souris, fais-lui un sourire », souffla sa grand-mère.

Stella se força à sourire. L'air de l'hôpital lui donnait une sensation de sécheresse et de froid dans les dents. Elle leva le bras et l'agita.

« C'est bien, dit Valeria pour l'encourager. *Brava ragazza.*

— Pourquoi elle me fait pas signe ? demanda Stella.

— Elle ne peut pas bouger, ma chérie. »

Stella agita la main tant qu'elle put. De l'autre côté de la vitre, sa mère et son père répondirent. Tous trois agitaient la main avec frénésie, comme si quelque chose de terrible risquait d'arriver s'ils cessaient.

« Regarde-la bien, pour t'en souvenir », murmura sa grand-mère, si bas que Stella n'était pas sûre d'avoir bien compris.

Au-dessus d'elle, le plafond inégal est d'un blanc grisâtre. Nina connaît par cœur le motif dessiné par les fissures frêles qui le sillonnent, telles des rivières dans des montagnes vues d'avion.

Nina n'a jamais pris l'avion. Mais elle imagine que c'est le spectacle qu'elle aurait si elle survolait la terre, juste sous les volutes blanches des nuages. Elle verrait alors défiler la terre plissée, tout en bas, et l'ombre tremblotante de l'avion imprimée par le soleil.

Elle bouge les yeux dans leurs orbites et a l'impression que ça lui réclame un gros effort, comme si un poids les alourdissait, ou comme si une machine à l'intérieur d'elle cessait lentement de fonctionner.

La pièce est sombre, les stores baissés. Les lamelles ont été orientées vers le sol, mais, d'où elle est, Nina voit les barres noires de la nuit gagner la pièce. Elle est intriguée. Ses parents n'étaient-ils pas là il y a une minute ? Ou alors c'était il y a plus longtemps ? Elle ne se rappelle plus, mais a la vague impression d'avoir vu Stella. Avec leur grand-mère, dans le couloir, en train de la regarder. À moins que ça ne se soit jamais produit. Elle ne sait plus quand elle a vu sa sœur pour la dernière fois.

En levant les yeux sur la pendule du mur, face au lit, elle distingue l'aiguille des secondes qui avance, s'arrête, avance, s'arrête, mais, quand elle essaie de se concentrer sur les plus grosses, elles se dissolvent et sautent devant elle.

Surprise, elle aperçoit une infirmière à sa droite. Assise dans un fauteuil. Des yeux aussi luisants que du mercure dans la pénombre. Nina ignore pourquoi ces temps-ci il y a une infirmière en permanence dans sa chambre. Avant il n'y en avait pas.

Nina détourne le regard, le laisse descendre le long de son corps drapé dans la couverture de l'hôpital. Elle aurait pu jurer qu'elle avait les bras croisés par-dessus, chaque main enfouie dans les plis du coude opposé. Mais elle s'aperçoit qu'on les lui a placés le long du corps. Ses pieds s'écartent en un V bien symétrique et pointent sous la couverture.

De l'autre côté de la pièce, derrière les personnages grimaçants de dessins animés, barbouillés sur la vitre avec des couleurs qui lui font mal à la tête, elle entend du bruit. Quelqu'un court dans le couloir. Des pieds tambourinent sur le lino, un lino que Nina connaît. Elle se rappelle sa surface rouge foncé irrégulière, criblée de petits trous, la sensation granuleuse sous les semelles de ses chaussons. Le dernier jour où elle a pu marcher, elle l'a longé. Toute seule. Jusqu'aux toilettes. Elle n'a pas voulu qu'on la porte, ça, pas question. Tremblante, titubante, elle a dû s'accrocher au mur du bout des doigts. Il lui a fallu longtemps et ça lui a fait mal. Mais elle y est arrivée.

Une petite silhouette passe à toute vitesse. Un enfant qui se trouve dans une salle située au bout du couloir. Nina l'a déjà vu. Un jour, il est entré dans sa chambre et lui a demandé comment elle s'appelait. Avant qu'elle ait eu le temps de répondre, l'infirmière qui était là l'a chassé. Il court en tirant derrière lui sa perfusion comme un train au bout d'une ficelle. Son rire se perd une fois qu'il a dépassé sa porte ouverte.

Puis elle entend autre chose. Des pas qui le poursuivent. Des pas lourds. Des pieds d'adulte. Une infirmière.

« Reviens tout de suite ! lance l'infirmière. Je ne plaisante pas.

— Tu m'attraperas pas ! » s'écrie le petit garçon, et sa voix paraît lointaine, il a dû tourner. Nina pense qu'à cet endroit, un peu plus loin que sa chambre, le couloir débouche sur un autre, plus grand. Elle le voyait quand elle sortait encore.

L'infirmière baisse alors la voix pour intimer : « Ne fais pas de bruit. » *Ne fais pas de bruit.* Nina entendra plus tard ces mots dans sa tête. « Il y a une petite fille qui est en train de mourir là-dedans. »

Durant une fraction de seconde, Nina plaint la petite fille, se demande quel âge elle peut bien avoir, l'âge qu'il faut avoir pour mourir, si la petite fille a peur, et si elle se sent seule là-bas, de l'autre côté. Elle tourne alors les yeux vers l'infirmière assise à son chevet pour voir si elle aussi plaint la petite fille. Mais l'infirmière a un air fâché, curieusement honteux. Elle bondit du fauteuil, referme la porte d'un geste brusque et s'assure qu'elle est bien fermée.

Quand elle revient s'asseoir, elle ne regarde pas Nina en face. Nina la fixe longtemps. Mais elle ne lève pas les yeux. Alors Nina comprend.

Pearl a été chargée de faire tremper vingt-cinq bougeoirs de ruolz dans une cuve d'eau bouillante additionnée d'une goutte d'ammoniaque. S'il y a une chose qui met Mme Draper en rogne, c'est bien de voir des petites coulées de cire sur ses bougeoirs. Sans parler des plinthes pas très propres, des lambrequins poussiéreux, des vieux bouts de savon, des pots-pourris devenus inodores, des éraflures sur les tables, des assiettes fêlées, des tapis de travers, des marques de chaussures sur les barreaux de chaise.

L'ammoniaque qui monte de la vapeur lui pique les yeux. Des larmes brûlantes, sans chagrin, ruissellent sur son visage. Sous l'eau ses mains sont livides, émaillées de rouge, pendant qu'elle gratte la cire avec ses ongles. Elle se répète tout bas la chanson que le plus jeune de ses petits-fils fredonnait lorsqu'elle l'a déposé à l'école ce matin : « Il a de la barbe au menton, le vent la soulève, petit patapon, pauvre vieux... »

« Pearl ? »

Une voix juste derrière elle la fait sursauter, si bien que les bougeoirs s'entrechoquent dans l'eau. « Seigneur ! s'exclame-t-elle, une main sur la poitrine. Vous m'avez fichu une trouille de tous les diables.

— Excusez-moi. » Il a de la peinture dans les cheveux. C'est une honte, parce qu'il a de beaux cheveux. Des tas de garçons de son âge semblent les ratiboiser de nos jours, comme son fils, ils les rasent presque jusqu'au crâne, mais lui, il les porte assez longs et plutôt en désordre.

« Vous allez avoir besoin de white-spirit pour enlever ça », dit-elle en désignant sa tête.

Jake lève une main et touche les mèches blanches raidies. « Oh ! je ne m'en étais pas aperçu.

— Dans le placard, là. » Elle le pousse dans cette direction. « Au fond. Et vous trouverez un chiffon par ici. »

Jake verse une flaque puante sur un morceau de vieux torchon et se sert d'une porte vitrée comme miroir pour se frotter les cheveux. « Euh… Stella a dit…, marmonne-t-il. Euh… je me demandais… »

Pearl lève les yeux du bougeoir qu'elle frotte avec un produit blanchâtre. « Oui ?

— Est-ce que vous vous rappelleriez une communauté ici ?

— Une quoi ?

— Une communauté. Disons… des gens qui vivaient tous ensemble. Jeunes, sûrement. Il doit y avoir vingt-cinq, trente ans. »

Intriguée, Pearl polit la bobèche ornementée. « Ben…

— À Kildoune, je pense.

— Une communauté, vous dites ? » Elle voit ses lèvres prononcer ce mot nouveau dans l'argent luisant du bougeoir, puis tout lui revient. « Oh ! vous voulez parler des hippies.

— Oui. » Jake avance vers elle en ayant l'air de vouloir la prendre dans ses bras. « Oui, répète-t-il en serrant le chiffon dans une main, les hippies.

— Ah ! » fait-elle d'un ton prudent. Une bouffée nauséabonde de white-spirit lui parvient.

« Vous vous souvenez d'eux ?

— Oui, dit-elle en inclinant la tête. Bien sûr. » Elle lâche un petit rire. « Ils passaient vraiment pas inaperçus. »

Il l'observe à présent de ses yeux grands ouverts. « Ils habitaient ici ?

— Oui. Pas dans la grande maison. Derrière.

— Bon. Est-ce que vous… qu'est-ce que vous vous rappelez à leur sujet ?

— Ben… »

Son insistance la met mal à l'aise et, comme s'il l'avait senti, il reprend la parole : « Vous comprenez, quelqu'un de ma famille a habité là, bafouille-t-il. Ou plutôt ici. Dans la communauté. J'essaie simplement de... d'en savoir... un peu plus sur lui. »

Pearl fronce les sourcils, réfléchit, puis se met à réciter tout ce qu'elle est capable de se rappeler, comme on lui demandait de le faire à l'école, il y a longtemps. « Le vieux M. Grant les avait laissés s'installer dans la cabane, derrière la maison. Ils sont restés un bon moment. Quatre ou cinq ans. Quelque chose comme ça. Je travaillais pour lui à l'époque – le ménage, la cuisine, mais franchement, c'était une tâche ingrate. Je veux parler du ménage.

— Et vous les voyiez ? Vous leur parliez ?

— Oh ! oui. Ils étaient assez gentils. Très jeunes, la plupart. Ils portaient des drôles de vêtements. En ville, beaucoup de gens se plaignaient d'eux. Mais j'ai toujours dit qu'ils n'étaient pas méchants.

— Pouvez-vous me montrer où c'était ? La... la cabane, disiez-vous ? »

Pearl et Jake traversent les bois. Elle a les mains moins congestionnées maintenant qu'elles ne trempent plus dans l'ammoniaque. Jake marche sur ses talons, ajuste son pas pour la suivre.

« Voilà », dit-elle en montrant un long bâtiment en pierre à l'endroit où les arbres s'éclaircissent. Le toit en tôle ondulée s'est en partie effondré, l'une des fenêtres a été arrachée. Une grande plante oscillante sort de la cheminée. Pendant qu'ils examinent les lieux, le trou du toit lâche une nuée d'oiseaux qui battent des ailes.

« C'était une vieille remise, et quelqu'un, à un moment donné, y a posé un toit. Les hippies ont aménagé un jardin tout autour pour faire pousser des légumes. Mais depuis il doit être envahi par les mauvaises herbes. »

Ils arrivent à la porte et Jake s'engouffre à l'intérieur.

« Il y a une éternité que je ne suis pas venue », lui dit-elle en restant dehors, les bras croisés. Elle n'aime pas entrer dans les bâtiments abandonnés, surtout dans les remises. Ça lui fait froid dans le dos. « Mme Draper parle toujours de la rénover. D'y installer le chauffage, tout ça, et de la louer comme maison de vacances. Mais elle n'a pas encore trouvé le temps de s'y mettre. Personnellement, j'y croirai le jour où je le verrai. Est-ce qu'il reste quelque chose là-dedans ? Des meubles ?

— Euh... » Jake a une voix lointaine, distraite. « Quelques-uns. »

Un silence s'installe. Un silence parfait. Autour de Pearl, les arbres bruissent, soupirent, des taches de soleil apparaissent et disparaissent sur le sol. « Comment ils sont ? » demande-t-elle, juste pour dire quelque chose. Elle n'aime pas trop cette forêt, et n'aime surtout pas y rester, à la merci de toutes les choses effrayantes qui hantent ces lieux.

« Pardon ? finit par demander Jake.

— Comment ils sont ? braille-t-elle. Les meubles.

— Hum, il y a... il y a un vieux canapé. » À travers l'épais mur de pierre, sa voix lui arrive, puis se perd. Il doit être en train de faire le tour de la pièce. « Et... et un cadre de lit et... un matelas. Mais il est tout pourri. »

Quand il ressort, Pearl est en train de rajuster sa blouse. Il est obligé de se baisser pour franchir le seuil et lève la main, touche le linteau, comme s'il voulait évaluer la hauteur, ou se protéger la tête, ou encore sentir le grain froid de la pierre sur ses doigts, elle ne sait pas au juste, mais soudain tout devient clair pour elle – ce qu'ils font tous les deux ici, qui il est, pourquoi il est venu. Elle a vu quelqu'un d'autre faire le même geste à cet endroit précis, quelqu'un qui lui ressemblait. Quelqu'un, il y a bien longtemps, qui était son portrait craché. Elle l'avait complètement oublié, mais, quand elle voit Jake toucher le linteau de cette façon, un voile se déchire dans ses souvenirs. Alors qu'ils se tiennent tous les deux devant la cabane, dans une clairière, Pearl scrute Jake, et elle voit, comprend.

« Savez-vous ce qui leur est arrivé ? » demande-t-il.

Elle s'éclaircit la gorge. « Ils sont partis, fiston, ils sont tous partis. Quand Mme Draper a acheté la propriété, elle… » Elle s'interrompt en pensant qu'il n'a peut-être pas envie d'entendre la suite.

« Elle les a fichus dehors ? » termine-t-il à sa place.

Pearl le confirme.

« Vous ne savez pas où ils sont allés ? »

Elle secoue la tête.

« Aucun d'entre eux ? »

— Non. Je regrette. »

Lorsqu'ils avancent sur la tourbe moelleuse couverte d'aiguilles pour regagner la grande maison, Pearl lui tapote l'épaule une seule fois, tout doucement.

Les pieds posés sur un tiroir du bureau, Stella griffonne des carrés et des triangles enchevêtrés sur le coin d'un journal. Elle assure le service du soir, ce qui signifie qu'elle doit rester à la réception jusqu'à minuit passé pour répondre au téléphone et aux éventuelles demandes des clients. Ça ne la dérange pas. En revanche, ce qu'elle déteste, c'est regagner sa caravane à travers le bois obscur qui bruit et s'agite autour d'elle, et entendre, à un certain endroit du chemin, la rivière rugissante au loin.

Alors qu'elle est en train de tirer les manches de son pull sur ses mains, elle sursaute en se rendant compte que quelqu'un se trouve derrière elle. Stella se retourne. C'est le nouveau. Interloquée, elle le dévisage, le stylo toujours à la main. Planté là une main levée, la bouche entrouverte, il semble aussi surpris qu'elle.

Stella se ressaisit. Pourquoi le dévisage-t-elle ainsi ? Pourquoi la dévisage-t-il ainsi ?

« Bonsoir, dit-elle en ôtant les pieds du bureau et en lâchant le stylo. Ça va ?

— Ouais. » Son ton n'est pas convaincu.

Il a l'air un peu bizarre, on dirait qu'il vient de voir un fantôme. Ses cheveux sont hérissés, ses yeux écarquillés. En remarquant qu'il serre dans sa main un billet de vingt livres, Stella se retient de rire. « C'est pour moi ?

— Quoi ?

— Ça. » Elle montre le billet.

« Oh ! » Son visage se détend. « Bon, plus ou moins. Je me demandais si je pouvais avoir de la monnaie. Pour le téléphone.

— Bien sûr. » En se penchant pour fouiller dans le tiroir qui contient la caisse des dépenses courantes, Stella s'aperçoit que Jake se trouve tout près d'elle. Un peu trop près. Elle fait rouler son fauteuil sur le côté de manière qu'il vienne buter sur son pied. Il lâche un petit cri de douleur et recule.

« Oh ! excusez-moi. » Elle réprime un sourire, se coince une mèche derrière l'oreille et attrape, sur la pile de billets, un mot rédigé par Mme Draper : *20 livres à Jake Kildoune, avance sur salaire.*

Stella fronce les sourcils et lit la note une deuxième fois. Jake Kildoune ? Il s'appelle Kildoune ? Le papier toujours à la main, elle se tourne vers lui.

« Ça pose un problème ? demande-t-il. Parce que je peux toujours...

— Non, non, s'empresse-t-elle de répondre. Ça ne pose aucun problème. C'est seulement... » Sa voix se perd. Jake Kildoune. Voilà qui ne la regarde absolument pas. Elle pivote pour examiner le contenu de la caisse. « Je me demandais juste ce qu'il vous fallait comme monnaie. » Stella se met à compter des pièces de vingt pence. « Je peux vous donner une... non, attendez... deux livres en pièces de vingt et de cinquante, et...

— Je téléphone à l'étranger.

— Oh ! » Elle secoue la tête. « Bien sûr, je... D'accord. »

Leurs regards se croisent au moment où elle dépose la monnaie dans les mains en coupe de Jake. Il est le premier à détourner les yeux. Elle montre le téléphone, caché derrière une composition de fleurs séchées dans le hall, reprend son journal, commence à y dessiner un nouveau motif de carrés entrelacés quand elle entend le cliquetis des pièces dans l'appareil et la voix de Jake qui dit : « Caroline, c'est moi. »

Stella parcourt un article sur un remaniement ministériel. Caroline ? Sa petite amie, sans doute. Elle tire de nouveau les manches de son pull sur ses poignets et frissonne. On gèle ici. Elle se consacre à ses carrés, en colore un sur deux, n'écoute pas du tout l'entretien téléphonique, du fait qu'il est manifestement d'ordre personnel. De toute façon, elle lit le journal.

Tournant la page, elle fixe une publicité pour un produit destiné à améliorer la mémoire. Jake parle à Caroline d'un train de nuit et de son arrivée en Écosse de bon matin.

« Je l'ai trouvé, Caroline. Je l'ai trouvé. J'y suis. » Sa voix semble se crisper, vaciller, oblige Stella à lever la tête. « Non, non, s'empresse-t-il de dire. Il est parti. Depuis longtemps, semble-t-il... Ouais.... Ouais... Je sais… » Stella l'entend prendre une inspiration profonde, bouleversée. « C'est un hôtel… Non… Il logeait dans une dépendance… Ouais, aujourd'hui, dans l'après-midi. Quelqu'un m'a montré les lieux, quelqu'un qui se souvient d'eux… Oui… Ça faisait vraiment bizarre, bien plus que je ne l'imaginais… »

Penchée sur ses griffonnages, Stella est horrifiée. Quel que soit le sujet de cette conversation, elle ne devrait pas continuer à l'écouter. Affolée, elle regarde autour d'elle, constate qu'elle est coincée de tous les côtés : bureau, fichier, radiateur électrique et pile de dossiers. Impossible de partir sans qu'il l'entende, elle le sait bien. La porte grincera, les ressorts du fauteuil couineront, elle ne pourra pas enjamber les dossiers sans déplacer le radiateur, ce qui fera un bruit de cymbale. Il se rendra alors compte qu'elle est juste à côté et qu'elle a tout entendu. En même temps, les choses s'agencent dans sa tête : le parent qu'il a évoqué, celui qui a habité ici jadis, son nom de famille écrit sur le bout de papier dans la caisse, le fait qu'elle l'ait vu d'une fenêtre de l'étage se diriger avec Pearl vers la cabane dans les bois, son ton, qui n'est pas celui qu'on emploie avec une petite amie, mais plutôt avec une mère, l'incrédulité peinte sur son visage quand il a lu le nom brodé sur son uniforme au salon de thé d'Aviemore. Stella se sent inondée de tristesse pour lui. Après cette conversation, quand il traversera le hall, elle ignore ce qu'elle lui dira, car que peut-on dire à quelqu'un dont on a surpris…

Un bruit strident la fait sursauter, et elle en lâche son stylo. C'est le téléphone intérieur. Mme Draper lui parle d'un arrivage de serviettes en papier prévu pour le lendemain et lui demande si elle est sûre, absolument sûre que le placard a été vidé et épousseté aujourd'hui, parce que, si ce n'est pas le cas, demain matin à onze heures, elle sera bien embêtée, vu qu'elle aura trois mille serviettes en papier sur les bras et nulle part où les ranger.

Caroline reste un instant assise près du téléphone, la main posée sur le combiné. Tournant la tête, elle regarde par la fenêtre et songe distraitement qu'il faudrait nettoyer le carré de courges, ôter les roses fanées ; en outre, autour des petits pois, la terre a vraiment besoin d'engrais. Avec le jardinage, il y a toujours quelque chose à faire, on arrive tout juste à suivre.

Bientôt midi, le soleil est au zénith, le sol dépourvu d'ombre. À des milliers de kilomètres, c'est encore hier pour son fils. « Je l'ai trouvé », a-t-il dit. Il est parti à sa recherche, comme elle a toujours pensé qu'il le ferait un jour, et il l'a trouvé.

Elle a le sentiment qu'elle devrait faire quelque chose pour marquer cet instant – peut-être noter la date, l'heure, sortir une photo de son fils, fondre en larmes. Mais elle n'en éprouve aucun besoin. Les seuls moments qui vous affectent sont ceux qui vous tombent dessus à l'improviste. Ceux sur lesquels on compte, ceux auxquels on s'attend, paraissent presque irréels, bien rodés, parce qu'on les a imaginés tant et tant de fois.

Il y a certaines choses qu'elle n'a jamais révélées à Jake : à Katmandou, elle a fait demi-tour pour regagner Delhi. Épuisée, mais pleine d'espoir, elle a sillonné la ville et demandé dans chaque ashram si on n'avait pas vu un grand Écossais appelé Tom. Elle a accroché des petits mots sur trois motos qui ressemblaient à la sienne, persuadée qu'il devrait être au courant et que, en le laissant dans l'ignorance, elle l'abusait, lui volait quelque chose. Ce n'est qu'après avoir passé quatre jours à pleurer dans une chambre qu'elle a trouvé la force de repartir. Après la naissance de Jake, elle a envoyé des lettres à Kildoune, près d'Aviemore, dans l'Invernessshire, mais aucune réponse ne lui est jamais parvenue.

Caroline se lève, enfile ses sabots, attrape ses gants de jardinage sur l'étagère. Ce n'est pas la première fois qu'elle pense à ce spermatozoïde unique, singulier, obstiné, qui s'est propulsé en elle, qui est monté en vrille. Une fois de plus, elle trouve inexplicable que ça se soit passé alors qu'elle était occupée à autre chose – à dormir, à se promener, à baiser, à faire de la moto, à parler à Tom. Il lui semble fou, contrariant, qu'un événement aussi capital que l'engendrement de son fils ait pu se produire sans qu'elle l'entende, sans qu'elle le sente. Un signe aurait dû le lui révéler, ses yeux auraient pu changer de couleur, sa peau foncer ou son sang brûler dans ses veines. Elle aurait dû au moins percevoir le moment crucial – le *boum !* de la collision.

Caroline y réfléchit pendant qu'elle sort de sa maison, à Auckland, pousse la porte de derrière et descend les marches dans ses sabots.

Jake sait qu'il devrait téléphoner à Mel, qu'il devrait vraiment le faire, mais il passe cinq minutes à tripoter les pièces, et environ dix autres à rester assis dans le hall, près du téléphone payant. Il réfléchit à ce qu'il va lui dire, songe qu'il aurait intérêt à acheter des chaussures qui ne prennent pas l'eau, compare le goût du chevreuil et du bœuf, remarque que la moitié du plafond est peinte avec une nuance de blanc légèrement différente, constate que l'argent anglais ne pèse pas grand-chose dans la main, pense aux yeux de Stella, au spectacle du cadre de lit rouillé dans la cabane, au fait qu'il a envie d'assassiner Mme Draper, à la chaleur dégagée par un chalumeau, à la famille dont il a monté les bagages tout à l'heure, se dit que Hing Tai n'est sans doute pas encore réveillé, mais que sa mère va bientôt déjeuner, revoit le renflement des oignons que Pearl a sur le côté des pieds, si bien qu'elle a dû pratiquer une fente dans ses chaussures.

Il décroche le combiné, en approche de son oreille le bourdonnement sourd, puis enfourne une pièce après l'autre. L'appareil les régurgite aussitôt dans une coupelle métallique trop petite, et Jake doit se mettre à quatre pattes pour en ramasser quelques-unes tombées sous le tabouret. Il recommence, entend la sonnerie, mais ne parvient pas à introduire l'argent assez vite. La ligne est coupée. L'appareil avale et digère quand même une pièce de cinquante pence. Jake l'entend passer comme une grosse pilule dans son organisme.

Il appuie le bout des doigts sur son front, prend une profonde inspiration et essaie une nouvelle fois.

« Allô ? » C'est Andrew.

« Bonjour, ici Jake.

— Jake ! » Andrew prononce son nom avec un ravissement qui doit être feint, car il y a un silence au cours duquel Jake l'entend chercher comment continuer. « Comment se passe le… euh… golf ?

— Eh bien, je n'ai pas vraiment…

— C'est sûrement merveilleux. Vous vous amusez bien ?

— Oui, je…

— Et le temps ? Horrible, hein ? Il peut être redoutable. La dernière fois que je suis allé en Écosse, il a plu tous les jours.

— Oui. » Jake fixe le petit écran gris où son argent est décompté. Il n'a plus beaucoup de pièces – l'appel en Nouvelle-Zélande a rendu l'appareil vorace. Un voile de transpiration apparaît sur son front. « Est-ce que…

— Bon, je suis sûr que ce n'est pas avec moi que vous avez envie de bavarder. Je vais chercher Melanie. Ne quittez pas ! » Andrew pose le combiné avec un bruit sourd.

« Merci, dit Jake dans le vide.

— Jake ? » Il perçoit du plaisir dans la voix de Mel, et sent son estomac faire une embardée.

« Bonjour, comment vas-tu ? Comment te sens-tu ?

— Ça va. Mais tu me manques.

— Oh. » Il s'entend émettre un rire nerveux. « Alors, qu'est-ce que tu as fait de beau ? » Il se gratte la tête et se rend compte qu'il n'arrive plus à s'arrêter. Le raclement de son ongle contre son crâne lui procure une sensation agréable.

« Je me débrouille. J'ai vu le spécialiste hier et il dit que je me remets très bien.

— C'est formidable, Mel. Merveilleux. Je suis vraiment content. » Et il l'est.

« Et toi ? s'empresse-t-elle de demander. Tu vas bien ?

— Ouais.

— Tu as l'air un peu…

— Un peu quoi ?

— Un peu drôle.

— Non, non, je… Tout va bien. »

Elle baisse la voix. « Maman met la pression.

— La pression ?

— Tu sais bien. Pour qu'on fixe une date. »

Il a du mal à comprendre et, quand la signification filtre enfin jusqu'à lui, elle l'oblige à se gratter la tête encore plus fort.

« Je lui ai dit qu'on pouvait attendre un peu, mais elle semble penser que toutes les bonnes dates sont retenues à l'avance.

— Les bonnes dates ? Ça existe, des choses pareilles ? » En disant ces mots, il lui vient à l'esprit qu'il pourrait devenir fou. « Ha, ha, ha !

— Apparemment, oui. De toute façon, inutile d'en parler maintenant. Est-ce que tu passes un bon moment ? Dis-moi où tu te trouves et ce que tu as vu.

— Je suis dans un hôtel, lâche-t-il.

— Où ça ?

— À Kildoune. » Il semble y avoir un problème avec la synapse qui devrait servir de filtre entre ses pensées et son discours. Où est-elle partie ? Il faut qu'elle se remette vite en place.

« Kildoune ? répète-t-elle. Mais... mais c'est...

— Mon nom ! complète-t-il avec un malin plaisir. Je sais ! »

Il y a un silence dans le Norfolk. Jake se doute que Mel doit avoir une expression dubitative. « C'est pour ça que tu es allé là-bas ? finit-elle par demander.

— Oui. » Il se redresse. Ça l'aidera peut-être en favorisant le trajet du sang entre la colonne vertébrale et le cerveau. Un truc dans ce goût-là.

« Oh ! »

Nouveau silence.

« Écoute, je vais rester ici un moment...

— À l'hôtel ?

— Oui. Je travaille pour ces gens et...

— Tu travailles ? Quel genre de travail ?

— Euh... je repeins des boiseries...

— Tu repeins des boiseries ? répète-t-elle comme s'il venait d'avouer qu'il tournait un film porno. Tu es client chez eux et tu leur as proposé de...

— Non, non, je ne suis pas un client. Je suis... » Qu'est-ce qu'il est donc, au juste ? En cet instant précis, il n'en a absolument aucune idée. « Je travaille pour ces gens », termine-t-il sans conviction. Il a l'impression qu'il a prononcé cette phrase il n'y a pas longtemps, mais n'en est pas sûr.

« Mais enfin, Jake... »

Un bip soudain, impérieux, se fait entendre sur la ligne et, par chance, Mel disparaît brusquement, comme si une bonne fée des télécommunications avait décidé d'intervenir pour l'escamoter. L'écouteur toujours collé à l'oreille, Jake reste assis et fixe l'écran gris qui affiche « 00 ».

Quand on autorise enfin Stella à pénétrer dans la chambre de Nina, l'été en fuite a basculé dans un trou. Stella a repris l'école mais, comme sa grand-mère lui a fait ôter son uniforme et enfiler une robe, elle a froid aux jambes.

Lorsque Domenico la pousse à l'intérieur, Stella ne regarde pas sa sœur, ni même les carreaux du linoléum – elle ne marche que sur les noirs et avance en crabe, mais discrètement, pour éviter que sa mère s'en aperçoive et, mécontente, la gronde plus tard. C'est seulement quand elle se trouve juste à côté du lit, et que sa main touche le drap froissé qu'elle regarde.

Vue de près, Nina est ratatinée, usée comme un savon. Ses cheveux sont rasés sur son crâne incolore, et les os de son visage saillent sous la peau. Ce sont ses yeux que Stella reconnaît. Ils n'ont pas changé, ils sont restés les mêmes que les siens.

« On va avoir un petit chat », annonce Stella.

Nina ne répond pas et se contente de la fixer comme si c'était la première fois qu'elle la voyait. Stella est surprise. Il y a pourtant une éternité qu'elles se battent toutes les deux pour avoir un chat.

« Il est tigré », ajoute Stella. Elle se retourne vers son grand-père. Domenico hoche la tête pour l'encourager et la pousse encore plus près, si bien qu'elle a les coudes contre le lit. Pourquoi Nina la dévisage-t-elle ainsi ? Stella a envie de fuir ce lit et la main de son grand-père posée sur son épaule, de franchir le seuil de cette chambre qui sent une drôle d'odeur, de partir en courant dans le couloir. Ça ne lui plaît pas ici. La manière dont sa sœur, ou cette personne qui, d'après eux, est sa sœur, la regarde ne lui plaît pas.

Elle sautille sur un pied. « On peut pas l'avoir tout de suite, parce qu'il faut d'abord qu'il apprenne à boire son lait tout seul. »

Nina examine son manteau. Stella se souvient qu'il a appartenu à Nina. « Comment on va l'appeler ? tente-t-elle.

— Max, répond Nina.

— D'accord. »

Autour d'elle, Stella sent les adultes qui les observent, les écoutent, comme si elles se trouvaient sur une scène, et se demande comment continuer. Tout le monde semble attendre sa prochaine réplique. Les paroles de sa mère lui reviennent à l'esprit : « N'oublie pas qu'elle ne peut pas bouger à cause d'un virus dans le cerveau, un virus est une maladie ; et ne lui parle pas de l'école, parce que ça pourrait la rendre triste. »

Elle regarde les bras de Nina, étendus le long de son corps. Ils donnent l'impression de ne plus être reliés à elle et paraissent fragiles, baguettes de verre qu'on pourrait facilement casser. À l'intérieur des coudes, la peau est couverte de bleus violacés.

Nina voit qu'elle les regarde. « On me prend du sang tous les jours, souffle-t-elle.

— C'est vrai ? » Stella est horrifiée. « Comment ils font ?

— Avec une aiguille. Et une seringue. Des fois, le sang jaillit et ne veut pas s'arrêter de couler, et des fois, l'aiguille rate la veine et il faut la sortir pour recommencer.

— Ça fait mal ?

— Oui, répond Nina, les yeux étincelants. Et des fois...

— Si tu montrais à Nina le livre que tu lui as apporté ? » Francesca s'est avancée à côté d'elles.

Le livre parle d'une famille qui vit en Finlande, un pays très froid et très lointain, d'après ce que lui a dit Domenico. Son oncle le lui a lu. Stella est en train de l'extirper de sa poche quand Nina pose une question :

« Comment va Miranda ? »

Miranda est une camarade de classe. Sa meilleure amie. Avec plein de cheveux jaunes que sa mère coiffe en anglaises. Stella jette un bref coup d'œil à Francesca, puis regarde sa sœur. Nina a la tête redressée, appuyée sur deux oreillers. Seuls ses yeux bougent. Comment Stella peut-elle lui dire que maintenant Miranda est copine avec Karen, qu'il y a bien longtemps qu'elle n'a pas demandé de ses nouvelles, que plus personne ne saute à la corde – le jeu auquel Nina était la meilleure de toute l'école –, que la classe de Nina est allée en excursion au jardin botanique, et que l'équipe de gymnastique rafle toutes les médailles sans elle ?

« Bien », dit-elle.

Toutes les veines qui parcourent le corps de Nina doivent être vides et sèches, comme le lit d'une rivière qu'elles ont vue un jour en vacances dans les Borders[1]. Stella tend la main et effleure les doigts de Nina, juste pour être sûre qu'elle est bien réelle, qu'elle est toujours la même. Ils sont raides, moites, et tressautent.

---

1. Zone frontalière entre l'Angleterre et l'Écosse. *(N.d.T.)*

« Quand tu fais ça, je le sens dans l'autre bras », lui dit Nina en fermant les yeux.

Stella trouve ça fascinant. Lui lâchant la main, elle court au bas du lit et lui attrape le pied droit. « Garde les yeux fermés. Ne triche pas. Quel pied je touche ? »

Nina plisse le visage pour mieux réfléchir. « Euh… le gauche ?

— Non ! » braille Stella.

Nina ouvre les yeux. Elles gloussent toutes les deux. « Recommence. Essaie encore. »

Derrière elles, les adultes raclent leur siège contre le sol et se mettent à bavarder. Nina ferme les yeux pour échapper à la lumière crue du néon fluorescent, et Stella lui attrape le genou droit.

Stella remonte l'allée sinueuse de l'hôtel en conduisant d'une seule main. De l'autre, elle tient une pomme entamée et tripote le lecteur de cassettes qui, pour une raison obscure, s'est arrêté.

Elle a l'intention de faire une petite virée en voiture. Jamais elle ne l'avouerait, mais elle aime conduire – ni à Londres ni à Édimbourg, où ça se résume à se faufiler entre d'autres véhicules et à attendre aux feux. Ici, on peut rouler sur des routes qui traversent des forêts, enjambent des rivières, contournent des rocs escarpés, pendant que des branches cinglent les vitres et qu'un air pur et vif siffle autour de la voiture.

Après s'être acharnée sur les boutons de l'appareil, elle soupire et renonce. Une fois en haut de l'allée, elle donne un coup de volant pour rejoindre la route. Derrière ses lunettes de soleil roses, le paysage danse, luxuriant, bizarre sous un ciel pourpre.

À moins de huit cents mètres de l'hôtel, elle aperçoit une silhouette qui marche sur le bas-côté, longe les arbres serrés à l'écorce argentée en lambeaux. De loin déjà elle sait que c'est lui et, tandis que la distance entre eux se réduit à vue d'œil, elle se demande si elle doit s'arrêter ou non. Pourquoi le faire, après tout, elle le connaît à peine, il ne lui est rien, un signe de la main suffirait amplement, pourquoi en effet s'arrêterait-elle, il n'y a aucune raison, d'ailleurs, elle ne va pas s'arrêter, non, non et non, elle va se contenter d'agiter la main.

Mais les pneus crissent sur l'asphalte, le véhicule freine sec et la projette en avant, puis la rabat en arrière contre le siège. Stupéfaite, elle baisse les yeux. Apparemment son pied a appuyé sur le frein. Dehors, Jake la regarde d'un air plein d'espoir.

Elle baisse la vitre. « Salut ! » lance-t-elle en faisant de son mieux pour paraître indifférente et en rejetant en arrière ses cheveux qui lui tombent sur les yeux. Cette fois encore il se tient trop près. « Vous allez vous promener ? »

Il incline la tête. « Qu'est-ce que c'est que ça ? demande-t-il avec son sourire particulier. Des lunettes pour voir la vie en rose ? »

Stella se met à rire. Elle n'y avait jamais pensé. « Peut-être.

— Et comment voit-on le monde avec ça ?

— Tout rose, rétorque-t-elle en le regardant droit dans les yeux. Qu'est-ce que vous croyez ? »

Durant le silence qui s'installe, Jake examine ses traits en détail, comme s'il s'apprêtait à la dessiner. « Où allez-vous ? demande-t-il.

— Je me balade, c'est tout. »

Son regard quitte son visage pour parcourir l'intérieur de la voiture. « Vous avez de la place pour un passager ? »

Sans attendre la réponse, il se redresse et fait le tour pour atteindre l'autre portière. Stella est horrifiée. Elle ne le veut pas dans sa voiture, elle ne veut pas qu'il l'approche. Pendant qu'il contourne le capot, elle éprouve une envie folle de se pencher pour bloquer la portière et l'empêcher de monter.

Mais il est trop tard. Il est déjà là, se penche, ses épaules occupant tout l'espace, fait passer à l'arrière les objets divers qui encombrent le siège – des chaussures, un livre, plusieurs cartes, des bouteilles d'eau, un parapluie. « C'est très beau par ici, dit-il. Mais ce n'est pas vraiment le mot qui convient. C'est plus sauvage que beau. Plus violent, plus extrême. »

Stella remarque ses cheveux, presque aussi noirs que les siens, le dos de ses mains émaillé de peinture, une incisive qu'il a dû écorner à un moment ou à un autre, les poignets légèrement effrangés de sa chemise. Il se tasse pour franchir la portière, puis étend les jambes et tâte sous le siège pour le reculer tout en racontant qu'il est tombé sur une rivière qu'il n'a pas pu traverser.

« La ceinture », dit-elle, parce qu'elle se sent obligée de dire quelque chose. Il semble faire sortir d'elle un son curieux, un peu comme un diapason qui ne peut s'entendre que si on le fait vibrer.

« D'accord, d'accord, marmonne-t-il en tendant la main derrière lui. Ne vous énervez pas. »

Stella relâche le frein à main et la voiture se met en mouvement. La route passe devant un pré rempli de vaches à la tête baissée, un énorme hêtre, un panneau signalant un *bed-and-breakfast*. Un véhicule arrive en sens inverse et oblige Stella à ralentir et à conduire plus prudemment.

« Alors ? » dit-il.

Elle lui lance un coup d'œil, puis reporte son attention sur la route. La tête penchée sur le côté, il l'observe.

« Alors quoi ?

— Racontez-moi des choses.
— Quelles choses ?
— Tout. N'importe quoi.
— Qu'est-ce que vous voulez dire ? » D'un geste brusque, elle remonte ses lunettes sur son nez.
« Euh... depuis combien de temps vous êtes là. Commençons par ça.
— Est-ce que vous êtes toujours aussi curieux ?
— Ouais, sûrement. » Il bouge à présent, ajuste la têtière, ouvre et referme la boîte à gants.
Stella baisse sa vitre d'un geste saccadé et s'apprête à jeter son trognon de pomme farineux, qui a viré au marron. « Eh bien...
— Attendez, attendez. » Il pose une main sur son bras. Je vais le manger.
— Sans blague ? » Un virage la pousse contre lui. « Ouais. Passez-le-moi. » Il lui prend la pomme des doigts, veillant à ne pas la faire tomber entre eux, et elle entend le bruit que font ses dents en mordant dedans. Il lui paraît étrangement intime qu'il mette la bouche à l'endroit où elle a mis la sienne. « Alors, où en étions-nous ? reprend-il en mâchant.
— Vous étiez en train de m'interroger, et...
— Et vous n'étiez pas très coopérative. »
Elle sourit. « C'est exact.
— Vous ne voulez pas me dire depuis combien de temps vous êtes là ?
— Non.
— Pourquoi ?
— Je n'ai pas envie.
— Pourquoi ?
— Je ne sais pas. Je n'ai pas envie, c'est tout.
— Vous feriez une merveilleuse espionne, vous le savez ? Vous ne révélez jamais rien ?
— Non.

— À personne ?
— Pas vraiment.
— Ça alors ! murmure-t-il en regardant défiler le paysage. Vous êtes une femme mystérieuse. »

La voiture grimpe une colline, puis redescend une pente en roue libre. Stella se sent soudain stupide. Il n'y a aucune raison pour qu'elle ne lui dise pas depuis combien de temps elle est là. « Je suis là depuis février », dit-elle avec humilité.

Il se tourne vers elle. « Et avant, où étiez-vous ?
— À Londres.
— Vous travailliez aussi dans un hôtel ?
— Non. J'étais… je suis productrice à la radio.
— C'est vrai ? » Il semble étonné et met un moment à digérer ce renseignement. « Alors… si ça ne vous dérange pas que je vous pose la question – et ça vous dérange sûrement –, qu'est-ce que vous fichez ici ? »

Stella le regarde en plissant les yeux. « Qu'est-ce que vous voulez dire ?
— Bon, une productrice de radio qui gagne sa vie en nettoyant des chiottes. » Jake hausse les épaules d'un air affable tout en engloutissant la pomme. « Comment ça se goupille, tout ça ?
— Comment ça se goupille ?
— Est-ce que vous n'êtes pas un petit peu surqualifiée ? Et pourquoi précisément ici ? Ce n'est pas vraiment le genre d'endroit où on atterrit par hasard.
— Je n'ai pas vraiment envie d'en parler, dit-elle en jetant un coup d'œil dans son rétroviseur. Et d'ailleurs, je pourrais vous retourner la question, riposte-t-elle. Vous étiez réalisateur de cinéma, d'après ce que vous avez dit à Mme Draper, et maintenant…
— Assistant seulement.
— Peu importe. Comment vous êtes-vous retrouvé à peindre des fenêtres ? »

Jake se gratte la tête. « Je n'ai pas vraiment envie d'en parler, répond-il avec un grand sourire.

— D'accord. » Stella met son clignotant et tourne à gauche. « Nous sommes donc quittes. »

Elle l'emmène sur un chemin bordé d'arbres au bout duquel un loch s'étend jusqu'à un à-pic rocheux. Le Lochans, lui apprend-elle. C'est un endroit silencieux, caché de la route par une forêt épaisse. Impossible de le dénicher si on ne le connaît pas. Profond et vitreux, le lac est presque noir de tourbe, le sol moelleux, couvert d'aiguilles de pin, presque toutes orientées dans la même direction par l'eau, tels des clous par un aimant.

Le ciel est haut, bien bleu au-dessus de leur tête pendant qu'ils arpentent le labyrinthe du caillebotis couvert de grillage. À leur approche, des petits oiseaux aux ailes marron s'envolent en couinant de la bruyère, telles des flèches. Il lui pose des questions – d'ordre plus général – et, après une petite discussion, lui arrache qu'elle a été élevée à Édimbourg, aime travailler à la radio, adore l'idée qu'il y a un monde invisible qui écoute, n'est jamais allée à Hong Kong, a un jour marché sur un oursin dans la mer de Chine méridionale et a dû rester assise dans le sable pendant des heures, avec des larmes qui ruisselaient sur son visage, à retirer les piquants un par un.

Il lui demande ce que veut dire l'expression *clearance cottage*, et, à cette question, elle s'immobilise, pivote et le dévisage. «Vous ne savez vraiment pas ce que sont les *clearances* ? » dit-elle. Elle porte un T-shirt bleu et, pendant qu'elle lui fait un cours d'histoire écossaise, il remarque qu'elle ne cesse de tirer sur son encolure pour se masser le cou.

La voir appuyer un doigt replié sur cet endroit douloureux de son corps emplit Jake d'une tendresse irrépressible. Il a envie de repousser sa main pour mettre la sienne à la place. Il imagine que sa peau serait tiède et tendue et, en l'écoutant parler d'émigration massive, il se prend à se demander quelle sorte d'odeur elle laisserait sur ses doigts.

Lorsque l'hôpital rendit Nina au monde extérieur, leur père la sortit de la voiture pour l'amener dans la maison. Stella observa la scène derrière la fenêtre, vit son père prendre dans ses bras la silhouette enveloppée d'une couverture et la porter dans l'allée. Elle avait l'air bien plus petite qu'avant.

Stella était tellement surexcitée par son retour qu'elle n'avait pas vraiment pensé à la manière dont les choses se dérouleraient, ne s'était pas rendu compte qu'elle serait encore malade, et imaginait que ce serait comme avant. Mais ses parents marchaient sur la pointe des pieds et lui recommandaient de les imiter. Sa mère apportait des plateaux dans le salon où Nina était allongée, inerte, sur le canapé, les yeux fixés sur la rue.

Deux fois par jour, Francesca la soulevait, l'étendait sur le sol et lui faisait pratiquer les exercices d'étirement prescrits par les kinésithérapeutes. Nina avait tellement mal qu'elle pleurait toujours ; et Francesca, qui détestait ces exercices autant que sa fille, versait elle aussi des larmes, mais seulement quand Nina ne pouvait pas la voir. Depuis que Nina était tombée malade, leur mère pleurait tout le temps – dans la salle de bains, dans la cuisine, le dos tourné au salon, dans le jardin, dans sa chambre, dans la rue, quand, accompagnée de Stella, elle rencontrait une gentille voisine qui prenait des nouvelles. Mais jamais devant Nina. Stella stockait des mouchoirs en papier dans ses poches pour les tendre à sa mère en cas de besoin.

En revenant de l'école, Stella tournait les pages des livres que lisait sa sœur, regardait la télévision avec elle, lui racontait ce qu'elle avait fait en classe ce jour-là, et, une fois, quand elle le lui demanda, alla chercher les chaussures qu'elle portait avant de tomber malade. Stella dut farfouiller au fond de leur placard pendant une éternité avant de les dénicher.

« Tiens, je les ai trouvées », souffla-t-elle, parce que, sans avoir besoin de le dire, elles comprenaient toutes deux que c'était là quelque chose qu'il fallait faire en secret, quelque chose de difficile à expliquer à un esprit d'adulte.

Stella déposa les chaussures sur la couverture qui protégeait Nina. Elles étaient en cuir bleu, avec des trous qui formaient des fleurs, des petites boucles en laiton et une bride en forme de T sur le dessus du pied. Francesca leur achetait une nouvelle paire tous les printemps, de sorte que celle-ci avait été suffisamment portée pour avoir gardé la forme du pied, pour être distendue à la place du gros orteil, usée au talon, pour que le cuir ait des plis et des éraflures.

« Retourne-les », demanda Nina.

Stella glissa une main dans chacune, sentit la forme en creux des pieds de sa sœur, et les mit à l'envers. Elle observa l'expression de Nina pendant qu'elle examinait les semelles aussi lisses que des cailloux, usées par la marche, la course, le frottement incessant sur les trottoirs, les sentiers, l'herbe, comme si elle voulait se convaincre qu'elle avait pu un jour faire toutes ces choses.

Lorsque Stella les remit à l'endroit, une chaussure lâcha un filet de sable sur la couverture. Les deux sœurs contemplèrent ce château miniature. Stella se rappela que, la veille du jour où Nina était tombée malade, grand-mère Gilmore les avait emmenées à la plage de Portobello, où elles avaient couru sur le rivage en tirant des algues derrière elles en guise de traînes, et leur grand-mère leur avait recommandé de faire attention à la marée si elles ne voulaient pas que l'eau abîme leurs chaussures.

Nina détourna les yeux et les fixa résolument sur le tissu duveté du canapé.

« Tu veux que j'aille les ranger ? » demanda Stella.

Nina acquiesça.

Le virus qu'avait attrapé Nina, un virus tellement rare que les ouvrages de médecine ne le mentionnaient que brièvement, lui rongeait le cerveau, faisait de la dentelle avec ses synapses, et la laissa paralysée, inerte pendant des mois.

Nina dut réapprendre à marcher, à écrire, à gravir des escaliers, à nager, à attraper un ballon, à se servir de ses couverts, à se redresser, à monter à bicyclette, à garder l'équilibre, à gambader, à grimper aux arbres, à sauter, à danser, à se tenir debout, à jouer du piano, à manger toute seule, à porter une tasse à ses lèvres, à tenir un stylo, un couteau ou une fourchette, à étaler du beurre sur du pain, à ouvrir un bocal, à introduire une clé dans une serrure, à se brosser les dents, à se coiffer. Des choses élémentaires, qui, pour la plupart des gens, n'ont besoin d'être assimilées qu'une fois.

À l'école, les responsables la jaugèrent – petite fille tremblante, trébuchante, au visage émacié – et décidèrent qu'ils ne voulaient pas la reprendre. D'après eux, sa place était dans une institution pour handicapés. Bref, ils préféraient refiler le problème à d'autres. Contrairement à leurs habitudes, Francesca et Archie bataillèrent avec l'administration scolaire régionale, le conseil municipal, l'école, le directeur entêté, leur député. À la rentrée suivante, assuraient-ils, leur fille, suffisamment rétablie, serait capable de réintégrer son ancienne école primaire, ils y veilleraient. Ils n'allaient pas l'enfermer dans une institution et l'abandonner à son sort. C'est alors que Francesca cessa de pleurer. Du jour au lendemain. Et Stella décida que rien ne devrait plus faire couler ses larmes.

Quand l'école fut finalement obligée de reprendre Nina, on la fit redoubler dans une classe où les enfants avaient presque deux ans de moins qu'elle. C'était la classe de Stella.

Tout le monde porte un nouveau pull, a une trousse neuve ou un stylo neuf. Cette année, ils vont apprendre à écrire à l'encre. Stella remarque les chemises des garçons aux plis encore nettement marqués, à peine sorties de leur emballage, le reflet des hautes fenêtres sur ses chaussures bien cirées dépourvues de toute égratignure. Quelques élèves ont changé pendant les grandes vacances – Lydia a bronzé, ses cheveux ont éclairci (elle est allée en Floride, Stella se souvient qu'elle leur en avait parlé l'année dernière), et Anthony Cusk a grandi tout d'un coup.

Stella jette un coup d'œil à son amie Rebecca. Elle est assise à côté d'elle depuis la première année de primaire – c'est sa meilleure amie. Stella ne l'a pas vue de tout l'été. Rebecca partage maintenant un pupitre avec Felicity, et toutes deux sont penchées sur quelque chose. Stella étire le dos pour essayer de voir de quoi il s'agit. Un livre ? Un album de bandes dessinées ? Impossible de le vérifier.

Elle sent sa sœur à côté d'elle. Nina a les mains cachées sur ses genoux. Stella sait que c'est pour les empêcher de trembler. Nina arbore la robe en vichy vert qu'elle a elle-même portée l'année dernière, et fixe le plateau de son pupitre, égratigné par des pointes de compas, taché d'encre. Ses cheveux ont repoussé, mais en touffes irrégulières qui obligent leur mère à se mordre la lèvre lorsqu'elle essaie de les brosser.

Mlle Saunders frappe dans ses mains devant les élèves. « Allons, silence, tout le monde ! » s'écrie-t-elle. Elle sourit à la ronde sans fixer personne en particulier, regarde le mur du fond par-dessus leurs têtes. « Ce matin, nous allons faire une rédaction pour raconter ce que nous avons fait pendant les grandes vacances. Mais tout d'abord, je voudrais que vous souhaitiez tous la bienvenue à Nina Gilmore. »

En entendant son nom, Nina sursaute, constate Stella. Sa jambe droite se met à tressauter et Stella la voit l'agripper d'une main pour essayer de la calmer.

« Nina a été très malade, elle est restée à l'hôpital et a eu le cerveau atteint, annonce Mlle Saunders. Elle a manqué l'école pendant toute une année. Nous sommes donc très contents de l'avoir de nouveau parmi nous, et nous lui apporterons toute l'aide dont elle aura besoin, n'est-ce pas ? »

Tous les visages se tournent dans leur direction. Sous le pupitre, Stella pose une main sur celle de sa sœur, sent la trépidation de muscles et de nerfs récalcitrants, et appuie de toutes ses forces. La jambe s'immobilise. Nina s'efforce de ne pas pleurer, baisse les yeux, pince les lèvres. Stella lui agrippe les doigts. Ne pleure pas, lui intime-t-elle, envoyant le message le long de son bras pour qu'il remonte dans celui de Nina, s'il te plaît, ne pleure pas.

« Et maintenant... » Mlle Saunders pivote vers le tableau. « Sortez vos cahiers de brouillon, prenez une nouvelle page et écrivez d'une belle écriture soignée... »

Stella est distraite par Anthony Cusk qui se retourne pour la dévisager. Ou pour dévisager Nina ? Comment en être sûre ? Reportant son attention sur Mlle Saunders, elle essaie de reprendre le fil de ce qu'elle leur demande de faire, mais voilà qu'à présent Anthony forme un mot avec ses lèvres qui découvrent des dents jaunies. Qu'est-ce qu'il dit ? Stella s'efforce de l'ignorer, mais n'y parvient pas. Il dit quelque chose en montrant Nina, puis porte un doigt à sa tempe. Stella devine le mot « cerveau ».

Elle tourne la tête, regarde droit devant elle. Nina s'en est-elle aperçue ? Comment le savoir ? Sa sœur attrape son stylo et commence à former des lettres de son écriture irrégulière, heurtée. Stella empoigne elle aussi son stylo, mais ne peut s'empêcher de couler un regard vers Anthony. Pourquoi dit-il ça ? Il fait d'horribles grimaces, maintenant, déforme ses traits de façon grotesque, gonfle sa lèvre inférieure avec sa langue. Mlle Saunders parle de paragraphes et de phrases claires, bien construites, et Stella s'inquiète car elle a manqué toute l'explication et n'a aucune idée de ce qu'elle doit faire. En outre, comme elle n'est pas dans la classe de Mlle Saunders depuis longtemps, elle ne sait pas si elle la mettrait en colère en lui demandant de répéter. Et pourquoi Anthony Cusk marmonne-t-il des choses horribles sur sa sœur ?

Quelque chose siffle dans l'air et vient frapper sa joue. Stella sursaute, le souffle coupé. Une boulette, faite de papier arraché à un cahier de brouillon, tombe par terre. En sursautant, Stella a fait sursauter Nina, dont le bras tremble et le stylo tambourine bruyamment sur le pupitre, bruit répétitif, insistant, qui déchire la concentration silencieuse de la classe.

Nina lâche son stylo et s'attrape le bras de sa main opposée. Les élèves se retournent pour les regarder, et

Stella voit Felicity lui jeter un coup d'œil avant de murmurer quelque chose à l'oreille de Rebecca. Un gloussement traverse alors la salle comme une brise.

« Silence ! gronde Mlle Sanders d'une voix perçante. Tout le monde ! » Elle jette un regard furieux sur les élèves, puis elle ajoute d'un ton différent, patient : « Nina, as-tu besoin d'aide ? »

À la récréation, Nina se promène à côté de sa sœur, la tête baissée. Elle ne voit pas les filles de son ancienne classe qui la dévisagent de l'autre côté de la cour, ne voit pas des élèves qui la montrent du doigt à d'autres, ne voit pas celles qui pouffent derrière leurs mains, ne voit pas Miranda qui se hâte de s'éloigner. Mais Stella, elle, remarque tout cela. Nina marche comme si on lui avait lié les chevilles – d'un pas inégal, titubant, hésitant.

Sous le préau, les amies de Stella jouent à « Grand-mère, veux-tu ? » Rebecca a le visage tourné vers le mur de pierre, les autres sont figées dans différentes postures derrière elle. Stella s'arrête à la lisière de leur espace de jeu, se penche pour remonter ses chaussettes.

« Quatre sauts en ciseau ! » demande Rebecca.

Felicity en est à son deuxième quand elle s'interrompt, les jambes écartées, droites comme des lames. « Tu veux jouer ? » lance-t-elle à Stella.

Stella jette un coup d'œil à sa sœur, puis à ses camarades de classe qui, elle le voit bien, la considèrent avec une expression nouvelle, circonspecte. « Oui, répond-elle en s'éclaircissant la gorge. Oui, s'il te plaît. »

Felicity abandonne sa place et traverse le sol goudronné pour s'approcher d'elles, les mains sur les hanches. Stella observe son approche, observe son bracelet qui reflète un éclat de soleil, la manière dont elle bat des cils en croisant son regard, le balancement luisant de ses cheveux propres. Elle s'arrête devant elles et les considère l'une après l'autre en réfléchissant. Après avoir pesé le pour et le contre, elle entrouvre à peine ses lèvres minces pour dire : « Bon, toi, tu peux jouer, mais pas elle. » Et son index fend l'air pour désigner Nina.

La rage monte en Stella. « Si elle ne joue pas, moi non plus.

— D'accord. » Avec un mouvement d'humeur, Felicity se détourne et rejoint ses camarades de jeu. « Pour ce que ça nous fait ! »

Stella se tourne alors vers Rebecca. Felicity est en train de passer un bras sous le sien et toutes deux se plantent devant elle. Quand bien même Rebecca baisse la tête et fixe le sol, ses joues sont d'un rouge cramoisi révélateur.

Stella prend sa sœur par la main. « De toute façon, on n'avait pas envie de jouer, marmonne-t-elle. Viens, Nina. » Elle fait demi-tour en entraînant sa sœur.

Quand Jake arrive à l'hôtel, le dîner a été servi et les clients sont en train de prendre le café, lui annonce l'employée qui fait la vaisselle.

Le cuisinier, qui ne s'exprime que par monosyllabes, dépose bruyamment une assiette de risotto devant lui, et l'employée de cuisine lui apporte une fourchette. La paix règne durant les quelques minutes que tous trois consacrent à leur repas. Le four craque en refroidissant, le lave-vaisselle frémit, gronde, et Jake mange très vite. L'air pur lui donne une faim de loup. Un peu déçu de ne pas apercevoir Stella, il songe à engager la conversation, puis y renonce. Le cuisinier le terrifie.

« Seigneur ! s'écrie l'employée en jetant un coup d'œil sur sa montre. Elle est encore au téléphone ? »

Le cuisinier hausse les épaules et émet un son inintelligible. Il sert une nouvelle assiette, avec plus de soin, cette fois, remarque Jake.

« Sûrement, reprend l'employée en répondant à sa propre question.

— Qui ? demande Jake.

— Apportez-lui ça, d'accord ? » Elle tend l'assiette à Jake et lui montre la porte de la réception. « Elle doit mourir de faim, là-bas. Tâchez de ne pas vous faire repérer par Mme D. »

Jake pousse la porte qui s'ouvre, comme par magie, lui semble-t-il, sur Stella, assise à un bureau, en train de dire « Mmm… mmm » dans l'appareil. Son visage s'éclaire quand elle le voit – ou alors c'est le repas qui provoque cette réaction. Elle lui fait signe de déposer l'assiette derrière un vase, pour qu'on ne la voie pas. Jake lui tend la fourchette et se demande s'il devrait retourner à la cuisine, mais quelque chose lui donne envie de rester.

« Je pourrais peut-être vous suggérer… », commence Stella, mais au bout de la ligne une voix s'élève, ronchonneuse, insistante. « Je vois, reprend-elle en regardant Jake et en roulant des yeux. Je vois. Eh bien, la solution serait peut-être… »

On l'interrompt de nouveau. Elle en profite pour enfourner une bouchée de risotto et pour la mâcher. De la main elle imite un moulin à paroles, puis s'empresse d'avaler. « Comme je vous le disais, il ne reste plus de chambre à deux lits pour ce week-end-là. Je me rends bien compte que ça vous pose un problème, mais… »

L'interlocuteur n'a pas encore terminé d'exposer son problème. Jake danse d'un pied sur l'autre, jette un coup d'œil sur le bureau : piles de brochures et de tarifs, vase de gigantesques marguerites, doigts de Stella qui tambourinent sur la couverture d'un grand agenda.

« Bon, tant que votre femme accepte de coucher sur un lit de camp... » Elle secoue la tête pendant que la voix continue à jacasser. « Si un lit à deux places est vraiment hors de question, je pourrais peut-être vous suggérer un... »

« Divorce ? » gribouille Jake sur un bout de papier qu'il lève pour lui montrer. Stella est obligée de se détourner, une main sur la bouche.

« D'accord. C'est entendu. » La conversation semble enfin vouloir se terminer. « Ça ne pose aucun problème. Stella. Je m'appelle Stella. Merci. Oui. Merci infiniment. Au revoir, oui, au revoir. »

D'un geste brutal elle raccroche et se cache le visage dans les mains. « Seigneur ! gémit-elle. Je n'ai vraiment pas envie de le voir débarquer ici ! Quel horrible individu ! Imaginez un peu ce que ça doit faire d'être mariée avec lui ! Vous croyez que sa femme était à proximité et l'entendait raconter à une parfaite inconnue qu'il ne pouvait sous aucun prétexte dormir dans le même lit qu'elle, ne serait-ce que pour une nuit ?

— Elle était peut-être en train d'organiser sa fuite, dit Jake. De nouer les draps pour en faire une corde. Ou de verser de l'arsenic dans le repas de son mari.

— Espérons-le. » Stella s'attaque à son risotto avec un appétit féroce. « Je meurs de faim. J'avais l'impression que j'allais rendre l'âme, terrassée par l'hypoglycémie. Imaginez un peu. La dernière chose que j'aurais entendue avant d'expirer aurait été sa voix.

— Qui réclamait un lit de camp pour sa femme. »

Stella pouffe de rire. « Ah ! le mariage ! » Elle frémit.

Jake baisse les yeux et se passe une main dans les cheveux. Il s'aperçoit qu'elle a retiré ses chaussures. Ses pieds nus ont les ongles vernis en rouge franc, la couleur du sang fraîchement oxygéné. Il l'imagine dans sa caravane en train de les peindre, penchée sur sa tâche :

elle imprègne le pinceau d'une laque qui durcit comme du caramel, et l'applique bien droit, par petites touches délicates.

Elle le regarde avec une expression intriguée, légèrement méfiante. L'a-t-elle vu observer ses pieds ? C'est possible.

« En voyant vos pieds, je peux vous dire des tas de choses sur vous, s'empresse-t-il d'expliquer pour qu'elle ne le prenne pas pour un fétichiste pervers.

— Ah bon ?

— Vous voyez ça ? » Jake s'accroupit devant elle et montre son deuxième orteil. « Le petit ami réflexologue de ma mère m'a dit que... »

Elle lui coupe la parole. « Attendez, votre mère a un réflexologue comme petit ami ?

— Avait, rectifie Jake en souriant. Entre autres.

— Oh ! » Il la voit réévaluer l'idée qu'elle se faisait de lui, ou de sa mère.

« Bref, reprend-il, toujours agenouillé, je peux vous révéler que vous avez des ancêtres romains. »

Elle se met à rire. Sentant ce souffle passer sur son visage, il essaie d'oublier qu'elle est à portée de son bras. S'il voulait, s'il osait, il pourrait se relever et l'embrasser, d'un seul mouvement rapide.

Qu'était-il donc en train de dire ? Jake tente de se concentrer et reprend, hésitant : « À un moment ou à un autre... un de vos parents a dû frayer avec l'ennemi et... »

Il s'interrompt car elle rit toujours, et même d'une manière un peu plus hystérique qu'il ne convient. « Qu'est-ce qu'il y a d'aussi drôle ?

— J'ai donc des ancêtres romains ? Merci bien de me l'apprendre.

— Vous le saviez déjà ? réplique-t-il, un peu déconfit.

— Euh, ouais. » Elle avale sa dernière bouchée et repose sa fourchette. « Ma mère s'appelait Iannelli.
— Ah !
— Ses parents ont émigré ici dans les années 1930. Elle est membre patenté de la congrégation des traits d'union. Et moi aussi.
— La congrégation des traits d'union ? répète Jake, assis sur ses talons.
— C'est l'expression de ma mère. Les Italo-Écossais. Les Anglo-Irlandais. Les Britanno-Chinois... ou Britanno-Asiatiques... je ne sais pas comment vous vous définissez.
— La congrégation des traits d'union. » Jake s'essaie à cette expression. « Ça me plaît bien. »

Un silence s'installe. Ils se dévisagent.

« Alors, parlez-moi de mes pieds romains, reprend-elle soudain.
— Eh bien, Tang m'a dit...
— Tang ?
— L'ancien petit ami. L'un des petits amis. » En prononçant ces mots, Jake se demande comment elle réagirait s'il la touchait. Pourrait-il s'y risquer ?

« Il m'a dit... », commence-t-il, puis il se décide. Sa main droite se tend et se referme sur la cheville de Stella, à l'endroit où des veines battent sous une peau quasi transparente. Il voit passer sur son visage une expression de doute, presque d'affolement, et il est certain qu'elle va se dégager. Mais elle ne le fait pas. Elle le laisse lui soulever le pied et le poser sur son genou. Les os s'incurvent pour s'ajuster à sa rotule. Sous sa main, sa peau est étonnamment chaude.

« Tang m'a dit... », recommence-t-il, et il se rend compte que sa voix est légèrement différente, légèrement plus basse, « ... qu'avoir les deuxième et troisième orteils plus longs ou aussi longs que le pouce était une caractéristique romaine. » Jake effleure chaque orteil pour en faire la démonstration, sent la surface dure du vernis écarlate. « Ces ignobles centurions sont allés répandre leur semence dans le monde entier. En donnant des pieds déficients à des tas de gens.

— Déficients ? » Elle rebondit sur le mot.

« Ouais, j'en ai peur. Avoir des orteils du milieu trop longs vous fait basculer sur le côté de la plante des pieds et, à long terme, endommage les tendons et les nerfs. »

Stella garde un instant le silence. Tout ce à quoi il peut penser, c'est qu'il tient sa cheville coincée entre ses deux mains.

« Intéressant, dit-elle en penchant la tête sur le côté. Mais manifestement, c'est de la couillonnade. »

Jake feint d'être scandalisé. « Comment pouvez-vous dire une chose pareille ?

— Vous essayez de me faire croire qu'un peuple qui a conquis un immense empire dans lequel il faisait marcher ses armées avait un problème de pied congénital ? » Elle libère sa cheville et se lève en attrapant son assiette. « C'est de la couillonnade, répète-t-elle. Et, de toute façon, j'ai des pieds tout à fait normaux », ajoute-t-elle en passant dans la cuisine.

Stella et Nina sont dans la grande salle de réunion. Chaque matin toute l'école vient s'y asseoir en rangs, jambes croisées, pour chanter des cantiques et assister au défilé devant tout le monde des enfants qui ont posé des problèmes. Mais, pour l'instant, elle est vide – seuls les élèves de leur classe, en short et tennis, forment une file sinueuse, et Mlle Saunders, qui porte elle aussi des tennis blanches amidonnées sous sa jupe longue à fleurs, s'affaire à déposer des tapis en caoutchouc menant au cheval-d'arçons.

Stella aime bien le cheval-d'arçons. Massif, rembourré avec du crin dru, il est recouvert de cuir que l'usure a rendu lisse par endroits. Quand on saute pardessus, seules les mains entrent en contact avec sa surface, les pieds s'élancent et, pendant une fraction de seconde, au moment où on le lâche pour retomber de l'autre côté, on imagine ce que ça doit faire de voler. Stella a envie de serrer le cheval-d'arçons dans ses bras.

Derrière elle montent des gloussements étouffés. Stella tend l'oreille, mais ne se retourne pas. Elle entend quelqu'un – Felicity ? Emma ? – parler tout bas de papillon. Sa mère a cousu une pièce en forme de papillon sur son short parce que Stella avait escaladé une balustrade alors qu'elle n'aurait pas dû. Sa mère a rapporté cette pièce d'une journée de courses avec Evie, et, sur le moment, Stella l'a adorée – ses ailes sont orange et violet, ses antennes bleu foncé. Et maintenant, tout le monde s'en moque.

Ça ne fait rien. Stella lève le menton pour leur montrer qu'elle s'en fiche. Elle perçoit un bruit de pas traînants, de nouveaux petits rires, puis sent une main moite sur son bras. En se retournant, elle constate qu'Anthony Cusk appuie le plat de la main sur sa peau.

Anthony pivote vers les autres en levant la main. « Des microbes Gilmore ! » s'écrie-t-il. Tous se baissent, hurlent, s'éloignent à toute vitesse. Ils jouent là à leur jeu préféré, et c'est toujours Anthony qui les y pousse : une sorte de jeu de chat perché, où il ne faut pas toucher les sœurs Gilmore si on ne veut pas être contaminé.

Stella déteste Anthony Cusk plus que tout au monde. Sa grand-mère affirme que « détester » est un mot très fort, et qu'il ne faut détester personne, mais Stella déteste Anthony. Elle imagine cette haine sous la forme d'une boule noire de goudron logée dans sa poitrine. La semaine dernière, elle est allée aux toilettes pendant la récréation et, quand elle est revenue dans la cour, elle s'est aperçue qu'un cercle s'était constitué autour de Nina, étendue au sol. D'un seul doigt, Anthony Cusk la repoussait par terre chaque fois qu'elle tentait de se relever. Il n'en faut pas beaucoup pour faire perdre l'équilibre à Nina – parfois Stella a l'impression qu'un coup de vent suffirait à la coucher. Stella s'est alors précipitée dans le cercle, a giflé Anthony Cusk, ce qui lui a fait très mal à la main, et le nez d'Anthony a lâché des pétales de rose écarlates. Stella a été punie et a dû rester assise devant le bureau du directeur tout l'après-midi.

« Nina, ma petite, tu ferais sans doute mieux de ne pas prendre part à cet exercice », conseille Mlle Saunders, restée près du cheval-d'arçons.

Presque incapable de supporter son éloignement, Stella voit sa sœur se diriger à petits pas dans un coin de la salle, et se retrouve seule dans la file, avec des ennemis moqueurs devant et derrière.

« Je ne veux pas être à côté d'elle », s'écrie quelqu'un. Stella ignore de qui il s'agit car elle a les yeux fixés sur le parquet qui couine si on frotte ses tennis dessus. Les élèves s'écartent, s'élancent vers l'arrière de la queue, et soudain elle se retrouve en tête.

« Allez, Stella, vas-y la première, demande Mlle Saunders. Tenez-vous tranquilles, vous autres », dit-elle aux élèves qui, derrière elle, se bousculent, se disputent, rient.

Stella voit la longue file de tapis posés bout à bout jusqu'à l'énorme masse du cheval-d'arçons. Elle voit Mlle Saunders bras tendus, prête à l'aider, et sent le groupe de ses persécuteurs reculer dans son dos au moment où elle s'élance. Ses jambes s'activent, ses vêtements tendus bruissent.

Pendant que les flancs brun orangé du cheval-d'arçons s'approchent, elle sent un vacillement au creux de l'estomac. Mais elle se force à continuer. Impossible de s'arrêter sur sa lancée, impossible d'échouer avec tout ce monde derrière. Elle se propulse en l'air puis saute en avant, mais, dès que ses mains s'enfoncent dans le cuir usé, elle sait que quelque chose ne va pas. Le sol monte trop vite à sa rencontre, d'une façon trop brutale, elle est en train de tomber, la salle tourne autour d'elle, et, au moment où son front et ses épaules frappent le caoutchouc puant du tapis, elle se demande si c'est l'effet que ça fait d'être Nina.

Mlle Saunders la gronde, lui dit qu'elle l'a déjà fait cent fois, qu'elle doit se relever et recommencer. Stella ressent une douleur lancinante à la tête. Très loin, elle entend des éclats de rire, et la voix de Mlle Saunders, qui tâche de les faire cesser. Elle ne se croit pas capable de recommencer, ne veut d'ailleurs pas recommencer, et n'a qu'une envie : se recroqueviller dans un coin sombre et silencieux, bien loin d'ici, car une grande fatigue, une fatigue incroyable, la submerge. Pour ne plus y penser, pour s'empêcher de pleurer, elle est obligée de serrer les mains très fort l'une contre l'autre. Mlle Sanders s'en aperçoit peut-être car elle la tire par le bras et lui dit d'aller s'asseoir à côté de Nina. Pendant qu'elle traverse des hectares de parquet crissant, elle effleure juste une fois le papillon qu'Evie et Francesca ont choisi pour elle.

Pendant plusieurs jours d'affilée, Jake ne voit pas Stella. Elle est toujours ailleurs, soit parce qu'elle a pris un jour de repos, soit parce qu'elle fait les lits et le ménage dans les chambres, ou bien règle les choses avec des clients difficiles. Parfois il entend son pas, saisit au vol quelques syllabes qu'elle prononce, aperçoit sa silhouette derrière une fenêtre de l'étage, trouve un bout de papier portant son écriture – liste de provisions, commande de boissons –, cela s'arrête là. Lorsqu'il se met à sa recherche, il ne tombe que sur des couloirs vides et des chambres désertes, dont les portes, toutefois, viennent à peine de se fermer, et les rideaux sont encore agités par le vent, comme si elle était toute proche, mais hors de portée.

Il constate que l'impatience le gagne et se surprend à penser au foulard rouge avec lequel elle noue ses cheveux, à sa façon de se mordre la lèvre inférieure quand elle se concentre et au bruit que font ses chaussures quand elle marche. Une fille d'Aviemore assure le service plusieurs soirs de suite et lui remplit son assiette d'un brusque mouvement du poignet.

Il se rend dans la cabane presque tous les jours, se promène dans les pièces, effleure poignées de porte, crochets rouillés des croisées, manteaux de cheminée en pierre, regarde le ciel à travers le toit effondré, jette un coup d'œil par les fenêtres. À condition de faire un effort, il pourrait mémoriser la vue qu'offre chacune d'elles. Il souhaite en effet s'imprégner de cette maison délabrée, la garder en mémoire, pour pouvoir s'en souvenir une fois qu'il l'aura quittée.

Car, Jake en est bien conscient, être venu jusqu'ici ne lui suffira pas. Depuis son arrivée, il s'est rendu compte qu'il portait en lui un manque, un vide. Depuis toujours, et à jamais. Néanmoins, quand cette sensation enfle en lui, se dilate comme un gaz, il se répète qu'il a déjà gagné beaucoup à Kildoune. Le fait qu'il vive parmi des gens qui ont parlé à Tom, ont été en contact avec lui, l'ont connu n'est pas négligeable. Sa seule présence ici le rapproche de son père. Chaque fois qu'il éprouve cette impression de désolation, de vide, qui menace de le submerger, il s'enjoint de ne pas l'oublier.

Le ciel se déchire, la pluie arrive. Elle est douce comme une plume, à la différence des averses torrentielles de Hong Kong. On ne la voit presque pas, elle semble tomber de biais. Jake doit interrompre la peinture des fenêtres en attendant que le temps soit plus favorable. Il nettoie le potager, enfonce les dents en fer de la fourche dans la terre tassée, arrache les racines de mauvaises herbes tenaces, enchevêtrées, plante des tuteurs pour que les petits pois s'y enroulent.

Il se salit, ses mains sont maculées de terre, ses bottes alourdies de boue. Mais il aime ce travail, apprécie la sueur tiède qu'il fait naître, apprend qu'un paysage qui paraît vide grouille en réalité de créatures quand on l'observe du coin de l'œil – lapins, renards, merles, moutons, faisans. Champs, forêt bruissent et frissonnent de vie. Parfois, Jake pose sa fourche et regarde autour de lui en croyant que quelque chose ou quelqu'un est là, mais seules les fougères s'agitent au vent.

Stella passe l'aspirateur en formant de grands arcs de cercle autour d'elle. Tout en travaillant, elle fredonne, et le motif agressif du tapis se hérisse, au garde-à-vous sous cette succion. Deux clients passent ; l'épouse lui fait un signe de tête. Stella se rappelle qu'elle a mangé des toasts aux champignons au petit déjeuner, a bu deux kirs hier soir, porte des combinaisons en nylon, et a posé sur la table de chevet un ouvrage qui permet de calculer sa période d'ovulation.

Soudain, sans avertissement, l'aspirateur s'arrête, son vrombissement à deux tons se perd dans le silence. Stella se retourne et considère son corps trapu, rond, dont elle tient le cou entre ses mains. À titre expérimental, elle lui donne un petit coup de pied – c'est sa méthode habituelle avec les appareils rétifs – mais rien ne se produit. Elle se baisse et le secoue. Toujours rien.

Soupirant et jurant entre ses dents, elle suit le cordon jusqu'à la prise. Peut-être l'appareil s'est-il débranché. Alors qu'elle s'apprête à entrer dans le salon, l'aspirateur se remet en marche derrière elle.

Stella pivote et rebrousse chemin. À peine a-t-elle attrapé le tuyau et décrit un arc sur le tapis que l'appareil s'éteint. Agacée, elle le lâche. « Qu'est-ce qui t'arrive ? s'écrie-t-elle en retournant à grands pas vers la prise du salon. Espèce d'idiot, bon à rien ! » marmonne-t-elle.

Au moment où elle arrive à la porte, il revient à la vie. Cette fois Stella s'immobilise, la tête penchée sur le côté. Un rire étouffé lui parvient. D'une main elle pousse la porte et entre dans la pièce.

Jake est accroupi près de la prise et, quand il la voit, demande : « Ça vous arrive souvent de parler aux appareils ménagers ? »

Stupéfaite, elle le dévisage, les poings sur les hanches.

« C'est vous qui vous amusez à ça ? » Il y a plusieurs jours qu'elle ne l'a pas vu. En fait, elle doit bien s'avouer qu'elle l'évitait.

« Vous devriez voir votre expression ! » Il s'écroule de rire.

Furieuse, Stella attrape un coussin sur le canapé. « Espèce de salaud ! » dit-elle en riant elle aussi. « Sale type ! »

Le coussin brandi devant elle, elle se précipite vers lui à travers la pièce et imagine la satisfaction qu'elle éprouvera quand le tissu bourré de plumes serrées heurtera ses épaules, sa tête. Mais, au moment où elle arrive devant lui, il lui arrache le coussin sans effort.

Elle se retrouve alors sans arme, les mains vides. Soudain elle remarque qu'il a la chemise à moitié déboutonnée, sortie du pantalon, qu'il sent l'extérieur, la pluie qui est tombée tout à l'heure, les feuilles mouillées, la terre qu'il a retournée. Quelque chose dans sa manière de la regarder lui donne l'impression qu'il peut la percer à jour.

Stella tourne les talons et traverse la pièce.

Pearl équeute des groseilles quand Stella fait irruption dans la cuisine.

« Ça va, ma cocotte ? »

Stella émet un petit grognement et, sans s'arrêter, ressort par la porte d'en face. Pearl entend le gravier de la cour crisser sous ses pas.

Une microseconde plus tard, le jeune Jake apparaît. « Vous n'avez pas vu Stella ?

— Quand ça ?

— À l'instant. » Jake fonce sur la fenêtre pour jeter un coup d'œil. « Elle est passée par ici ? Où est-ce qu'elle est allée ? »

Pearl l'examine. Il a l'air bizarre, un peu affolé, et serre un coussin dans une main. Elle indique la direction opposée à celle qu'a prise Stella.

« Merci », dit Jake avant de disparaître.

Pearl se brosse les doigts pour en retirer les minuscules poils collés et verse les fruits dans un plat. « Je me demande bien ce qu'ils vont encore inventer ! » lâche-t-elle dans le vide au moment où elle attrape la boule de pâte.

Mais, tout en farinant le rouleau à pâtisserie, elle secoue la tête. Elle sait parfaitement ce qu'ils vont inventer.

Jake est en train de tondre la pelouse en se conformant aux instructions de Mme Draper – avec des gestes bien réguliers, dans un sens, puis dans l'autre –, quand la camionnette de la poste crisse sur le gravier. Le facteur ne descend pas et se contente de lancer le paquet de courrier maintenu avec des élastiques par le portail ouvert de l'hôtel. « Le courrier », braille-t-il à Jake en décrivant un arc et en rebroussant chemin dans l'allée.

Jake éteint la tondeuse, et l'arrêt brutal du bruit semble suspendre un instant toute activité. Il se dirige vers le paquet, se penche pour le ramasser et, tirant sur les élastiques, le parcourt. Des magazines de restauration, des catalogues de tenues de travail en vente par correspondance, une ou deux lettres de réservation, du courrier personnel pour Mme Draper, deux lettres pour Stella, renvoyées d'une adresse londonienne, et une carte postale. Pour Stella. Jake n'a pas vraiment l'intention de la lire, mais elle est rédigée en énormes majuscules rouges : APPELLE-MOI OU CRÈVE. Jake fronce les sourcils. Pas de signature. Pas d'adresse d'expéditeur.

Il dépose le reste du courrier à la réception et grimpe les marches deux par deux. Aucun bruit ne filtre vers le palier. Le soleil dessine des rectangles sur la moquette. Jake tend l'oreille, tourne la tête d'un côté, puis de l'autre. « Stella ? » appelle-t-il.

Rien.

Il se dirige vers la tourelle nord. Toutes les chambres sont fermées et silencieuses. Le tapis du couloir bouge sous ses pieds. Les têtes de cerf tranchées le regardent du haut du mur ; une grouse rigide et déplumée, prête à l'envol, est fixée à une branche. « Appelle-moi ou crève. » Qui donc pourrait envoyer un tel message, bon sang ?

À l'endroit où le couloir se divise, menant vers le placard à lingerie et d'autres chambres, et vers l'escalier raide de la tourelle nord, Jake s'arrête. « Stella ? » appelle-t-il de nouveau.

Toujours rien. Il guette le moindre bruit – pas, gémissement d'un aspirateur, bruissement de draps. Rien. Il s'apprête à tenter sa chance dans l'autre partie du couloir lorsqu'il entend un bruit, quelque chose bouger, le parquet ou un lambris craquer, rien de plus. Il se retourne.

« Stella ? Vous êtes là ? » Il grimpe les dernières marches jusqu'à l'épaisse porte en chêne, qu'il pousse de l'épaule.

La pièce est inondée d'une lumière crue et tout, meubles, tapis, objets divers, en perd couleur et relief. Instinctivement, Jake lève une main pour se protéger les yeux. C'est la première fois qu'il entre ici. Toutes les fenêtres sont ouvertes, les rideaux ondulent. Draps, oreillers, couvre-lit ont été jetés par terre. Des fleurs fanées se déploient à l'envers dans la poubelle. Le regard mauvais, un renard est tapi dans une vitrine. Stella se tient dans la partie arrondie de la tourelle, elle lui tourne le dos, les yeux fixés sur le vallon.

« Stella », répète-t-il.

Elle pivote et cille, semble surprise de le voir. « Salut, Jake », dit-elle, une main sur le mur de pierre, l'autre sur son cou.

Ils se dévisagent un instant dans la chambre en désordre, baignée de lumière. Jake ne sait plus pourquoi il est venu. Son esprit se pénètre de l'idée que Stella se trouve à six pas de lui. Il lui suffirait de franchir le gros tas de linge pour se retrouver près d'elle.

Un nuage passe sans doute devant le soleil car l'éclat de la lumière faiblit soudain, la pièce reprend relief et profondeur. Autour d'eux les contours des objets apparaissent comme sur un papier photographique. Jake s'éclaircit la gorge. « Je vous ai apporté votre courrier. » Escaladant le linge accumulé par terre, il arrive à côté d'elle pour s'apercevoir qu'elle tend la main. Après y avoir déposé les lettres, il a une sensation de vide et de raideur dans les doigts.

« Merci », dit-elle en feuilletant le tout. Jake observe son expression lorsqu'elle arrive à la carte postale. APPELLE-MOI OU CRÈVE. Ses yeux courent sur l'encre rouge qui entame le fond crème, puis se reportent sur l'adresse, rédigée d'une écriture ronde, hachée, avant de revenir au texte en majuscules. Elle relègue la carte sous la pile et s'intéresse aux lettres qu'on lui a fait suivre. La deuxième lui arrache une grimace. « Oh, non !

— Pardon ? »

Avec un soupir elle soulève le rabat. « C'est seulement ce truc... » Elle s'interrompt, parcourt les mots serrés sur la page, a un rire bref, puis s'approche du lit et s'assied. « Oh ! pour l'amour du ciel ! marmonne-t-elle en continuant à lire.

— De quoi s'agit-il ? » Jake se laisse tomber à côté d'elle et s'allonge à demi, les mains derrière la tête. « Une mauvaise nouvelle ?

— Pas vraiment. C'est ce type...

— Votre petit ami ? demande Jake à toute vitesse.

— Non, non, le type pour lequel je travaillais.

— Ah ! » Les yeux fixés sur le baldaquin du lit à colonnes, Jake essaie de ne pas sourire.

« Il veut savoir si je compte revenir. » Stella lâche un petit soupir impatient et fourre les feuillets dans leur enveloppe. « Je vais pas m'emmerder à lire ça maintenant. » Elle jette l'enveloppe chiffonnée sur le lit, entre eux, et se renverse en arrière. Jake sourit en lui-même. Le matelas rebondit légèrement lorsqu'elle s'allonge à côté de lui.

« Je suis vraiment fatiguée aujourd'hui », murmure-t-elle.

Le regard de Jake glisse vers les lettres, puis revient se poser sur Stella. Elle a les yeux fermés, le menton levé vers le plafond. Ses cils sont très longs, il ne l'avait encore jamais remarqué. Sa cage thoracique se soulève, puis redescend au rythme de sa respiration, ses seins gonflent son uniforme. Jake constate qu'elle est tout près de lui, étendue sur cet immense lit à colonnes. Il sent la présence de cette vaste bâtisse, du vallon, du paysage tout autour. S'il tendait le bras, il pourrait toucher le front, la joue, l'épaule de Stella. Ce serait si facile, si naturel. Déjà, il imagine la chaleur de sa bouche, la sensation de ses seins pressés contre lui.

Mais s'il lève la main, c'est pour se frotter le visage. C'est terrible à quel point il a envie de l'embrasser. Comment réagirait-elle ? Compte tenu des circonstances, est-ce que ce serait vraiment une bonne idée ?

En une fraction de seconde, Jake décide qu'il s'en fiche. Il se fiche des circonstances. Il se fiche de savoir si c'est une bonne idée. Il se fiche de tout. La seule chose qui compte, c'est un sentiment qui balaie tout : il devrait, il doit l'embrasser tout de suite, car l'occasion ne se représentera peut-être pas. Il pose une main sur le lit entre eux pour se pencher vers elle.

Stella se redresse et se remet en position assise tout en fredonnant et en repoussant une mèche derrière son oreille. « Si je reste allongée, je vais m'endormir. » Elle donne des coups de jambes contre le bas du lit et rassemble son courrier.

Non ! voudrait hurler Jake, non, ne partez pas ! Roulant sur le ventre, il a envie de frapper le lit, les oreillers, n'importe quoi. Pendant qu'il s'efforce de n'en rien faire, il lâche un malencontreux petit grognement.

D'un geste brusque, elle tourne la tête et le regarde avec un léger pli sur le front. Il faut qu'il dise quelque chose, il le faut absolument. Sinon elle va le prendre pour un type louche. Vite. Dis quelque chose. N'importe quoi. Vas-y. Une phrase normale. Jake se creuse la cervelle, mais tout ce qui lui vient à l'esprit, c'est « embrasse-moi, viens ici, j'ai envie de toi ». Bon Dieu ! Réfléchis, mon vieux, réfléchis.

« Qui vous a envoyé cette carte ? » Les mots jaillissent, précipités, sous l'effet d'une soudaine inspiration.

Par bonheur, elle a compris et lâche un petit rire. « Alors, comme ça, vous l'avez lue ?

— Excusez-moi, je n'en avais pas l'intention, je...

— Ça ne fait rien. Elle pouvait difficilement passer inaperçue.

— Qui vous l'a envoyée ? répète Jake.

— Ma sœur.

— J'ignorais que vous aviez une sœur, réplique Jake, un brin outré de ne pas en avoir été informé.

— Eh bien, j'en ai une. »

Nullement contrite, elle hausse les épaules, puis se lève et commence à déplier les draps propres, le dos tourné. Jake redresse la tête et la regarde. Qu'a-t-il donc fait ? Il a nettement l'impression d'avoir dit ce qu'il ne fallait pas dire. Stella a réagi en se refermant tel un éventail, ce qui lui arrive parfois.

« Comment elle est ? »

Elle hausse de nouveau les épaules sans se retourner.

« Elle est plus âgée ou plus jeune ?

— Plus âgée.

— De combien ?

— Deux ans.

— Comment elle est ?

— Je ne sais pas. » Stella secoue un drap qui claque comme un fouet. « Elle est... elle est elle-même. Vous n'avez pas d'autres questions ? C'est terminé pour aujourd'hui ? »

Jake se lève et fourre la masse douce, gonflée d'un oreiller dans une taie propre, encore raide après la lessive. « Alors... euh... comment ça se fait qu'elle vous envoie des menaces de mort ? »

Stella le considère par-dessus le lit. « C'est une longue histoire, une très longue histoire. » Elle se penche pour attraper la boîte de produits ménagers. Et elle se dirige vers la salle de bains.

Un coup frappé à la porte arracha Stella à son oreiller. Un bras sur l'épaule de Sam, elle se redressa en veillant à ne pas éjecter de l'étroit matelas dur fourni par l'université le jeune homme qui dormait, le visage niché dans son cou, une jambe passée sur ses chevilles, la clouant au lit.

« Qui est là ? »

Soudain, aussi incroyable que cela puisse paraître, sa sœur était dans la pièce, à côté du lavabo taché de rouille, la partie inférieure de son corps éclairée par un pinceau de lumière oblique, dans un manteau qui avait appartenu à Evie. Le daim bleu lavande, comme l'appelait Evie.

Surprise, Stella écarquilla les yeux. Il lui semblait tellement inexplicable, tellement curieux de voir Nina ici, dans ce contexte, dans sa chambre londonienne, qu'il lui fallut un moment pour que ses idées se remettent en place, pour qu'elle se persuade qu'elle n'était pas en train de rêver. Nina ici ? Ça ne collait vraiment pas.

« Salut », fit Nina en parcourant du regard ce mouchoir de poche, bureau, sol jonché de vêtements, posters collés aux murs, livres alignés contre une cloison, écroulés comme des dominos, corps nu, endormi de Sam, mêlé à celui de Stella.

Paralysée, Stella voyait sa sœur la dépouiller de la vie qu'elle s'était fabriquée. « Qu'est-ce que tu fais ici ? réussit-elle à demander.

— J'ai quitté les Beaux-Arts.

— Quitté ? » Stella se redressa avec peine, dégagea un bras comprimé par Sam qui se retournait à présent.

« Laissé tomber. » Nina désigna le corps coincé dans le lit. « Qui c'est, celui-là ?

— C'est… euh… »

Sam choisit ce moment pour revenir complètement à la vie. En se rendant compte que quelqu'un se trouvait dans la pièce avec eux, il se débattit – chose impossible dans un petit lit. Il s'écarta de Stella, pendant que l'inquiétude emplissait ses yeux encore chargés de sommeil. Stella tenta de le retenir, mais son geste ne fut pas assez rapide, et Sam glissa à terre avec un bruit sourd.

« Merde ! Oh ! » lâcha-t-il. Il regarda alors Nina. « Oh !

— Bonjour, dit-elle sans même feindre de détourner les yeux de sa nudité. Je m'appelle Nina. Je suis la sœur de Stella. »

Et voilà qu'elle lui tendait la main, mince alors ! Stella bondit du lit, tira le drap et le posa sur Sam. « Nina, je te présente Sam, Sam, je te présente Nina », baragouina-t-elle en attrapant et en enfilant tous les vêtements qu'elle trouvait par terre. Lorsque Sam se releva en titubant, Nina s'assit sur la chaise placée devant le bureau.

« Ravie de faire votre connaissance. Stella ne m'avait pas dit qu'elle… » Nina ôta un cheveu de son manteau. « … voyait quelqu'un.

— Ah bon ? » Sam jeta à Stella un coup d'œil étonné.

« Je... je n'ai pas eu... l'occasion... je... » Stella se tut, baissa les yeux et, apercevant un préservatif utilisé qui traînait près d'un livre, l'envoya sous le lit d'un coup de pied.

« Elle est tellement cachottière, reprit Nina. Vous ne trouvez pas, Sam ? »

Planté au milieu de la pièce, il était enveloppé du drap, telle une statue romaine, et avait l'air hésitant. Stella aurait bien voulu que l'un des deux s'en aille. À cet instant précis, elle aurait donné n'importe quoi pour voir l'un ou l'autre partir. Mais lequel ? Elle l'ignorait. Tout ce qu'elle savait, c'est qu'ils lui faisaient tourner la tête, lui donnaient le vertige, la pièce ne semblant pas contenir assez d'oxygène pour trois personnes.

« Allons prendre le petit déjeuner quelque part », proposa-t-elle.

Le trio embarrassé descendit la rue. Comme d'habitude, Sam prit la main de Stella. Celle-ci vit Nina détourner le regard, et en fut gênée, car la seule personne qui lui avait jamais tenu la main, c'était Nina. Et voilà qu'elle était en train de marcher à côté d'elle pendant que quelqu'un d'autre lui tenait la main. Sous prétexte de se gratter le nez, Stella libéra ses doigts. Mais elle en éprouva tant de culpabilité qu'elle ne put regarder Sam en face.

Au moment où ils s'étaient mis en route, Stella se trouvait au milieu. Cette position lui apparut toutefois trop lourde de sens. Lorsqu'ils passèrent devant l'arrêt du bus, elle se glissa de l'autre côté de Nina. Mais elle remarqua alors que, après quelque dix-huit ans de promenades communes, Nina et elle accordaient leur pas à la perfection, tandis que Sam était désespérément hors course, ses pieds martelant le trottoir à intervalles irréguliers, sans jamais atteindre leur précision de métronome. C'était bizarre, car elle aurait pu jurer que, en temps normal, Sam et elle avaient une démarche tout à fait synchrone. Comment était-ce possible ?

Bon marché, le café était tenu par une famille grecque. Quand ils arrivèrent, plusieurs connaissances de Stella y étaient installées. On apporta des chaises, on ajouta une petite table, et le cercle s'élargit. Nina était assise entre deux étudiants qui assistaient aux mêmes travaux dirigés que Stella sur le XVIIIe siècle. Deux garçons, Graham et Neil. Nina ne commanda rien à manger mais, tout en les régalant d'une anecdote sur un cours de dessin d'après modèle, elle piquait alternativement des frites dans leur assiette.

« ... il avait une bite toute petite, vraiment riquiqui, je vous assure », disait-elle. Stella la vit transpercer le globe parfait de l'œuf au plat de Neil. Le jaune dégoulina sur la portion de frites. « Pas plus grande que ça. » Elle brandit une frite. « Non, même pas, attendez. » Elle en coupa un bout. « Comme ça. »

Ils étaient sciés, Stella le voyait bien, et tous deux la regardaient comme s'ils n'avaient encore jamais vu une créature aussi exotique, aussi merveilleuse. Stella nota la manière dont elle les montait l'un contre l'autre, piquant tout d'abord dans l'assiette de Graham jusqu'au moment où il se sentait rassuré, puis passant à celle de Neil et, après un laps de temps parfaitement calculé, revenant à Graham.

« Dis donc, Stel ! » Nina se pencha par-dessus la table et s'adressa à sa sœur en italien. « Tu n'as pas ce genre de problème avec lui, hein ? » Elle désigna Sam avec sa frite tronquée.

« Qu'est-ce qu'elle a dit ? demanda Sam d'un air anxieux en posant la main sur la cuisse de Stella.

— Rien, grommela-t-elle. Rien d'important.

— Alors, comme ça, vous parlez l'italien ? s'enquit Graham, soucieux de regagner l'attention de Nina.

— Ouais. » Perplexe, Nina le regarda, puis regarda sa sœur. « Stella ne vous l'avait pas dit ? » Elle parcourut des yeux la tablée. « À la maison, on parlait italien.

— Je l'ignorais, dit Graham en examinant tour à tour les deux sœurs comme s'il s'agissait de spécimens fort intéressants. Tu le savais, Sam ? »

Celui-ci avait refermé les mains sur sa tasse vide. « Non, non, je ne le savais pas », répondit-il.

Stella repoussa bruyamment sa chaise et se dirigea vers le comptoir. Là, elle contempla les innombrables rangées de boîtes de conserve, les sachets de sauce dodus, aux couleurs gaies, le tas de fourchettes en bois, le tablier rayé de la tenancière grecque. Elle avait envie de... quelque chose. Une autre tasse de thé. Ou un verre d'eau. Un chocolat, peut-être ? Que voulait-elle au juste ? En fait, ce qu'elle voulait vraiment, c'était sortir en douce du café, se mettre à courir et ne pas regarder en arrière. La collision de ses différents univers lui donnait l'impression qu'elle manquait de substance, était affaiblie, ne savait plus qui elle était censée être, comment elle devait se comporter. Elle sentait que Nina exsudait une force qui, telle la gravité, la ramenait à Édimbourg, à l'appartement de ses parents, à tout ce qu'elle croyait avoir laissé derrière elle.

Soudain, Sam se trouva à ses côtés, la main posée au creux de ses reins. « Ça va ? »

Quand elle se tourna vers lui, elle vit que son visage était empourpré, hésitant. « Ouais, très bien.

— Ta sœur..., commença-t-il.

— Quoi, ma sœur ?

— Elle est vraiment... » Il jeta un coup d'œil vers la table. « ... vraiment bizarre... vraiment folle. »

Stella ferma les yeux et se vit en train de foncer vers la terre, tel un parachutiste, avec deux champs devant elle. Dans l'un d'eux, Sam, la tête renversée en arrière, observait sa descente. Nina se trouvait dans l'autre. Vers quel champ allait-elle choisir de se diriger ? Elle n'avait bien sûr pas le choix. Nina primerait toujours.

« Ne dis pas ça. » Stella s'arracha à lui. « Ne dis plus jamais ça. »

Jake attrape la fourche et transperce les ressorts pourris d'un fauteuil qu'il dépose au sommet du bûcher. Les flammes crachent une gerbe d'étincelles, puis s'attaquent bien vite au siège en se coulant tout autour.

Il est en train de débarrasser l'écurie la plus petite. Un imper sur ses vêtements, un mouchoir devant le nez, Mme Draper a passé toute la matinée à lui donner des instructions pendant qu'il dépouillait d'anciens sièges Lloyd Loom de la garniture qui les avait recouverts pendant des années, exhumait des commodes affaissées, une vieille pomme de douche, des piles de rideaux puant le moisi.

Elle lui a demandé de tout brûler. Le feu a mis long-temps à prendre, s'obstinant à fumer jusqu'au moment où Jake l'a arrosé d'essence, et alors il a explosé, rugi, aspiré l'air environnant.

Jake a trouvé quelques trésors. Une ancienne lampe-tempête, qu'il songe à offrir à Stella pour faciliter son retour à la caravane dans le noir, et une bicyclette, sa chaîne rouillée arthritique, ses pneus flasques, mais un bon modèle. Le cadre est en fer, la selle à ressorts, les rayons des roues robustes. Quelque chose en elle lui plaît, la façon dont les roues cliquettent en tournant, la forme arquée du guidon droit, évoquant deux antennes, la sonnette toujours accrochée au métal.

Gardant un œil sur le feu, Jake frotte la bicyclette avec un vieux chiffon, comme on panserait un cheval, et gonfle les pneus. Il la retourne, fait avancer les pédales dans un sens, puis dans l'autre, graisse la chaîne et toutes les parties où le métal frotte contre le métal, et les roues tournent dans le vide.

Juché sur la bicyclette, il n'en finit pas de décrire des ronds dans la cour quand il entend une voix tout près de sa tête.

« Elle appartenait aux hippies. » Pearl a surgi de nulle part, tel un génie, les mains entortillées dans son tablier.

Jake met un pied à terre. « La bicyclette ?

— Oui. Vous l'avez trouvée dans l'écurie ? » Pearl le regarde de haut en bas, comme si elle envisageait de l'acheter. « L'un d'eux s'en servait surtout. Tout le temps. Un jeune type. Il avait à peu près votre taille et votre teint. »

Elle se dirige vers le potager et disparaît aussi vite qu'elle a surgi, laissant Jake la suivre des yeux.

Une fois le feu réduit à un tas de cendres fumantes, Jake descend l'allée sur la bicyclette de son père. Cet acte tout simple l'emplit d'un ravissement sans mélange, et il doit se retenir de rire tout haut, ou d'abattre les poings sur les poignées du guidon. Cette selle, ces pédales, cette sonnette rouillée – Tom les a touchées. Jake a l'impression que la barrière qui les séparait s'est effondrée, qu'il n'aura plus jamais envie de descendre de cet engin, de s'en séparer, et qu'il aimerait bien ne jamais cesser de pédaler.

Les choses auraient-elles été plus faciles si son père les avait abandonnés pour partir avec une autre femme ? Jake s'est toujours posé la question. La situation aurait eu l'avantage d'être claire, irrévocable. Il n'a jamais pu accepter l'idée que son père ignore totalement avoir engendré ce rejeton. Parfois, Jake éprouve une sorte de solidarité avec Tom. Il en sait assez sur lui pour être sûr qu'il aurait voulu connaître son fils. Le fait que son père soit sorti de leur monde, telle Alice passée à travers le miroir, lui apparaît étrangement cruel. La bicyclette l'a rapproché de lui – sans doute plus qu'il ne s'en rapprochera jamais. En soi, c'est déjà là un événement à fêter.

Lorsqu'il croise des clients, il est obligé de s'écarter pour éviter une collision. Ces rencontres le surprennent toujours, car il oublie facilement que Kildoune est un hôtel. Ils le dévisagent – un type pailleté de cendres, juché sur une bicyclette – comme s'il venait de Mars. Vous ne savez pas à qui appartenait ce vélo, vous n'en avez aucune idée ? a-t-il envie de brailler.

Au moment où il pense qu'il y a quelque chose qui cloche avec la direction, un déséquilibre, ou un mauvais alignement du guidon, Stella apparaît soudain derrière un tournant de l'allée, juste sous son nez, à côté d'un rhododendron alourdi de fleurs rouge foncé.

Jake serre l'unique frein. Sans résultat. La bicyclette continue sur sa lancée et s'arrête seulement quand la roue de devant heurte le fossé. Jake est projeté dans la plate-bande de fleurs humides, se cogne le front à une branche, écrase des pétales et des feuilles.

« Ça va ? » Jake est content de percevoir de l'inquiétude dans la voix de Stella.

« Ouais. » Il se frotte le front, se relève et extirpe la bicyclette du fossé. « Je crois.

— D'où sortez-vous ça ? »

Portant un jean et un pull noir, elle est telle qu'il l'imagine ailleurs qu'à l'hôtel, dans son autre vie, une vie à laquelle il n'a pas accès.

« Je l'ai trouvée. » Jake ôte piquants et brindilles de ses vêtements. « Et je l'ai remise en état. »

Ravi au-delà de toute expression, il lui sourit. Le regard perplexe de Stella se pose sur lui, sur la bicyclette, puis de nouveau sur lui.

« Venez faire une balade à bicyclette, propose-t-il tout à coup.

— Euh... non merci. La remise en état ne me paraît pas un franc succès.

— Oh ! allez ! » Il lui attrape le poignet. « Elle est assez solide pour deux. »

Elle tente de se dégager. « Vous n'arriverez pas à me faire monter sur cet engin. »

Jake l'entraîne vers l'avant de la bicyclette. « Grimpez. Ça va être comme dans ce film... comment s'appelle-t-il déjà ? »

Il la voit réfléchir, jauger le vélo, puis se laisser fléchir. « Quel film ? » demande-t-elle en prenant appui sur le guidon pour se hisser.

Jake avance avec son pied. « Il est très connu. Avec Paul Newman et... » La bicyclette vacille et dévie d'un côté. Stella hurle, saute à terre et se retrouve à genoux dans l'allée.

« Pardon ! dit-il avec inquiétude. Vous vous êtes fait mal ?

— Non. Mais ce n'est pas grâce à vous.

— Essayons une nouvelle fois. » Il lui tend la main. « Venez. »

Tout en s'époussetant les genoux, elle le regarde, regarde la bicyclette. « Je vais m'asseoir derrière, sur le porte-bagages. Ça me semble moins risqué. Avancez et je grimperai ensuite.

— Vous croyez que ça va marcher ?

— Oui. Je le faisais tout le temps avec ma sœur. Allez-y ! » Elle agite la main.

Jake appuie sur la pédale et la bicyclette se met en branle. Les rhododendrons agitent leurs poings rouges devant lui, il entend le gravier crisser sous les pas de Stella, puis sent son poids s'abattre sur le vélo qui dévie légèrement, mais il réussit sans peine à redresser la roue. Stella passe alors les bras autour de sa taille et, en baissant les yeux, il voit les pieds se balancer d'un côté au-dessus du sol.

« Des familles entières se déplacent comme ça en Chine, dit-il en tournant la tête pour se faire entendre.
— C'est vrai ? »

Il a l'impression de sentir sa voix vibrer dans les bras qui l'enlacent.

« On va de quel côté ? demande-t-il quand ils arrivent au bout de l'allée.
— À droite... non, à gauche. »

Il pèse sur les pédales car la route monte.

« Faites donc travailler votre dos », conseille-t-elle en lui donnant une petite tape entre les épaules.

Une fois la pente négociée, ils avancent vite, passent devant des bouleaux argentés, des chevaux dans un enclos, une maison en pierre où une jeune femme fait tournoyer un enfant. Stella hurle, rit, parle du frein, mais tout ce que Jake perçoit, ce sont ses bras autour de sa taille. Le paysage qu'ils traversent à toute vitesse est flou, et ils sont tous deux les seuls êtres de chair et de sang à le peupler, lui semble-t-il.

La bicyclette suit les tournants de la route grise, mais ils ont l'impression de voler au-dessus. Une voiture les double en soulevant leurs cheveux et leurs vêtements, et Stella raconte où et comment elle a appris à monter à vélo. Elle croyait que son oncle lui tenait toujours la selle mais, en se retournant, elle l'a vu loin derrière, bras croisés, et en a ressenti un tel choc qu'elle est tombée.

La route plonge et ils se dirigent vers un large pont en pierre qui enjambe une ravine. Dès qu'il l'aperçoit, Jake sait qu'il souhaite s'y attarder avec Stella, que c'est un endroit à même de susciter bien des choses. L'envie le prend d'être sur ce pont avec elle, la rivière en bas et le ciel au-dessus de leur tête. Il pose le pied par terre, sent la route racler sous sa chaussure de tennis. Le gravier vole en cliquetant contre l'engin.

Ils s'arrêtent brusquement et manquent perdre l'équilibre. Jake appuie la bicyclette contre le parapet et regarde par-dessus. Une eau noire furieuse bouillonne entre des rocs striés, surmontée d'une écume blanche.

« Bon sang ! s'écrie-t-il, le visage aspergé. Savez-vous comment s'appelle cette rivière ?

— La Feshie », marmonne-t-elle.

Jake se retourne et constate qu'il s'est de nouveau passé quelque chose en elle. Le visage fermé, figé, elle se tord les mains.

« Ça va ?

— Bien sûr. » Elle détourne les yeux.

Il reporte son regard sur la rivière tumultueuse. Le rugissement de l'eau qui frappe les versants rocheux de la ravine monte jusqu'à eux. « Quel spectacle stupéfiant ! dit-il en espérant ainsi voir s'améliorer son humeur. Nous pourrions longer la rivière, si vous voulez. Il y a un sentier.

— Non. Je ne veux pas. » Son ton est désespéré, presque enfantin. « Je n'aime pas cet endroit.

— Ah bon ?

— Non. » Elle secoue la tête. « Partons. S'il vous plaît.

— D'accord. » Dérouté, Jake la suit jusqu'à la bicyclette.

« Bref, alors je lui ai dit... » Francesca s'interrompit et tendit l'oreille. La porte d'entrée s'ouvrit, son bourrelet frotta sur le carrelage. « Voilà les jumelles muettes. Je finirai de te raconter ça plus tard.

— Pourquoi est-ce que tu les appelles comme ça ? » Evie écrasa son mégot dans une tasse à thé (horrible, bordée de nœuds écossais et de quelque chose qui ressemblait à des gerbes de blé – sans doute un héritage clanique de la famille d'Archie).

« Chut ! » Francesca se mit un doigt sur la bouche et pivota sur son siège. « Coucou ! » appela-t-elle.

Nina apparut à la porte de la cuisine. Evie lui trouva bien meilleure mine, elle avait les joues roses et un peu plus de chair sur les os. Même si elle ne pouvait plus espérer remporter d'autres médailles en gymnastique, son équilibre et sa motricité s'amélioraient. Pour quelqu'un qui n'aurait pas été au courant, elle pouvait presque paraître normale, se dit Evie.

Nina enlaça Francesca, puis passa ses fins bras décharnés autour du cou d'Evie, qui colla la joue contre ses cheveux et en huma l'odeur. Elle adorait cette odeur enfantine, non pas celle des enfants en général, seulement celle de ces deux-là. Elles sentaient le savon, l'air pur et l'innocence. Aujourd'hui s'y ajoutait une petite pointe d'école – crayons taillés, parquet ciré, relents d'encre –, mais suffisante pour qu'elle la décèle. Le côté Gilmore était très peu présent en elles, se dit-elle. Les gènes des Iannelli avaient triomphé chaque fois, surtout chez la cadette.

Stella rôdait à l'arrière-plan, le visage grave. Pas d'embrassades aujourd'hui. Evie l'examina : il y avait anguille sous roche, ça, sûrement. Son regard passa plusieurs fois de Nina, attablée avec un verre de lait, à Stella. Toutes deux avaient une expression nouvelle traduisant une sorte de conscience de soi, de malice, comme si elles faisaient semblant, essayaient de cacher quelque chose. Elles ne se comportaient pas en écolières, mais en adultes jouant aux écolières.

« Cesca, tu continues à leur couper les cheveux ? » demanda-t-elle en portant une autre cigarette à sa bouche.

Francesca hocha la tête, et sa main vola vers les boucles de Nina, qui elles aussi commençaient à avoir un aspect plus normal.

« Pas possible ! » Evie effleura les cheveux taillés de Stella – un prétexte pour l'attirer à elle – et alluma son briquet. « Vous allez venir toutes les deux avec moi au salon de coiffure, dit-elle, la cigarette serrée entre ses lèvres. Nous sommes bien d'accord ? On va court-circuiter votre mère et sa manie des ciseaux. »

Stella eut un pâle sourire.

« Comment va la redoutable Mlle Saunders ? » Evie serra Stella contre elle. « Elle porte encore ces jupes avec un élastique à la taille ? »

Nina hocha la tête sans lever les yeux de son lait.

« Je ne suis toujours pas remise de celle qu'elle avait pour le concert de Noël, poursuivit Evie en regardant tour à tour les deux sœurs. Celle avec les caniches. Vous vous rappelez ? »

Nina hocha de nouveau la tête, en souriant cette fois.

« Promettez-moi une chose, toutes les deux. Ne portez jamais de chiens. Vous m'entendez ? Notre Mlle Saunders devrait être arrêtée pour crime vestimentaire contre des jeunes impressionnables, pas vrai, Stella ? » En se tournant vers la fillette, elle s'aperçut que les boutons de son chemisier d'uniforme avaient été arrachés, et laissaient des trous effrangés dans le tissu. « Ma chérie, ton chemisier est déchiré ! s'exclama-t-elle.

« — C'est vrai ! murmura Francesca. Oh ! Stella, ça fait la troisième fois ce mois-ci. » Francesca commença à lui passer le chemisier par-dessus la tête. « Je t'ai pourtant dit de ne pas jouer à ces jeux de brutes. Nous ne pouvons pas nous permettre d'acheter un nouvel uniforme en ce moment, tu le sais très bien.

— Qu'est-ce que c'est que ça, mon ange ? » Du bout incandescent de sa cigarette, Evie montra un bleu violacé sur le poignet de Stella. Elle surprit le coup d'œil fugace échangé par les deux sœurs et vit aussi que Francesca, penchée sur le chemisier, ne l'avait pas remarqué.

« Je suis tombée, répondit Stella sans la regarder.

— Sur l'intérieur du poignet ?

— Mouais. »

Evie tira une bouffée sur sa cigarette. « Tu as dû faire une sacrée chute.

— Oui, répondit Nina à sa place. C'était une sacrée chute. »

Evie souffla des ronds de fumée pour Nina qui, d'habitude, aimait y enfoncer une petite cuiller. Mais pas ce jour-là.

« Vous n'avez pas une lettre pour moi, toutes les deux ? demanda Francesca. Stella, ce chemisier est fichu. »

Une nouvelle fois, Evie se rendit compte qu'elles échangeaient un regard avant de détourner les yeux.

« Comment tu es au courant pour la lettre ? murmura Nina en léchant les dernières gouttes de lait.

— Ne fais pas ça, c'est dégoûtant. » Francesca lui prit le verre et le posa hors de sa portée. « J'ai parlé au téléphone à la mère de Rebecca, aujourd'hui, et elle m'a dit qu'elle avait eu une lettre pour l'informer d'un voyage scolaire.

— On veut pas y aller ! lâcha Stella en se levant en tricot de corps et en jupe, une main plaquée sur son ecchymose.

— Puis-je voir cette lettre, s'il te plaît ?

— On veut pas y aller. » Il y avait une réelle terreur dans la voix de Stella. « Ne nous oblige pas à y aller, s'il te plaît.

— J'aimerais voir cette lettre », répéta Francesca avec un calme infini.

Une fois qu'elles eurent traîné les pieds dans le couloir, ouvert leur cartable et tenu tout bas des conciliabules fiévreux, la lettre fut produite. Francesca chaussa ses lunettes pour la lire. Evie croisa et décroisa les jambes, se baissa pour rajuster la couture de son bas, pensant à l'amant qu'elle allait retrouver un peu plus tard, sa dernière conquête. Un avocat. Marié, bien sûr, mais elle les préférait mariés. Pour qu'ils ne se mettent pas à se mêler de ce qui ne les regardait pas et à empiéter sur sa vie. Elle observa discrètement Stella, qui était assise, tête penchée sur le lait qu'elle n'avait pas bu.

« Ça semble passionnant, déclara Francesca avec enthousiasme. Vous n'avez pas envie d'y aller ? »

Pas de réponse. Stella attrapa son verre à deux mains, tandis que la buée s'étendait entre ses doigts.

« "Nous serons hébergés dans une résidence d'enseignants en formation, à Kincraig, dans l'Inverness-shire", lut Francesca à voix haute, et Evie se dit que, dans une autre vie, elle aurait pu être professeur. "Au cours de la semaine, les enfants auront l'occasion de pratiquer d'innombrables sports de plein air, y compris canoë, randonnées, exercices d'orientation… "

— Quelle horreur ! brailla Evie. Je suis bien de leur avis, Cesca. Ne les oblige pas à y aller. »

Stella se rappelle avoir entendu quelques jours plus tard sa mère parler au téléphone dans sa chambre. « Evie, tu me connais, j'apprécie toujours ton point de vue... Oui, je sais bien que tu les aimes... Non, non, je ne crois pas... »

Même du couloir où elle se traînait sans bruit, en chaussettes, elle perçut la voix métallique d'Evie qui essayait de convaincre Francesca et de les sauver. Mais ce fut peine perdue. Quand sa mère prenait une décision, impossible de la faire changer d'avis.

« ... leur institutrice a dit à Archie qu'elles avaient des "difficultés à s'intégrer"... C'est l'expression qu'elle a employée... Je ne sais pas quoi faire d'autre, Evie... Tu les connais. Pour elles, le monde se résume à elles deux... Ce voyage pourrait les aider à devenir plus sociables... Leur comportement n'est ni normal ni sain... Elles s'amuseront bien, j'en suis sûre. »

Près du Loch Insh, une bosse de la route fait sauter la chaîne de la bicyclette. Les doigts tout noirs, ils passent une éternité à batailler avec ses maillons graissés, glissants. Jake s'entête, certain qu'il peut la réparer, et se débat pendant trois quarts d'heure avant d'admettre qu'ils ne s'en sortiront pas sans outils. Stella l'avertit que c'est bien la dernière fois qu'elle monte avec lui sur une bicyclette.

Le temps qu'ils arrivent à l'hôtel, le dîner est terminé, tout le monde est reparti et la cuisine est vide. Stella ne s'était pas rendu compte qu'il était aussi tard.

« On a fait une belle balade », dit Jake en s'étirant. Il se débarrasse de sa veste et, quand il la pose sur le plan de travail, les boutons cliquettent.

Devant l'évier, Stella frotte ses mains graisseuses. « Sauf que le vélo est parti en morceaux et que, en sale entêté que vous êtes, vous nous avez obligés à parcourir des kilomètres dans le noir – ouais, c'était formidable.

— Bon, à part que c'était un désastre, c'était bien, reconnaissez-le.

— Voyez-vous ça ! »

Jake garde le silence. Puis, d'une voix très douce, il dit : « Moi, j'ai vraiment passé un bon moment. »

Stella lui jette un coup d'œil et s'aperçoit qu'il la regarde. Détournant les yeux, elle se récure les ongles avec application. Elle se sent étourdie, un peu bizarre, aussi tendue qu'une corde de violon, et ne sait vraiment pas ce qui va pouvoir se passer.

« Moi aussi », essaie-t-elle de dire, mais sa voix est trop forte. En surface, à la lumière artificielle crue, elle paraît calme, placide et blanche ; mais à l'intérieur, tout bouillonne, sang, eau, muscles et os.

« On devrait recommencer un de ces jours. » Il fait mine de s'approcher d'elle. « Quand j'aurai réparé la bicyclette. Qu'en pensez-vous ? »

Ils se dévisagent. Stella compte quatre battements de son cœur qui cogne si fort qu'il lui fait presque mal. « C'est une idée », parvient-elle à expulser, et son ton est terriblement guindé, terriblement édimbourgeois.

Jake semble perplexe, hésite, scrute son visage. Ce qu'il voit l'incite à croiser les bras et à baisser les yeux. « Bon, dit-il en attrapant sa veste. Alors, à plus tard. »

La porte battante de la cuisine se referme derrière lui en oscillant plusieurs fois. Stella écoute les pas qui s'éloignent dans le couloir. Puis elle s'effondre sur l'évier en se prenant la tête dans les mains. « Oh ! Merde ! » souffle-t-elle à l'adresse de la cuisine. D'un côté, elle a envie de rire tant elle est soulagée par son départ, qui lui évite d'affronter cette situation tout de suite, d'un autre, elle voudrait s'élancer derrière lui.

« Oooh ! Merde ! » gémit-elle, et, en entendant la cuve

de l'évier lui renvoyer un écho déformé, atone, elle pouffe de rire.

Elle se redresse alors et jette un coup d'œil dans la cuisine. Tout a l'air robuste, hyperréaliste : rangée de couteaux accrochés au-dessus de la planche à découper, bols encastrés les uns dans les autres, lot de cafetières, pile carrée de torchons propres pliés, tasses à thé amoncelées en équilibre instable. Un récipient en plastique contenant des légumes indéterminés recouverts de film alimentaire est posé à côté de la bouilloire. Machinalement, elle le ramasse et l'apporte dans la réserve fraîche, sombre et humide. Elle n'allume pas car elle compte le poser sur la table et sortir aussitôt.

Mais soudain Jake se trouve juste derrière elle, lui prend le bras et la fait pivoter. « C'est une idée ? dit-il. C'est une idée ? »

Stella est coincée contre un pied de la table. Dans l'obscurité qui adoucit les contours, elle devine à peine son profil – l'arrondi de son front, le renfoncement de son œil. Son souffle est chaud sur sa joue.

« Bon. » Elle feint de réfléchir un instant et sent son corps vibrer, sonner, comme un verre émet une note sous le doigt qui le frotte. « Une bonne idée », réussit-elle à ajouter.

Il désigne le récipient en plastique. « Pose ça. »

Stella secoue la tête et, sans vraiment savoir pourquoi, serre le récipient contre elle.

« Pose ça », répète-t-il. Comme elle n'en fait rien, il le lui prend des mains et le pose. Il s'approche encore. Ne pouvant reculer à cause de la table, elle sent la barbe naissante de Jake se prendre dans ses cheveux ; c'est à la limite du supportable.

« Peut-être... », commence-t-elle en s'adressant au torse qui lui fait face. Un voile se déchire dans un recoin de son esprit, un souvenir à demi oublié, qui la force à réagir. « Peut-être... après tout, que ce n'est pas une très bonne idée... je pense... »

Mais d'un geste rapide il l'enlace, et elle sent la pression de l'épaule de Jake sur son visage. Ses bras n'ont d'autre choix que de se refermer sur lui, et cette posture est tellement simple, apporte un soulagement si manifeste qu'elle ne comprend pas pourquoi ils ne l'ont pas adoptée plus tôt. Pourtant, elle est sûre qu'elle avait l'intention de dire quelque chose et ouvre déjà la bouche, mais il se penche en avant et presse ses lèvres sur les siennes. Ce baiser semble exploser en elle, telle la première bouffée d'air qu'on inspire en remontant à la surface de l'eau. Incrédule, elle s'accroche à Jake. Il s'emplit les mains de ses cheveux, et elle s'aperçoit qu'il la touche comme s'il comprenait le braille de sa peau.

Soudain, un bruit les interrompt, sonore, insistant, strident. Stella sait que Jake l'entend lui aussi car il tressaille légèrement. Mais il ne s'arrête pas, fait comme si de rien n'était.

« Jake, dit-elle.

— Mmm ? »

Arquée contre lui, les doigts enfouis dans les vêtements de Jake, elle sent son odeur lui emplir le corps et imagine que les molécules de cette senteur particulière pénètrent au fond de ses poumons, se dissolvent, se mélangent au sang chassé par les alvéoles et expédié dans tout son organisme.

« Le téléphone. »

Dans le noir, elle voit ses paupières se soulever, puis se refermer. Sa bouche se plaque de nouveau sur la sienne et la réduit au silence. Elle se dégage.

« Jake, il vaudrait mieux répondre. »

Il la serre contre lui, si fort qu'elle a du mal à respirer, l'embrasse dans le cou, une main en coupe sur sa joue. « Non », réplique-t-il.

Elle laisse courir ses mains le long de son dos, les jambes enroulées autour des siennes. « Je crois que nous devrions répondre.

— Non, marmonne-t-il. Nous sommes occupés. Très, très occupés. »

Quelque chose lui vient à l'esprit, et elle se raidit. « Jake, ça pourrait être Mme Draper. Elle appelle parfois du pavillon du gardien. »

Il pose son front contre le sien et la regarde droit dans les yeux. « Ça va peut-être te surprendre, mais en ce moment ça m'est bien égal. »

La sonnerie continue, forte, vrillant les nerfs. Jake mêle ses doigts un par un aux siens. « Bon Dieu ! » grommelle-t-il.

Ils se taisent un instant.

« Tu crois que ça pourrait déranger les clients ? » demande-t-il à contrecœur.

Stella s'écarte de la table en s'arrachant à l'étreinte de Jake. Il l'embrasse encore une, deux, trois fois avant de la laisser partir. « Reviens vite. Je n'en ai pas encore fini avec toi. »

Désorientée, riant tout bas, Stella titube sous la lumière aveuglante de la cuisine et met de l'ordre dans ses vêtements. En poussant la porte, elle grogne à l'adresse du téléphone : « Si tu t'arrêtes maintenant, je te tue. »

Elle décroche, et le bruit qui régentait sa vie depuis quelques minutes cesse. Durant une fraction de seconde elle est tellement soulagée qu'elle oublie ce qu'elle fait là et à quel titre.

« Euh. » Puis ça lui revient. « Hôtel Kildoune, bonsoir, à votre service. » Une hystérie joyeuse perce dans son ton, remarque-t-elle en espérant que la personne qui est au bout du fil ne s'en apercevra pas.

« Bonsoir. » Une voix féminine. Douce, hésitante. « Serait-il possible de parler à Jake Kildoune ?

— Sans problème. C'est-à-dire, oui, bien sûr. » Allons, ressaisis-toi. « Qui dois-je annoncer ?

— C'est sa femme. »

Stella éloigne le combiné de son oreille. La couleur des fleurs paraît trop vive. En baissant les yeux, elle constate que quelqu'un a déplacé toutes les brochures et les a empilées sans soin sur l'étagère où devraient se trouver les formulaires de réservation. Il faudra qu'elle les remette en place. À un moment ou à un autre. Mais pas maintenant. Elle pose le téléphone sur le bureau, comme s'il était en porcelaine très fine, très fragile.

Sous la forte lumière de la cuisine, elle appelle : « Jake ! » L'unique syllabe de son nom a une tonalité explicite, décisive, c'est une porte qu'on claque.

« Viens ici ! s'écrie-t-il de la réserve.

— Jake ! » appelle-t-elle de nouveau. Elle éprouve une sensation curieuse au niveau du plexus solaire, un peu comme s'il était rempli d'un gaz lourd et humide. Du dos de la main elle se frotte les lèvres, le cou, les joues.

« Allons, viens !

— C'est pour toi. » Elle prend une inspiration. L'air semble glacial. « C'est ta femme. »

Un long silence lui répond dans le rectangle noir dessiné par la porte de la réserve. Puis Jake s'y encadre, débraillé, les cheveux hérissés, la chemise à moitié sortie du pantalon, une main pressée sur son front.

« Stella, écoute... » Sa voix est basse, affolée.

Les yeux rivés au sol, Stella ajoute : « Téléphone. Pour toi. À la réception. » Elle indique la direction, puis se rappelle qu'il sait où se trouve la réception, mais précise tout de même : « Par là. »

Jake jure entre ses dents et s'approche d'elle.

« Non, surtout pas ! »

Il jure de nouveau avant de pousser brutalement la porte. Stella se faufile dans le couloir.

« Allô ! » l'entend-elle dire avec précipitation, puis : « Stella, attends une seconde, tu veux bien, juste une seconde. » Et il reprend, tout d'un trait : « Mel, bonsoir, comment vas... C'est ça... Bien... Écoute, est-ce que je pourrais te rappeler ? » Mel n'est sans doute pas très contente car la dernière chose que Stella perçoit tandis qu'elle file dans le couloir, c'est le grésillement d'une voix déformée par le téléphone.

Se glissant entre les formes obscurcies des meubles du salon, elle sort par la porte-fenêtre. Le froid pénètre aussitôt entre sa peau et ses vêtements. Elle se hâte de s'éloigner en marchant tout droit, sans savoir où elle va ni pourquoi, franchit le talus en trébuchant et traverse la pelouse. Le temps qu'elle arrive à la plate-bande de fleurs, elle est prise de frissons et le claquement de ses dents résonne dans son crâne.

Il a donc une femme ? Une femme ? Il est marié ? Stella serre les poings. Elle a des idées très claires sur le sujet – il ne faut jamais tomber amoureuse d'un homme marié, ne jamais même s'en approcher, ne pas se laisser entraîner. Mais celui-ci ne se comporte pas en homme marié. Pas du tout. Alors comment était-elle censée le deviner ? Elle se sent à cran, au bord des larmes, vidée, comme si on lui avait transpercé la poitrine. Pour ne pas pleurer elle se mord la lèvre, prise d'une envie de piétiner quelque chose. Très fort. Jake, de préférence.

La porte de l'hôtel s'ouvre et des pas font crisser le gravier. La chemise pâle de Jake fend l'obscurité de la cour. « Stella ! appelle-t-il. Stella ! »

Elle se glisse derrière un gros pot en pierre. Jake s'élance vers l'extrémité de la plate-bande.

« Stella ? lance-t-il dans le noir. Tu es là ? »

Elle retient sa respiration, le voit faire demi-tour puis longer l'hôtel pour gagner sa caravane.

Stella se tourne alors vers la rivière, vers le loch, colle le dos au pot couvert de mousse, puis s'accroupit sur ses talons et, ramassée en boule, attend, furieuse, la mâchoire serrée.

Elles n'avaient pas du tout emporté ce qu'il fallait, Stella le vit bien. Rien ne convenait. Les autres filles portaient des tenues identiques sur lesquelles elles s'étaient sans doute mises d'accord au préalable : survêtement en tissu éponge couleur layette, tennis blanches et sac à dos assorti. Celui de Felicity était rose guimauve, celui de Rebecca jaune sorbet.

Nina et elle avaient des robes à smocks que Francesca avait taillées sur des patrons commandés par correspondance, des cardigans tricotés par Valeria et des chaussures à boucles qui claquèrent sur les marches de l'autocar lorsque Stella aida sa sœur à monter. Stella adorait ses fronces brodées, qui se rejoignaient parfaitement aux coutures, sans rupture. Celles de Nina étaient un peu différentes, moins rouges. Penchées sur le catalogue avec Francesca, elles avaient passé une heure à choisir le modèle. Leur mère prenait ce genre de décision très au sérieux. Elle avait dit que le rouge ferait ressortir les yeux verts de Stella, et que le vert ferait ressortir les reflets roux des cheveux de Nina. Stella avait bien aimé cette symétrie inversée.

Dans le car, tout le monde se mit à sortir son panier-repas. Mlle Saunders n'en avait pas donné la permission, mais ne fit rien non plus pour l'empêcher.

Même pour ça, elles n'étaient pas comme les autres, remarqua Stella. Autour d'elles, les filles avaient de vraies mallettes en plastique avec poignée et petite bouteille assortie, remplies de chips, de chocolat et de sandwiches blancs préparés avec du pain en tranches dont on avait ôté la croûte. La boîte que Nina sortit de son sac était un ancien pot à glace récupéré dans le café de ses grands-parents – *Glaces Iannelli* était écrit en italiques tourbillonnantes –, qui, Stella le savait, contiendrait une *ciabatta* plate piquetée d'olives, des abricots secs et peut-être des biscuits aux amandes que sa mère avait confectionnés la veille au soir. Elle donnerait les siens à Nina, car elle n'aimait pas les amandes, et sa mère l'oubliait toujours. « Je ne me rappelle jamais laquelle de vous deux ne les aime pas », répondait-elle quand elles se plaignaient.

Stella était en train de tendre la main pour sortir sa boîte quand, du coin de l'œil, elle vit Anthony Cusk descendre l'allée. Son groupe d'amis l'encourageait. Ses cheveux flamboyants contrastaient violemment avec le blanc farineux de sa peau, ses yeux étaient très enfoncés dans la rondeur pâteuse de son visage. Stella détestait tout en lui – ses grandes oreilles aux lobes charnus, ses mains moites aux ongles rongés, ses cils décolorés.

« Bonjour », dit-il d'une voix charmeuse qui fit défaillir Stella. Il s'appuyait au dossier de sa sœur. Nina garda les yeux fixés droit devant elle, sur les montagnes dénudées qui défilaient derrière la vitre. Stella commença à se dire qu'avoir choisi la place du couloir pour Nina n'était pas une bonne idée, mais comme Mlle Saunders était assise tout près, elle avait cru que ça pourrait aller.

« Qu'est-ce que tu veux ? siffla Stella entre ses dents. Va-t'en.

— C'est pas très gentil, dit-il en se penchant sur sa sœur. Je viens simplement voir comment vous allez. Comment elle s'en sort avec sa tremblote ? »

Avant que Stella ait pu l'en empêcher, il attrapa Nina par le poignet et se mit à lui secouer le bras. C'était une horrible parodie de la manière dont Nina tremblait.

« Elle a toujours la tremblote, à ce que je vois », dit-il en se retournant pour prendre acte des rires du reste de la classe.

La boîte, avec le repas qu'elle contenait, échappa à Nina. Stella vit les biscuits enveloppés de papier alu glisser sur le sol du car, hors de portée.

« Lâche-la ! » Stella bondit, attrapa une poignée de cheveux d'Anthony et tira. Il hurla, sans cesser de secouer Nina, qui pleurait maintenant. Stella tira encore plus fort et sentit que l'autre main d'Anthony lui comprimait la gorge. L'air se bloqua dans son cou comme dans une bouteille bouchée. Autour d'eux, tout le monde observait la scène en riant. Stella sentit que son visage s'empourprait, que ses poumons remplis la brûlaient. Au cours des dernières semaines, Anthony était devenu de plus en plus brutal. Depuis qu'elle l'avait fait saigner du nez, les sarcasmes et pincements au bras du début avaient cédé la place à des prises à la tête, des torsions de bras, des coups de pied douloureux dans les tibias, d'énormes coups de poing dans le corps. Elle s'était mise à avoir vraiment peur de lui, à faire des cauchemars, à trembler quand il s'approchait d'elles, et ignorait complètement jusqu'où ça pourrait aller, et comment ça pourrait finir.

Soudain Mlle Sauders était là, accrochée à la barre du plafond.

« Chaque fois que tu es quelque part, il y a des problèmes, Anthony. Retourne immédiatement à ta place ! »

Stella sentit la main glisser de sa gorge, entendit les rires faiblir.

« Nina, ton repas t'a échappé ? » demanda ensuite Mlle Saunders de cette voix basse, mélodieuse qu'elle employait toujours en s'adressant à Nina, comme si parler plus haut risquait de lui faire mal. Stella méprisait ce ton. Pourquoi ne pouvait-elle pas parler normalement à Nina ?

Nina hocha la tête et essuya ses larmes du dos de la main.

« Ah ! là, là ! » Mlle Saunders ramassa le pot de glace Iannelli et y remit la *ciabatta* entamée. « Voilà. Veux-tu un mouchoir en papier ?

— Non, merci, répondit Nina sans lever les yeux.

— Qu'est-ce qu'elle a dit ? » Mlle Saunders regarda Stella. « Est-ce qu'elle voudrait un mouchoir en papier ?

— Non, dit Stella. Non, elle n'en veut pas. »

La matinée est grise et humide. La brume pèse sur les cheminées et les tourelles de l'hôtel Kildoune, comme si les nuages avaient renoncé à leur course et, épuisés, s'affaissaient sur la terre. Les freux poussent exclamations et gémissements dans le ciel.

Jake observe le chien tacheté qui trotte sur le sentier de sa drôle de démarche en crabe, distrait de temps à autre par des odeurs. Quand il aperçoit Jake à la lisière de la forêt, il couche les oreilles, bondit vers lui, force sa truffe humide dans sa main et glapit de plaisir en découvrant quelqu'un qui, non seulement se trouve dehors à cette heure matinale, mais en outre n'a visiblement aucun but. Il lui lèche les doigts de sa longue langue brûlante et lève sur lui des yeux jaunes.

Jake laisse courir la main le long du corps soyeux, sent les côtes se soulever au rythme de la respiration et le torse musclé frémir d'affection. Alors qu'il plie et déplie le velours d'une oreille, il aperçoit Stella entre les arbres.

Chaussée de bottes en caoutchouc, elle soulève le bas de son uniforme pour le protéger de la boue du sentier et tient ses chaussures à la main. Le chien s'élance vers elle, tout frétillant, incapable de contenir sa joie en voyant non pas une, mais deux personnes dehors. Elle se penche, tend une main et murmure quelques mots au chien avant de se diriger vers Jake.

Il s'avance à sa rencontre. Les traits de Stella sont figés, déterminés. « Il y a une éternité que je suis levé, j'attendais de te voir, commence-t-il. Je n'étais pas sûr… »

Elle fait un pas de côté et continue à avancer. « Je sais. Je t'ai entendu devant la caravane.

— Oh ! » Il la rattrape. « Exact. »

Elle ne l'a pas regardé, n'a pas levé les yeux sur lui.

Jake fait une nouvelle tentative. « Écoute, Stella, j'ai essayé de te parler hier soir, mais…

— Je sais », répète-t-elle. Son pas est rapide et ses bottes font un bruit de succion. Jake marche sur ses talons.

« Stella, s'il te plaît. Est-ce que tu peux t'arrêter une seconde ? Il faut qu'on en parle. Je sais bien que j'aurais dû te prévenir, mais… »

Elle lui coupe la parole. « Ouais, tu aurais dû.

— Ce n'est pas ce que tu crois, je te le promets. Si seulement tu me laissais…

— Fous-moi le camp, Jake, lâche-t-elle en accélérant l'allure.

— Écoute. » Il lui prend la main, et ce contact semble la surprendre au point qu'elle se retourne d'un geste brusque.

Leurs regards se croisent brièvement et, lorsqu'elle se dégage, Jake est déconcerté de la voir au bord des larmes. Tandis qu'elle se retourne et s'éloigne, il reste cloué sur place. Qu'a-t-il donc fait ? Comment peut-il avoir laissé les choses en arriver là ?

Il voit sa silhouette disparaître entre les arbres et sait soudain qu'il ne pourra pas supporter de la perdre, car sa vie en serait déchirée, et cette blessure ne guérirait peut-être jamais.

« Stella ! S'il te plaît ! s'écrie-t-il, et la forêt semble bouger, amortir ses paroles. Je peux t'expliquer. Laisse-moi essayer en deux phrases, c'est tout ce que je te demande. »

Elle fait un pas, un autre, puis s'arrête. Jake voit qu'elle se trouve à la fourche, là où le sentier se sépare en deux tronçons dont l'un mène à la cabane. Doit-il la rejoindre ? Il ne voudrait surtout pas provoquer sa fuite. Autour d'eux les arbres s'emplissent d'air comme des poumons.

« Une seule phrase, dit-elle sans se retourner.

— Une seule ? D'accord. Une seule phrase. » À sept pas d'elle, il réfléchit en se mordant la lèvre. « Ça ne compte pas, ça ne compte pas du tout. » Ses mots sortent avec effort. « Je ne...

— Ça y est ! » Elle l'interrompt et reprend sa marche. « Tu as eu ta phrase ! »

Jake l'ignore. « Je ne l'aime pas. » Il la suit en trébuchant. « Je ne l'ai jamais aimée. Tu m'entends ? »

Stella continue à avancer. « Tu l'as épousée, oui ou non ? rétorque-t-elle par-dessus son épaule.

— Je n'avais pas le choix. » Jake se met à courir. « Il faut que tu me croies. »

Après un petit rire, Stella se met elle aussi à courir. « Ouais, c'est ça. Elle t'a forcé. Très convaincant, Jake. Elle... »

Jake et Stella sortent du bois au même moment. La lumière est très vive et Mme Draper est plantée devant eux, bras croisés, ses hauts talons oscillant sur le pavage irrégulier.

« À quoi jouez-vous, tous les deux ? » Elle les scrute, le front plissé. « Vous faites la course ? Il est un peu tôt pour ça. Jake, je vous ai cherché partout. »

Stella rajuste son uniforme et se glisse par la porte de service. Involontairement, Jake fait mine de la suivre, mais se reprend à temps.

Mme Draper l'observe en haussant les sourcils. « Eh bien ! s'exclame-t-elle. Je ne vous demanderai pas ce qui se passe. Ça, sûrement pas. »

Il y a un silence, pendant lequel elle attend une réponse de Jake, qui ne vient pas. Il se frotte une main sur le visage en suivant Stella des yeux.

« Bon, j'ai des projets pour vous aujourd'hui, Jake, dit-elle d'un ton sec. Je veux que vous terminiez de débarrasser les écuries, que vous jetiez tous…

— Je croyais que je devais aider Ste… » Il s'interrompt. « Je croyais que je devais faire les chambres, aujourd'hui.

— Non. Je veux que vous travailliez dehors. Si toutefois ça vous convient », ajoute-t-elle d'un ton plein de sous-entendus.

Jake déglutit. « Oui. Bien sûr. »

Le centre pédagogique se composait de plusieurs bâtiments blancs crépis surplombant la lande. Tout autour, le terrain avait été récemment déboisé et, des fenêtres, on ne voyait que les souches des arbres coupés ainsi qu'un versant schisteux escarpé, menaçant. Même à l'intérieur, l'air était glacial.

En revenant dans leur chambre, Stella vit que Nina, assise sur la couchette inférieure, étalait ses vêtements.

La pièce contenait six lits superposés, mais seuls deux autres étaient occupés par Fiona et Sally. Fillette aux os épais, affligée d'eczéma, Fiona avait pour amie Sally, petite, chétive et silencieuse la plupart du temps. Stella s'était souvent demandé si elles étaient de vraies amies, comme Rebecca et elle l'avaient été, ou si elles s'accommodaient l'une de l'autre tout simplement parce que, au cours du grand appariement qui se produit très tôt dans une classe, personne ne les avait choisies.

Stella essayait de ne pas s'appesantir sur le fait que, si ce voyage avait eu lieu un an plus tôt, elle aurait partagé une chambre avec Rebecca, Felicity et toute la bande, qui avaient projeté des banquets de minuit pendant tout le trajet en autocar. Il valait mieux ne pas y penser.

Elle s'assit à côté de sa sœur.

« Tu les as ? souffla Nina.

— Oui. » Stella posa sur ses genoux le nounours qu'elles avaient apporté. Il avait une expression plaintive, des pattes de velours et un corps muni d'une fermeture à glissière dans le dos permettant de cacher des secrets dans son ventre. Le matin, elles avaient sorti les deux flacons marron de médicaments que leur mère avait glissés dans le linge de Nina et les avaient cachés dans la douce bedaine doublée de flanelle. Stella les sortit derechef, ôta les bouchons de sécurité, qu'il fallait pousser vers le bas avant de les dévisser, et s'apprêtait à compter les pilules (une rose trois fois par jour, deux jaunes deux fois par jour, elle se l'était répété la nuit précédente pendant qu'elle n'arrivait pas à dormir), quand Nina lui demanda : « Laisse-moi le faire. Je veux le faire. »

Stella hésita. La dernière fois qu'elle s'en était chargée, sa sœur avait été prise d'un spasme violent, ce qui était souvent le cas dans les moments décisifs, et les pilules avaient volé dans toute la pièce. Avec son père, Stella avait dû se mettre à quatre pattes pour récupérer celles qui avaient roulé sous la table, entre les lames de parquet. L'une avait même atterri dans le chausson de sa mère.

Nerveuse, elle lui tendit le flacon, la vit en extraire les médicaments, puis lui passa la bouteille de soda que Francesca avait emplie d'eau. Sa sœur déglutit avec difficulté pour avaler ces pilules qui avaient une odeur de poudre à canon, tout au moins telle que Stella l'imaginait.

« Qu'est-ce qu'elle fait ?

— Elle prend ses médicaments », répondit Stella, tellement vite qu'elle ne sut pas au juste si c'était Fiona ou Sally qui avait posé la question.

Sally l'observait de la couchette supérieure d'en face, ses yeux de lutin plissés, les mains croisées derrière la tête. C'était donc sans doute elle.

« Moi aussi, j'ai des médicaments à prendre, dit Fiona avec un sourire timide. Mais c'est Mlle Saunders qui me les garde.

— Ah oui », fit Stella en inclinant la tête. Rempli de flacons, le sac de linge appartenant à Fiona se trouvait par terre dans l'allée.

Sally glissa de son lit tel un serpent. « Je vais aller manger », marmonna-t-elle.

Les sœurs Gilmore étaient les dernières dans la queue. Stella mit sur son propre plateau le repas de Nina, car elle ne pensait pas qu'elle pourrait y arriver toute seule et se doutait que lâcher une assiette la vexerait. Elle devait elle aussi veiller à ne rien faire tomber et avançait très lentement derrière Nina, qui portait leurs couverts.

Elles s'assirent en bout de table, laissant deux places libres entre elles et les autres filles. Il y eut néanmoins une agitation soudaine de plateaux, des gloussements, des raclements de chaises, et toutes se déplacèrent vers une autre table. Fiona était à la traîne quand, clignant des yeux, le visage cramoisi, elle attrapa son plateau et, sans croiser leur regard, s'éloigna honteusement.

« On n'a pas envie d'attraper des microbes, lâcha Felicity.

— Y a aucun risque, répliqua Stella en faisant mine de se lever. Elle va mieux maintenant ! »

Nina murmura dans son dos : « Stella, ne fais pas ça. Rassieds-toi, Stel.

— Si elle va mieux, alors pourquoi elle prend des médicaments ? » L'air très calme, Felicity croisa son regard.

Stella jeta un coup d'œil à Sally, Sally au visage de fouine, aux bras maigres et à la peau marbrée. Assise près de Felicity, elle riait, mais en ouvrant trop la bouche, avec trop d'empressement, sans la moindre joie.

Stella se rassit. Elle ne cessait d'enrouler les jambes autour des pieds de sa chaise, puis de les dérouler, et tâtait dans sa poche le caillou qu'Evie avait ramassé dans son jardin le samedi pour le lui donner en lui disant : « Garde-le tout le temps dans ta poche. Et si quelqu'un t'embête à l'école, prends-le dans ta main et pense à moi. »

Elle en touchait à présent la surface usée par la mer, mais ne parvenait pas à imaginer Evie dans cette cantine brillamment éclairée qui sentait la cuisine réchauffée et les gens entassés, elle n'y parvenait vraiment pas.

« Je veux rentrer à la maison », marmonna Nina par-dessus la table.

Stella chercha un instant une réponse appropriée. Devait-elle feindre l'entrain ? Dire que tout allait bien se passer ? Qu'elle adorait cet endroit ?

« Moi aussi, reconnut-elle.

— Tu crois que si on téléphonait à maman, elle viendrait nous chercher ?

— Non.

— Et papa ? »

Stella y réfléchit. « Maman l'en empêcherait.

— Evie ?

— Ça, je ne sais pas, admit Stella en effleurant de nouveau la pierre avec son pouce. Peut-être. Oui. Elle viendrait sans doute.

— Mais maman serait fâchée contre nous.

— Oui. »

Au bout de la salle, Mlle Saunders, vêtue d'un survêtement bleu, frappait dans ses mains. « Dans une minute, je veux tous vous voir dans la grande salle où nous allons parler de l'excursion d'orientation que nous ferons demain en remontant la Feshie. D'accord ? »

Comme une forcenée, Stella s'attaque à la saleté, récure les baignoires avec du produit désinfectant, passe violemment l'aspirateur, fourre le linge sale dans les machines à laver, lâche des assiettes graisseuses dans de l'eau mousseuse.

« Eh bien, vous êtes pleine d'énergie aujourd'hui », fait remarquer Pearl en lui jetant un regard en coin.

Au lieu de répondre, Stella se met à frotter une marque noire de main sur la bouilloire. Tâcher d'éviter Jake est une occupation à plein temps. À cette fin, elle n'a pas mis les pieds dans la cuisine de toute la journée, préférant s'occuper des chambres et de la salle de jeux, ou approvisionner le bar. Au milieu de la matinée, elle a dû se cacher dans une cabine de douche lorsqu'il s'est mis à sa recherche. Le bâtiment se révèle parfait pour les fuites et les dérobades – avec ses innombrables niches, placards, escaliers dissimulés par des rideaux, pièces donnant dans d'autres pièces, trappes ouvrant sur le grenier – et Stella le connaît bien mieux que Jake, elle n'ignore aucun des chemins qui le traversent.

En fin d'après-midi, du haut de la chambre à tourelles, elle observe Jake. Il empile carcasses de vieux canapés, branches élaguées, sièges brisés sur un bûcher. Est-ce un effet de son imagination ou peut-elle sentir l'odeur de roussi ? Le feu tousse, crache des étincelles, et elle voit Jake donner une tape sur sa manche. Un moucheron précoce ? Ou une cendre rougeoyante qui lui a atterri dessus ? Stella regarde la courbe de sa nuque, la forme de ses épaules pendant qu'il se penche sur sa fourche.

Tu devrais partir, songe-t-elle. Il est temps. Et pourtant… Elle ignore si elle pourra affronter la vie ailleurs, se faire de nouveau toute petite pour trouver sa place. En est-elle capable ? S'imagine-t-elle dans une ville, en train de préparer une émission de radio ? Une telle existence lui paraît impossible aujourd'hui, elle ne pourrait plus s'y adapter. Elle ne sait pas au juste ce qu'elle est venue faire ici ; tout ce qu'elle sait, c'est que ça n'a pas marché, rien ne s'est produit. Pourquoi devrait-elle laisser un homme la chasser ? Qu'il aille se faire foutre, pense-t-elle, et elle se détourne en s'efforçant de faire comme si son cœur n'était pas cassé, douloureux.

Le soir, elle trouve un papier plié poussé sous sa porte.

Stella,
Tu m'évites, je le sais, et je dois reconnaître que tu es plutôt douée. Où as-tu appris à être aussi retorse ?

Il faut que je te parle. Si tu ne me laisses pas une chance de m'expliquer dans les heures qui viennent, je pourrais bien devenir fou. Ma santé mentale est entre tes mains. Viens jusqu'à ma porcherie. Tout de suite. S'il te plaît. Bisou,

Jake

Son écriture est différente de ce qu'elle imaginait. Elle observe sa signature, la boucle du *J* plus petite que celle du *k*. Un seul baiser. Stella lit ce message deux fois, puis le froisse en une boule dure et le jette aux ordures.

Quelques minutes plus tard elle sort de sa chambre, se penche sur la poubelle pour l'en extirper. Puis elle le déplie, le lisse contre le mur et le met dans sa poche.

Avançant dans l'étroit couloir au plafond bas de la partie la plus ancienne du bâtiment, elle se dirige vers la chambre du fond qu'elle doit préparer.

Soudain, sans prévenir, quelque chose bondit d'une niche abritant une tête de cerf empalée contre le papier peint, et l'empoigne. Elle laisse échapper un cri et heurte un guéridon en envoyant dinguer un vase en porcelaine. On la tient par-derrière d'un bras ferme passé autour de sa taille, et, si elle ne le voit pas, elle reconnaît l'odeur de Jake, la densité de son corps.

Luttant pour se dégager, elle se tortille, envoie des coups de pied. « Qu'est-ce que tu fais ? Lâche-moi ! » hurle-t-elle.

Ses pieds se soulèvent du sol. Il la porte et lui fait rebrousser chemin.

« Jake, pose-moi ! » Très en colère maintenant, elle lui frappe le bras et, de son poing fermé, assène des coups derrière elle. « Jake !

— Arrête de crier, tu veux ? » lui souffle-t-il à l'oreille pendant qu'ils titubent dans le couloir. Le motif répété du papier peint défile sous les yeux de Stella et lui donne le vertige. « Tu vas me rendre sourd. »

Ils arrivent devant la porte de la blanchisserie, que Jake ouvre d'un coup de pied. Stella s'agrippe au montant et parvient à arrêter leur progression.

« Bon sang ! marmonne Jake en lui arrachant les doigts du bois. Tu es une sacrée emmerdeuse. Tu le sais ? » Il réussit à lui faire lâcher prise et claque la porte derrière eux avant de la libérer.

Ne perdant pas une seconde, Stella s'élance vers la porte avec un grognement inarticulé et Jake lui barre la route. D'une main il l'attrape, lui maintient les deux poignets, de l'autre il tourne la clé.

Lorsqu'il la retire de la serrure, il remarque : « On a bien raison de parler de la fougue des Italiens. Et de la fougue des Celtes. Quel fichu mélange ! »

Stella le frappe violemment sur le bras. « Laisse-moi sortir !

— Non.

— Laisse-moi sortir ! » hurle-t-elle avec rage.

Il secoue la tête.

« Jake, donne-moi cette clé. » Elle tend la main. « Donne-la-moi tout de suite ou… ou je crie.

— Vas-y. Il n'y a personne. Mme Draper est allée chercher des provisions. Pearl a pris sa journée. » Il enfonce la clé dans la poche de son pantalon, juste dans le pli de l'aine. « Si tu la veux, viens la chercher. »

Stella envoie un coup de pied dans une pile de draps propres, qui s'écroule par terre. « Je te déteste, je te déteste, Jake Kil…

— Bon. Ça suffit. J'ai essayé de m'adresser à toi comme on s'adresse à un être civilisé, mais tu n'as rien voulu savoir. Je t'ai dit que j'étais au bord de la folie et, visiblement, tu t'en fiches. Très bien. Les situations désespérées exigent des mesures désespérées. Je n'avais pas le choix », conclut-il en agitant le bras vers les piles impeccables, pâles de serviettes, nappes, draps, taies d'oreiller.

Stella lui fait face en serrant les poings. « Si tu crois qu'en me kidnappant et en m'emprisonnant dans une buanderie tu vas réussir à me faire oublier que tu es un petit merdeux, je t'assure… »

Jake lui sourit. « "Petit merdeux". L'expression me plaît. Maintenant, tu vas m'écouter…

— Non, c'est toi qui vas m'écouter, réplique Stella en faisant un pas vers lui. Les hommes mariés, ce n'est pas mon truc, d'accord ? Et si tu t'imagines avoir une chance de me faire changer d'avis…

— Elle était en train de mourir, Stella. » Il prononce ces mots d'un ton très calme, très mesuré. Elle a presque failli ne pas les entendre, mais ils lui parviennent pourtant et la réduisent au silence. « Là, juste devant moi. »

Stella fronce les sourcils. Ils sont si près l'un de l'autre qu'il voit les pupilles sombres, liquides de ses yeux s'agrandir, tel le diaphragme d'un appareil photo.

« Qu'est-ce que tu veux dire ? »

Jake se passe une main dans les cheveux. « Il s'est passé ce… ce truc… à Hong Kong. Il y a quelques mois. Pour le nouvel an chinois. » Il inspire, puis souffle. Il y a une éternité qu'il n'en a pas parlé, et d'ailleurs, il n'a jamais dû décrire la scène à quiconque. « L'information est peut-être arrivée jusqu'ici, je ne sais pas. C'était…

— La bousculade ? » demande Stella.

Il la regarde. « Oui. Comment… »

Elle s'éloigne d'un pas. « Je l'ai lu dans le journal.

— Bon. » Il prend une profonde inspiration. Ces mots semblent exiger plus d'oxygène que les autres. « J'étais là et... elle aussi. Son amie, sa meilleure amie, est morte. C'est-à-dire qu'elle a été tuée. Et Mel a été... très grièvement blessée. Elle était là, sur ce lit, en réanimation, et elle m'a dit que... » Jake se frotte le visage. « Maintenant, ça fait bizarre, mais elle m'a dit qu'elle ne voulait pas mourir sans... sans m'avoir épousé. »

Stella le scrute. Se demande-t-elle s'il dit la vérité ? Impossible de le savoir.

« Alors tu l'as épousée.

— Ouais. Le soir même. Toute cette histoire était complètement... surréaliste. Je sortais à peine de ce truc terrible, infernal... incroyable, le genre de truc dont on n'imagine pas qu'il puisse arriver, et encore moins vous arriver, je m'étais cassé le bras, et voilà que cette fille, avec qui je sortais depuis quelques mois, était en train de mourir et... et je savais bien que je ne l'aimais pas, mais tous les toubibs assuraient qu'elle n'allait pas passer la nuit...

— Mais elle s'en est tirée.

— Oui. » Jake incline la tête. « Oui. Je me suis retrouvé marié avec elle... avec une étrangère, quasiment, et je l'ai ramenée ici, chez ses parents... c'est la raison pour laquelle je me trouve dans ce pays... et voilà. » Il se sent vidé. « C'est là toute l'histoire de mon mariage. De mon prétendu mariage. »

Le scrutant toujours, elle reste un instant muette, puis demande : « Comment va-t-elle maintenant ?

— Bien. Mieux. Beaucoup mieux. Elle va se rétablir. Je voulais te le dire pour que tu comprennes... pour que tu te rendes compte que je ne suis pas... » Il secoue la tête, essaie de formuler sa pensée. « ... que je ne suis pas du genre à tenter ma chance ailleurs tout en étant marié.

— C'est pourtant exactement ce que tu viens de faire.

— Oui, je sais, mais...

— Qui plus est, en étant marié avec quelqu'un de très malade.

— Oui, oui. » Jake soupire. « Je sais. Je ne saurais pas te dire à quel point je le regrette. » S'apercevant qu'on pourrait se méprendre sur le sens de ses paroles, il s'empresse d'ajouter : « Je regrette de ne pas t'avoir avertie plus tôt. De ma situation. C'est ça que je regrette. Pas... pas ce qui est arrivé. » Il la regarde droit dans les yeux. « Je ne le regrette pas du tout. »

Stella semble éprouver tout à coup un profond intérêt pour les motifs de la moquette.

Il insiste. « Je ne suis pas vraiment marié. Il faut que tu le comprennes. Pas vraiment. Bien sûr, officiellement, légalement, ou tout ce que tu veux, je le suis, mais pas dans le sens où je ressentirais une quelconque... »

Stella l'interrompt, les bras serrés autour de son corps comme des chaînes. « Est-ce que Mel connaît tes sentiments ? »

Arrêté sur sa lancée, réduit au silence, Jake pince les lèvres. Pourquoi les femmes sont-elles dotées d'une aptitude innée pour vous pousser dans vos retranchements ? Pour mettre tout de suite le doigt sur ce qui pose problème ? Comment se débrouillent-elles ?

« Hum, pas exactement. » Il essaie de gagner du temps. « C'est-à-dire...

— Pas exactement ? répète-t-elle d'un ton incisif.

— Eh bien... » Il décide de jouer franc jeu. « Non. Non, elle ne les connaît pas.

— Bon. » Stella tend la main. « La clé. Donne-la-moi. »

Jake ne fait pas un geste.

« Jake ! Donne-moi cette fichue clé !

— Non, répond-il, dominé par un esprit de contradiction puéril. Je ne veux pas, je...

— Je me contrefous de ce que tu veux. » Elle s'élance sur lui, et Jake reste un instant paralysé en sentant ses seins tressauter contre lui à travers leurs vêtements. « Tu estimes peut-être que tu n'es pas marié, mais si ta femme pense que tu l'es, tu l'es. »

Ils luttent. Stella s'efforce de plonger la main dans sa poche, il lui agrippe le poignet pour l'en empêcher.

« Tu as sans doute raison, dit-il en sentant la colère refluer en elle, mais...

— Il n'y a pas de mais. Si tu t'imagines que je peux m'intéresser à toi alors que tu as une femme, malade, de surcroît, tu es fou. » Ses doigts atteignent sa poche. Il sent sa main s'enfoncer dans son pantalon et lâche un gémissement involontaire. Triomphante, exaspérée, elle retire la clé. « Espèce de pervers, crache-t-elle.

— D'accord, dit-il pendant qu'elle introduit la clé dans la serrure. D'accord. Tu as raison. Bien sûr que tu as raison. Je vais m'occuper de ça. Je te le promets. Je vais parler à Mel. »

Ses yeux flamboient quand elle le regarde. « Que je ne t'oblige surtout pas à faire quoi que ce soit. » Un déclic se fait entendre dans la serrure, et Stella ouvre la porte d'un geste brusque. « Espèce de pervers ! » répète-t-elle en se faufilant dans le couloir.

Lorsqu'elle s'avance vers lui sur le quai de Waverley Station, Jake se dit qu'elle doit se douter qu'il y a un problème. Elle doit bien s'en douter.

Mais pas forcément. Sa main s'agite, levée bien haut, et un sourire s'élargit sur ses lèvres. Elle serre un magazine sous le bras et son expression rayonnante trahit l'espoir. Il sent peser en lui la cruauté qu'il va lui infliger, comme un aliment qu'il n'arriverait pas à digérer.

Il l'a appelée pour lui dire qu'il avait besoin de la voir et allait retourner à Norfolk. Mais elle a suggéré un week-end à Édimbourg, car elle se sentait beaucoup plus robuste et avait besoin de changer d'air. De plus, Édimbourg était une ville ravissante et ils passeraient un très bon moment.

Les bras autour de son cou, elle l'embrasse sur la bouche, sur les joues, dans le cou, tandis qu'il ne peut se résoudre à l'enlacer, non, et pendant tout ce temps, elle imprime sa marque sur lui avec sa salive, avec ses lèvres. Jake doit faire un effort sur lui-même pour ne pas se dérober.

Ils vont dans un café, en face de la gare, et il lui offre un café et un sablé jaune en forme de triangle, saupoudré de sucre. On appelle ça un sablé en jupon, l'informe-t-elle tout en sirotant son café et en observant les prospectus rangés sur un présentoir, les gens qui entrent dans la galerie d'art voisine, un enfant qui boit avec une paille, près de la fenêtre.

« Mel », dit Jake, qui voudrait bien avoir cette épreuve derrière lui, mais ne sait comment commencer. Comment formule-t-on une telle chose ?

Elle pose sa tasse. Le regarde. Examine avec soin son visage, comme si elle voulait le graver dans sa mémoire. Une vision de Stella s'impose soudain à l'esprit de Jake. Stella en train de casser un œuf d'une seule main au-dessus d'une jatte de farine, la tête penchée pour mieux se concentrer. Et voilà qu'il se trouve à Édimbourg. La ville de Stella.

Jake se tord les mains sous la table. « Je voulais te voir aujourd'hui parce que...

— Nous pourrions faire un tour dans cette galerie tout à l'heure, si tu veux, déclare Mel, et Jake voit une infime expression d'affolement passer en un éclair sur son visage. Ça te ferait plaisir, hein ?

— Il faut que je te...

— Ou alors visiter le château ! s'écrie-t-elle en se penchant pour lui effleurer le bras. Je n'y suis pas allée depuis des années. Ça serait une bonne idée, tu ne trouves pas ? » Elle supplie presque à présent, le visage plissé, paraissant au bord des larmes.

« Mel, je ne peux pas t'épouser. » Son ton est très doux. Une main posée sur la sienne, il lui demande de l'excuser. Quelque part, derrière eux, une serveuse empile des tasses sur un plateau. Une porte claque et deux hommes passent devant eux en coup de vent et parlent d'un ticket de bus perdu.

Mel détourne le regard, puis le pose sur la chaise vide qui est à leur table. « Mais nous sommes déjà mariés, dit-elle.

— Je sais. » Il s'aperçoit qu'il fixe l'alliance qu'elle n'a pas quittée depuis ce fameux soir à l'hôpital. Alors qu'il ne s'était jamais posé la question, il se rend compte qu'il ignore totalement d'où elle vient. Quelqu'un, l'une des infirmières, peut-être, a dû la sortir de quelque part. « Ce que je veux dire, c'est que je ne peux pas être marié avec toi. »

Elle libère sa main. Des larmes jaillissent presque aussitôt de ses yeux. On dirait qu'elles étaient déjà là, sous ses paupières, et attendaient le moment de couler, de ruisseler sur ses joues. Mel les essuie aussitôt avec sa serviette, la tête de côté, d'un air gêné.

« S'il te plaît, Mel, s'il te plaît, ne pleure pas », dit Jake avec angoisse.

Soulevant le rideau de cheveux qui cache le visage de Mel, il presse son front contre le sien. Elle ne se dégage pas. Les gens les observent à présent, avant de regarder ailleurs et de les montrer à leurs compagnons.

« Je suis désolé, souffle-t-il. Je n'ai jamais voulu que ça arrive... je n'ai jamais eu l'intention de... de te faire autant de mal. C'est seulement...

— Puis-je te poser une question ? » Sa voix tremble un peu.

« Bien sûr. Tout ce que tu voudras. » Il voit qu'elle s'étreint les mains, s'enfonce les ongles dans la chair qui entoure ses jointures.

« Est-ce que tu... » Les larmes inondent son visage et, d'un geste furieux, elle les chasse avec sa serviette trempée. « ... est-ce que tu... est-ce que tu m'aimais ? » parvient-elle à demander.

Jake garde le silence. Cette conversation bouillonne et tourbillonne autour de lui tels des flots menaçants. Que doit-il répondre ? La vérité n'est pas toujours bonne à dire, il le sait bien. Mais, en l'occurrence, est-elle préférable à un mensonge ou à un demi-mensonge ? Il n'en a aucune idée.

« Alors, oui ou non ? Il faut que je sache. » À travers ses larmes, elle lui adresse un vaillant petit sourire.

Jake baisse les yeux sur le faux teck de la table. « Au début, oui, dit-il avec prudence. Du moins, je pensais que j'en serais capable. » Il regarde ses yeux rouges, ses joues striées de pleurs, et constate qu'elle tremble tant elle s'efforce de ne pas sangloter. « En fait, tout était tellement nouveau, récent, au moment où nous... au moment du nouvel an chinois. Ce qui nous est arrivé était tellement énorme que... que les choses en ont été... » Jake s'arrête brusquement. « Ce n'est pas que je n'éprouvais rien pour toi, et je ne regrette pas ce que... ce que nous avons fait ce soir-là. Je le referais si... si...

— Si j'étais en train de mourir sur un lit d'hôpital, termine-t-elle à sa place. Merci bien.

— Non. Non, non. Ce n'est pas ça. Mel, tu ne dois jamais croire que j'ai fait ce que j'ai fait par pitié ou... ou...

— Qu'est-ce que tu vas faire maintenant ? » Elle s'appuie à son dossier et, les yeux plissés, regarde Jake tout en déchiquetant sa serviette en papier.

« Comment ça ? Cet après-midi ?

— Non, en général. Tu comptes retourner à Hong Kong ?

— Non. Je vais retourner dans...

— Cet hôtel ?

— Oui. »

Un silence s'installe. L'esprit carburant à toute vitesse, Mel fixe Jake, fouille ses traits. Ce changement soudain intrigue Jake. Et le déconcerte.

« Pourquoi poses-tu...

— Tu as rencontré quelqu'un. » La phrase est prononcée avec une diction étrangement nette.

De nouveau, une vision de Stella se présente à l'esprit de Jake sans qu'il l'ait sollicitée – sa manière d'enrouler une mèche autour de ses doigts.

Il ment. « Non, non, pas du tout.

— Si.

— Non.

— Si. » Les traits déformés par le chagrin, Mel se penche par-dessus la table. « C'est cette fille qui a répondu au téléphone, pas vrai ? Je le vois bien. Tu ne sais pas mentir. Espèce de... de salaud. »

Il ne la voit pas reculer le bras. Soudain, elle lui écrase un poing sur le visage, il sent sa tête basculer sur le côté et une douleur fulgurante dans la joue.

« Mel ! s'écrie-t-il, courbé par la souffrance, les doigts sur l'endroit sensible, étonné par la douceur de sa voix. Pourquoi as-tu fait ça ? » Il balade la langue dans sa bouche à la recherche de dents branlantes.

Non. Mais quand il regarde ses doigts, il voit des traces de sang. Elle doit l'avoir éraflé avec une de ses bagues.

« Tu es vraiment un beau salaud ! lâche-t-elle. Toutes ces conneries que tu m'as servies – comme quoi tu voulais voir l'Écosse, alors que depuis le début tu cherchais... » Elle se lève si vite que sa chaise se renverse par terre derrière elle.

« Non, non », tente-t-il de protester, mais il a la bouche engourdie et caoutchouteuse.

Mel arrache son manteau au dossier d'une chaise et sort à grands pas du café, laissant Jake debout devant la table, une main pressée sur le visage.

Stella est installée à plat ventre dans un créneau du château. On accède au toit par une issue de secours, à travers le grenier, puis par une échelle. Personne n'y monte jamais. Elle adore les merlons déchiquetés, le plomb qui se réchauffe au soleil, la brise qui fait claquer le drapeau frappé d'un blason mais ne l'atteint pas si elle s'allonge, la manière dont tout paraît minuscule en bas – les rangées de voitures garées devant l'hôtel, les gens qui en descendent, Pearl en train de traverser la pelouse –, objets miniatures qu'on pourrait tenir dans une main.

L'après-midi tire à sa fin, c'est presque l'heure de prendre son service, presque l'heure du retour de Jake. Mais peut-être devra-t-il rester un peu plus longtemps. Peut-être décidera-t-il...

Avec détermination, Stella se replonge dans son livre, lit un paragraphe. S'interrompt, relit le même passage une deuxième, une troisième fois. Elle palpe le message de Jake, utilisé comme marque-page et trouvé ce matin dans la poche du tablier qu'elle met toujours pour le petit déjeuner. Inutile d'y jeter un coup d'œil, elle le connaît par cœur. *Je suis allé voir Mel. Serai de retour ce soir. Prépare-toi.*

D'un geste sec, elle referme son livre et soupire. Impossible de ne pas penser à Jake. Et même pas d'une manière constructive, intelligente, cohérente. N'empêche que, quelles que soient ses activités ou ses pensées, son esprit échappe à son contrôle et ne cesse de lui répéter « Jake, Jake ». Jamais encore elle n'avait été aussi amoureuse. C'est presque une maladie, un état second. Ce type la dépossède d'elle-même, la maintient dans une sorte de stupeur, d'hébétude, l'incline au « jakisme ».

Allons, c'est ridicule, s'admoneste-t-elle. Comment s'est-elle laissé prendre aussi vite ? Comment a-t-elle pu être réduite à une imbécillité aussi parfaite ? Une telle chose ne lui était encore jamais arrivée. Ça ne devrait pas être permis, se dit-elle en entendant le vrombissement d'un véhicule au loin. Un taxi, peut-être ? Venant de la gare ?

Stella se relève brusquement et, appuyée à un merlon, guette l'endroit, le long des arbres, où il va apparaître. Le moteur continue à gémir. Stella croit distinguer un éclair rouge entre les troncs, mais n'en est pas sûre. C'est Jake, martèle son esprit, c'est lui, il est revenu. S'est-elle préparée ? Comment le savoir ? Et préparée à quoi ?

Puis la voiture surgit dans la lumière, avance vite, un peu trop vite pour cette route sinueuse, et soulève du gravier dans son sillage. Stella la connaît, mais son esprit, embrouillé par Jake, met quelques secondes à comprendre. Une seule personne se trouve à l'intérieur, assise au volant.

Stella cille et songe un instant qu'il est facile de repousser le monde extérieur en fermant les paupières. Lorsqu'elle regarde en bas, l'automobile lui paraît à des kilomètres de distance, et elle a l'impression de voir l'image satellite d'une autre planète.

C'était inévitable, elle s'en rend compte à présent. Inévitable. Pourtant, elle se croyait à l'abri ici, cachée à tous les regards, pensait que rien ne pouvait plus la toucher si elle se cloîtrait. Elle se tourne alors et se laisse tomber à genoux, tapie derrière la muraille crénelée.

Jake se hâte de grimper l'escalier de service. Traverser le hall serait plus rapide, mais il sait que Mme Draper n'aime pas voir le personnel l'utiliser comme raccourci. Il est encore tôt, pas encore six heures. Dans la cuisine, Stella doit être en train de préparer les légumes dont le cuisinier aura besoin pour le dîner. Jake aura donc une chance de la trouver seule. Peut-être même de l'entraîner dans la réserve.

Il fonce dans la cuisine en souriant, ce qui provoque un élancement dans ses lèvres endolories, mais ne l'empêche pas de sourire. Bon, d'accord, il ne peut pas encore produire un jugement de divorce, mais sans doute le fait que...

Soudain, il s'immobilise. Là, devant lui, se tient une Stella plus petite, aux traits plus anguleux, qui le considère sans la moindre étincelle dans les yeux, preuve qu'elle ne le reconnaît pas.

« Salut, Jake. »

Il se tourne vers la droite et voit Stella, la vraie Stella, sa Stella, derrière le plan de travail. Son visage trahit un effort sur elle-même, ou de l'agitation, son expression est tendue, ses joues colorées. De la main elle montre l'autre jeune femme. « Jake, c'est ma sœur. Nina. »

Il ne regarde pas vraiment Nina quand elle lui serre la main. Personne ne parle pendant quelques secondes.

Puis Nina explique : « Je suis de passage. »

Jake hoche la tête. Quelque chose d'étrange circule dans l'air entre les deux sœurs, quelque chose d'intime et de secret rappelant le hurlement inaudible d'une chauve-souris, de délicat, cassant et entortillé, comme la barbe à papa. Jake a presque envie de lever le nez pour en humer l'odeur.

« Juste pour ce soir. » Elle se tourne pour jeter un coup d'œil à Stella. « Mais je resterai peut-être plus longtemps. Je n'ai pas encore décidé.

— Tu ne dois pas reprendre ton travail ? » demande Stella avec une certaine raideur. Posée sur le plan de travail, sa main est crispée, remarque-t-il.

« Non. » Nina sourit et regarde Jake de bas en haut. « C'est l'avantage d'être à son compte. Qu'est-ce que vous faites comme travail ?

— Je... euh... Différentes choses. Maintenance, jardinage, et ainsi de suite. Stella ?

— Voilà qui paraît très viril, réplique Nina pendant que Stella lève les yeux sur lui.

— Tu as une minute ? » Jake sent qu'il risque d'exploser s'il ne lui parle pas tout de suite seul à seule.

« Euh... » Stella consulte sa montre, puis regarde Nina. « Je crois. Il faut seulement que je... »

À ce moment précis, le cuisinier ouvre la porte d'un geste brusque. Il les dévisage tous à tour de rôle.

« Bordel, qu'est-ce qui se passe ici ? gronde-t-il. Y a une fête ou quoi ? »

Ils s'écartent pour le laisser traverser la cuisine.

« Vous avez bien de la chance si vous pouvez trouver le temps de bavasser, mais on a dix-huit couverts ce soir et, si les légumes ne sont pas prêts à passer à la casserole dans... disons dix secondes, ça va barder. Vous deux, dit-il en brandissant une louche vers Jake, puis vers Nina, foutez-moi le camp. Qu'est-ce que vous fichez dans ma cuisine à cette heure-ci ? » Il fusille Nina du regard. « Je ne vous connais même pas. »

Stella lève les yeux au ciel. « D'accord, d'accord. Jake, est-ce que tu pourrais montrer à Nina où est la caravane ? » dit-elle en se tournant vers lui, et il a toutes les peines du monde à se retenir de tendre la main vers elle pour la toucher. « Nina, je passerai si j'en ai l'occasion, et sinon je rentrerai vers dix heures, il faut que je... » Sa phrase reste en suspens car elle observe Jake, le front plissé. « Qu'est-ce qui t'est arrivé au visage ? »

Il hausse les épaules et sourit. « Je te le raconterai plus tard.

— Dites-moi, il est toujours aussi charmant ? demande Nina quand ils sortent par la porte de service.

— Qui ?

— Le cuisinier.

— Oh ! le cuisinier. Ouais, dit Jake. Plus ou moins. »

Pendant qu'ils traversent la cour, Nina porte une cigarette à ses lèvres. À l'endroit où le chemin s'enfonce dans les bois, elle s'arrête et fait mine d'attendre quelque chose. Puis elle le fixe de ces yeux curieusement familiers. « Vous avez du feu ? demande-t-elle.

— Non. »

Elle fourrage dans son sac, en extrait une boîte d'allumettes et en craque une en l'abritant du vent. « Sacrée bicoque, dit-elle en protégeant la flamme dans sa main en coupe. Très sophistiquée.

— Ouais. Très.

— Ça fait longtemps que vous êtes là ?

— Une quinzaine de jours.

— Moins longtemps que Stella, alors.

— En effet. La caravane est par là, dit-il en l'indiquant. Je vais vous montrer... vous ne pouvez pas la voir d'ici. »

Ils se remettent en route. Nina éteint son allumette et la jette dans les pierres drapées de mousse. Pendant qu'ils avancent de concert, Jake remarque qu'elle marche d'une manière curieusement marquée, comme quelqu'un qui aurait appris en suivant les schémas d'un livre.

« De quel côté est la rivière ? demande-t-elle soudain.

— Euh... » Jake réfléchit un instant. « Par là. » Il désigne un endroit derrière la caravane.

Nina tire une grosse bouffée sur sa cigarette. « À quelle distance ?

— Environ huit cents mètres. Peut-être moins. »

Cette précision lui fait secouer la tête.

« Vous connaissez la région ? demande Jake.

— Un peu. Non.

— Un peu non ? »

Elle lâche un rire bref. « Un peu oui. »

Il y a un silence. Jake attend qu'elle s'explique. Sans savoir pourquoi, il a l'impression qu'il touche là à quelque chose qu'il désirait élucider depuis longtemps.

« Nous sommes déjà venues ici un jour », dit-elle, et Jake s'aperçoit qu'il prête attention à chaque syllabe, de crainte de manquer un élément important. Mais en prononçant ces paroles, elle se redresse, rejette la tête en arrière, semble se délester d'un poids. Pourtant, elle passe à un autre sujet : « Je viens de m'engueuler avec mon mari.

— Oh ! » Jake est surpris par cet aveu. Puis il se met à rire. « En fait, moi aussi. Sauf que, bien entendu, ce n'était pas avec mon mari, mais avec ma... euh...

— Femme ? » complète Nina en se tournant vers lui.

Très simple, le scénario fait presque penser au début d'un conte de fées. Vêtues de robes bien assorties, deux sœurs se promènent au bord d'une rivière, main dans la main. Le chemin s'enroule pour suivre les méandres de l'eau sombre, profonde, au cours rapide. On constate que, à un moment donné, elle a enflé et inondé son lit et le sentier. Mais à présent, les fillettes peuvent marcher au bord en se tenant par la main.

La forêt respire et soupire autour d'elles. Leur groupe les a laissées en arrière, loin en arrière. La plus grande qui, en fait, n'est pas l'aînée, aide la plus petite à avancer lorsque le sol se fait escarpé, rocailleux sous leurs pieds. Elles ne savent pas exactement vers quoi elles se dirigent, mais commencent à le deviner. Un rugissement sourd, un grondement étouffé leur parviennent, et l'eau s'amasse vers l'autre rive, insondable, dangereuse.

La plus grande, la cadette, donc, ramasse un caillou et, après avoir ramené le bras en arrière, le lance en décrivant un arc de cercle. Il est englouti avec un bruit de déglutition.

« Tu as entendu ? demande-t-elle sans se retourner.
— Quoi ?
— L'écho. Écoute. » Elle se baisse, attrape un autre caillou, mais, ce coup-ci, il décrit un arc plus grand et retombe sans bruit dans le courant moins vif de la rive opposée.

Non loin de là, dans une cuisine chaude, envahie de vapeur, cette même sœur, formant une autre strate de cette histoire, coupe des carottes en rondelles et les jette dans un plat en acier. Au moment précis où elle se redresse, s'éloigne de la planche à découper et s'essuie le front de l'intérieur du poignet, l'autre sœur frappe à la porte basse d'une ancienne porcherie, une bouteille de vodka volée à la main.

Jake était tellement sûr d'ouvrir à Stella que voir sa sœur lui cause un nouveau choc.

« Oh ! » lâche-t-il en s'immobilisant. Elle est si curieusement semblable à Stella et si différente. « Bonsoir.

— Salut. » Elle lui sourit à pleines dents.

« Est-ce que… Vous n'avez pas réussi à trouver la caravane ?

— Si. » Elle hoche la tête. « Je l'ai trouvée.

— Bon.

— Qu'est-ce que vous fabriquez ? demande-t-elle en essayant de couler un regard dans sa pièce.

— Moi ? » Jake commence à s'inquiéter. Que fichet-elle ici ? Ne vient-il pas de lui dire au revoir ? « Pas grand-chose. Bon, en fait, j'attendais…

— Ça ne vous dérange pas si j'entre ?

— Euh… c'est-à-dire…

— Je n'aime pas beaucoup cette caravane. Elle fait froid dans le dos.

— C'est vrai.

— Avec cette forêt sinistre tout autour. » La sœur de Stella frissonne sur le seuil. « Je ne comprends pas comment Stella peut y rester. J'entre juste bavarder un instant. Si ça ne vous ennuie pas. »

L'idée que s'y opposer signifierait refuser de tenir compagnie à la sœur de Stella chemine dans l'esprit de Jake. Qu'en penserait-elle ? Il se laisse fléchir. « D'accord. Entrez, bien sûr. »

Il s'écarte, Nina pénètre chez lui, s'avance vers le lit, s'assied et envoie dinguer ses chaussures. « J'ai apporté ça », dit-elle en brandissant une bouteille dans laquelle oscille un liquide incolore.

Sans comprendre au juste pourquoi, Stella lâche un plateau de verres sur le chemin de la salle à manger. Il semble tout bonnement lui glisser des mains. Ne le tenait-elle pas correctement ? L'un de ses bras est-il plus faible que l'autre ?

Les verres volent en éclats, se fragmentent en milliers de lames minuscules. Elle est obligée d'aller chercher une pelle et de balayer autour de pieds réprobateurs, puis de rapporter à la cuisine ce bouquet crissant et meurtrier.

Cette transformation lui paraît curieuse. Il y a deux minutes, c'étaient des verres à vin, et maintenant ce sont des éclats de verre transparent, qu'il va falloir envelopper dans plusieurs couches de papier journal et jeter.

« Le problème avec Richard… », lui explique Nina en se penchant pour lui effleurer l'épaule avec la main qui tient une cigarette allumée. Jake n'aime pas le tabac. Pourquoi la laisse-t-il donc fumer dans sa pièce ? Il ne se rappelle pas qu'elle lui ait demandé l'autorisation.

« Qu'est-ce que je racontais ? » Elle le regarde fixement, lui paraît très proche, là, pelotonnée sur son lit. Il sent l'odeur de nicotine et de vodka qu'elle dégage.

« Richard », lui rappelle-t-il. Il devrait se lever. On étouffe ici. Peut-être faudrait-il ouvrir la porte, laisser entrer un peu d'air. Il s'efforce de s'éloigner d'elle, s'assied tout au bord du lit. Sans l'appui de son épaule, Nina s'écroule en avant sur le matelas. Elle pouffe de rire.

Jake se lève avec difficulté et, une fois debout, se rend compte qu'il est complètement soûl. La porcherie penche, tourne autour de lui, il a l'impression que sa tête est lourde, obstruée. Comment peut-il être ivre ? Perplexe, il regarde la bouteille de vodka posée sur sa table de chevet. Encore à moitié pleine. Puis il se souvient des joints que Nina a roulés. Combien y en a-t-il eu ? Tout en effritant la résine dans le tabac, elle lui posait des questions sur Mel. Le produit était plus fort que tout ce à quoi il était habitué, beaucoup plus fort, il se rappelle avoir fait cette constatation.

Le verre n'est-il pas fabriqué avec du sable ? songe Stella en prenant la commande de desserts d'une famille qui habite Glasgow. En voilà, une autre transformation bizarre. Elle inspire profondément et essaie de se concentrer sur les propos de la femme attablée – elle serait allergique aux produits laitiers. Accroche-toi, se dit-elle, encore un petit moment, c'est tout.

Apparemment il est retourné s'asseoir sur le lit. En tout cas, sa tête s'enfonce dans un oreiller, et on dirait que c'est le plafond qu'il voit au-dessus de sa tête. La voix de Nina coule sans interruption, telle une rivière. Elle parle de son métier, des gens avec lesquels elle travaille, des patients auxquels elle rend visite, dit que ça fait vraiment drôle de se retrouver ici, que ça n'a pas changé du tout, et, au milieu de tout ça, il est beaucoup question de son appartement.

    Jake ne désire rien tant que dormir. Il sent une douleur sourde à l'endroit où Mel l'a frappé. Son cerveau ne cesse de glisser vers le sommeil, mais, dès qu'il va s'y abandonner, quelque chose le ramène à l'état de veille. Dans un coin de son esprit, il sait qu'il lui faut faire une chose importante, très importante. Mais pour l'instant, il ne parvient pas à se rappeler laquelle. Tout ce qu'il sait, c'est que ça l'empêche de dormir.

Stella traverse en courant une forêt dans le noir, et le pinceau conique de sa lampe danse et balaie tout autour d'elle. Même si elle connaît bien le chemin, ce trajet l'effraie toujours.

La caravane est vide, froide, plongée dans l'obscurité. Stella contourne la masse grise de l'hôtel, arrive sur le parking. Sa sœur serait-elle repartie sans la prévenir ? Non. Sa voiture est encore garée là.

Stella fait demi-tour. Où Nina est-elle donc passée ? Pas dans l'hôtel, puisqu'elle en vient. Est-elle allée se promener ? Non, Nina ne sortirait jamais en pleine nuit toute seule dans un coin perdu – elle a horreur de l'obscurité.

Stella a envie de hurler son nom à pleins poumons. Comment peut-on disparaître de cette façon ? Bien qu'elle ait tout fait pour éviter sa sœur depuis des mois, en ce moment elle donnerait n'importe quoi pour l'avoir à côté d'elle.

Essayant de se raisonner, elle se persuade qu'elle doit bien être quelque part. Elle contourne l'autre côté de l'hôtel, passe devant le patio et les plantes en pots, puis se dirige vers les écuries. L'air regorge de minuscules insectes tourbillonnants qui lui collent au visage, aux cheveux, aux mains. Avançant toujours, elle aperçoit la porcherie et constate que le rideau est tiré devant l'unique fenêtre, et qu'un rai filtre autour de la porte. Elle s'immobilise.

Tout en réfléchissant, elle se tord les mains. Puis, lentement, lentement, elle avance sur la pointe des pieds et colle l'oreille au bois grenu.

Au début, elle n'entend rien d'autre que le rugissement étouffé du sang dans ses veines, un peu comme le bruit de la mer dans un coquillage. Soudain elle a froid, avec le seul coton de son uniforme pour s'interposer entre elle et l'air nocturne. Il vaudrait mieux retourner à la caravane prendre un cardigan. Puis elle perçoit quelque chose – un mouvement, un frottement rappelant celui du tissu contre la peau. Et de l'air aspiré tout d'un coup, soupir bref, exclamation ou halètement.

Stella tressaille, s'éloigne de la porte, se retourne et fait dix ou onze pas. Puis elle se met à courir, les mains sur les oreilles, et trébuche à intervalles réguliers.

Quand on a partagé une chambre avec quelqu'un pendant dix-huit ans, on reconnaît chaque cri, chaque changement de position, chaque souffle, chaque soupir de cette personne. C'était sa sœur. Sans le moindre doute.

Sa sœur et Jake. Cette idée est un fer rouge appliqué sur une blessure.

Vaguement surpris, Jake promène son regard le long de son corps. Il est couché à moitié dans les couvertures, à moitié dehors. Lorsqu'il se tourne pour voir l'heure au réveil, une douleur lui vrille le crâne.

« Merde ! » grommelle-t-il en se touchant la tête. Il se redresse. Ses yeux lui brûlent, on dirait qu'il a la bouche tapissée de poils. « Oh, non ! gémit-il. C'est la fin. C'est sûrement la fin. »

C'est alors qu'il aperçoit une chaussure de femme près de la porte. En cuir noir. À talon haut. Il la scrute, et plus il la scrute, plus elle lui paraît curieuse, tel un objet suranné qu'il n'aurait encore jamais vu et dont il ignorerait l'usage.

Quand il se retourne, le matelas – et le corps qui lui présente son dos – rebondit. Une femme est couchée dans son lit. Son cerveau l'en informe très calmement, comme s'il s'agissait là d'un fait normal et acceptable.

L'espace d'un instant, Jake est incapable de supputer ce qui a bien pu se passer. Est-ce Mel ? songe-t-il, éberlué. Non. Cette femme a des cheveux bruns, courts. Alors, qui est-ce ?

Stella. Optimiste, son esprit lui avance ce nom. Mais Jake sait qu'il n'en est rien, et il lui suffit de penser à elle pour que la mémoire lui revienne.

« Oh ! bordel ! » Jake bondit hors du lit comme s'il était contagieux. « Bordel de merde ! »

Dans sa colère contre lui-même, sa rage pure, il ne réussit pas à enfiler ses chaussures. Pendant quelques minutes, il bataille, se débat, essaie de se faire mal et en même temps de rentrer son pied dans sa chaussure.

Un seul lacet noué, il se rue vers la porte. La lumière s'abat sur son crâne comme un marteau sur une enclume, et il ferme un œil en courant sur le chemin de l'hôtel. À l'intersection il lui faut choisir : caravane ou hôtel ? Caravane ou hôtel ? Où peut-elle être ? Jake louche sur sa montre qui, miraculeusement, se trouve toujours à son poignet. Il est sept heures quelque chose. Peut-il se permettre de la réveiller ? Oui, décide-t-il en un éclair, il le faut.

« Espèce de connard, espèce de connard ! Non, mais, qu'est-ce qui cloche chez toi ? » se marmonne-t-il en se dirigeant vers le bois à petites « foulées ». Comment la chose a-t-elle pu se passer ? Elle était devant la porte, et la minute d'après elle entrait avec sa vodka, son hasch, et ensuite...

Jake s'arrête, la poitrine haletante. Les bras croisés sur son tablier, Pearl est plantée au milieu du chemin et lui bloque le passage.

« Vous ne la trouverez pas ici », dit-elle.

Il a très froid. « Pourquoi ? Où est-elle ?

— Elle est partie.

— Partie ? » Le mot frappe Jake à l'estomac. « Où ça ?

— Partie. Elle a filé. Décampé. » Pearl fait un pas vers lui et Jake recule. Pearl n'est pas quelqu'un qu'il a envie de voir de trop près. Il s'imagine qu'elle pourrait le terrasser avec de la magie noire ou ce genre de pratique. « D'ailleurs, moi, j'irais pas le lui reprocher. » Elle passe devant lui et s'éloigne à une vitesse surprenante pour sa petite taille.

« Pearl, attendez... » Jake pivote, se prend le pied dans le lacet dénoué, trébuche sur le sol de la forêt. « Attendez une seconde. »

Pearl poursuit son chemin. Jake se relève et doit se mettre à courir pour la rattraper.

« Qu'est-ce qu'elle a dit, Pearl ? Qu'est-ce qu'elle vous a dit ? »

D'un geste brusque, elle se libère de la main qu'il lui a posée sur le bras. « Rien. Elle avait pas besoin de dire quoi que ce soit. » Cette femme presque deux fois plus petite que lui le regarde, et jamais il n'a été aussi terrifié. « J'ai des yeux pour voir. Pas besoin d'être un génie pour comprendre certaines choses. » Elle lève le menton vers lui. « Vous devriez avoir honte, mon p'tit gars. »

Le chemin étroit contraint Jake à marcher derrière elle. « Écoutez, c'est pas ce que... » Il essaie de trouver une manière de formuler ce qu'il veut dire, ce qu'il doit dire. « C'est pas ce que vous croyez », termine-t-il maladroitement.

Pearl a un reniflement de mépris.

« Où est-elle allée ? Pearl, dites-le-moi, s'il vous plaît. Je vous en prie !

— J'en sais rien. » Elle s'immobilise soudain, si bien que Jake manque lui rentrer dedans. « Et si je le savais, je vous le dirais pas. »

Jake l'observe pendant qu'elle s'enfonce dans la forêt, voit sa silhouette rapetisser, devenir celle d'un lutin. Il envoie un coup de pied dans la pierre la plus proche, une fois, deux fois, de toutes ses forces. Puis il s'y affaisse et se prend le pied à deux mains. Jamais encore il ne s'était senti aussi désespéré. Que va-t-il faire ?

Il lève la tête. Au-dessus de lui, les arbres frémissent, s'agitent, et le soleil luit à travers les branches. Un souvenir de la veille se force un passage dans sa conscience. Il fronce les sourcils et regarde ses mains étalées sur ses genoux. Son pied lui élance sourdement. Puis il parvient à visualiser la scène comme si elle défilait sur un écran : penchée sur lui, Nina lui murmure à l'oreille : « Elle a tué quelqu'un. »

QUATRIÈME PARTIE

Au moment où il s'en va, Jake se dit qu'il ne se retournera pas avant d'atteindre le bout de l'allée. C'est de là qu'on a la plus belle vue, avec la pelouse, une bonne partie du château et les arbres derrière. Kildoune fait face au loch, mais d'ici, on aperçoit encore ses tourelles, ses fenêtres opaques, ses créneaux, et le sentier tortueux qui s'enfonce dans la forêt.

Pourtant, quand il arrive à la grille, il ne peut s'y résoudre. Impossible de se retourner. Il reste un instant planté là, l'hôtel derrière lui, la route devant, les mains agrippées aux sangles de son sac à dos. Puis il repart, met un pied devant l'autre, les yeux rivés au sol.

Une route sinueuse l'emmène à travers la vallée, devant l'église, sur le pont qui enjambe le loch, sous la voie ferrée. Parvenu à la grand-route, il s'arrête, pose son sac, et, nerveux, danse d'un pied sur l'autre. À chaque seconde qui passe, il a l'impression que Stella s'éloigne un peu plus, que le fil qui les relie, trop tendu, va casser.

Une voiture s'arrête bientôt. Un homme et une femme d'un certain âge le conduisent jusqu'à Pitlochry, où ils se rendent pour acheter un cadeau de mariage à leur fille, lui expliquent-ils. Ils le lâchent sur l'A9, où Jake tend le pouce et, se protégeant les yeux du soleil, scrute la peau grise du macadam.

Quand un véhicule ralentit et que le conducteur, un homme qui a un scorpion tatoué sur l'avant-bras, lui demande : « Vous allez où ? », Jake ne sait pas vraiment quoi répondre. Édimbourg ou Londres ? Londres ? Édimbourg ? Où a-t-elle pu aller ?

« Vers le sud. » Il se décidera en chemin.

C'est seulement en lançant son sac à dos sur la banquette arrière qu'il s'en rend compte : il a laissé la bicyclette. Il ressent presque une douleur physique au niveau du sternum. Penché à l'extérieur de la voiture, il est obligé de s'immobiliser au moment où il s'apprête à refermer la portière, qu'il réussit à claquer en se mordant la lèvre. De toute façon, il n'aurait jamais pu la transporter.

« Va pour le sud, dit l'Homme-Scorpion. Un endroit en particulier ? »

Nina fait irruption dans l'appartement et jette clés de voiture, sac, manteau sur divers meubles. Elle s'arrête pour vérifier le répondeur – pas de message – puis se rue dans la cuisine.

Richard est assis à la table, un toast triangulaire dans une main, une revue médicale dans l'autre. « Chérie, tu es revenue !

— Apparemment. » Nina repousse ses cheveux de son visage. Dis-moi, est-ce que tu as vu Stella ?

— Stella ? répète-t-il. Mais je croyais que tu étais avec…

— Je l'étais, je l'étais. Je voulais parler d'aujourd'hui. De ce matin. »

Médusé, il cille. « Je… euh…

— Oui ou non ? braille Nina. C'est pourtant une question simple.

— Non.

— Ma mère a téléphoné ?

— Non.
— Et mon père ?
— Non.
— Mes grands-parents ?
— Non. Personne.
— Merde. » Nina porte une main à son front. Ses yeux tombent sur une tasse posée sur le plan de travail. Prise d'une envie de la flanquer par terre, elle imagine déjà le bruit de la porcelaine en train de voler en éclats, les débris ricochant sur les dalles du sol. Ça la soulagerait sûrement, mais sans doute vaut-il mieux ne pas s'y risquer devant Richard. Elle y renonce donc. « Merde », répète-t-elle avant de s'écrouler sur une chaise.

Richard pose son toast et s'approche. « Que se passe-t-il ? »

Nina est incapable de lui répondre. Elle réfléchit, envisage avec frénésie diverses options. Où pourrait bien aller Stella ?

Son mari s'agenouille devant elle. « Qu'a donc fait notre spécialiste de la disparition ? »

Malgré elle, Nina se met à rire, puis le désespoir l'envahit de nouveau. « Mon Dieu, Richard ! » Elle s'autorise à enfouir son visage dans la robe de chambre de son mari. Il l'enlace, comme elle s'y attendait, et elle hume l'odeur métallique de sommeil qu'il dégage.

« Que s'est-il passé ? murmure-t-il. Vous seriez-vous chamaillées toutes les deux ? Tu peux bien me le dire.

— Non.
— Tu ne peux pas ?
— Non. »

Sa main monte et descend pour lui caresser le dos. « Bon, ne t'inquiète pas. Tout finira par s'arranger.

— Je n'en suis pas aussi sûre », marmonne-t-elle.

Il l'écarte de lui et l'examine calmement, les bras autour de sa taille. « Je regrette que nous nous soyons disputés.

— Moi aussi. » Elle lui sourit, puis ajoute : « J'ai besoin de prendre une douche. »

Jake est fort impressionné par ses qualités de détective. Une fois arrivé à Londres, il a consulté un annuaire, cherché « Gilmore S. », noté l'adresse, acheté un plan de la ville, vérifié où ça se trouvait, réussi à s'y rendre en métro, et voilà qu'il arpente maintenant la rue de Stella.

Pendant qu'il se rapproche du numéro de son immeuble, pris de vertige, il éprouve un mélange de surexcitation et de crainte. Elle est sans doute là, derrière l'une de ces fenêtres. Que va-t-elle lui dire ? Quelle sera sa réaction ? Est-ce que, pour la seconde fois en deux jours, une femme va le frapper ?

Son immeuble est vaste, avec des marches qui conduisent à la porte d'entrée. Jake s'arrête sur le trottoir et lève les yeux. Il n'a aucune idée de ce qui se passera une fois qu'il sera à l'intérieur – si toutefois il arrive à entrer. Mais sa venue inopinée la persuadera sûrement de son... de ses intentions sérieuses.

Jake fourre le plan dans sa poche arrière et grimpe les marches deux par deux. Dans le tableau des sonnettes il repère celle du milieu, sur laquelle il lit GIL-MORE, écrit avec une encre verte délavée, étalée par la pluie. Il appuie dessus. Très loin dans l'immeuble, un tintement se fait entendre. Tendant l'oreille pour percevoir un bruit de pas, de voix, n'importe quoi, il répète mentalement le discours qu'il a préparé.

Nina marque un temps d'arrêt pour examiner les voitures garées le long du trottoir. La porte s'ouvre. « Ma chérie, il était temps que tu me rendes visite ! dit Evie, les bras grands ouverts. L'autre jour encore je pensais à toi parce que... »

Nina lui coupe la parole. « Je ne peux pas rester longtemps.

— Ah !

— Je cherche Stella. » Nina s'interrompt brièvement, le temps de scruter le visage d'Evie. Impossible, il est dénué de toute expression, les sourcils bien arqués. « Tu ne l'aurais pas vue, par hasard ? »

Evie pose un poignet orné d'un bracelet sur sa hanche. « Pas depuis plusieurs mois, ma chérie. »

Nina s'appuie au montant de la porte. Sur un fil télégraphique, au-dessus de sa tête, deux oiseaux piaillent et gloussent. « Et tu n'as pas eu de ses nouvelles ?

— Non.

— Tu en es sûre ? »

Les deux femmes se regardent. Elles sont presque de la même taille.

« Sûre et certaine. Pourquoi ? Que s'est-il passé ?

— Rien. » Nina se retourne. « Il faut que j'y aille. » Elle brandit son téléphone portable. « Appelle-moi si tu apprends quoi que ce soit. »

Jake presse de nouveau la sonnette, plus longtemps cette fois. Toujours rien. Il fait passer son poids d'une jambe sur l'autre, puis recule pour examiner l'immeuble. Une gouttière qui fuit a laissé une tache brun orangé le long du mur. Une plante agite ses feuilles, qui pendent d'une jardinière.

Elle est peut-être sortie. Ça doit être ça. Jake s'assied sur la plus haute marche, son sac à dos à côté de lui, les coudes posés sur les genoux, prêt à attendre.

Il gratte une piqûre sur sa jambe, ôte sa veste, la pose sur son sac. Peut-être est-ce dû à la chaleur du soleil, mais il sent une énorme vague de fatigue le submerger. En outre, il a une soif incroyable. C'est toujours l'effet qu'ont sur lui les gueules de bois. Mais il ne peut pas prendre le risque d'aller chercher de l'eau – pas maintenant, pas après avoir fait tout ce chemin.

Appuyé au muret, il scrute la rue dans les deux sens. Un enfant frappe son bâton sur le trottoir, une femme pousse une bicyclette, une voiture tente un créneau dans une place trop petite.

Evie grimpe l'escalier jusqu'à son appartement. Il faut vraiment qu'elle fasse réparer l'interphone pour ne pas être obligée de se livrer à ces descentes et montées inconvenantes à chaque coup de sonnette. Une fois à l'intérieur, elle arrache quelques fleurs fanées dans un vase posé sur une table, tripote un robinet de radiateur, tapote un coussin.

« C'était ta sœur », annonce-t-elle à la personne recroquevillée dans le fauteuil.

Dans la cuisine, Francesca est en train de peler des pommes de terre et de les faire tomber dans un récipient quand Nina apparaît à la porte de derrière. Francesca sursaute, puis se met à rire, l'éplucheur à la main, va ouvrir. « Tu m'as fait peur ! dit-elle en enlaçant sa fille. Entre, entre. Pourquoi est-ce que tu approches en catimini comme ça ? »

Le corps de Nina est flasque et son visage plus pâle que d'habitude, constate Francesca quand elle s'écarte pour la regarder.

« Allons ? demande-t-elle aussitôt. Qu'est-ce qui ne va pas ? »

Nina pose son sac sur la table et fait la grimace. « C'est Stella.

— Qu'est-ce qui lui arrive ? »

Nina répond par un seul mot. « *Scappata*. »

Francesca lève les yeux au ciel. « Encore ? dit-elle d'une voix stridente.

— Ouais.

— Où ça ?

— J'en sais rien. »

Francesca s'assied en abattant son éplucheur sur la table. Une seconde plus tard, elle se relève. Bien qu'elle ait renoncé à déchiffrer les relations qu'entretiennent ses deux filles, elle en est toujours exaspérée. « Je ne comprends pas. Je croyais que tu étais allée la voir.

— En effet.

— Alors, pourquoi ? Pourquoi...

— J'en sais rien ! s'écrie Nina. Ce n'est pas à moi qu'il faut poser la question ! »

Francesca croise les bras. Qu'est-ce qui cloche avec sa famille pour que ce genre de chose se reproduise régulièrement ? Où a-t-elle fait une erreur ? On ne cesse jamais d'être mère, lui semble-t-il. Elle a donné naissance à celle qui est devant elle il y a trente ans. On pourrait estimer qu'on n'a plus besoin de s'inquiéter au bout de tout ce temps. Mais non. Les enfants continuent toujours de faire des trucs imprévisibles, de bousculer votre vie, de vous surprendre, de vous rendre anxieuse.

« C'est pas la peine de te mettre en rogne contre moi, poursuit Nina. Je voulais juste t'avertir. T'alerter. »

Francesca hoche la tête en regardant sa fille.

« Il faut que je m'en aille. » Nina fait tinter des clés dans sa poche.

« D'accord.

— Je te préviendrai si j'apprends quelque chose.

— *Sì, sì.* » Francesca lui fait signe de partir.

Après avoir entendu la voiture de Nina démarrer, elle s'approche du téléphone. Dès que sa mère répond, elle lui annonce : « Stella *è scappata.* »

De la rue montent les bruits d'une radio et de hauts talons qui se hâtent sur le trottoir. Dans le coin de la pièce, l'écran de télé s'emplit de neige, une vidéocassette est terminée. Couché sur le flanc devant la cheminée, le chat agite le bout de sa queue.

Stella lève la tête, contemple le ciel vide, incertain. Elle ne sait plus au juste depuis combien de temps elle se trouve ici. Plusieurs jours peut-être. Ou seulement quelques heures. Relevant les genoux, elle se tourne sur le côté. L'inertie émousse ses sensations, lui alourdit le corps.

Tôt le matin, juste après l'aube, elle s'est présentée sur le seuil d'Evie qui, si elle a été surprise de la voir, ne l'a pas montré. Un seul regard lui a suffi. L'entraînant à l'intérieur, elle l'a alors installée sur le canapé, a empilé sur elle couettes et couvertures, lui a fait boire des grandes tasses de café brûlant que Stella la soupçonnait d'avoir corsé avec du whisky, lui a apporté un pyjama, une bouillotte, des mouchoirs parfumés à la lavande, a coupé en petits morceaux des toasts beurrés dont elle a retiré la croûte, et n'a rien dit quand Stella les a laissés refroidir, se moucheter et perdre leur apparence appétissante. Elle a mis une vidéo en noir et blanc, et Stella a regardé avec passivité une femme au teint pâle et aux sourcils rehaussés de crayon qui attendait son amant dans un café de gare, tandis que la musique d'un orchestre invisible enflait sur la bande-son.

Evie n'a posé qu'une question : « C'est la tête ou le cœur qui pose problème, ma chérie ?

— Je sais pas. Le cœur, peut-être.

— Tant mieux, a estimé Evie en se limant un ongle pendant que, sur l'écran, la femme courait le long du quai. Les cœurs sont plus faciles à réparer que les têtes. »

Portant un tablier que Stella ne lui connaissait pas, Evie entre dans la pièce en claironnant : « Je viens de rompre avec une de mes plus anciennes habitudes. »

Stella décolle la tête de ses coussins. « Ah bon ?

— J'ai fait la cuisine, poursuit Evie en lui tendant une tasse de thé. De la soupe ! »

Avec effort, Stella se redresse. « Qu'est-ce qui a provoqué ce changement ?

— La vue de ton petit visage blême, ma chérie. Je n'ai pas pu le supporter. Il va bien falloir que tu la manges, maintenant.

— Entendu, dit Stella en soufflant sur le thé bouillant. Je te le promets.

— Autrement, je serais forcée de te la faire ingurgiter par un tuyau en caoutchouc, que tu le veuilles ou non. »

Stella sourit. « Je ne crois pas qu'on en arrivera à une telle extrémité.

— J'espère bien que non. »

Evie s'assied en face d'elle. Un long silence s'installe. Evie retire son tablier et le pose sur le bras du fauteuil. Le chat bondit sur ses genoux.

« Il faut que je te prévienne, ma chérie, que toute ta famille est en train de devenir folle, dit-elle en pétrissant les oreilles du chat. Et d'une manière qui n'appartient qu'à elle. »

Sans nécessité, Stella se met à tripoter le fil de la lampe posée à côté d'elle.

« Je ne leur ai pas dit que tu étais là, mais je pense que nous devrions leur faire savoir que tu vas bien avant que ta mère demande une messe pour toi à l'évêque et que ton père engage un détective privé », poursuit-elle.

Stella reste muette.

« Ma chérie, loin de moi l'idée de te forcer à les voir, à participer à une réunion du clan familial ou quoi que ce soit de ce genre. Non, fais-leur seulement savoir que tu es toujours en vie et que tu n'as pas glissé d'une falaise quelque part. Tu n'as pas besoin de voir... » Evie s'interrompt pour choisir ses mots. « ... quiconque... si tu n'en as pas envie. »

La sonnerie du téléphone soulage Stella. Evie se lève, va dans l'autre pièce pour répondre, et Stella reste en compagnie d'un chat contrarié d'avoir dû abandonner sa place.

Evie revient assez vite.

« C'était Nina. »

Stella pose sa tasse. Incapable de déglutir, elle pense un instant qu'elle va s'étrangler. « Qu'est-ce qu'elle a dit ? réussit-elle à demander.

— Elle sait que tu es ici.

— Mais... je croyais t'avoir entendue...

— Ce n'est pas moi qui le lui ai appris. Elle se doutait que tu avais pu venir ici et, aujourd'hui, en faisant le tour du pâté de maisons, elle a aperçu ta voiture. » Evie agite un doigt. « La prochaine fois, pense à cacher ta bagnole. Bref, j'ai pris un message. Je l'ai noté. » Evie tend un bras au bout duquel se trouve un petit papier. « "Je n'ai pas couché avec lui" », lit-elle d'un ton monocorde, comme si elle récitait une liste de commissions.

Stella paraît pétrifiée par la vapeur qui monte en volutes de son thé.

« Oh, et puis elle est au café, à Musselburgh, et veut te voir, ajoute Evie. On y va ? Avec ta voiture ou la mienne ? Je pense qu'on pourrait y faire un saut. Avec la mienne, je crois. La tienne est sans doute toute dégueulassée par des crottes de bique. »

Dans un box du café de ses grands-parents, Stella est assise en face de sa sœur. Elles se sont installées là tant de fois que Stella a l'impression étrange de ne pas savoir avec certitude où elles en sont de leur vie. Sont-elles des gamines de six et sept ans attablées devant une glace garnie de fraises, surmontée de crème fouettée et nappée de chocolat ? Ou des adolescentes en train de se persuader qu'elles aiment l'espresso ? Juchée sur un tabouret, au comptoir, Evie bavarde avec Valeria et Domenico comme elle le fait toujours – en français avec un accent italien. Ça semble marcher.

« Pourquoi ne pas m'en avoir parlé, Stel ? » Nina est furieuse. « Pourquoi est-ce que tu ne me l'as pas dit ?

— Quoi ?

— Qu'il te plaisait. Je ne l'aurais jamais approché si tu me l'avais dit. Tu le sais bien. »

Stella hausse les épaules, les yeux baissés sur le jean qu'elle porte. C'est Evie qui le lui a donné, en expliquant qu'un homme l'avait laissé, et que rien d'autre ne pourrait lui aller.

« Même si ça ne change pas grand-chose, grogne Nina, il ne s'est rien passé. » Elle se penche pour effleurer la main de sa sœur. « Rien. Il ne voulait pas. » Elle sourit. « J'y suis pourtant allée de tout mon répertoire, physique, narcotique, verbal, alcoolique. Ça n'a rien donné. D'où cette évidence : il était amoureux de quelqu'un d'autre », conclut-elle d'un ton insistant.

Stella garde le silence et évite de croiser son regard.

« Il a parlé de toi dans son sommeil. »

Stella lève les yeux. « Qu'est-ce qu'il a dit ?

— Oh ! je ne sais plus. » Nina agite la main, et une volute de fumée s'attarde dans son sillage. « Tu ne peux pas me demander de m'en souvenir. J'étais à côté de mes pompes. Mais à un moment donné il a murmuré ton nom. »

Stella essaie de ne pas tressaillir. L'idée qu'ils aient pu dormir côte à côte est encore un peu trop difficile à accepter pour elle.

« Comment ça se passe avec Richard ? demande-t-elle.

— Oh ! pas mal. Comme d'habitude. Tu sais bien. » Nina avale une gorgée de café. « Alors, qu'est-ce que tu vas faire ? »

Stella tiraille une mèche de cheveux. « Je ne sais pas, Nina, je ne sais pas. Je pourrais retourner à Londres, reprendre les choses où je les avais laissées, mais... » Elle soupire. « ... je me sens... »

Nina l'interrompt. « Je voulais parler de Jake.

— Oh ! » Stella s'efforce de réfléchir, de faire fonctionner son cerveau. Ce qu'elle va faire au sujet de Jake ? Elle n'en a strictement aucune idée. Son cerveau ne lui suggère rien, se contente de répéter « Jake » en boucle. Devrait-elle l'appeler ? Pour lui dire quoi ? Elle a du mal à suivre. L'homme qu'elle aime est marié. Tout en ne l'étant pas. Il a couché avec sa sœur. Sans avoir couché avec elle. N'empêche qu'ils ont passé la nuit ensemble. Dans le même lit, à ce qu'il semble.

« Je ne sais pas », répète-t-elle en trouvant détestable son ton pathétique. Plus que tout, elle aimerait pouvoir remonter le temps, l'arrêter juste avant le moment où elle a demandé à Jake de montrer la caravane à sa sœur, de manière à tendre la main par-dessus le plan de travail, dans la cuisine, pour les séparer.

« Parce que... euh... » Nerveuse, Nina tire sur sa cigarette. « Il y a quelque chose que je... je dois t'avouer.

— Quoi ? »

Nina agite une jambe, tripote le rebord de la table. « Il y a quand même une chose qui s'est passée.

— Je ne veux pas en entendre parler, lâche Stella, effrayée à présent.

— Non, non, pas ça. Je crois... je crois... » Nina s'interrompt, puis termine sa phrase à toute vitesse. « Je crois que j'ai dû le lui dire. »

Stella fronce les sourcils. « Lui dire quoi ?

— Le truc.

— Le truc ?

— Tu sais bien. Le truc. » Nina se penche par-dessus la table. « La chose. »

Il y a tellement longtemps que Stella n'a pas entendu sa sœur parler en ces termes que, l'espace d'un instant, elle ne voit pas à quoi elle fait allusion. Mais quelque chose en elle s'en souvient, car son crâne la picote et une sensation de froid l'envahit.

Assise dans ce box, portant le pantalon d'un amant d'Evie, Stella dévisage sa sœur. Parfois, en la regardant, elle voit une réplique d'elle-même. Mais pas maintenant. Nina lui paraît étrangement peu familière, presque inconnue. Il lui semble n'avoir encore jamais examiné ce visage. Elle remarque un endroit où le mascara a coulé, voit l'arc des sourcils, quelques taches de rousseur sur le nez, le rapide battement des cils. « Tu ne parles pas sérieusement, s'entend-elle murmurer. Nina... » Elle est obligée de reprendre son souffle. « Pourquoi ?

— Je ne sais pas. » Nina secoue de nouveau une jambe en faisant trembler les petites cuillers contre la porcelaine. « C'est sorti tout seul. Je... j'ignore totalement pourquoi. Je n'ai pas fait exprès. » Elle se frotte le front. « C'était tellement bizarre de me trouver là. Je ne comprendrai jamais pourquoi tu y es retournée. Et puis... j'étais soûle.

— Ce n'était pas la première fois, et, jusqu'ici, tu as toujours réussi à le garder pour toi. » Stella se lève. « Alors, pourquoi en avoir parlé à ce moment précis ? Et pourquoi à lui ? Bon sang, Nina, pourquoi à lui ? »

Je m'appelle Stella Gilmore. J'ai vingt-huit ans. J'ai les yeux verts et les cheveux bruns. Je mesure un mètre soixante-quinze. J'ai une sœur. Je suis à moitié italienne. Je possède une voiture et un appartement. J'ai vécu dans onze pays différents. Je ne me suis jamais rien cassé, mais j'ai eu une pleurésie. À huit ans, j'ai tué quelqu'un.

Ce sont là les éléments essentiels de ma vie.

Stella s'élance dans le café. À travers les miroirs, elle aperçoit toute une série de Stella aux cheveux en bataille, qui courent au-devant d'elle. Ses grands-parents, son oncle et Evie se tournent pour la dévisager. D'un geste brusque, elle ouvre la porte et se retrouve dans la rue. L'air paraît léger et froid après l'atmosphère confinée, chaude du café.

À côté d'elle, Nina la tient par la manche.

« Où vas-tu, Stel ? Ne pars pas, supplie sa sœur. Excuse-moi. Excuse-moi. S'il te plaît, ne pars pas. Excuse-moi. »

Stella se dégage. « Je n'arrive pas à croire que tu aies pu faire une chose pareille, parvient-elle à lâcher entre ses dents. Je n'arrive pas à le croire. Tu m'as... tu m'as cassée. » Elle repousse Nina et s'éloigne sur le trottoir en titubant.

Ses jambes lui paraissent faibles, molles, le ciel, au-dessus des immeubles de Musselburgh, trop brillant, trop blanc, lui agresse la rétine. Son champ de vision semble se rétrécir sur les côtés, la scène se brouille et bouge, comme la ligne d'horizon dans le désert. Elle l'a dit à Jake. Jake sait. C'est impossible à avaler, vraiment impossible. La chose qu'elle avait gardée secrète, recroquevillée en elle, lui a été arrachée. Que l'amour de Jake puisse s'en trouver tari lui est insupportable. Car comment pourrait-il réagir autrement ? Il sait. Rien ne saurait être pire. Comment réussira-t-il désormais à la regarder ?

Mettre un pied devant l'autre lui paraît soudain la tâche la plus difficile qu'elle ait jamais accomplie. Bientôt elle trébuche, tombe, et c'est un soulagement car elle n'a plus besoin de se tenir debout. Quelque part, elle entend la voix d'Evie dire qu'elle n'a rien mangé depuis plusieurs jours, et elle songe alors qu'il n'y a donc pas plus de quelques jours qu'elle ne l'a pas vu, puis elle entend sa sœur pleurer et répéter sans cesse son nom. Nina. Au commencement était Nina.

« Qu'est-ce qu'on va faire si on ne les retrouve pas ? » demanda Nina.

Stella se servit d'une branche pour se relever. « Mais si, on va les retrouver. »

Elles grimpaient un sentier escarpé longeant une cascade. Un voile de gouttelettes transportées par le vent flottait jusqu'à elles et leur mouillait visage, cheveux, vêtements. Stella avait le goût de la rivière dans la bouche.

Au moment où elle se tournait pour aider Nina à parvenir au sommet de la pente, quelque chose siffla à son oreille comme une balle. L'objet en question atterrit dans les ajoncs proches. Une pierre qui avait roulé ?

Un éboulement ? Un autre missile passa en trombe et, aussi pointu qu'une flèche, la frappa au bras.

Stella pivota aussitôt. Campée jambes écartées sur le sentier, une silhouette se tenait devant elles, non loin de l'endroit où l'eau basculait pour se déverser dans le précipice. Anthony. Qui leur jetait des pierres avec la même désinvolture que s'il lançait une pièce pour jouer à pile ou face. Elle le vit lever un bras et le ramener en arrière.

« Arrête ! s'écria-t-elle. Arrête ! Ne la frappe pas sur la tête. Ne fais pas ça ! »

Elle se pencha sur Nina pour lui protéger le crâne. Un coup à cet endroit provoquait en effet une rechute qui durait parfois plusieurs jours. Ce serait horrible, inconcevable, si ça arrivait ici. La pierre atterrit aux pieds de Nina, puis une autre tomba un peu plus loin.

Les bras croisés, Anthony les regardait. Derrière lui le sentier était désert. Où était donc passé le reste de la classe ? D'habitude, Anthony aimait bien avoir un public. Mais pour l'instant il n'y avait que lui, Nina, Stella, les arbres et la cascade. Stella sentit la main de sa sœur se glisser dans la sienne.

« Où sont les autres ? » s'entendit-elle demander.

Un sourire vorace découvrit ses dents jaunes. « Partis. » Il agita le pouce. « Là-haut. »

La façon dont il regardait Nina, les yeux plissés, la tête penchée sur le côté, ne plaisait pas à Stella, qui se rapprocha encore de sa sœur.

« Qu'est-ce que tu veux ? demanda-t-elle.

— Quelle amabilité ! » Il laissa retomber les bras le long du corps. « Je suis venu vous chercher.

— Pourquoi ? »

Au lieu de répondre, il s'élança vers Nina. Stella le vit venir, s'interposa juste à temps devant sa sœur et sentit le corps massif d'Anthony la heurter. Pas question qu'il s'en prenne à Nina, ça, pas question ! La rage lui emplissait la tête, rugissait à ses oreilles comme un torrent. Nina hurlait et s'accrochait à elle, mais Stella sentit qu'on les séparait avec une telle brutalité que le monde bascula.

Un bruit mat accompagna sa chute. Une flèche de douleur courut de son dos au bas de ses jambes. La respiration coupée, ses poumons vides lui faisaient mal. Ses mains étaient enfoncées dans la boue, le soleil blanc l'aveuglait. Sa sœur sanglotait quelque part.

Stella tourna la tête. Tel un bourreau, Anthony se tenait derrière Nina, les doigts refermés sur le col de sa robe.

« Alors, comme ça, faut pas la frapper sur la tête, disait-il. Pourquoi ? Qu'est-ce qui se passerait ? » Il leva bien haut le poing au-dessus de la tête affaissée de Nina. « On va bien voir ! »

Stella se dépêcha de se relever. Son regard passa du précipice à Anthony. Dénoué, un lacet d'Anthony serpentait sur le sol. L'idée se présenta d'elle-même. Stella leva un pied et le reposa sur le lacet. Elle le sentait coincé sous sa semelle. Avançant alors les mains sur la poitrine d'Anthony Cusk, elle poussa.

Son geste était parfaitement délibéré. Jamais elle ne parviendrait à se persuader du contraire. Anthony partit en arrière, arraché à Nina, dont il lâcha la robe, et moulina des bras pour retrouver son équilibre. Son poing levé s'ouvrit et retomba brusquement. Le lacet se libéra, échappa à la semelle de Stella. Les deux sœurs entendirent le petit grognement stupéfait d'Anthony sous le choc. Elles le virent vaciller en arrière, glisser dans la rivière et trébucher sur les pierres couvertes de vase. Elles virent l'eau noire tourbillonner autour de ses jambes.

Il sembla longtemps osciller près du bord, les yeux écarquillés, les lèvres étirées, le visage curieusement vide. D'un pied, il essaya d'agripper la rive, tel un danseur ou un homme qui voudrait s'envoler. Puis il bascula, les bras toujours en mouvement, et tomba dans l'abîme.

Le temps s'étira entre le moment où il disparut à leur vue et celui où elles entendirent son corps heurter les rocs. Stella se surprit à penser que rien ne s'était peut-être produit, qu'il leur jouait un tour, se retenait au bord de la cascade, et allait refaire surface d'une minute à l'autre, tel un diable à ressort grimaçant.

Mais il y eut ce bruit sourd, un autre silence, puis des éclaboussures. Nina et elle se retrouvaient seules.

Mlle Saunders les voit arriver de loin. Elles courent sur l'étendue verte ondoyante, avivée par la lumière incertaine. Quelque chose dans leur comportement l'oblige à se lever, à faire taire l'enfant qui lui parle et à les observer, plissant les yeux au soleil.

Les petites Gilmore courent dans le vallon. Stella devant, les jambes alertes, les bras flottant derrière elle, telles des ailes. Plus loin, Nina essaie de ne pas se laisser distancer, et, est-ce un effet de son imagination, ou est-elle en train de hurler ?

Le regard de Mlle Saunders passe d'une sœur à l'autre. Dans quelques secondes, une minute tout au plus, elle découvrira ce qui s'est passé, mais elle le redoute déjà, comme tous les enseignants. Les hurlements de Nina lui parviennent par saccades, comme s'ils étaient retransmis par une mauvaise liaison radio.

« Qu'y a-t-il ? s'écrie-t-elle, pressentant qu'il est déjà trop tard. Que s'est-il passé ? »

Stella avait regardé. Contrairement à Nina. À plat ventre, Stella s'était approchée du bord centimètre par centimètre – sa robe serait trempée ensuite, sur tout le devant, mais personne ne lui demanderait pourquoi – et elle avait scruté le bas du précipice.

Toute sa vie elle le regretterait.

Il la regardait, ses yeux ouverts, limpides, cherchant à croiser les siens. Là, sous le poids écrasant de l'eau, il la dévisageait.

Stella est allongée sur un lit, tête-bêche avec sa sœur. Nina a chassé tout le monde. Pendant un moment, l'agitation, l'affolement ont régné, sa mère était au téléphone et des gens l'entouraient, qui avec une tasse de thé, qui avec un mouchoir ou un conseil. Mais Nina a réussi à faire sortir sa sœur du café et à la ramener en voiture chez elle en un temps record.

Nina lui caresse la cheville et lui annonce que Richard et elle ont décidé d'avoir un bébé. « Il croit que ça va me calmer. » Elle lâche un grognement de mépris. « Plutôt me lester d'un poids, oui. M'empêcher de partir. Qu'est-ce que tu en penses ?

— Je pense... » Stella trouve encore sa voix curieuse, un peu creuse et lointaine. Elle ne comprend pas tout à fait comment elle est arrivée dans la chambre de Nina. On dirait qu'elle s'est endormie dans une vie, et s'est réveillée dans une autre. « Je pense que si tu veux un bébé, tu devrais en avoir un.

— Mais c'est là toute la question. Je ne suis pas sûre d'en vouloir un. Comment faire pour le savoir quand on n'en a encore jamais eu ? »

Stella hausse les épaules. La rapidité avec laquelle les disputes et scissions familiales peuvent cesser, se vider de leur substance, l'étonne toujours. À un moment donné, on hurle qu'ils vous ont gâché la vie, et l'instant d'après, on est pelotonné sur un lit ensemble, comme si de rien n'était.

« C'est ça le problème avec les bébés, poursuit Nina. La seule manière de savoir si on en veut, c'est d'en avoir un. Et alors il est trop tard. On ne peut pas le renvoyer d'où il vient. Il devrait exister une sorte de centre où on pourrait…

— Être mère à l'essai ?

— Exactement. »

Nina exerce une pression sur la plante des pieds de Stella. « Et toi ?

— Et moi quoi ?

— Qu'est-ce que tu vas faire ? Rester à Édimbourg ?

— Je n'en sais rien. Sans doute pas. Je n'ai pas vraiment envie d'être ici.

— Tu n'en as jamais eu vraiment envie.

— Je sais.

— Et Jake ? »

Stella se redresse et bascule les jambes vers le sol. Ses idées se brouillent légèrement, puis s'éclaircissent. Par la fenêtre, elle aperçoit une femme avec un parapluie rouge qui glisse un prospectus dans la boîte aux lettres de la maison d'en face.

« À mon avis, Jake… est une cause perdue. » Elle baisse la tête pour retirer des poils de chat qui adhèrent à son pull, et les laisse flotter dans la pièce.

« Tu n'en sais rien, Stel.

— Si.

— Non.

— Ah bon ? » Stella se tourne vers sa sœur. « Est-ce que tu voudrais encore de quelqu'un après avoir découvert qu'il a… » Elle s'interrompt et ravale le reste en se rappelant que Richard se trouve dans l'appartement.

« Accorde-lui au moins une chance, tâche de savoir si c'est bien ce qu'il pense, ce que je ne crois pas. Ça s'est passé il y a tellement longtemps, Stel. » Nina la secoue par le bras. « Des années et des années. Il faut que tu dépasses cette histoire. » Elle se mordille la lèvre. « Moi, j'y suis arrivée.

— Nina, toi, tu n'as rien fait, murmure Stella d'une voix aussi rauque que si elle ne s'en était jamais servie.

— Mais j'étais aussi fautive que toi.

— Non.

— Bien sûr que oui, insiste Nina. Si tu ne l'avais pas fait, c'est moi qui l'aurais fait. »

Stella la regarde, incapable d'accepter l'idée qu'elles puissent en parler. De la chose. « Ce n'est pas vrai. Et tu le sais très bien. »

Elles gardent un instant le silence. Nina détourne les yeux, se met à enrouler une mèche de cheveux autour de ses doigts. « Tu ne sais pas quel est ton plus gros problème ? demande-t-elle soudain.

— Non. Quoi ?

— Ce n'est pas que tu n'arrives pas à oublier ça, ni que tu t'imagines le voir partout, commence Nina. C'est que tu ne te crois pas autorisée à mener une vie normale, à avoir les choses qu'ont les gens normaux, à...

— Arrête tes conneries ! s'écrie Stella en s'en prenant à sa sœur. Ce n'est pas ça du tout.

— Si ! » Nina se lève et se met à faire les cent pas. « C'est exactement ça ! Je sais que c'est la vraie raison pour laquelle tu ne peux pas affronter Jake. Ce n'est pas parce que tu ne supportes pas qu'il soit au courant, mais parce que tu penses que tu devrais être punie pour un acte qui ne t'a pas valu de punition à l'époque – pour lequel j'ai tout fait pour que tu n'en aies pas.

— Nina ! » lance Stella.

Mais sa sœur l'empêche de continuer. « Tu t'obstines à croire bêtement que te priver de lui te donnera l'absolution. Tu veux que je te dise ? » Elle s'immobilise. « Je t'ai même peut-être rendu service. »

Un silence s'installe. Atterrée, Stella la regarde fixement. « Rendu service ? répète-t-elle.

— Ouais. » Nina lève le menton d'un air de défi. « En le lui révélant. Ce que tu n'aurais jamais fait et… tu aurais continué comme ça, complètement refermée sur toi. Alors que maintenant, tu seras bien obligée de t'apercevoir que ses sentiments n'ont pas changé. Et, qui sait, tu risques même de te rendre compte que tu as le droit d'être heureuse, que…

— Oh ! de grâce, épargne-moi cette séance de psychanalyse.

— Non. Je ne vais pas te laisser gâcher la chance que représente Jake. Stella, je t'en prie ! supplie-t-elle. C'était un accident. Qui s'est passé il y a longtemps. Tâche de surmonter cette histoire. »

Stella tire sur un fil du couvre-lit. « Écoute, tout ça n'a plus d'importance, marmonne-t-elle. Je ne vois pas Jake ici, ajoute-t-elle avec un geste de la main. Il ne donne pas l'impression de vouloir désespérément me parler.

— Parce que tu crois qu'il sait où tu es ? lui objecte Nina avec une patience sarcastique.

— Bon, il existe des moyens pour retrouver quelqu'un. Pour commencer… papa et maman sont dans l'annuaire… et… euh… » Elle s'arrête brutalement.

« Moi-même, j'ignorais où tu étais avant ce matin.

— Peut-être, mais…

— Stel, tu ne le vois donc pas ? » Nina s'accroupit devant elle et lui prend les deux mains. « Tu n'arrives pas à en sortir. Il faut que tu cesses de t'appesantir là-dessus. Jake t'aime. » Stella soupire et essaie de se dégager, mais sa sœur augmente sa pression. « Écoute-moi. C'est la vérité. Il se fiche bien de ce qui s'est passé il y a vingt ans.

— Tu n'en sais rien.
— Si.
— Non.
— Mais si, voyons. Rejette-le parce que tu as la trouille d'avancer, de... de le laisser entrer dans ta vie, et ce sera une belle bourde. Tu pourras alors dire que tu as merdé pour de bon. »

Stella libère sa main, se lève et s'approche de la fenêtre. Le front collé à la vitre froide, elle cherche des yeux la femme aux prospectus. Elle a disparu.

Derrière elle, Nina se jette sur le lit avec un soupir exaspéré. « Je ne comprends pas pourquoi je me tracasse ! fulmine-t-elle en bourrant de coups de poing les oreillers pour leur redonner forme. Je pourrais aussi bien parler à un mur. Je sais ce que tu vas faire. Je le sais parfaitement.

— Ah bon ?
— Tu vas foutre le camp. Et tu continueras éternellement à fuir, comme tu l'as toujours fait. »

Stella y réfléchit en observant son souffle qui prend corps et s'efface sur la vitre. « Sûrement. » Elle hoche la tête. « Oui. »

Jake glisse sa carte bancaire dans le distributeur d'une gare immense, et abrite l'écran pour mieux voir les lettres vertes.

Il est descendu dans un foyer, un endroit sinistre où chaque cellule dépourvue de fenêtre compte douze lits, et où l'odeur suffocante de désinfectant ne masque pas tout à fait d'autres relents tenaces auxquels Jake préfère ne pas penser.

L'appareil étudie sa demande. Jake imagine les informations électroniques codées échangées entre ce distributeur d'une gare londonienne et sa banque, à Wan Chai. Va-t-elle lui accorder cette somme ? Il a besoin de quatre-vingts livres au minimum – de quoi régler le foyer, où on a gardé son passeport comme garantie, et acheter un billet de train pour Édimbourg. Jake lève les yeux sur le tableau des départs. Un train part dans quinze minutes. S'il arrive à l'attraper, il sera à Édimbourg en fin d'après-midi, et le soir, qui sait... Au café des grands-parents de Stella ? S'il ne la retrouve pas, il sera vraiment dans la... Mais Jake ne veut pas y penser.

Hier, pour la première fois depuis plusieurs semaines, il a vérifié son courrier électronique. Il y avait neuf messages de Chen, de plus en plus affolés. Le scénario sur lequel ils travaillaient a soudain reçu l'aval de la production, et Chen a besoin de Jake. Tout de suite. Le dernier, rédigé par l'agent de Chen, lui demande de les prévenir s'il ne compte pas revenir, car ils ont trouvé quelqu'un pour prendre son boulot, le cas échéant. Assis dans un café Internet, Jake s'est pris la tête entre les mains et a réfléchi pendant plusieurs minutes. Puis il a tapé : *Ne donnez pas mon boulot à quelqu'un d'autre. Je reviens. Accordez-moi trois jours – quatre tout au plus.*

À Londres, Jake a épuisé toutes les possibilités. Une autre jeune femme habitait chez Stella. Elle est une de ses amies, lui a-t-elle dit, la main sur la porte, et n'a pas eu de ses nouvelles depuis plusieurs semaines. À la station de radio, la jeune fille à qui il s'est adressé lui a elle aussi répondu d'un ton furieux : oui, Stella a bien travaillé ici, mais ça fait déjà un moment, et non, pour sa part, elle n'a aucune idée de l'endroit où elle peut bien se trouver.

Jake reporte son attention sur le distributeur. Sa carte est régurgitée et un message s'affiche : « Demande refusée, fonds insuffisants. »

« Putain, quatre-vingts malheureuses livres, c'est quand même pas la mer à boire ! » marmonne-t-il en sortant de son portefeuille une seconde carte qu'il pousse dans la fente étroite en adressant une prière muette au dieu des distributeurs de billets. S'il te plaît, s'il te plaît. Quatre-vingts livres. C'est tout. Je les rembourserai, c'est promis.

L'appareil réfléchit longtemps. Jake danse d'un pied sur l'autre, voit l'horloge décompter les minutes qui restent avant le départ du train. Puis la machine émet un horrible grincement en avalant sa carte. « Demande refusée, carte confisquée. »

« Merde ! » Jake abat son poing sur le mur. « Putain de merde ! »

Il a du mal à comprendre comment sa vie a pu devenir aussi précaire. Des années durant, il s'est laissé porter par l'école, divers boulots, différentes femmes, sans que rien de grave ne vienne le surprendre à contre-pied. Et soudain, il manque mourir, est forcé d'épouser quelqu'un qu'il connaît à peine, traverse la moitié de la terre, part à la recherche d'un père qu'il n'a jamais vu et rencontre une fille à la place, gâche toutes ses chances en s'y prenant régulièrement d'une façon désastreuse, si bien que la fille s'en va, et qu'il lui court après. Il y aurait déjà là matière à plusieurs vies. Mais, par-dessus le marché, il apprend que cette fille, qu'il aime, a tué quelqu'un.

Jake ouvre les yeux et observe la confusion qui règne dans la gare faiblement éclairée : gens qui courent pour attraper leur train, consultent le tableau des départs, attendent, assis sur leur valise. Ce que Nina lui a dit cette nuit projette des éclairs intermittents dans son esprit, tel le pinceau lumineux d'un phare éloigné. Cette révélation devrait le choquer, l'affecter davantage, songe-t-il. Pourtant, curieusement, il n'est pas aussi surpris qu'il devrait l'être. Il y a tant de choses qu'il ne comprend pas en Stella.

Jake essaie de l'imaginer à huit ans. Une enfant maigre, au visage anxieux et aux petites mains crispées. « Elle l'a fait pour moi. Tu te rends compte ? » lui a murmuré Nina. Non, il ne parvient pas du tout à se rendre compte, il est même incapable d'envisager ce qui a pu provoquer son geste – il n'est d'ailleurs pas sûr de pouvoir le supporter. La petite brute de la classe. Cette histoire le rend furieux, lui donne envie de prendre les mains de Stella entre les siennes et de partir avec elle très loin.

Mais, tout d'abord, il faut la retrouver. Il fourre son portefeuille dans sa poche et sort de la gare.

Une fois dehors, il s'immobilise devant une cabine téléphonique. Un flot de gens passe devant lui pour s'engouffrer dans le métro. Le soleil est chaud, beaucoup plus chaud qu'en Écosse. Les hommes sont en bras de chemise et portent leur veston sur le bras. L'espace d'un instant, l'odeur d'ordures pourrissantes lui rappelle Hong Kong.

Tournant le dos à la cabine, il s'éloigne. S'arrête. Revient sur ses pas. Reste un moment planté là, à se mordiller la lèvre. Non, pas question. Il a presque trente ans – comment a-t-il pu en arriver à cette extrémité ? Mais son ventre gargouille, il n'a encore rien mangé de la journée, et il a moins d'une livre en poche. Bien sûr, il pourrait faire du stop, mais la masse tentaculaire que représentent les sorties de Londres le déconcerte. Il ne saurait pas quelle route emprunter et, en outre, il aurait peur de se faire ramasser par un tueur en série.

Jake porte les mains à ses tempes. Quelle autre solution lui reste-t-il ? Quinze jours au moins s'écouleront avant qu'il reçoive sa paye. Impossible de tenir jusque-là.

Il tire la porte de la cabine et entre. En l'entendant dire qu'elle accepte bien entendu l'appel en PCV du Royaume-Uni, il manque se dégonfler et raccrocher.

« Jake ? dit sa mère. C'est toi ?

— Ouais. Salut.

— Tu vas bien ?

— Oui. » Il colle le combiné à son oreille. « En fait, non. Caro, j'ai besoin d'argent. » Lorsqu'il s'entend prononcer ces mots, le son de sa voix lui fait horreur. « Je suis désolé de te demander ça. D'autant plus que je sais très bien que Lionel et toi n'êtes pas précisément... »

Elle l'interrompt. « Où es-tu ?

— À Londres.

— À Londres ? répète Caroline d'un ton incrédule. Qu'est-ce que tu fais là-bas ?

— Je te rembourserai dans une quinzaine de jours. Je te rendrai tout, c'est promis. Il me faut seulement de quoi acheter un billet pour l'Écosse. »

Tout en raclant sa chaussure de tennis contre la paroi métallique crasseuse de la cabine, il sent que le cerveau de sa mère tourne.

« Que se passe-t-il, Jakey ? »

Il prend une profonde inspiration. « C'est cette fille. Si je n'arrive pas à Édimbourg aujourd'hui ou demain, elle...

— Combien te faut-il ? » lui demande aussitôt sa mère.

La question de l'hébergement de Stella ne s'est pas posée. Nina a attrapé son sac chez Evie, l'a fourré dans la voiture et déposé dans son débarras. « Les serviettes sont dans le placard, les sous-vêtements propres dans mes tiroirs », a-t-elle expliqué avant de lui montrer comment marche la couverture chauffante.

Quand Nina va retrouver Richard pour déjeuner, ce qu'elle fait presque tous les jours, Stella reste dans l'appartement, où elle prend un long bain, immergée dans de l'eau bouillante, et voit sa peau virer au rose vif, le sang affluant à la surface. Elle écoute des chansons sur la station de radio préférée de Nina, les yeux fixés au plafond, se savonne avec les produits alignés sur des étagères. Ensuite elle hume sa peau et trouve qu'elle a l'odeur de sa sœur.

Une fois habillée, les cheveux encore mouillés, elle erre dans les pièces vides en buvant une grande tasse de thé. L'appartement de Nina est curieux. Stella n'y était jamais restée seule. Partout où elle tourne son regard, elle reconnaît des objets provenant de la maison dans laquelle elles ont grandi toutes les deux – bibelots, coussins, une commode, un vase, un tableau. Sur le manteau de la cheminée il y a non seulement la timbale de baptême de Nina, mais la sienne. Leurs noms sont gravés à l'intérieur, près du bord : Stella Giuditta Gilmore et Nina Maddalena Gilmore. Au chevet de Nina se trouve l'une des deux lampes assorties qu'elles avaient près de leurs lits superposés. Son pendant, constate Stella, est posé sur la coiffeuse. Le nombre d'objets qui viennent de la maison parentale l'étonne. Pour sa part, elle n'a rien pris, rien gardé. Elle avait oublié la plupart de ces choses.

Dans le hall, Stella s'assied sur le tabouret installé près du téléphone et contemple les souris en porcelaine que Valeria leur a offertes pour un Noël. Dès qu'elle en prend une dans chaque main, la sensation que procurent leur vernis dur, glissant, leur fragilité creuse, leur base rugueuse lui revient en mémoire.

« Coucou, tu te souviens de moi ? » murmure-t-elle.

Les souris lui rendent son regard avec une expression attentive, préoccupée. Elle se demande alors ce qui lui passe par la tête pour parler à des bibelots en porcelaine, s'empresse de les reposer, blotties dans la même chaude intimité qu'avait créée Nina, puis ouvre le tiroir.

Avec stupéfaction, elle découvre des vieilleries cachées à l'intérieur – cahiers de brouillon d'écolière, certains appartenant à Nina, d'autres remplis de sa propre écriture, d'anciennes photographies décolorées d'elles deux, leurs vieilles trousses au cuir desséché par l'abandon, mais contenant toujours des crayons à moitié rongés, des compas, des gommes grisâtres. Stella sort tout le contenu du tiroir pour l'examiner, effleurant du bout des doigts la couverture des cahiers de brouillon, les pages noircies d'encre, les stylos, les photos qui les représentent dans le jardin, devant l'immeuble d'Evie, appuyées à une voiture. Elle étale le tout par terre en demi-cercle et s'assied devant pour le regarder.

Nina est une sorte de gardienne de leur passé commun, constate-t-elle. Le fait que sa sœur tienne à tous ces objets lui noue étrangement la gorge. Alors qu'elle les a elle-même négligés, Nina les a sauvés, s'en est occupée, les a gardés réunis.

Viendra bien un moment où il ne sera plus obligé de sillonner la Grande-Bretagne sur les traces de personnes disparues, songe Jake. Il se promet que sa vie ne consistera pas éternellement à parcourir un pays en tous sens, comme un fou, pour chercher des gens qui ne souhaitent pas qu'on les retrouve.

Jake scrute de nouveau l'enseigne du café d'en face. IANNELLI est écrit en lettres dorées trapues. Ça doit être le bon. Il a erré dans les rues, est allé jusqu'au bord de la rivière, puis est revenu, en demandant aux passants où il pouvait trouver un café tenu par des Italiens. Quelques personnes l'ont toisé d'un air méfiant et ont continué leur chemin – il ignore complètement pourquoi –, mais ceux qui ont bien voulu répondre ont dit qu'il n'y en avait qu'un. Chez Iannelli. Dans la rue principale. Stella a mentionné Musselburgh. À moins que... Est-il sûr que c'était bien le nom de la ville ?

Jake s'écarte du mur contre lequel il s'appuyait. Cette histoire est démente ! Allons, tout ce qu'il a à faire, c'est entrer et poser la question. Rien de plus simple. Après tout, il n'a pas d'autre piste. La mâchoire crispée, il traverse la rue. Tout va bien se passer. Ce sera facile. Il lui suffit de dire qu'il cherche Stella et de demander s'ils savent où elle est. Simple comme bonjour.

Lorsqu'il s'approche du café, le courage lui manque. À travers la vitre, il aperçoit deux hommes, l'un plus âgé que l'autre, en train de s'entretenir avec un client. Ils sont grands, costauds et ils ressemblent... bon, aux figurants d'un film sur la mafia. Seigneur ! pense-t-il. En réalité, tu as batifolé avec les deux filles de la famille ! Ça va se terminer au fond de la rivière, les pieds pris dans du ciment. Ou bien tu trouveras une tête de cheval dans ton lit. Et ta mère ne saura jamais ce qui t'est arrivé.

Jake modifie sa trajectoire et s'éloigne à vive allure. Puis il revient sur ses pas. Allons, c'est ridicule. Cessons de tergiverser. Ce café est le seul lien qu'il lui reste avec Stella. Il faut que ça marche – ça va marcher. Il pousse la porte et entre. Les types campés derrière le comptoir lui font un signe de tête, l'un des deux lui sourit. Une vieille dame est là elle aussi, devant la machine à café, une tasse à la main. Elle sourit également. Jake a l'impression d'être un indic infiltré dans le camp ennemi. Tous ces gens semblent attendre quelque chose de sa part.

« Euh... dit-il. Euh... je me demandais... » Quelque chose attire son regard sur la droite et, là, derrière le comptoir, il aperçoit la femme que sera Stella dans vingt ans et qui l'observe. Est-ce que toutes les familles sont à ce point composées de copies conformes, ou seulement celle-ci ?

« Si je pouvais... » Ses nerfs le lâchent. « Pourrais-je avoir un café, s'il vous plaît ? »

« Francesca ? »

Francesca s'arrête et regarde son amie par-dessus le comptoir. « Quoi ? » répond-elle, agacée. Elle est en train de raconter une histoire sur un fabricant de rideaux de Jaffa, et voilà qu'Evie tourne la tête de tous les côtés en pensant visiblement à autre chose.

« Je crois que c'est lui, dit Evie entre ses dents avant de se baisser.

— Qui ça, lui ? » Son comportement rend Francesca perplexe.

« Lui. Tu sais bien.

— Non, je ne vois pas de quoi tu veux parler.

— Si, voyons. Lui. »

D'un air lourd de sens, Evie cligne de l'œil, et Francesca finit par piger. Elle pose les coupes à glace qu'elle était en train d'essuyer.

« Lui ? » répète-t-elle en désignant le garçon brun assis au fond, courbé sur son café. Elle n'a pas réussi à glaner plus qu'une explication très vague au sujet de la dispute récente entre ses deux filles, mais elle sait au moins une chose : la faute en revient à un garçon. « Comment le sais-tu ?

— Nina me l'a décrit.

— Mais je croyais qu'il était... enfin... chinois. » Francesca prononce le dernier mot tout bas.

« Non, non. » Evie secoue la tête. « Il est blanc.

— Oh ! » Francesca le scrute de nouveau par-dessus l'épaule d'Evie. « Il a l'air d'un Italien.

— Tu crois ?

— Oui.

— Ah bon ? Tu l'as détecté avec ton radar romain, c'est ça ?

— Absolument. » Francesca jette de nouveau un bref regard sur le client. « Ou du moins, en partie italien.

— Bon, c'est possible, je suppose. Mais laisse-moi te dire une chose : tes filles ont bon goût. » Evie sourit d'un air lascif. « Tant qu'à se disputer un homme, autant qu'il en vaille...

— Tais-toi ! lâche Francesca. J'y vais. » En toute hâte, elle retire son tablier et marmonne : « Et je vais lui sortir ses quatre vérités.

— Cesca, tu crois que c'est une bonne idée ? » Un bout du tablier à la main, Evie la suit pendant qu'elle traverse la salle à grands pas. « Nous devrions peut-être...

— Est-ce que vous vous appelez Jake ? » braille Francesca.

Jake sursaute, renverse des grains de sucre en poudre sur la table, lève les yeux et voit la Stella plus âgée foncer sur lui.

« Oui, répond-il, oui. » D'un bond, il se lève et se met presque au garde-à-vous. Derrière la première, une autre femme paraît prête à retenir sa compagne. Les choses ne se présentent pas bien. On est loin de la conversation discrète qu'il avait à l'esprit. « Bonjour. Je suis enchanté de faire votre connaissance. » Le savoir-vivre inculqué par Caroline refait surface. « Êtes-vous...

— Je suis la mère de Stella, annonce la femme en s'approchant. Et de Nina, ajoute-t-elle d'un ton plein de sous-entendus.

— Bien sûr. Je suis enchanté de faire votre connaissance, dit-il en se demandant pourquoi il estime nécessaire de se répéter.

— Puis-je vous demander ce que vous faites ici ?

— À vrai dire, je cherche Stella. Vous ne sauriez pas, par hasard...

— Seulement Stella ? lâche-t-elle d'un ton sec. Ou aussi Nina ?

— Euh... » Jake s'enlise. Quelle serait la bonne réponse à une telle question ? « C'est-à-dire... »

La femme blonde murmure : « Francesca, nous ferions peut-être mieux de...

— Si vous vous imaginez que vous pouvez vous pointer ici pour recommencer à chambouler les relations entre mes filles, vous vous trompez lourdement. » Francesca agite le poing d'une manière sans aucun doute menaçante. « Comment osez-vous venir fouiner ici ? Vous n'avez pas fait assez de dégâts comme ça ? Mes filles sont... »

Tous ceux qui étaient derrière le comptoir se retrouvent à présent devant la table. La vieille dame glisse un mot en italien à Francesca qui lui renvoie une brève réponse. Bien sûr, Jake ne la comprend pas, mais devine qu'elle n'est pas flatteuse pour lui en saisissant le mot *brutto*.

« C'est lui », explique la petite femme blonde, sur le même ton qu'on pourrait dire : C'est le diable.

L'homme le plus âgé prend la parole, et celle que Jake imagine être son épouse se tourne vers lui pour contester son avis. Jake a envie de fermer les yeux. Le moment est-il arrivé de se retrouver ficelé dans une arrière-salle ? L'idée lui vient de demander s'il peut passer un dernier coup de fil. Est-il en train de se laisser déborder par son imagination ? Probablement.

« Il veut seulement savoir où elle est ! s'écrie la blonde. C'est tout ! Il faut le lui dire. Si jamais elle apprend que...

— Evie ! » Francesca lui tombe dessus en avançant qu'on ne peut pas lui faire confiance, que c'est un coureur, et qu'ils ne savent strictement rien de lui.

« Ça ne semble pas t'empêcher d'avoir tout un tas de jugements préconçus à son sujet », rétorque la blonde. Jake se dit qu'il l'aime bien et la trouve merveilleuse.

L'homme âgé le montre du doigt, et son épouse hoche la tête. Appuyé au comptoir, les bras croisés, l'autre homme examine Jake. Celui-là, Jake ne l'aime pas. Vraiment pas.

Il sent une main sur son bras et tressaille. Mais c'est seulement la blonde qui se penche vers lui. « À votre place, je partirais », lui murmure-t-elle.

Jake traverse la salle. Elle lui semble soudain très longue, et il met une éternité à atteindre la porte. D'un côté il aperçoit des fragments de lui-même réfléchis à l'infini dans plusieurs miroirs d'angle ; de l'autre une collection de cartes postales épinglées à une planche derrière le comptoir.

Enfin, il se retrouve dehors, et le bruit de la dispute cesse. Il se rend compte qu'il est au bord des larmes. Une femme passe, se retourne sur lui, et il se sent obligé d'appuyer les mains sur ses yeux. Sans savoir où il va, il se met en route.

Au moment où il arrive dans une rue perpendiculaire et va traverser, il entend une voix derrière lui : « Hé ! »

Jake se retourne. En bras de chemise, le grand-père de Stella se hâte vers lui.

« Hé ! » répète-t-il. Nerveux, Jake l'attend. Que va-t-il se passer ?

« Stella ? demande-t-il.

— Oui. » Jake se met à hocher la tête comme ces jouets représentant des chiens, que les gens mettent dans leur voiture. « Stella, oui. »

L'homme s'approche encore et lui dit quelque chose. Un seul mot que Jake ne comprend pas.

« Pardon ? »

Le grand-père le répète. Deux fois, en regardant bien Jake pour voir s'il a compris. Jake s'efforce de bien écouter, mais il n'est pas habitué à cet accent prononcé.

Ça commence par un P – voilà au moins ce qu'il devine. À l'idée qu'on lui tend une perche qu'il n'est pas capable de saisir, il sent la sueur perler à son front. Le vieil homme répète ce mot encore et encore, frappe dans ses mains, puis montre le bas de la rue. Jake regarde dans la direction indiquée, puis reporte les yeux sur lui. Qu'est-ce qu'il peut bien vouloir dire ? Bon Dieu, pourquoi n'a-t-il lui-même jamais appris l'italien ? L'homme lui agrippe le bras pour l'aider à comprendre, et soudain, quelque chose émerge des sons agglutinés.

« Portobello ? » Jake saisit le mot au vol. En venant ici, il se rappelle l'avoir vu écrit sur un panneau, à la gare, et avoir trouvé que c'était un bien curieux nom pour une ville écossaise. « Stella est à Portobello ?

— *Sì, sì.* » Le grand-père sourit. « Portobello. Stella à Portobello. » Tenant Jake par le coude, il le pousse vers l'arrêt d'autobus. « *Capisce ?* » Il vérifie la destination du bus qui approche. « Vous comprenez ?

— Oui. » Rayonnant, Jake monte dans le bus. « Merci. Merci beaucoup. »

D'un petit geste de la main, le grand-père de Stella balaie sa gratitude. Jake donne le mot magique au chauffeur, paie, obtient son ticket et s'assied au premier rang. Puis quelque chose lui traverse l'esprit et il se lève pour ouvrir brusquement la vitre.

« Où à Portobello ? »

Le grand père hoche la tête et sourit. « Portobello, *sì*.

— Oui, mais où ? »

Le bus démarre, et le grand-père agite la main. À deux reprises, Jake demande au chauffeur de le prévenir quand ils arriveront à Portobello, puis observe la route qui se déroule devant lui. La circulation devient plus dense au fur et à mesure qu'ils approchent de la ville, et plusieurs personnes montent : un homme d'un certain âge, une femme avec un chien dans un panier, deux adolescents qui ont l'air d'avoir fait l'école buissonnière.

Jake regarde par la vitre, les mains serrées autour de ses genoux. Ils traversent ce qui ressemble à une banlieue. De vastes maisons en pierre couleur sable, avec des grands jardins en pente, des pans de mer qu'on aperçoit dans les brèches, des haies taillées, des pancartes peintes en blanc pour indiquer les *bed-and-breakfast*. Deux jeunes femmes avancent sur le trottoir au rythme du bus.

Au début, ce qui le frappe, c'est qu'elles marchent très près l'une de l'autre. Leurs bras se touchent, leurs mains sont entrelacées. Elles donnent l'impression de se soutenir mutuellement, telles deux petites vieilles. Puis Jake remarque que la nuque de la plus grande lui paraît familière.

D'un bond, il se lève et se heurte le crâne au plafond. « Stella ! » hurle-t-il.

Tout le monde se retourne. La femme au chien sursaute. Jake se colle à la vitre, la frappe de ses jointures.

« Stella ! braille-t-il. Stella ! »

Sur le trottoir, les passants s'arrêtent et lèvent la tête vers lui, contrairement à Stella ou Nina, plongées dans leur conversation. Stella est en train de dire quelque chose à sa sœur qui l'approuve. Le bus prend de la vitesse et les laisse derrière lui. Une fois de plus, Jake cogne contre la vitre, puis se précipite sur la sonnette qu'il actionne en tâchant de ne pas perdre de vue les sœurs.

« Est-ce que vous pourriez vous arrêter ? S'il vous plaît ? » demande-t-il.

Le chauffeur lui jette un coup d'œil dans le rétroviseur, mais le bus continue à avancer avec un bruit de ferraille, et maisons, gens et rues défilent.

« S'il vous plaît, laissez-moi descendre, s'il vous plaît ! » supplie-t-il en faisant de nouveau tinter la sonnette.

Le chauffeur lâche un juron entre ses dents mais, au feu suivant, tire la manette qui permet l'ouverture des portes.

Jake saute de la marche et, dès qu'il a posé le pied par terre, s'élance dans la direction opposée. Les passagers tournent la tête pour le suivre des yeux. D'après ses calculs, il devrait bientôt croiser les deux filles – après tout, il court, et elles avancent à sa rencontre –, mais il ne les aperçoit nulle part. Au cas où elles auraient traversé, il regarde de l'autre côté de la rue, et même par-dessus son épaule. Rien. En arrivant à l'endroit où il les a aperçues, il s'arrête, pivote vers le haut, puis vers le bas de la rue. Tout ce qu'on peut voir, c'est une mère qui tire un bambin, un homme chargé d'un tapis, une fille qui pousse une bicyclette. Pas de femmes marchant bras dessus, bras dessous.

Elles ont disparu. Le pouls de Jake bat si vite, son cœur cogne si fort qu'il est contraint de s'appuyer à un mur. Où peuvent-elles bien être allées ? Se sont-elles engouffrées dans l'une de ces maisons ? S'agissait-il d'une hallucination ? Devra-t-il attendre ici dans l'espoir de les voir réapparaître ? D'ailleurs, s'il le faut, il est prêt à patienter toute la nuit, planté devant ce lampadaire avec son prospectus annonçant une vente entre particuliers dont la date est déjà passée.

Il doit réprimer l'envie de hurler le nom de Stella à pleins poumons. Une nouvelle fois, il scrute la rue dans les deux sens. Toujours rien. À tout hasard, il risque un coup d'œil dans la rue transversale qui sépare deux rangées de maisons en pierre et mène à la mer. Jake observe les bandes de couleur qui s'étendent face à lui : ruban gris de la promenade, ocre du sable, mer gris-vert parsemée de blanc, masse brune déchiquetée de la côte opposée et, au-dessus de tout, formant un arc entre la ligne d'horizon et l'endroit où il se trouve, le ciel bleu.

Jake s'élance en plein milieu de la rue. Lorsqu'il débouche sur la promenade, la mer lui souffle de l'air salé au visage. Il s'arrête devant un grand établissement de bains victorien en brique rouge. La plage forme une immense étendue de sable émaillée de galets, où se reflètent des pans de ciel. Un brise-lames en bois noirci court tout le long et s'enfonce dans l'eau.

Nina est en train de descendre les marches en béton qui mènent à la plage. Jake se précipite vers elle. Dos tourné à la mer, abritant son briquet sous son manteau, elle bataille pour allumer une cigarette.

« Bonjour ! » dit Jake une fois assez près pour qu'elle puisse l'entendre.

Levant les yeux, elle ôte lentement la cigarette de ses lèvres, ouvre la bouche, semble sur le point de parler, mais se contente de montrer avec sa cigarette l'endroit où le rebord en béton de la promenade descend en pente vers la plage.

Jake se dirige vers le garde-fou. Stella se trouve à dix mètres de lui et, une main errant sur le bois, avance le long du brise-lames. D'un seul mouvement, il franchit le garde-fou et retombe sur le sable. Galets et coquillages crissent sous ses chaussures. Alors qu'il était persuadé de la voir se retourner en l'entendant, elle n'en fait rien et continue de regarder la mer, la tête penchée sur le côté. Au moment précis où il va arriver à sa hauteur, elle dit : « Alors, tu crois que nous devrions...

— Stella ? »

Un galet à la main, elle fait volte-face. Jake remarque le filigrane émeraude que les algues ont tissé à sa surface. Il ne sait pas quoi dire, ni par où commencer. Elle le considère des pieds à la tête, semble vouloir s'assurer que c'est bien lui. Le soulagement qu'il ressent à la voir là, devant lui, à portée de son bras, est si grand qu'il se rend compte que les larmes qu'il a ravalées tout à l'heure menacent de lui monter de nouveau aux yeux. Affolé – qu'est-ce qui cloche donc chez lui ? –, il est forcé de regarder le sol, leurs pieds qui se font face, les motifs que les cailloux ont imprimés dans le sable.

« Je voudrais te présenter mes excuses. Pour... Mel et..., dit-il avec un geste vague derrière lui. J'ai été un parfait idiot. »

Son poing se crispe dans sa poche. Ce discours, il l'a tant répété qu'il aurait pu mieux s'en tirer, mais se retrouver ici avec elle lui fait perdre toute notion de ce qu'il convient de dire. Il avait oublié qu'elle produisait cet effet sur lui, qu'elle lui vidait la tête de toute pensée cohérente.

Pourtant, il persévère. « Je sais bien... que je n'ai aucune excuse... que... qu'il n'y a rien que je puisse dire pour... pour... En fait, depuis que je t'ai rencontrée... je... je... »

Son regard se fixe sur elle. Un peu perplexe, elle le dévisage, les mains refermées sur le galet. La beauté mobile, anguleuse de son visage... voilà une autre chose qu'il avait oubliée. « Qu'est-ce que je disais ? demande-t-il.

— Depuis que tu m'as rencontrée, lui souffle-t-elle.

— Ah oui. » Il tourne les yeux vers l'horizon pour y puiser de l'inspiration. « Depuis que... », s'entend-il répéter. Puis il soupire, voûte les épaules et fait un pas vers elle. « Stella, je t'ai cherchée partout.

— C'est vrai ?

— Ouais. Partout. À Londres...

— Tu es allé à Londres ?

— Oui.

— Mais je n'y étais pas.

— Maintenant, je le sais. »

Ils se taisent un instant. Faisant passer le galet dans son autre main, elle jette un coup d'œil par-dessus l'épaule de Jake. Qui cherche-t-elle ? Sa sœur ? Peut-être. Au lieu de le vérifier, Jake suggère : « Tu veux bien descendre au bord de l'eau avec moi ? »

Après avoir lancé un nouveau coup d'œil derrière lui, elle répond : « D'accord. »

Ils marchent côte à côte. À intervalles réguliers, il sent sa manche effleurer la sienne, et se demande si elle s'en aperçoit. Il n'en revient toujours pas qu'elle soit là, qu'il l'ait dénichée, qu'ils se trouvent ensemble sur cette immense plage, sous cette vaste étendue de ciel.

« Combien de temps es-tu resté à Londres ?

— Deux jours.

— Et ça ne t'a pas plu davantage que la première fois ? » Elle lui jette un regard en coin.

Il sourit. « Pas vraiment. J'étais hébergé dans un endroit qui puait la pisse et la sueur, je n'arrivais pas à me repérer et j'étais à court d'argent. Et par-dessus le marché, la seule personne que je voulais voir n'y était pas. »

D'une main, elle repousse quelques mèches rebelles de ses yeux. Le vent les rabat aussitôt, et elle tourne alors le visage vers le vent pour s'en libérer. Jake s'immobilise, elle l'imite et le considère en ayant l'air d'attendre quelque chose.

« Stella, c'est de la folie que nous ne soyons pas ensemble », dit-il en lui touchant le bras.

Elle le scrute. « Je... », commence-t-elle, puis, baissant les yeux, elle ajoute : « J'envisage de partir.

— De partir ? » Jake est exaspéré. « Où ça ?

— Je n'en sais rien, murmure-t-elle. Il y a un boulot à Boston qui...

— Que Boston aille se faire foutre ! Stella, s'il te plaît. Je veux... je veux seulement... » Que veut-il ? Il faut qu'il réfléchisse. Puis, soudain, il le sait : « Je veux que tu viennes à Hong Kong avec moi.

— Quoi ? dit-elle en riant.

— Oui, à Hong Kong, répète-t-il pendant que l'idée prend forme dans son esprit. J'ai envie de t'avoir avec moi là-bas.

— Tu ne parles pas sérieusement.

— Si. Je n'ai jamais été aussi sérieux de ma vie.

— Tu crois que je pourrais t'accompagner comme ça ?

— Pourquoi pas ? Tu viens de dire que tu allais partir de toute façon. Hong Kong te plaira. Ça ne ressemble à rien de ce que tu connais. Il y a tout ce dont on peut rêver – la ville, la montagne, des plages superbes, des parcs naturels. Voyons, quoi d'autre ? La cuisine est la meilleure que tu puisses trouver. Il ne fait pas encore trop chaud ni trop humide. Euh... Mon meilleur ami travaille dans la plus grande station de radio – nous pourrons lui demander de te chercher du travail. »

Tout en le dévisageant, Stella secoue la tête, ébahie.

« Tu n'es pas encore convaincue ? Écoute, on peut aller passer la journée en Chine avec ces immenses tramways. On peut se balader la nuit d'un bout de l'île à l'autre pour regarder tous les néons. Tu adorerais. De toute façon, tu as l'obligation morale de venir.

— L'obligation morale ? Comment ça ? »

Il hausse les épaules. « Si je ne suis pas rentré dans deux jours, un boulot va me passer sous le nez et je me ferai virer de mon appartement. Or, je ne peux pas partir sans toi. En venant, tu me sauverais donc de la misère et... et du déshonneur. »

S'appuyant au bois du brise-lames encroûté de sel, elle laisse errer le bout des doigts sur les cloques que forment les anatifes.

« Il faut que tu viennes.

— Ah bon ? dit-elle en le regardant.

— Oui. Parce que sinon... » Jake s'approche. Sans réfléchir à ce qu'il fait, il l'enlace et, sur cette plage de Portobello, la soulève du sol. « Parce que sinon, je serai obligé de passer le restant de mes jours à chercher ton double, lui souffle-t-il dans le cou. Et je ne crois pas qu'il existe. »

Elle se débat, rit, répète son nom, se plaint de ne pas pouvoir respirer, mais le serre dans ses bras, noue les doigts sur sa nuque. Jake lui embrasse la joue, le front, l'oreille, les lèvres, tout ce qu'il peut atteindre. Les cheveux de Stella dans la bouche, il croit un instant que tout est réglé, que tout va marcher.

Mais elle se tourne sur le côté et s'écarte de lui. « J'ai des choses à faire, dit-elle.

— Quelles choses ? Il n'y a rien qui tienne.

— Si, j'ai donné ma promesse. » D'un air distrait, elle appuie la main sur sa joue. « J'ai promis à ma grand-mère que je travaillerais au café cette semaine.

— Très bien. Nous partirons dans une semaine.

— Mais tu parlais d'un délai de deux jours.

— Une semaine, deux jours, qu'est-ce que ça change ? Promets-moi seulement de venir. »

Les yeux baissés, elle décrit, du bout du pied, des cercles dans le sable, puis secoue la tête.

« Promets-le-moi, insiste-t-il.

— Je ne peux pas. » Sa voix se perd au fond de sa poitrine. Stella se hisse pour s'asseoir sur le brise-lames et se cache le visage dans les mains. « Je ne peux pas. »

Jake se penche sur le bois, pose ses mains de part et d'autre de Stella. « Pourquoi ?

— Je ne peux pas. C'est tout. Je regrette », murmure-t-elle en refermant les mains sur son cou et en l'attirant vers elle. Le visage pressé contre le sien, le front contre sa joue, Jake est incapable de parler. Ils tremblent tous les deux. Il a l'impression qu'il risque de glisser, de s'enfoncer dans un sable vivant, mouvant. De nouveau, il enlace Stella, la serre contre lui. Ils restent un moment ainsi, et elle lui caresse les cheveux. À travers ses vêtements, il sent le cœur de Stella palpiter.

« Je regrette, lui dit-elle à l'oreille. Je regrette vraiment. Ne m'en veux pas.

— Stella, souffle-t-il dans sa peau odorante. Dis-moi pourquoi tu ne peux pas. Est-ce que c'est... Tu ne... » Il n'a pas la force de prononcer le mot. « Est-ce que tu... n'éprouves rien pour moi ? C'est ça ?

— Non ! » Elle s'accroche à lui. « Surtout ne va pas croire une chose pareille. Disons que... je ne pense pas être faite pour ça.

— Bien sûr que si, tu l'es on ne peut plus.

— Non. Je te rendrais malheureux.

— Pas du tout. » Il s'écarte pour lui prendre le visage entre ses mains. « Bien au contraire. Tu ne vois donc pas que je t'aime ? »

Des larmes jaillissent des yeux de Stella, coulent sur ses joues, et il les chasse de son pouce. « Je t'aime, répète-t-il. Vraiment. » Quelque chose lui vient à l'esprit. « Stella, est-ce qu'il y a un rapport avec... avec ce que ta sœur m'a raconté ? Sur... ce qui s'est passé quand tu étais petite ? »

Il voit ses joues s'embraser sous les larmes, ses yeux s'écarquiller, et a peine à le croire. « Si tu t'imagines un seul instant qu'une chose de ce genre pourrait changer mes sentiments pour toi, tout ce que je peux te dire, c'est que tu te trompes. » Il la secoue légèrement.

L'air agitée, affolée, elle renifle et, d'un geste brusque, se passe une main sur le visage. « C'est vrai ? demande-t-elle d'une voix presque inaudible.

— Bien sûr ! » Il lâche un grognement d'incrédulité. « Comment peux-tu croire le contraire ? C'est ridicule, et presque insultant.

— Mais, Jake...

— Bon, et si c'était l'inverse ? Si c'était moi ? Est-ce que ça changerait quelque chose à ce que tu éprouves pour moi ? »

Elle garde le silence.

Il persiste. « Eh bien ? »

— Non, répond-elle d'une toute petite voix.

— Et voilà. » Il abat la main sur le bois couvert d'anatifes. « Merci. Alors, est-ce que tu viens à Hong Kong avec moi maintenant ? »

Elle secoue la tête.

Jake soupire et grince des dents. « Est-ce que tu viens à Hong Kong avec moi ? »

Stella le regarde, puis tourne la tête. « Non.

— Stella Gilmore, tu vas me rendre fou. Pourquoi est-ce que tu ne veux pas ? »

Assise les épaules voûtées, les mains sur les genoux, elle a une expression – résignée, fermée – qui l'avertit qu'elle a pris sa décision. Il la connaît assez pour savoir que rien de ce qu'il pourrait dire ne parviendra à la faire changer d'avis. Elle ne viendra pas. Jake se redresse et s'éloigne sur la plage. Le vent tire sur sa veste, la gonfle. Au bout de quelques pas, il s'arrête. « Je ne sais pas quoi te dire, braille-t-il. Je ne comprends pas. C'est vraiment ce que tu veux ? Que je retourne à Hong Kong et que tu restes ici, c'est ça ? »

Puis il se baisse, ramasse une poignée de galets et les lance un par un en l'air. Le sable est émaillé de flaques et il veut voir les galets retomber dedans, faire voler en éclats ce bleu à la perfection de verre.

Un instant plus tard, Stella apparaît à ses côtés. « Je…, commence-t-elle d'un ton hésitant. Je… pourrais t'appeler. Si tu veux. »

Furieux, Jake arque le bras pour lancer un autre galet. « À Hong Kong ?

— Oui.

— Quel intérêt ? »

Sans répondre, elle se contente de baisser la tête. Jake fait passer ses galets d'une main à l'autre, en laisse tomber un, le rattrape avec le pied et l'envoie dans un lit d'algues desséchées.

« C'est tout ce que tu as à me proposer ? » demande-t-il en essayant de garder un ton égal.

Elle hoche la tête. « Je suis désolée. »

Debout dans son appartement, Jake regarde la rue en bas. Rien n'a changé, c'est à croire qu'il n'est jamais parti. Ou plutôt qu'il est revenu à temps. En arrivant, il a trouvé dans la cuisine un bracelet en argent appartenant à Mel et, bien pliée dans l'armoire de toilette, l'une des écharpes dont il s'était servi pour son bras. Il a l'impression qu'à tout moment il pourrait tourner le coin d'une rue et tomber sur celui qu'il était avant le nouvel an chinois.

Lorsqu'il ouvre la fenêtre, la chaleur incandescente de l'été le frappe au visage. Il sourit. Aujourd'hui la température atteint 35 degrés, et il adore ça.

Cela fait trois jours qu'il est revenu. Quatre, si on compte aujourd'hui. Le brouillard du décalage horaire s'estompe – il a dormi sept heures d'affilée la nuit précédente –, et il commence à retrouver ses repères. Tout à l'heure, il va devoir aller acheter des légumes au marché et passer un coup de balai dans l'appartement. Et il prendra peut-être le ferry de Kowloon où il retrouvera Hing Tai pour aller manger des *dim sum*. Hing Tai a dit que Mui voulait aller nager et lui a proposé de venir avec eux s'il en avait envie. Hier, Jake a eu une réunion avec Chen et le responsable des repérages pour discuter des endroits où ils filmeront la première scène du nouveau film, et Chen a voulu lui montrer quelques bouts d'essai.

La facilité avec laquelle on peut se glisser dans son ancienne vie est étonnante. Les gens lui posent quelques questions sur « son voyage », comme ils disent, puis passent à autre chose. Hing Tai s'est montré un peu plus pressant. Peut-être a-t-il parlé à Caroline. Après s'être renseigné sur Mel, il a plissé les yeux et ajouté : « Et quoi d'autre ? » Jake a haussé les épaules. Ils se trouvaient chez la mère de Hing Tai et la pièce était bondée de parents et de collègues. Jake n'a pas souhaité aborder le sujet à ce moment-là.

En refermant la fenêtre, il décide d'aller tout de suite au marché, avant de prendre le ferry. Elle n'a pas téléphoné. Mais trois jours à peine se sont écoulés. Quatre, si on compte aujourd'hui. Et Jake ne le compte pas. Pas encore.

Stella est assise à la caisse, les genoux remontés. Derrière elle, sa grand-mère parle à son oncle. Il est question de remuer la glace dans cinq minutes, de réparer deux ou trois chaises, et aussi, de temps en temps, d'une lettre d'Italie.

De sa position stratégique, elle observe la salle. Nina et Richard sont installés dans un box, le journal du week-end déplié entre eux. Le café est plein, comme il se doit un samedi d'été. Parfois, Stella trouve bizarre de voir tout ce monde manger. Près de la fenêtre, au fond, le long des murs, partout, les tables sont occupées par des gens qui coupent ce qu'il y a dans leur assiette, le portent à la bouche, referment les lèvres dessus, mâchent, mâchent, puis avalent, poussent la nourriture vers l'estomac. Elle imagine la multitude qui est passée ici aujourd'hui et s'est ensuite déversée dans Musselburgh, Édimbourg et Lothian pour vaquer à ses occupations, et la nourriture de chez Iannelli en train de filtrer dans les corps.

Une femme s'approche du comptoir pour passer sa commande. Stella la note, un toast garni et un cappuccino, prévient son oncle pour le toast, puis attrape une tasse pour préparer le cappuccino.

Pendant qu'elle se tient devant la machine à café, elle remarque que le soleil est sorti. La porte claque, un client entre. Nina met une cigarette à la bouche et actionne son briquet. Richard verse du sucre dans son espresso et remue. Une gamine court à reculons devant la vitre en riant et en serrant deux miches de pain sur sa poitrine.

Certaines choses dans la vie resteront toujours ineffaçables, inassimilables par l'organisme, songe Stella. Dehors, la fillette heurte un homme chargé d'une selle et fait tomber l'une de ses miches sans cesser de rire. La cigarette de Nina lâche des volutes qui s'élèvent jusqu'au plafond.

Quelques jours plus tard, elle se trouve dans la voiture de Nina, un sac de voyage sur la banquette arrière.

« Je tiens à préciser que je le fais uniquement parce que je suis ta sœur, dit Nina.

— D'accord.

— Je veux que tu comprennes que je suis totalement contre.

— D'accord, d'accord.

— C'est une idée stupide, conne, ridicule.

— Te fatigue pas, Nina, j'ai compris. »

Nina accélère pour remonter le Royal Mile, les pneus crissent sur les pavés, et bientôt elles redescendent la colline, et la ville nouvelle s'offre à leurs yeux. Stella soupire. C'est vraiment dommage qu'elle ne puisse pas se résoudre à vivre ici. Peut-être un jour.

« Je ne suis pas d'accord avec ce que tu es en train de faire, poursuit Nina, sa conduite devenant fantaisiste du fait qu'elle déchire la cellophane d'un paquet de cigarettes.

— Tu me l'as déjà dit. » Stella tressaille au moment où elles manquent de peu un poteau indicateur. « Est-ce que tu pourrais garder les deux mains sur le volant ? »

Au feu, elles attendent dans la file pour traverser Princes Street.

« Tout ce que je dis, c'est...

— C'est déjà trop », marmonne Stella.
Nina ignore sa remarque. « Téléphone-lui.
— Non
— Juste un coup de fil.
— Non. » Stella secoue la tête.
« Pourquoi ?
— Je... » Stella tente de trouver une bonne raison, mais renonce bientôt. « Je ne peux pas.
— Eh bien, je m'en charge, décide Nina avec une grimace malicieuse. Je n'aurai aucun mal à me faire passer pour toi.
— Tu n'as pas intérêt. » Stella regarde sa sœur.
Nina hausse les épaules et sourit.
« Nina, je ne plaisante pas, rétorque Stella d'un ton furieux.
— Ce serait pour ton bien.
— Si tu fais ça... je... je ne t'adresserai plus jamais la parole.
— Mais si.
— Non.
— Si. » Elle lui souffle de la fumée au visage.
Stella baisse sa vitre. « Non. Ne t'amuse pas à ça. »
Nina soupire et tambourine sur le volant. « Je t'en prie. » Changeant de tactique, elle supplie.
« Non.
— S'il te plaît ! »
Stella pousse elle aussi un soupir. « Nina, laisse tomber, tu veux bien ?
— Pourquoi ?
— Premièrement, parce que je ne saurais pas quoi lui dire, deuxièmement, parce qu'il est sûrement encore en colère contre moi...
— Et troisièmement tu n'en sais rien.
— Écoute, tu ne sais pas non plus qu'il ne l'est pas.
— Si.

— Non.

— Si. Ce type t'adore. Pour moi, c'est visible à l'œil nu. L'intuition d'une sœur, tu comprends ?

— Ouais, tu parles. » Elle lance un regard noir à Nina. « Ton intuition de sœur s'est révélée formidable, ces derniers temps. »

Nina écrase sa cigarette dans le cendrier. « Je croyais que tu n'allais plus remettre ça sur le tapis. » Elle jette son mégot par la vitre.

Stella lève les mains. « C'est vrai. Bon, tout ce que je dis, c'est qu'il s'agit de ma vie, alors laisse-moi me débrouiller.

— En te sauvant en Amérique ?

— Laisse-moi… fiche-moi la paix. »

Dans un hurlement de pneus, Nina s'arrête devant l'agence de voyages, en stationnement interdit. « Je t'attends. Dépêche-toi. Nous devons être chez maman dans vingt minutes. »

Stella descend de la voiture, s'élance sur le trottoir et examine une liste de vols affichée en vitrine : Madrid, Barcelone, Sydney, Prague, Los Angeles, Miami, New York. Aller-retour ou aller simple. La tête lui tourne, comme c'est toujours le cas lorsqu'elle est plantée devant une mappemonde, cette étendue vertigineuse de tous les possibles. Elle pourrait aller n'importe où, devenir n'importe qui, récrire sa vie, simplement en montant dans un avion. Tout ce qu'elle a à faire, c'est tendre de l'argent. Les voyages lui font parfois l'effet d'une aubaine presque suspecte : une nouvelle vie échangée contre une certaine somme. Ne devrait-il pas y avoir une dimension plus faustienne, plus contraignante ? Comment cela peut-il être aussi facile ?

Elle pivote alors vers sa sœur, qui la fusille du regard à travers le pare-brise et, tel un dragon, lâche des volutes de fumée.

En revenant, elle pose l'enveloppe luisante du billet d'avion sur le tableau de bord. « Jette un coup d'œil.

— Je ne vois vraiment pas pourquoi. » Nina met la clé de contact. « Je te l'ai déjà dit, ton plan ne me plaît pas du tout.

— Jette quand même un coup d'œil, suggère Stella en agitant l'enveloppe sous le nez de sa sœur. Vas-y. »

Nina soupire, l'ouvre, scrute les caractères serrés. Stella voit qu'elle fronce les sourcils, se penche pour mieux lire, fronce de nouveau les sourcils, puis se retourne vers elle en disant lentement : « Ça alors ! »

Jake a décrété que le travail était un antidote à la souffrance. C'est pourquoi il va au bureau avant huit heures et n'en repart pas avant onze heures du soir. Là, il s'occupe de tout – lieux de tournage, réécriture du scénario, bouts d'essai, répétitions, costumes. Il a même participé à une réunion avec les traiteurs chargés de fournir les repas. Hier, Chen lui a posé la main sur l'épaule et lui a dit : « Ralentis un peu le rythme, tu risques de craquer. »

À deux reprises, il a fait vérifier sa ligne téléphonique et a même demandé à sa mère de le rappeler, juste pour s'assurer que les communications de l'étranger lui parvenaient bien. Au cas où il serait absent, il a acheté un nouveau répondeur. Mais quinze jours se sont maintenant écoulés. Tout juste. Jake commence à envisager qu'elle puisse ne pas appeler.

Car il est peut-être idiot, mais ce scénario ne lui était pas encore venu à l'esprit. Que faire ? Il aurait envie de retourner en Grande-Bretagne, d'aller à Boston, n'importe où, à l'endroit où elle se trouve, pour la revoir, essayer de la convaincre. Mais, pour l'instant, il n'a pas l'argent nécessaire, et Hing Tai lui a promis de lui confisquer son passeport s'il apprenait qu'il s'était renseigné sur les billets d'avion. « Ne lui cours pas après, a-t-il conseillé, laisse-la venir à toi. – Et si elle ne venait pas ? » a demandé Jake, et Hing Tai n'avait pas la réponse à cette question.

Jake porte une cuillerée de gruau de riz à sa bouche, puis la repose. Il prend son petit déjeuner près du bureau. Longue, trop éclairée, la salle a des rangées et des rangées de tables. La buée obscurcit les vitres et une longue queue serpente du comptoir jusqu'à la porte. D'innombrables gens attablés mangent et boivent du thé. Derrière le comptoir, un homme transmet les commandes à la cuisine, puis réprimande un petit garçon qui pousse une serpillière grisâtre sur le carrelage. De la musique s'échappe d'un poste de radio. Quatre hommes sont installés à la table de Jake, si bien qu'il se retrouve poussé contre le mur. L'un égrène les défauts de leur patron pendant que les trois autres l'écoutent. Dans un coin, une femme très âgée, assise sur un tabouret, se cure les dents.

Jake écoute les propos sur le patron, puis, lassé, passe à la conversation qui se déroule derrière lui. Deux adolescents parlent de leur téléphone portable. Il mange encore un peu de gruau, mais le cœur n'y est plus. Soudain, il se demande pourquoi il est venu travailler un samedi. Il s'était dit qu'il pourrait profiter de la tranquillité pour régler tout un tas de choses, mais maintenant qu'il est là, il a oublié lesquelles.

Les mains posées sur la table, il reste assis un instant. Des gens vont et viennent dehors, certains lui jettent un coup d'œil par la vitre. Le gamin à la serpillière change la station de radio. Sur le pont routier, la circulation gronde et trépide. Ses voisins de table se versent du thé et le boivent tout en bavardant. Brusquement, Jake se redresse.

C'est la voix de Stella qu'il entend.

Incrédule, il penche la tête. C'est bien elle. Il en donnerait sa tête à couper.

Pivotant sur son tabouret, il regarde derrière lui. Rien – seulement des tablées de gens qui prennent le petit déjeuner. Lorsqu'il se lève d'un bond, son tabouret se renverse bruyamment. C'est elle. Qui parle. On dirait qu'elle se trouve dans le restaurant, ou dans les murs, à moins qu'elle se soit glissée dans sa tête. Avec frénésie, Jake se tourne d'un côté, de l'autre, essaie de repérer d'où vient la voix.

On le dévisage à présent, ce *gweilo* fou qui semble chercher quelque chose ou quelqu'un, mais Jake n'en a cure. Où est-elle ? L'imaginer quelque part à proximité et ne pouvoir la trouver pourrait lui faire perdre l'esprit. Est-ce une hallucination ? A-t-elle fini par lui ôter la raison ? Il scrute les passants sur le trottoir. Puis il se retourne et se fraie un chemin entre les tables.

« Trois suspects ont été appréhendés aujourd'hui, mais la police n'a pas encore fait de déclaration », est-elle en train de dire.

Jake regarde fixement le poste de radio vissé au mur, un petit appareil noir et chrome. La voix de Stella s'en échappe, lui parle d'une saisie de drogue. Un peu plus et il se hausserait pour embrasser cet engin.

Il fonce à travers la salle pour arriver au téléphone posé sur le comptoir. L'espace d'un instant, il ne se rappelle plus le numéro. Puis ça lui revient. Dès la première sonnerie, on décroche.

« *Wai-ee* ?
— C'est moi, écoute...
— Jik-ah ?
— Ouais, ouais. Bon... »

Hing Tai se met aussitôt à bavarder : « Je suis content que tu appelles, parce que je me suis disputé avec mon frère hier soir et...

— Écoute, je ne peux pas te parler maintenant, je...

— Oh ! Merci. Merci bien. Tu m'appelles pour me dire que tu ne peux pas me parler. C'est charmant. Si je te téléphonais...

— Tais-toi, tais-toi donc une minute. C'est vraiment important.

— Quoi ? Qu'est-ce qui est plus important que...

— Hing Tai ! Je ne plaisante pas. Si tu ne la boucles pas et si tu ne m'écoutes pas, toute ma vie risque d'être fichue en l'air.

— Merde ! lâche Hing Tai sans s'émouvoir. Alors tu ferais mieux de parler.

— Bon. » Jake prend une profonde inspiration. « Quelque part, dans ton immeuble, quelqu'un est en train de lire le bulletin d'information. »

Hing Tai souffle avec impatience. « Et tu m'appelles pour me dire ça ? Tu as le cerveau ramolli ou...

— Je voudrais que tu me rendes un immense service », poursuit Jake sans se soucier de sa remarque.

Lorsque Stella sort du studio, le texte des informations à la main, et referme la porte capitonnée, un homme se trouve derrière le producteur. Il porte un jean, une chemise à large col, et les pointes de ses cheveux sont décolorées en blanc. Stella se demande comment on peut arriver à faire ça, quand elle se rend compte qu'il est en train de lui parler. « Vous êtes bien Stella ? demande-t-il.

— Oui.

— Venez, venez avec moi », dit-il avec un signe de la main.

Intriguée, elle le suit. Ils s'engagent dans un long couloir, traversent le palier des ascenseurs, entrent dans une cage d'escalier, descendent quelques volées de marches. À intervalles réguliers, l'homme se retourne. Veut-il vérifier qu'elle est toujours là ? Stella n'en est pas vraiment sûre. Il semble plutôt la jauger, la regarder de haut en bas pour se faire une opinion.

« Puis-je vous demander de quoi il s'agit ? risque Stella.

— Venez, suivez-moi, je vous prie », réplique-t-il.

L'immeuble se déploie devant elle. Pour l'instant, elle n'a pas encore attrapé le coup, est incapable de s'orienter. Mais il en va de même dans toute la ville. Ils arrivent dans une salle où des centaines de personnes sont installées dans des box individuels. De nouveau, l'homme lui fait signe en pénétrant dans l'un de ces compartiments. Quand elle s'arrête, il lui tend un téléphone.

« Un appel pour vous.

— Pour moi ? » Stella ne prend pas le combiné. « Qui est-ce ? »

Avec un grand sourire, l'homme approche l'appareil de son oreille et dit quelque chose en chinois. Puis il le lui tend de nouveau. « Il vous demande de ne pas être aussi têtue et de répondre. »

Stella est tellement suffoquée qu'elle s'exécute. « Allô ?

— Ça fait plusieurs semaines que j'attends à côté du téléphone. » La voix de Jake est tout près de son oreille.

« Ah bon ? » Elle s'inquiète un moment de ne pas pouvoir entendre sa réponse tant son pouls la rend sourde.

« Je n'arrive pas à le croire. Ni que tu ne m'aies pas appelé, ni que tu sois ici.

— Bon, je suis pourtant là.
— Je t'ai entendue à la radio.
— Ah bon ?
— Tu t'es très bien débrouillée. À mon avis. Bien que, en ce moment précis, je ne sois sans doute pas le meilleur juge. Mais j'avais envie d'embrasser ce poste, si ça peut te donner une idée...
— Tu avais envie de l'embrasser ? » Elle se met à rire. « Le poste de radio ? »

Dans le box, l'homme feint de ne rien entendre, constate-t-elle, et tripote son ordinateur, mais il sourit et secoue la tête.

« Écoute, j'arrive. Tu ne comptes pas t'évanouir dans la nature ni te sauver quelque part ?
— Jake, tu n'as pas besoin de venir jusqu'ici. Je peux toujours...
— Non, non. Reste où tu es. Hing Tai a reçu des instructions strictes. Il ne doit pas te lâcher des yeux. Ne bouge pas, ne va nulle part. »

Jake sort en courant du restaurant. La pluie a commencé à tomber, des cercles sombres tachent le trottoir. Il s'élance dans la rue, ses chaussures de tennis frappent le béton. Lorsqu'il tourne le coin, l'averse redouble soudain, et les flaques se rejoignent pour former une surface aussi glissante et lustrée qu'une peau de phoque. Les tenanciers de bars à nouilles baissent leurs stores au-dessus des tables, des hommes s'abritent la tête d'un journal replié, d'autres filent sous des arbres, s'engouffrent dans des entrées, ou dans la station de métro.

Jake court. Les muscles de ses jambes tirent et la pluie ruisselle dans ses cheveux et sur son visage. Lorsqu'il reprend son souffle, des gouttes lui entrent dans la bouche. Il évite des hommes en costume, une femme qui traîne un chariot en acier, une famille qui se précipite dans la direction opposée, un homme alourdi par un seau de crustacés, deux jeunes filles qui rient en essorant leurs longues nattes.

Tout en courant, il observe la façon dont la ville s'accommode de la pluie. Des rubans d'eau s'écoulent des tuyaux, des gouttières, des toits, le long des immeubles, traversent en bouillonnant les trottoirs en pente pour gagner la rue, où ils tourbillonnent avant de glisser dans les égouts, puis d'être entraînés sous terre dans des tranchées invisibles. Bus et taxis font jaillir des éclaboussures en passant dans les mares accumulées près du trottoir, soulèvent des vagues qui viennent mouiller les chevilles des passants.

Pendant que la pluie lui cingle la peau, Jake se force à accélérer l'allure, avance au milieu de la rue, quittant le trottoir bondé. L'eau lui trempe les chaussures, le jean, les chaussettes. Passant sous un grand pont, il voit une foule en train de s'abriter, et quand il ressort à la lumière, il distingue l'immeuble de la radio devant lui. Hing Tai est devant la porte, et Stella derrière lui.

Hing Tai regarde dans la mauvaise direction, de l'autre côté de la rue, mais Stella l'aperçoit. Elle s'avance sous la pluie, lève la main, comme si elle s'abritait les yeux de la lumière, comme si elle répondait à une question.

Remerciements

Merci à : William Sutcliffe, Victoria Hobbs, Mary-Anne Harrington, Ruth Metzstein, Kate Jones, Beatrice Monti della Corte, The Santa Maddalena Foundation, Bill Swainson, Alessandra Gnecchi-Ruscone, Mary Lewis, Adam Sutcliffe, Dewi Davies, Elizabeth Ingrams, et ma famille – Patrick, Susan, Catherine et Bridget.

Je dois beaucoup aux ouvrages suivants : *Emigration in a South Italian Town : An Anthropological History*, par William A. Douglas (Rutgers University Press, New Jersey, 1984) et *Multiculturalism in Practice : Irish, Jewish, Italian and Pakistani Migration to Scotland*, par Suzanne Audrey (Ashgate, 2000). Également à *Memoirs of a Highland Lady*, d'Elizabeth Grant (Canongate, Édimbourg, 1988) – et à ma mère, car c'est d'elle que je le tiens.

Collection « Littérature étrangère »

AGUÉEV M.
   Roman avec cocaïne
ALI Monica
   Sept mers et treize rivières
ALLISON Dorothy
   Retour à Cayro
ANDERSON Scott
   Triage
ANDRIĆ Ivo
   Titanic et autres contes
      juifs de Bosnie
   Le Pont sur la Drina
   La Chronique de Travnik
   Mara la courtisane
BANKS Iain
   Le Business
BAXTER Charles
   Festin d'amour
BENEDETTI Mario
   La Trêve
BERENDT John
   Minuit dans le jardin
      du bien et du mal
BROOKNER Anita
   Hôtel du Lac
   La Vie, quelque part
   Providence
   Mésalliance
   Dolly
   États seconds
   Une chute très lente
   Une trop longue attente
   Fêlures
   Le Dernier Voyage
CONROY Pat
   Le Prince des marées
COURTENAY Bryce
   La Puissance de l'Ange

CUNNINGHAM Michael
   La Maison du bout du monde
   Les Heures
   De chair et de sang
DORRESTEIN Renate
   Vices cachés
   Un cœur de pierre
   Sans merci
EDELMAN Gwen
   Dernier refuge avant la nuit
FEUCHTWANGER Lion
   Le Diable en France
   Le Juif Süss
FITZGERALD Francis Scott
   Entre trois et quatre
   Fleurs interdites
   Fragments du paradis
   Tendre est la nuit
FREY James
   Mille morceaux
FRY Stephen
   Mensonges, mensonges
   L'Hippopotame
   L'Île du Dr Mallo
GALE Patrick
   Chronique d'un été
GARLAND Alex
   Le Coma
GEMMELL Nikki
   Les Noces sauvages
   Love Song
GLENDINNING Victoria
   Le Don de Charlotte
HAGEN George
   La Famille Lament
HARIG Ludwig
   Malheur à qui danse
      hors de la ronde

    Les Hortensias
      de Mme von Roselius
HOLLERAN Andrew
    Le Danseur de Manhattan
HOSSEINI Khaled
    Les Cerfs-volants de Kaboul
JAMES Henry
    La Muse tragique
JERSILD P. C.
    Un amour d'autrefois
JOHNSTON Jennifer
    Ceci n'est pas un roman
JULAVITS Heidi
    Des anges et des chiens
KAMINER Wladimir
    Musique militaire
    Voyage à Trulala
KANON Joseph
    L'Ami allemand
KASHUA Sayed
    Les Arabes dansent aussi
KENNEDY William
    L'Herbe de fer
    Jack « Legs » Diamond
    Billy Phelan
    Le Livre de Quinn
KNEALE Matthew
    Les Passagers anglais
    Douce Tamise
    Cauchemar nippon
KRAUSSER Helmut
    Nouvelle de la douleur
LAMB Wally
    La Puissance des vaincus
LAMPO Hubert
    Retour en Atlantide
LAWSON Mary
    Le Choix des Morrison
LISCANO Carlos
    La Route d'Ithaque
LOTT Tim
    Lames de fond
    Les Secrets amoureux
      d'un don Juan

MADDEN Deirdre
    Rien n'est noir
    Irlande, nuit froide
    Authenticité
MASTRETTA Ángeles
    Mal d'amour
MCCANN Colum
    Les Saisons de la nuit
    La Rivière de l'exil
    Ailleurs, en ce pays
    Danseur
MCCOURT Frank
    Les Cendres d'Angela
    C'est comment l'Amérique ?
MCFARLAND Dennis
    L'École des aveugles
MCGAHERN John
    Journée d'adieu
    La Caserne
MCGARRY MORRIS Mary
    Mélodie du temps ordinaire
    Fiona Range
    Un abri en ce monde
MILLER Henry
    Moloch
MILLER Sue
    Une invitée très respectable
MORGAN Rupert
    Poulet farci
    Une étrange solitude
MURAKAMI Haruki
    Au sud de la frontière,
      à l'ouest du soleil
    Les Amants du Spoutnik
O'CASEY Sean
    Une enfance irlandaise
    Les Tambours de Dublin
    Douce Irlande, adieu
    Rose et Couronne
    Coucher de soleil
      et étoile du soir

O'Dell Tawni
  Le Temps de la colère
  Retour à Coal Run
O'Farrell Maggie
  Quand tu es parti
  La Maîtresse de mon amant
Pavić Milorad
  Paysage peint avec du thé
  L'Envers du vent
  Le Roman de Héro et Léandre
  Le Rideau de fer
  Les Chevaux de Saint-Marc
Payne David
  Le Dragon et le Tigre : confessions d'un taoïste à Wall Street
  Le Monde perdu de Joe Madden
  Le Phare d'un monde flottant
Pears Iain
  Le Cercle de la Croix
  Le Songe de Scipion
Raymo Chet
  Dans les serres du faucon
  Chattanooga
  Le Nain astronome
Rosen Jonathan
  La Pomme d'Ève
Salzman Mark
  Le Verdict du soliste
Sansom C. J.
  Dissolution
  Les Larmes du diable
Savage Thomas
  Le Pouvoir du chien
  La Reine de l'Idaho
Schwartz Leslie
  Perdu dans les bois
Sharpe Tom
  Fumiers et Cie
  Panique à Porterhouse
Simpson Thomas William
  Pleine lune sur l'Amérique
Soyinka Wole
  Isara
Stevanović Vidosav
  La Neige et les Chiens
  Christos et les Chiens
'T Hart Maarten
  La Colère du monde entier
  Le Retardataire
Tobin Betsy
  Dora
Trapido Barbara
  L'Épreuve du soliste
Tsuji Hitonari
  En attendant le soleil
Unsworth Barry
  Le Nègre du paradis
  La Folie Nelson
Ustinov Peter
  Le Désinformateur
  Le Vieil Homme et M. Smith
  Dieu et les Chemins de fer d'État
  La Mauvaise Carte
Vallejo Fernando
  La Vierge des tueurs
  Le Feu secret
  La Rambla paralela
Vreeland Susan
  Jeune fille en bleu jacinthe
Watson Larry
  Sonja à la fenêtre
West Dorothy
  Le Mariage
Wijkmark Carl-Henning
  Da capo

Zaniewski Andrzej
  Mémoires d'un rat
Zeh Juli
  L'Aigle et l'Ange
Zhang Xianliang
  La mort est une habitude
  La moitié de l'homme,
    c'est la femme
Zweig Stefan
  La Guérison par l'esprit
  Trois poètes de leur vie
  Le Combat avec le démon
  Ivresse de la métamorphose
  Émile Verhaeren
  Journaux 1912-1940
  Destruction d'un cœur
  Trois maîtres
  Les Très Riches Heures
    de l'humanité
  L'Amour d'Erika Ewald
  Amerigo, récit
    d'une erreur historique
  Clarissa
  Un mariage à Lyon
  Le Monde d'hier.
    Souvenirs d'un Européen
  Wondrak
  Pays, villes, paysages.
    Écrits de voyages
  Hommes et destins
  Voyages
  Romain Rolland

*Composé par Nord Compo
à Villeneuve-d'Ascq*

Achevé d'imprimer sur les presses de

BUSSIÈRE
GROUPE CPI
*à Saint-Amand-Montrond (Cher)
en août 2005*

N° d'édition : 4080. — N° d'impression : 052972/1.
Dépôt légal : août 2005.

Imprimé en France